※ | SCHERZ

Erin Kelly

MUTTER LIEBE

WEIL DU LIEBST,
MUSST DU LÜGEN

Thriller

Aus dem Englischen
von Susanne Goga-Klinkenberg

SCHERZ

Aus Verantwortung für die Umwelt hat sich der S. Fischer Verlag
zu einer nachhaltigen Buchproduktion verpflichtet. Der bewusste Umgang
mit unseren Ressourcen, der Schutz unseres Klimas und der Natur
gehören zu unseren obersten Unternehmenszielen.

Gemeinsam mit unseren Partnern und Lieferanten setzen wir uns für eine
klimaneutrale Buchproduktion ein, die den Erwerb von Klimazertifikaten
zur Kompensation des CO_2-Ausstoßes einschließt.

Weitere Informationen finden Sie unter: www.klimaneutralerverlag.de

Die englische Originalausgabe erschien 2019 unter dem Titel
»Stone Mothers« bei Hodder & Stoughton, an Hachette UK company
Copyright © ES Moylan Ltd 2019

Deutsche Erstausgabe
Erschienen bei FISCHER Scherz
Frankfurt am Main, Oktober 2021

Für die deutschsprachige Ausgabe:
© 2021 S. Fischer Verlag GmbH,
Hedderichstraße 114, 60596 Frankfurt am Main

Satz: Dörlemann Satz, Lemförde
Druck und Bindung: GGP Media GmbH, Pößneck
Printed in Germany
ISBN 978-3-651-00076-6

Für Owen Kelly, dessen Hausfriedensbruch
mich zu diesem Buch inspiriert hat

Wir freuen uns, ein Jahr nach Inbetriebnahme berichten zu können, dass diese Anstalt in der Region und darüber hinaus ihresgleichen sucht. Das Gebäude ist für die modernsten Behandlungen ausgestattet, und die erforderliche Ruhe ist gewährleistet durch die gesunde Umgebung, die großzügigen Räume und Galerien. Die Fenster lassen Luft und Sonne herein. Der Neigung des weiblichen Geschlechts zu Geisteskrankheiten wurde Rechnung getragen durch die Aufteilung in achtzehn Frauenstationen und vierzehn Männerstationen. Viele Frauen, die wegen häuslichen Zwists oder eines Übermaßes an Schwangerschaften eingewiesen wurden, bitten sogar darum, bleiben zu dürfen.

Sir Warwick Chase, Oberinspektor für Irrenanstalten und Berater der Kommission für Geisteskrankheit, Auszug aus dem ersten Jahresbericht der Irrenanstalt für Bedürftige in East Anglia, 1868

1. Teil

PARK ROYAL MANOR

2018

1

Die Augenbinde tut weh. Der Knoten zeugt von mangelnder Erfahrung. Er ist fest, aber ungeschickt gebunden, eine Haarsträhne hat sich darin verfangen. Wann immer wir zu schnell um eine Ecke biegen, kippe ich zur Seite, der Gurt schneidet in meine Schulter, und meine Kopfhaut schmerzt wie von Nadelstichen. Wenn er ohne Vorwarnung bremst, werde ich nach vorn geschleudert. Die violette Seide lockert sich an meiner rechten Schläfe und lässt ein wenig Licht herein, aber keine Informationen.

Er hat sich für einen vollständigen Reizentzug entschieden. Keine Musik, nur der Rhythmus unseres Atems, der Bass des Motors, die Veränderungen, wenn er schaltet. Radio wäre hilfreich. Anhand einer Abfolge dreiminütiger Popsongs könnte ich die Zeit messen. Ich schätze, wir sind seit einer Stunde unterwegs, doch es könnte ebenso gut eine halbe sein oder zwei. Ich weiß, dass wir London hinter uns gelassen haben. Wir müssen jetzt ziemlich weit draußen sein. Auf den ersten Kilometern konnte ich die Strecke an den Ampeln und Temposchwellen mitverfolgen. Man braucht zehn Minuten in jede Richtung, um die Tempo-30-Zone von Islington zu verlassen. Ich bin mir sicher, dass ich das Grillrestaurant in der City Road gerochen habe, aber ich vermute, dass er zweimal durch den Kreisverkehr in der Old Street gefahren ist, um mich zu verwirren. Danach habe ich die Orientierung verloren.

Nachdem wir die Stadt verlassen hatten und schneller vorankamen, war mir mehrfach Brandgeruch in die Nase gestiegen – passend zur Jahreszeit –, aber es roch eher holzig, wie private Lagerfeuer, nicht nach Landwirtschaft oder Industrie. Bisweilen kommt es mir vor, als wären wir mitten im Nirgendwo und wänden uns durch enge Landstraßen, dann wieder rollen wir mühelos dahin, und der vorbeirauschende Verkehr verrät mir, dass wir auf einer Hauptverkehrsstraße sind. Falls wir unterwegs zum Flughafen wären, müsste man den Lärm der Jets über der Autobahn hören. Ich werde nicht ins Flugzeug steigen.

»Scheiße«, murmelt er und bremst wieder. Die letzten Haarsträhnen lösen sich aus dem Knoten. Ich merke, wie er auf seinem Sitz herumrutscht, sein Atem streift meine Wange, als er langsam zurücksetzt. Ich nutze die Gelegenheit, um nach meinem Kopf zu tasten, doch er hat mich ebenso im Blick wie den Verkehr.

»Marianne! Du hast es mir versprochen!«

»Tut mir leid. Aber es geht mir allmählich auf die Nerven. Wenn ich nun die Augen zumache, während ich die Haare neu binde? Du kannst das auch gern übernehmen.«

»Netter Versuch. Es ist nicht mehr weit.«

Wie nah ist nicht weit? Noch eine Minute? Oder dreißig? Wenn ich mit der Wange zucke, kann ich ein bisschen mehr erkennen. Das Licht flackert jetzt heftig vor dem dünnen violetten Stoff. Sonnenlicht, das durch einen Zaun fällt? Das Muster ist kaum wahrnehmbar und zu unregelmäßig. Wir befinden uns in einem Tunnel aus Bäumen, also auf einer Landstraße, also …

»Sam! Hast du etwa ein Spa für uns gebucht?«

Ich höre das Lächeln in seiner Stimme. »Noch besser.«

Meine Schultern entspannen sich, ich spüre die Hände der Masseurin. Ich kann mir nichts Besseres vorstellen als zwei Tage, in denen mich muskulöse junge Frauen in weißen Kitteln durchkneten. Es ist sicher dieses Bioding an der Küste von Essex, in das ich schon immer wollte. In Essex könnte ich mich entspannen. Ich wäre in einer Stunde bei Mum und in zweien bei Honor. Vielleicht hat Sam auch Honor hierher eingeladen.

Die Straße ist jetzt uneben, Schotter und Schlaglöcher, und ich hebe die Hände, um das Tuch abzunehmen.

»Noch zwei Minuten!« Seine Stimme steigt eine Oktave höher. »Ich kann kaum erwarten, es dir zu zeigen.« Die Reifen knirschen. Ich warte geduldig, die Hände im Schoß, während die Einparkhilfe zu piepsen beginnt. »Na schön«, sagt er und löst theatralisch den Knoten. »Willkommen in Park Royal Manor.«

Ich kenne den Namen aus den Broschüren und auch das Bild, bin aber so geschockt, dass ich den Anblick nur nach und nach in mich aufnehme.

Ich sehe lauter Architekturmerkmale – Zinnenmauern und Giebel, penibel restauriertes graues Mauerwerk, abweisend hohe Fenster –, kann die ganze Dimension des Gebäudes aber nicht erfassen.

»Ich bin zu nah dran«, sage ich flüsternd.

Das Nazareth-Hospital, die ehemalige Irrenanstalt für Bedürftige in East Anglia, war dazu gedacht, von weitem betrachtet zu werden – bei der Einweisung, bei der Entlassung oder Flucht, mit einem letzten gequälten Blick über die Schulter. So hatte ich den Ort zum letzten Mal gesehen und sehe ihn noch immer so in meinen Träumen. Das Gebäude scheint den ganzen Horizont zu füllen. Es kauert breit auf einer Erhebung, die man hier Hügel nennt, eine Warnung an das flache Umland. Die Anstalt wurde erbaut, um drei Grafschaften zu versorgen, und ihre schwindelerregenden viktorianischen Dimensionen passen so gar nicht ins bescheidene Suffolk.

Ich kann beinahe auf Autopilot von London nach Nusstead fahren. Warum also habe ich die Strecke nicht erkannt?

Sam reibt sich freudig die Hände. »Wie sehr liebst du mich

jetzt? Na los, schauen wir es uns genauer an.« Er greift an mir vorbei und löst meinen Sicherheitsgurt. Ich fühle mich wie gelähmt. Ein Schrei krallt sich in meine Kehle.

Die Bilder in der Broschüre spiegeln die Veränderungen völlig unzureichend wider. Man hat die Gitter von den deckenhohen Fenstern entfernt, Hunderte intakter Scheiben in neue Rahmen gesetzt. Efeu und Sommerflieder, die aus schiefen Schornsteinen und verrotteten Fensterstürzen sprossen, sind wildem Wein gewichen, dessen restliche tiefrote Blätter nun die silbrigen Ziegel enthüllen. Die gewaltige Doppeltür wurde durch gläserne Automatiktüren ersetzt, auf denen in dunklen Schnörkeln »Park Royal Manor« eingeätzt ist. Meine Augen weigern sich, höher hinaufzuschauen.

»Was …?«, setze ich an. »Was tun wir hier, Sam? Was bitte tun wir hier?«

Er hält meine Panik für Überraschung. »Ich habe dir eine kleine Zweitwohnung besorgt. Dann brauchst du nicht mehr auf Colettes Sofa zu schlafen oder dir ein Hotel zu suchen.«

Ich schaue nach unten, aber das macht es nur schlimmer. Zwar sehe ich nun nicht mehr den restaurierten Uhrturm, wohl aber seinen Schatten, der an eine gigantische Sonnenuhr erinnert, die mit ihrem dunkelgrauen Finger auf mich zeigt. Dieser Uhrturm war immer nur ein mit viel Schmiedeeisen getarnter Wachturm, denn im Nazareth-Hospital herrschte eine eigene Zeitrechnung. Ich fühle mich beobachtet und ziehe mir die Binde wieder über die Augen, wobei sich der Saum des Tuches in meinem Mund verfängt.

»Marianne?« Sam starrt mich an. »Was ist denn los mit dir?«

Ich schreie nicht, eher im Gegenteil, ich sauge, trocken und verzweifelt, Luft ein, die mehr Staub als Sauerstoff enthält. »Ich kann da nicht reingehen«, stoße ich hervor. »Bitte, Sam, schick mich nicht hierher zurück.«

2

»Was zum Teufel ist mit dir?« Wir parken an der kurvigen Auffahrt unter einer gewaltigen Zeder, weit genug entfernt, so dass ich das Gebäude nicht mehr sehen muss. Über uns spannt sich ein schwarzer Baldachin aus Nadeln. Ich schäme mich für meine heftige Reaktion und versuche verzweifelt, sie herunterzuspielen, doch dafür ist es zu spät. Sams Gesicht hat sich verändert. Die Begeisterung, die ich vor zwei Minuten noch darin gelesen habe, ist jenem Ausdruck gewichen, mit dem er den ersten Anruf wegen meiner Mutter entgegengenommen hat oder mit dem er in der Rezeption auf mich wartet, wenn Honor wieder in The Larches eingeliefert worden ist. Er reicht mir eine Wasserflasche. Die Zedern wispern leise.

Jesse hat unsere Initialen in einen dieser Bäume geschnitzt, JJB & MS, umrahmt von einem Herzen. Manche dieser Schnitzereien treten im Laufe der Jahre deutlicher hervor, wenn der Baumstamm wächst und die Narben sich ausdehnen.

»Es tut mir so leid.« Mehr bringe ich nicht heraus, weil ich wieder siebzehn bin und durch die hallenden Krankenstationen laufe. Worte gehen in Flammen auf, das Leben reduziert sich auf alte Matratzen und düstere Gänge. Schlüssel, die sich in Schlössern drehen. Zerschmettertes Glas, rennende Füße. Alles, was mich ausmacht – Mutter, Ehefrau, Arbeit –, löst sich auf. Der Titel vor meinem Namen schwindet, ich bestehe nur noch aus Vergangenheit. Der Gedanke, dorthin zurückzukehren, fühlt sich – überaus passend – wie ein elektrischer Schlag an.

»Ich dachte, du würdest begeistert sein«, sagt Sam. »Ich dachte, ich würde dich über die Schwelle tragen – im Kühlschrank steht Champagner. Wenn dir das Haus nicht gefällt, warum hattest du dann die Maklerbroschüren unter dem Bett? Ich habe nicht geschnüffelt; du hast sie nicht versteckt.«

Eine verdammt gute Frage und eine, deren Antwort er nie erfahren darf. Ich verspüre den Drang, den Ort im Auge zu behalten, genau wie Jesse. Beziehungen zu Menschen und Orten können intensiv und zögerlich zugleich sein. Ich habe die Broschüren gelesen, wenn ich allein war, meine geheime Gutenachtgeschichte, habe langsam umgeblättert, als könnte ich die Lüge fassen und die dunkle Wahrheit daran hindern, aus den glanzvollen Seiten aufzusteigen. Wenn der masochistische Zwang, die Bilder anzusehen, zu stark wurde, musste ich mich mit etwas so Starkem ausknocken, dass ich nur noch das Heft zu Boden fallen ließ und das Bewusstsein verlor. »Ich dachte, es sei dein Traumhaus, dass du sie darum gehortet hast. Ich habe mir ein Bein ausgerissen, um ohne dein Wissen eine Hypothek aufzunehmen. Na schön, vielleicht hätte ich dich nicht damit überraschen sollen, aber du tust, als hätte ich etwas Schlimmes getan.«

Eine wilde Sekunde lang spiele ich mit dem Gedanken, ihm die Wahrheit zu sagen, aber: »Es ist eine Phobie«, sage ich zu meinem Schoß. Meine Scham ist nicht gespielt: Ich belüge jemanden, der es nicht verdient hat. »Eine Phobie aus der Kindheit. Ich … es ist einfach dieser Ort. Ich hatte nicht damit gerechnet.«

»Aber du kannst von Colettes Haus aus hierhersehen. Und es hat dich nie gestört.«

»Es sind fünf Kilometer bis zu Colette«, sage ich ausweichend, habe aber Herz und Kopf wieder unter Kontrolle. »Als wir Kinder waren, war das Nazareth-Hospital unser Spukhaus. Wir haben uns beim Zelten Geschichten darüber erzählt. Von entflohenen Geisteskranken, die mit Fußfesseln durchs Moor liefen, um

einen aus dem Bett zu stehlen. Ich hatte Albträume deswegen.«
Das ist richtig, nur das Tempus nicht.

»O Liebling.« Er klingt belustigt. »Tut mir leid. Aber ironisch ist es schon, das musst du zugeben. Eine Dozentin für Architekturgeschichte, die sich vor einem alten Gebäude fürchtet.«

»Ich weiß.« Ich lächle schwach. Natürlich ist es weder Ironie noch Zufall. Meine ganze Karriere ist darauf ausgerichtet, diesen Ort zu verstehen und zu beherrschen.

»Und dann kommst du zum ersten Mal tatsächlich hierher, und ich überfalle ich dich damit wie in einem blöden Horrorfilm. Ich mache einfach alles falsch.«

Plötzlich wird mir klar, was Sam alles für mich getan hat: Er hat Zeit, Mühe und Geld investiert, um eine Wohnung zu kaufen, ganz allein, ohne meine Hilfe, während er mitten in einem Riesenprojekt steckt. Und all das nur, um der Frau, die er zu kennen glaubt, und der Familie, in die er eingeheiratet hat, das Leben zu erleichtern.

»Mein Gott, du musst mich wirklich für eine undankbare Kuh halten. Danke, Sam. So etwas Nettes hat noch nie jemand für mich getan.« Ich zwinge mich zu lächeln. Es fühlt sich an, als würden meine Lippen aufplatzen, doch es funktioniert: Sam scheint wieder mit sich zufrieden.

»Gut. Ich weiß, wie viel es deiner Mum bedeutet.«

Mein Kopf schießt hoch. »Du hast meiner Mum davon erzählt? Hat sie es überhaupt verstanden?«

»Colette kann sie ja daran erinnern.«

»Colette weiß es auch? Ich frage mich gerade, was erstaunlicher ist: dass du mir hinter meinem Rücken eine Wohnung gekauft hast oder dass sie ein Geheimnis für sich behalten hat.« Meine Schwester ist die größte Klatschtante in Nusstead, ein Titel, den sie von meiner Mutter übernommen hat.

»Ich bin eben ein stilles Wasser.« Es soll ein Witz sein, aber er gefällt mir nicht. Auf stille Wasser bin ich nicht scharf. Amanda, die Leiterin meines Instituts, hatte einmal Lobeshymnen über ihren komplexen, rätselhaften Ehemann gesungen und behauptet, sie habe ihn geheiratet, weil sie ihn niemals ganz durchschauen werde. Ich kann mir nichts Schlimmeres vorstellen. Sam ist nicht oberflächlich, aber ganz klar. Seine Unternehmungslust gilt dem Zeichenbrett, nicht seiner Ehe. Er ist solide, vom Wesen wie auch vom Körperbau. Wir sind in allem einer Meinung, außer – gelegentlich – wenn es um unsere Tochter geht. Ich vertraue ihm. Natürlich nicht genug, um es ihm zu erzählen, aber ich weiß, dass er mir nicht weh tun wird. Wer glaubt, Vorhersagbarkeit sei nichts wert, hat sich nie wirklich gefürchtet.

Die Sonne taucht hinter das Gebäude des ehemaligen Hospitals, und die Temperatur fällt abrupt. So war es schon immer, daran erinnere ich mich: Auf dem Vorplatz brach der Abend schon Stunden vor dem echten Sonnenuntergang herein.

»Es wird kalt«, sagt Sam und reibt über meine Arme. »Lass uns auspacken. Ich meine – es war doch nur der Schock, oder? Nun, da du weißt, was dich erwartet, können wir doch reingehen. Du fühlst dich sicher besser, wenn wir erst ausgepackt und es uns gemütlich gemacht haben. Du weißt ja aus den Broschüren, wie es drinnen aussieht. Es ist überhaupt nicht unheimlich.« Sein Magen knurrt laut. »Wir können was zu essen bestellen.«

»Sam, du bist in Suffolk auf dem Land. Hier gibt es einen einzigen Imbiss, und der liefert nicht. Gehen wir essen.«

Hauptsache, ich kann diesen Ort hinter mir lassen. Hauptsache, ich gewinne Zeit.

3

Sam hat einen Finger am Schalter, mit dem man die Scheinwerfer heben und senken kann. Früher konnte man hier fünf Minuten entlangfahren, ohne einem anderen Auto zu begegnen, und auch jetzt ist die Straße ziemlich verlassen. Die Asylum Road – oder Regal Drive, wie sie jetzt heißt – ist eine Sackgasse. Vom Nazareth nach Nusstead sind es nur etwa fünf Kilometer, doch die Asphaltstraße macht einen Bogen um das unpassierbare Nusstead-Moor. Bilder zucken durchs Scheinwerferlicht: Äste, Bankette, Hecken und gelegentlich winzige Augen auf Stoßstangenhöhe. Ein rosafarbenes Bauernhaus taucht auf und verschwindet sofort wieder. Eine kleine Kirche an der Ecke und dahinter, in der flachen Dunkelheit, das glitzernde Moor, auf dem Michelles Asche verstreut wurde. Suffolk ist dünn besiedelt und nirgendwo einsamer als in diesem flachen Tal, nur wenige Meter südlich des River Waveney, der die natürliche Grenze zu Norfolk bildet.

»Es gibt nichts Gruseligeres als eine Landstraße bei Nacht«, sagt Sam. »Ich rechne ständig damit, dass ein junges Mädchen im blutverschmierten Nachthemd mit ausgestreckten Armen vor mir auf die Straße taumelt.«

»Die übliche Samstagabendunterhaltung in Nusstead.« Wiedergefunden: mein Sinn für Humor. Vielleicht schaffe ich es doch.

Sam deutet nach rechts, als wir das Crown erreichen. »Hier nicht«, sage ich. »Da läuft Sky Sports, da kann man sich nicht unterhalten. Fahr bis nach Eye hinein. Wir essen im Hotel.« Sam bremst, wendet aber nicht. »Ich habe wirklich keinen Bock, die ganze Strecke bis nach Eye zu fahren. Der Zweck der Wohnung besteht darin, dass wir nicht kilometerweit entfernt wohnen.«

Eigentlich hätten wir nie ins Hotel gemusst. Bevor Colette Mum in ihrem Wohnzimmer aufnahm, bot sie uns stets ihr Schlafsofa an. Es ist nicht so, dass ich meine Familie von Sam fernhalten will. Sie leben in unterschiedlichen Welten, aber sie kommen gut miteinander aus – mein Ehemann, der Akademiker, und meine Schwester, die mit sechzehn die Schule verlassen hat. Sie haben den gleichen Instinkt für Familie und sind beide sehr direkt. Falls eine Kluft besteht, habe ich sie erschaffen. Ich habe stets darauf bestanden, nicht bei Colette zu schlafen, und damit angedeutet, Sam sei ihr Haus nicht gut genug und sie wiederum wolle ihn nicht bei sich zu Hause haben. Nichts könnte der Wahrheit ferner sein. Der Fallout meiner Vergangenheit legt sich wie Staub über alles.

Nein, ich verstecke Sam im Eye Hotel, als wäre er mein heimlicher Liebhaber und nicht der Mann, mit dem ich seit fünfundzwanzig Jahren verheiratet bin, weil ich fürchte, Sam könne sich auf die Suche nach echtem Ale machen und im Crown auf Jesse treffen. Jesse könnte sich nicht beherrschen, würde bestenfalls eine hinterhältige Andeutung fallenlassen und schlimmstenfalls ein volles Geständnis ablegen. Und Sam würde Jesse über den Weg laufen. Sobald ich herkomme, ist er überall. Die Brames gehörten noch nie zu denen, die gern zu Hause zu bleiben, und das hat sich auf die jüngere Generation übertragen. Ich kann mich an keinen Besuch in Nusstead erinnern, bei dem ich nicht Mark mit Trish im Rollstuhl oder Madison mit Kinderwagen gesehen hätte. Clays neuestes Motorrad parkt immer vor dem Crown. Von Jesses jüngeren Kindern leben drei in Suffolk, wurden mir aber nie offiziell vorgestellt, und ich würde sie auch nicht erkennen. In meinen paranoideren Momenten frage ich mich, ob Jesse seine Familie zu einer Art Patrouille eingeteilt hat, damit ich nie durch meine Heimatstadt gehen kann, ohne Menschen zu begegnen, die mich an meine Schuld erinnern und an das, was aus mir hätte werden können. Weil ich das aber nicht erklären kann, sage ich einfach nur: »Jesse trinkt im Crown.«

»Ah.« Sam lässt die Bremse los. Ich habe ihn Jesse vorgestellt, weil ich dachte, Angriff sei die beste Verteidigung. Es lief nicht gut. Der eine verfügt jeweils über jene Eigenschaften, die dem anderen fehlen, und darum fühlen sich beide unterlegen. Selbst wenn Jesse reich wäre, würde er nie Sams ungezwungenes soziales Selbstvertrauen haben, und keine Frau schaut bei Sam genauer hin.

Wir kommen an der Main Street vorbei und an dem Haus, in dem ich aufgewachsen bin. Zwei Zimmer oben, zwei Zimmer unten, Haustür zur Straße. Rechts von uns das Kriegerdenkmal, dessen Größe und Namensliste überhaupt nicht zu dem winzigen Ort passen, davor verfrühte Mohnblumen. Der Coop-Supermarkt ist halb mit Brettern zugenagelt, die Bibliothek dunkel. Eine Minute später hält Sam vor Colettes roter Doppelhaushälfte. Bryans Wagen parkt auf der Straße, er hat eine Ruhepause zwischen den langen Fahrten zum Kraftwerk an der Küste. Im Wohnzimmer brennt kein Licht, was bedeutet, dass Mum schläft. Wenn Colette und ihre Familie mal einen Abend für sich haben, darf ich sie keinesfalls stören. Ich schüttele den Kopf. »Nicht auf leeren Magen.«

»Ich hatte überlegt, eins von denen hier zu kaufen, aber sie hatten nur absolute Ruinen im Angebot. Auf ein Bauprojekt kann ich gut verzichten«, sagt Sam und deutet auf die Reihe kleiner Cottages. »Allerdings sind sie recht hübsch.«

»Das mag wohl sein.« In unserer Ecke von Islington, wo Cottages und umgebaute Stallungen Höchstpreise erzielen, würden sie für eine Million verkauft. Hier bringen sie vielleicht ein Achtel. Sie wurden in den 1870ern für die Anstaltsmitarbeiter erbaut. Ganze Generationen von Familien arbeiteten dort. Die Anstalt war groß, bediente die ganze Region. Als Nazareth geschlossen wurde, gab es keinen Ersatz für diese Jobs. Aus dem erhofften Tourismus wurde nichts nach dem Cunniffe-Skandal. Der Ferienhausboom gelangte nie nach Nusstead. Bei uns gab es keine Gentrifizierung, weil die viktorianischen Cottages auf drei Seiten von einer Sozialsiedlung umrahmt wurden. Kastenförmige Häuser mit Kieselrauputz, die in den 1950ern auf die Schnelle hochgezogen wurden, um das Personal der Anstalt unterzubringen. Das Nazareth-Hospital war damals überfüllt, so dass das Schwesternwohnheim als zusätzliche Station herhalten musste. Die Häuser wurden im Hinblick auf eine künftige Erweiterung gebaut, die niemals kam. Die Bewohner von Nusstead nennen sie auch sechzig Jahre später noch »die neuen Häuser«. Sie haben niedrige Decken und kleine Zimmer, sind gut geheizt und verderben kaum die Aussicht, sind aber nicht gerade malerisch und werden nie Leute von außerhalb anlocken.

»Wie wäre es damit?«, fragt Sam und deutet auf den Social mit den erleuchteten Fenstern. »Wir könnten Sushi essen. Oder Tapas.«

Der Witz soll mich beruhigen, gefällt mir aber nicht. Der Social serviert paniertes Hähnchen und Pommes mit allem, das weiß er ganz genau. Es ist ein einstöckiges Fertighaus, das zusammen mit der Siedlung errichtet wurde, eine Art Arbeiterclub für die Krankenschwestern und Pfleger. Als es irgendwann mehr Arbeitslose als Arbeitende gab, übernahm die Gemeinde die Einrichtung. Damals gehörte Mum zur Putztruppe; heute hilft Colette dort aus. Der Social ist mir noch immer so vertraut wie mein eigenes Schlafzimmer: der grün-orangefarbene Teppich, so abgenutzt, dass er glänzt, während die hölzerne Tanzfläche nur glänzt, wenn sie nass ist. Der Social ist ein wichtiger Teil meiner Vergangenheit. Wer ihn beleidigt, beleidigt meine Heimatstadt, meine Familie, mich.

»Sei kein Snob.« Ich scherze nicht, aber Sam lacht dennoch. Es ist dumm, ihn Snob zu nennen. Wäre er ein Snob, hätte er mich nicht geheiratet.

4

Das Eye Hotel punktet mit georgianischen Sprossenfenstern, geschmackvoll angeordneten Pflanzen und glänzend polierten AA-Sternen. Man kennt uns dort gut und gerät in Panik, weil sie befürchten, sie hätten unsere Reservierung verschlampt.

»Marianne!«, sagt Nancy am Empfang. »Habt ihr gebucht? Ich habe kein Zimmer frei …«

»Wir sind nur zum Essen hier. Habt ihr einen Tisch für uns?«

Auf ihrem Gesicht macht sich Erleichterung breit. »Für euch doch immer. Wie geht's deiner Mum?«

»Eigentlich unverändert. Danke, dass du fragst.«

Das Restaurant ist mit alten Gemälden geschmückt, und es gibt Vorspeisen für zehn Pfund, um Touristen und die Londoner Schickeria glücklich zu machen; Ralph-Lauren-Hemden und rote Chinos, so weit das Auge reicht. Sam und ich fügen uns nahtlos ein. Jesse würde niemals hierherkommen. Wenn ich Sam von Jesse fernhalte, schütze ich Jesse auch vor meinem jetzigen Leben. Er weiß natürlich, was ich mache, soll aber nicht das ganze Ausmaß der sozialen Unterschiede sehen: dass ich nach den Maßstäben unserer Kindheit reich bin. *Du schuldest mir was*, hatte er vor Jahren gesagt. Das war, bevor ich zu Geld kam, aber die Überzeugung gilt noch immer, genau wie meine angebliche Schuld. Heutzutage schütze ich Jesses Stolz, indem ich meine eigenen Annehmlichkeiten herunterspiele und mitfühlend nicke, weil er es so schwer hat und vom Gehalt eines Sanitäters Alimente für die Kinder so vieler verschiedener Frauen zahlen muss. Jesse wird schnell obsessiv und geht in die Defensive, brütet ewig über dahingeworfene Bemerkungen und eingebildete Kränkungen. Damit unser spinnwebdünnes Vertrauen überlebt, muss er mir auf Augenhöhe begegnen. Unsere Beziehung ist durchzogen von Bruchlinien aus Geld und Sex, Täterschaft und Schuld. Letztlich läuft es nur auf eins hinaus: Das Leben, das ich jetzt führe und von dem Jesse ein gewaltiger und zugleich winziger Teil ist, wurzelt in der Tatsache, dass ich das Geld benutzt habe, um ihn zu verlassen.

Natürlich könnte jeder, der ein bisschen Ahnung hat, den Umsatz von Thackeray & Khan recherchieren, aber dafür fehlte es Jesse immer an Energie; das gehörte auch zu den Dingen, die mich irgendwann frustriert hatten. Ein Blick auf unser Haus in der Noel Road, und er hätte sofort gewusst, wie weit wir uns voneinander entfernt hatten, aber er hasst London zu sehr, um mich zu besuchen.

»Ich nehme den farcierten Krebs«, sagt Sam und legt entschlossen die Speisekarte weg. Ich bestelle den Salat aus Roter Bete und Feta und ein großes Glas Cabernet Sauvignon. Als Sam auf die Toilette verschwindet, bedeute ich Nancy, es nachzufüllen. Sam überprüft im Restaurant nie die Rechnung, während ich sie beim Hinausgehen unwillkürlich überschlage, ein Überbleibsel meiner Kindheit, in der meine Mutter die Preise lautlos mitsprach, bevor sie irgendetwas in den Einkaufswagen legte. Ich klappe die maßgeschneiderte Handyhülle auf, die Honor mir geschenkt hat, das Wort »Vaterkomplex« in gestochener Schrift auf himmelblauem Kalbsleder. Aus Gewohnheit schaue ich auf ihr Instagram, bevor ich meine Mails abrufe. Sie hat mit ihren fünftausend Followern zwei neue Bilder geteilt: eine Karte der Strecke, die sie heute Morgen gelaufen ist, sechs Kilometer über den Thames Path. Eine anständige Strecke, weder zu lang noch zu kurz, obwohl mir die Route nicht gefällt, da sie durch die Sozialsiedlungen und Hinterhöfe von Kennington führt. Dazu ein stark bearbeitetes Foto von Avocadopüree auf Sauerteigbrot, in dem jemand eine Zigarette ausgedrückt hat. Sie hat es mit ihrem Namen getaggt, also ist es eines ihrer Werke, und ich verdrehe die Augen, obwohl mich niemand sieht. Wer glaubt, ich könnte unserer Tochter nicht objektiv begegnen, muss mich nur nach meiner Meinung über ihre Kunst fragen. Trotzdem. Nichts Besorgniserregendes. Sie ist »gefestigt«, wie es ihre Psychiaterin ausdrücken würde.

Abgesehen von einigen Memos ist mein beruflicher E-Mail-Account leer. Ich habe ihn ohnehin nie für persönliche Zwecke verwendet, und die Mails meiner Studierenden werden umgehend an Amanda weitergeleitet. Es ist seltsam, mitten im Semester nicht zu wissen, wie viele Studienanfänger es gibt, und nicht an die Doktorandinnen zu denken, die ohne meine Aufsicht still vor sich hin arbeiten.

Ich lege das Handy mit dem Display nach unten und atme tief durch. Ich kann das. Ich kann nach Nazareth zurückkehren. Warum auch nicht? Das Gebäude dürfte komplett entkernt sein. Sein besonderer Charakter liegt in der Außenansicht, und die verbliebenen Beweise dürften allesamt verschwunden sein. Der Uhrturm könnte schwierig werden, je nachdem, wo sich die Wohnung befindet, aber ich muss ihn ja nur zweimal täglich sehen. Wenn Sam fährt, mache ich die Augen zu, und wenn ich selbst am Steuer sitze, konzentriere ich mich auf die Einfahrt und schaue nicht nach oben.

Sam setzt sich und trinkt von seinem Bitter, als wäre es ein guter Wein. »Du siehst jetzt viel besser aus.« Ich verschlucke ein saures Aufstoßen, und er bemerkt mein Glas, das nachgefüllt und schon wieder halb leer ist. »Sieht aus, als müsste ich fahren.«

»Danke. Ich komme mir ein bisschen albern vor.« Er streckt

mir die Hand entgegen. Nur wenige Männer haben schöne Hände, Sam gehört dazu. Seine Nägel sind einer der Gründe, weshalb ich mich in ihn verliebt habe; er lässt sie einmal wöchentlich maniküren und polieren. Seine Hände waren das Erste, was mir an ihm aufgefallen ist, als ich ihn unter der hohen Decke der Bibliothek des Royal Institute of British Architects am Portland Place zum ersten Mal gesehen habe. Seine Finger strichen über meine, als wir nach demselben Buch griffen, einem trockenen, leinengebundenen Ziegelstein über den europäischen Rationalismus in der Architektur. Ich schrieb seit einigen Monaten an meiner Doktorarbeit und war wie berauscht von Jugendstil und der Pariser Metro; Sam arbeitete an den ersten Phasen einer neuen Kirche und ließ sich von den geschwungenen Linien in Gaudís Barcelona inspirieren. »Ladys first«, er reichte mir das Buch und blieb auch höflich, als ich die zwei Kilo Sekunden später auf seinen Fuß fallen ließ. »Es ist nicht nötig, die Konkurrenz gleich zum Krüppel zu machen«, sagte er. Als er es mir zurückgab, bemerkte ich seine glänzenden eckigen Nägel, und im weiteren Verlauf des Tages sah ich, wie sich seine Hände behutsam um einen Kaffeebecher schlossen, den Stiel eines Weinglases stützten, einen Kognakschwenker umfassten. Wochen später legten sich die Finger um die Klinke meiner Schlafzimmertür. Sams gepflegte Hände und wohlüberlegte Berührungen eröffneten mir ein Leben voller Ordnung und Fürsorge, und ich brauchte nur zuzugreifen. Es war, als könnte ich mich endlich setzen, nachdem ich zeitlebens auf den Füßen gewesen war.

In einem seltenen Augenblick betrunkener Klarheit erzählte mir Mum, sie habe sich in meinen Vater auch wegen seiner schönen Hände verliebt. Ich muss mich auf ihr Wort verlassen.

»So«, sage ich und ziehe meine Hand weg. »Das passt nicht zu dir.«

»Farcierten Krebs zu bestellen?«

»Zugegeben, das ist gewagt, aber … du weißt, was ich meine. Spontan sein.« Ich verstecke meinen Ärger hinter finanziellen Argumenten. »Können wir uns das leisten?« Ich habe mich mit meinem Glück abgefunden, ihm aber nie so ganz vertraut.

»Wenn wir aufpassen, schon. Es ist nicht so viel teurer als dieses Hotel.« Er deutet nach oben zu den Zimmern. »Gut, in diesem Jahr ist kein Urlaub drin, aber wenn du wieder arbeitest, trägt sich die Wohnung selbst. Dein Sabbatical wird ja nicht ewig dauern.« Dann wird ihm klar, was er gesagt hat. Meine Karrierepause wird so lange dauern, wie meine Mutter am Leben ist. »O Gott, Marianne, das tut mir leid. Das war ungeschickt von mir.« Ich tue es mit einer Handbewegung ab. Er weiß, dass ich weiß, wie es gemeint war.

»Vielleicht war das Sabbatical ohnehin eine schlechte Idee.« Das war es nicht, sondern nur ein offizieller Name für das, was ihm vorausgegangen war: der viele Sonderurlaub, die Studierenden, die vor meinem Büro warteten, wenn ich unterwegs nach Nusstead oder zu Honor war, wo immer sie gerade sein mochte. »Ich kann morgen anrufen und fragen, ob Amanda mich für zwei Tage in der Woche zurücknimmt.«

»Marianne. Die Arbeit läuft dir nicht weg. Aber du hast nur eine Mutter. Bleib bei Debbie. Schenk ihr diese Monate.« Der Drang zu weinen, ist stark, aber auch mein Gegenreflex. Die Tränen bleiben, wo sie sind.

Man serviert unser Essen. Sam knackt die Schere seines Krebses, und sie riecht nach Meer, nach seltenen Kindheitsausflügen an die Küste. Mein Salat wirkt dagegen dünn und wenig verlockend.

»Wenn du jetzt sagst, dass du das Falsche bestellt hast und mit mir tauschen willst, verlasse ich dich«, sagt er, ohne aufzublicken.

»Könnten wir halbe-halbe machen?« Ebenso resigniert wie

geübt schaufelt er sein halbes Essen auf meinen Teller, und ich kippe eine Masse aus Karminrot, Weiß und Grün auf seinen.

»Oh, Moment mal.« Die Erkenntnis trifft mich wie ein Schlag. »Die Familientherapie.«

»Ich hab mich drum gekümmert«, sagt er. »Dr. Adil meint, sechs Wochen würden uns nicht schaden. So hätten wir vielleicht auch Zeit, um das, was wir bisher besprochen haben, zu verarbeiten. Sie wird natürlich die Einzelsitzungen mit Honor weiterführen. Ich dachte, du wärst erleichtert.«

Erleichterung ist gar kein Ausdruck. In den vergangenen Monaten haben wir zu dritt in einem Behandlungszimmer gesessen und über Konzepte wie Co-Abhängigkeit, Vermaschung und weitere Euphemismen für meine angebliche Unfähigkeit, die Kontrolle abzugeben, diskutiert.

»Na schön. Aber keine unilateralen Entscheidungen mehr, einverstanden?«

Bei meiner ironischen Bemerkung zieht er die Augenbrauen zusammen; ein häufiges Thema in der Familientherapie ist, dass ich in Honors früher Kindheit, als Sam himmelhohe Gebäude errichtete und ich auf dem Boden blieb, große Entscheidungen vorangetrieben hatte, ohne sie mit ihm abzusprechen. Er zahlt es mir mit gleicher Münze heim. Honor ist unser gemeinsamer Nenner, aber auch unser Schlachtfeld. Wenn ich etwas Falsches sage, drehen wir uns wieder nur im Kreis.

»Wie laufen die Bauarbeiten?« Was ich eigentlich meine: Können wir bitte das Thema wechseln? Er schluckt trocken, und ich erkenne, dass er ebenso erleichtert ist wie ich, über die Arbeit zu reden. Da ich zurzeit keine habe, redet Sam, und ich höre zu. In seinen Augen ist er eher Ingenieur als Architekt. Er kümmert sich um die Funktion und sein Partner Imran um die Form. Sie entwerfen Gebäude, die selbst Damian Greenlaw gefallen würden. Zurzeit arbeiten sie an einer »bedarfsgerechten« Sonderschule in Finnland und befinden sich, wie Sam mir ausführlich darlegt, in einer verfahrenen Situation, was den genauen Winkel eines Oberlichts angeht.

Dann kommen die Hauptgerichte: Steak für Sam, gebratener Lachs mit Zucchini-Pommes für mich. »Ich war schon mal da«, platze ich plötzlich heraus. Es ist die Untertreibung des Jahres, aber die Wahrheit verpackt die Lüge. »In der Klinik. Mum hat vor Ipswich dort gearbeitet. Und davor meine Oma.«

»Marian mit einem N«, nickt Sam. Sie ist meine Namensvetterin, und ihr Arbeiterklassename wurde eigens für mich mit einer längeren Änderung verschnörkelt. Mum verschnörkelt alles: Dosen für Kosmetiktücher, Tagesdecken, Namen.

»Das stimmt. Es gab eine Gartenparty, irgendein Jubiläum oder so.« Wie alt war ich damals? Colette war noch nicht geboren, aber Jesse war mit seinen drei Brüdern da, also lebte Butch noch … »Ich muss etwa sechs gewesen sein.«

»Also hattest du nicht immer diese Phobie?«

Er bekundet Interesse an meiner Kindheit, und doch kommt es mir wie ein Verhör vor.

»Das Fest fand im Garten statt. Wir sind nicht reingegangen.«

»Du bist nie wirklich drin gewesen.«

»Nein.« Ich zerknülle meine Serviette auf dem Schoß.

»Ich verstehe nicht, weshalb du die Broschüren gesammelt hast, wenn du dich vor dem Gebäude fürchtest.«

»Morbide Neugier, berufliches Interesse. Ich komme schon klar. Es war vorhin nur der Schock, sonst nichts.« Ich lege Messer und Gabel weg. »Ich habe dich noch gar nicht gefragt, ob es eine Wohnung oder ein Haus ist.« Man hat einige der Villen zu Cottages umgebaut. Welche Geister dort auch lauern mögen, es sind nicht meine, selbst wenn ich vom Fenster aus den Uhrturm sehen kann.

»Für ein Cottage hat es leider nicht gereicht. Aber die Wohnung ist richtig schön, versprochen. Zwei Schlafzimmer, also kann Honor uns besuchen, wann immer sie möchte.«

Die Wohnungen. Also auf den alten Stationen. Wo die Patienten schliefen, wo sich die Maschinen befanden. »Wie schön!«, stoße ich gezwungen hervor. »Und wo ist unsere Wohnung? Ich meine, weißt du, was sie früher mal war?« Die alten Schilder blitzen in meinem Kopf auf. *Beschäftigungstherapie. Sporthalle. Laden. Physikalische Rehabilitation. Elektrotherapie.*

»In der Tat. Die Immobilienfirma wirbt nicht gerade mit den düsteren Aspekten der Geschichte, aber ich habe die Pläne online recherchiert. Ich habe mich sogar bis zu den ursprünglichen Grundrissen durchgeklickt. Ein paarmal habe ich versehentlich das iPad benutzt und bin in Panik geraten, weil ich fürchtete, du würdest etwas merken. Andere Männer löschen wegen Pornos den Verlauf und ich wegen der Blaupausen einer viktorianischen Irrenanstalt.«

»Sam.«

»Sorry. Unsere kleine Wohnung befindet sich im ehemaligen Frauenflügel. Eine normale Station mit Einzelräumen.«

Die Kellnerin kommt vorbei, und ich halte ihr zitternd mein leeres Glas hin. »Die Viktorianer bezeichneten ihre Irrenanstalten als steinerne Mütter«, sage ich, um Sam, der sich neben seiner Familie nur für Architektur interessiert, von meiner Nervosität abzulenken. »Damals glaubte man tatsächlich, die Gestaltung des Gebäudes könnte die Kranken heilen. Ich meine, im Grunde glaubst du das auch, aber das psychologische Wissen damals war äußerst rudimentär. Die meisten großen viktorianischen Irrenanstalten wurden Ende des 19. Jahrhunderts errichtet, und dann kam natürlich der Erste Weltkrieg mit seinen Kriegstraumata, die alles veränderten, was man über Psychiatrie zu wissen glaubte. Diese Einrichtungen waren für die Soldaten völlig ungeeignet. Es war eine in sich abgeschlossene Philosophie; nichts an der Bauweise ist zufällig – die Absonderung und all die Bäder, in denen der Wahnsinn im wahrsten Sinne des Wortes weggewaschen werden sollte. Sie waren wie Arbeitshäuser gebaut, nicht wie Krankenhäuser. Und schon wenige Jahre nach der Eröffnung völlig überholt.«

»Und doch dauerte es noch einmal an die neunzig Jahre, bis sie tatsächlich geschlossen wurden«, sagt Sam leichthin. Für ihn ist die Schließung der Anstalten eine historische Fußnote, kein Dreh- und Angelpunkt. »Mir war gar nicht bewusst, dass Dingsbums dahinterstand. Du weißt schon, diese einschüchternde Abgeordnete mit der spacigen Frisur, die ständig alte Leute auffordert, einen Marathon zu laufen.« Er schaut mich erwartungsvoll an und scheint nicht zu bemerken, wie das Blut in meinen Wangen pocht. »Die aussieht wie ein Hai mit Lippenstift. Wie heißt sie doch gleich?«

»Helen Greenlaw.« Der Name geht mir glatt über die Lippen, und ich spreche mit einer kühlen Selbstbeherrschung, auf die selbst Helen Greenlaw stolz wäre. Sams Beschreibung trifft ins Schwarze, obwohl ich mich nicht an ihren Mund erinnere, sondern an ihre Augen, ein leuchtendes Tory-Blau mit einer Verfärbung in der rechten Iris, einem dunkelblauen Spritzer, als hätte man einen Haken in den Rand der Pupille geschlagen und die dunkle Farbe herausgezogen.

»Genau die meine ich. Hab sie nie leiden können«, sagt er zerstreut und sägt an seinem Steak herum. Mein Gesicht brennt. Falls er es bemerkt hat, führt er es wohl auf eine Hitzewallung zurück, die er taktvoll ignoriert. »Gott weiß, wie sie den Pool in der alten Kapelle an den Denkmalschützern vorbeigeschmuggelt haben – Hut ab vor den Planern. Die haben sogar die ehemalige Kanzel in einen Whirlpool umgewandelt. Geradezu ein Sakrileg, aber es wäre auch schade drum gewesen, nicht wahr? Die Bewohner haben freien Zutritt, du kannst also jeden Tag schwimmen gehen. Falls Colette ein bisschen Erholung braucht, darf sie die Einrichtung sicher auch benutzen.«

»Das klingt gut.« Ich drücke die Hand flach auf die baumwollene Tischdecke und versuche, ihre Kühle in mich aufzunehmen. In Sams Augen ist nichts Besonderes passiert. Helen Greenlaw wurde erwähnt, ohne dass der Himmel eingestürzt ist, was ich nicht für möglich gehalten hätte. Meine Wangen kühlen ab, meine Gedanken ordnen sich und kehren heim. Wenn ich hier eine Zweitwohnung habe, kann Colette schwimmen gehen, sich in einem Spa entspannen, im Liegestuhl ein Buch lesen. Sie hat ihre berufliche Laufbahn als Krankenschwester so lange auf Eis gelegt, wie Mum sie braucht. Sieben Tage die Woche, rund um die Uhr, ohne Pause. Plötzlich wird mir klar, dass Sam es ebenso sehr für sie wie für mich getan hat.

Ich esse langsam, um die Rückkehr aufzuschieben. Nancy faltet diskret die Servietten fürs Frühstück, als ich noch einen Kaffee für unterwegs bestelle, doch irgendwann müssen wir zurückfahren oder im Auto übernachten. Auf der Rückfahrt plappere ich nervös über das, was ich von nun an Park Royal Manor nennen muss.

»Was soll das überhaupt heißen, *Park Royal Manor?*«, frage ich, als wir an dem Leuchtschild rechts abbiegen, das *Ihr luxuriöses Domizil im Herzen von Suffolk* ankündigt. »Meines Wissens gibt es hier keinerlei königliche Verbindung.«

»Sie konnten es wohl kaum Irrenanstalt Nazareth nennen, oder?«

»Das Wort ›Irrenanstalt‹ hatten sie schon gestrichen, als ich ein Kind war. Es hieß einfach nur Nazareth-Hospital. Wohl, um das Stigma loszuwerden.«

Die schwarzen Zedern über unseren Köpfen berühren einander, bilden einen zweiten, sternlosen Himmel. Ich schwatze weiter, während der Wagen auf das Haus zurollt. »Wusstest du, dass sich der Begriff *go round the bend* für ›verrückt werden‹ auf die Anstalten bezog? Man legte die Zufahrten in einer Kurve statt in einer geraden Linie an, damit sich die Insassen von der Außenwelt abgeschirmt fühlten. Um die Kurve gefahren zu werden, hieß, dass sie einen in die Anstalt brachten.«

Mir kommt ein anderer Gedanke. Zu meiner Schulzeit sagten wir, jemand »nimmt die Nummer sechs«. Nach der Stilllegung der Bahnlinie verkehrte die Buslinie 6 nämlich zwischen Nusstead und Nazareth. Ich hielt es damals für eine allgemeine Redewendung. Als ich nach Cromer Hall wechselte, war mir klar, dass ich den Ausdruck, zusammen mit meiner Geschichte und meiner Schuld, zensieren und meinen Akzent wie eine alte Haut abstreifen musste.

5

Abends wird die Fassade von Flutlicht erhellt, und ein einzelner Strahl aus blassgoldenem Licht ist auf den Uhrturm gerichtet. Vor dem Einsturz war der Turm innen von eisernen Streben durchzogen, die Selbstmörder abhalten sollten. Ich frage mich, wie er jetzt aussehen mag, ob er noch immer Sicherheitszwecken dient oder rein dekorativ ist. Der rankende Wein erglüht scharlachrot. Er wird sicher regelmäßig beschnitten, damit er die Fenster einrahmt, ohne in die alten Ziegel einzudringen.

»Alles gut?«, fragt Sam und ergreift meine Hand. Seine ist warm und trocken, meine ist klamm. »Mein Gott, das ist wirklich eine große Sache für dich, was? Das menschliche Gehirn und seine irrationalen Ängste. Das habe ich wirklich nicht geahnt.«

Die gewaltigen Glastüren öffnen sich automatisch, dahinter liegt die Eingangshalle. Man könnte das Haus glatt für ein Luxushotel halten, das der ländlichen Armut eine lange Nase dreht. Die ehemalige Patientenaufnahme ist jetzt die Rezeption, auf der Theke stehen Lilien und Oleander in einer eleganten Glasschale. Über den beiden Türen rechts und links sind noch die in Stein gemeißelten Worte FRAUEN und MÄNNER zu lesen.

Die prächtige geschwungene Treppenanlage wurde restauriert, breite Holzstufen, die zur Galerie führen, wo sich früher die Verwaltung befand. Das Holz ist zu schimmernder Vollkommenheit poliert. Ich kann mir auf der Treppe eher eine Braut oder Debütantin vorstellen als eine Patientin, die zu einem Gespräch mit ihrem Arzt geführt wird. Die Schuld und Grausamkeit meiner Tat – unserer Tat – stürmt durch die Jahrzehnte heran und überrollt mich.

»Alles gut?«, wiederholt Sam. Ich kann nur nicken.

Oskar, der uniformierte Jüngling an der Rezeption, verbeugt sich beinahe vor uns.

»Guten Abend, Mr. Thackeray«, sagt er mit starkem polnischem Akzent.

»Nenn mich einfach Sam. Das ist meine Frau Marianne.«

»Guten Abend, Marianne«, sagt Oskar, dem diese Vertraulichkeit offensichtlich nicht behagt.

»Hi«, knurre ich.

Der Aufzug ist mit weicher Glasfolie verspiegelt, die uns aus der Zeit schleudert. Mein jüngeres Ich ist so gegenwärtig, dass ich beinahe damit rechne, es in diesem Spiegel zu erblicken. Aber nein, da bin ich mit meinen ganzen siebenundvierzig Jahren. Verdächtig glatte Stirn, die Augen gesenkt, bierbraunes Haar, das ich laut Modepresse einige Zentimeter zu lang für mein Alter trage. Wer mich nicht kennt, könnte staunen, dass ich eine erwachsene Tochter habe. Ich war schon siebenundzwanzig, als Honor geboren wurde, ungewöhnlich für Nusstead, eine Londonerin eben. Aber ein Mädchen aus Nusstead bleibt ein Mädchen aus Nusstead … In dieser Gegend sind die Generationen enger beieinander. Als Colette mit zweiundzwanzig Jack bekam, arbeitete sie seit fünf Jahren und hatte seit zwei Jahren Ehemann und Hypothek. In Islington ziehen Nachbarinnen in meinem Alter Sechsjährige auf. Ich hatte angenommen, dass ich später mehr Freiheit hätte, wenn ich früher Mutter würde. Allerdings hatte ich nicht mit dem zweiten inoffiziellen Mutterschaftsurlaub gerechnet, den ich nehmen musste, als Honor in der Pubertät war. Sam – Typ Teddybär, ergrauende Locken, die geschnitten werden müssen – überprüft seine perfekten Zähne auf Spinatreste.

»Wie viel Hausgeld nehmen die hier?«, frage ich.

»Marianne. Mach dir keine Sorgen. Wir kriegen das schon hin.« Bin ich paranoid, oder ist das ein Rückschritt nach dem *Wir-können-es-uns-leisten* von vorhin? »So, es ist ein Stück zu laufen. Hast du wirklich keine Angst?«

Ich zwinge mich hinzusehen. Brandschutztüren unterteilen den Flur. Mit achthundert Metern war der Personalflur im Geschoss darunter einst der längste in Europa. Die Einheimischen waren auf bizarre Weise stolz, weil Nazareth weitläufiger war als der Buckingham Palace.

Man hat sich für Rekonstruktion statt Restauration entschieden. Statt der alten Heizungen mit den dicken Farbschichten stehen hier glatte pulverbeschichtete Nachbildungen. Selbst das glänzende Parkett ist neu. Rothko-Drucke ersetzen die primitiven Patientengemälde aus der Beschäftigungstherapie und die Fotos, auf denen sie Körbe flechten oder Schuhleisten drechseln. Hier und da hängen gerahmte Originalpläne und Luftaufnahmen vom alten Nazareth-Hospital. Von oben betrachtet, sieht das Hauptgebäude wie der Bart eines altmodischen Schlüssels aus, der mit langen eckigen Zähnen besetzt ist.

Mir fällt auf, dass sie die gerundeten Wände und geschwungenen Sockelleisten beibehalten haben, wohldurchdachte Details, die verhindern sollten, dass die Patienten sich verletzen. Aber die Decke mit dem Wabenmuster haben sie verputzt und in den Bogen Punktstrahler eingesetzt. Wo früher der Putz von den Wänden blätterte, prangen heute Metrofliesen, glänzend weiße Rechtecke, die man jetzt überall sieht – man kann nirgendwo Kaffee bestellen, ohne sich wie in einem altmodischen städtischen Schwimmbad zu fühlen. Sie sollen dem Ganzen Authentizität verleihen, aber ich finde sie grotesk. Ursprünglich befanden sich diese Fliesen an schrecklichen Orten: heruntergekommenen öffentlichen Toiletten, gruseligen Vorortbahnhöfen, vernachlässigten Krankenhäusern. Solche Fliesen ummauerten die Armen und Verzweifelten. Solche Fliesen haben mich in meinen schlimmsten Augenblicken gesehen.

»Unsere Wohnung war die Musterwohnung, daher ist sie noch nicht nach unserem Geschmack eingerichtet«, sagt Sam und stößt die nächste Brandschutztür auf. Als gäbe es so etwas wie unseren Geschmack. Ich könnte keinen einzigen Gegenstand in unserem Haus benennen, den Sam ausgewählt hätte.

»Na schön, da wären wir. Willkommen in unserem bescheidenen Heim.«

Das Schloss öffnet sich lautlos, und ich bin froh darüber. Ich kann mich nur zu gut an das Knirschen der alten Schlüssel erinnern. Die Wohnung sieht neutral und gefällig aus, wie Musterwohnungen eben sind, in dunklem Beige und Taupe, Hellbeige und Champignon-Braun, doch die Fadheit an sich wirkt schon beleidigend. Ich muss auf meinen roten Mantel sehen, um mich zu vergewissern, dass hier drinnen überhaupt Farbe existieren kann. Das Wohnzimmer ist doppelt so groß wie die Schlafzimmer, die Decke dort doppelt so hoch. Eine Wendeltreppe krümmt sich um eine der Eisenstreben, die früher mitten auf den Stationen standen. Nur sie und die Fenster, zweiunddreißig verbundene Scheiben, die auf die alten Freilufthöfe hinunterblicken, zeugen von der Geschichte des Gebäudes. In der Küche gibt es natürlich wieder Metrofliesen. Ich verwette unsere zweite Hypothek darauf, dass man sie auch oben findet. Der beliebte Einrichtungstrend von heute ist das avocadogrüne Badezimmer von morgen.

»Was sagst du?« Sams Augen flehen um Zustimmung. »Ich weiß, es ist ein bisschen schlicht, aber …«

»Man erahnt jedenfalls nicht mehr, was es einmal war.« Ich trete ans Fenster und schaue aufs Moor hinaus. Nusstead gleicht einer Ansammlung von Pailletten am Horizont. Einer dieser winzigen Lichtpunkte ist mein altes Schlafzimmerfenster. Hinter mir bewegt sich etwas, und ich sehe Sam im Fenster, der in jeder Hand ein Champagnerglas hält.

»Ich hoffe, es ist nicht unfein, auf die neue Wohnung anzustoßen«, sagt er. »Ich wünschte, du müsstest nicht mehr herkommen. Aber ich hoffe, wenn du hier ein Heim hast – ich hoffe, es macht das Bevorstehende irgendwie leichter.«

Ich drehe mich um und küsse ihn. »Dafür liebe ich dich.«

Sam trinkt seinen Champagner zu schnell und verzieht das Gesicht, als ihm die Kohlensäure in die Nase steigt.

»Ich weiß nicht, ob ich das sagen soll. Ich wollte es schon im Pub sagen und habe es dann doch gelassen, aber es ist besser, offen darüber zu reden. Ich habe ein bisschen geschnüffelt und – ich weiß Bescheid über den Mord.«

Im Laufe der Jahre habe ich gelernt, dass mein Körper auf schlechte Nachrichten sehr spezifisch reagiert – er drängt weg von der Quelle. Der unwillkürliche Schritt, mit dem ich von Sam zurückweiche, wird zu einem heftigen Satz, der mich durchs halbe Zimmer befördert und mein Glas überschwappen lässt. Sam ist tief beschämt, schon zum zweiten Mal an diesem Abend. »Es tut mir leid, Liebling. Ich wusste nicht, dass es dich so treffen würde. Du warst so jung. Darum habe ich gedacht, dass es dir nichts mehr ausmacht. Hör zu, alles ist gut. Es ist Vergangenheit.« Er kommt näher, zieht ein Taschentuch hervor, um mein Kleid abzuwischen. »Du weißt, dass Darius Cunniffe tot ist, oder? Er starb 2013 in Broadmoor. Ich hatte in den Nachrichten von dem Fall gehört, wusste aber nicht, dass es hier geschehen ist, bis ich mich mit dem Ort beschäftigt habe.«

Erleichterung ist eine bessere Droge als Alkohol: Sie durchflutet meine Adern, sprudelt förmlich in mir hoch. Sam spricht von dem berüchtigten Mord, dem Mord an Julia Solomon, von dem alle wissen. Von dem anderen weiß er nichts. Er ist das letzte Geheimnis, das Nazareth je hüten musste.

6

Colette schlürft einen Latte aus der Maschine, die zur Wohnungsausstattung gehört. Meine Mutter trinkt Ribena-Saft durch einen Strohhalm. Sie sind einander so ähnlich, kleine vogelähnliche Frauen in Leggings und mit Haargummis, die in dem überhohen Zimmer geradezu schrumpfen. Neben ihnen komme ich mir doppelt so groß vor, kerngesund und hochgewachsen dank der Wikingergene, die sich durch meine DNA schlängeln.

»Wir könnten uns daran gewöhnen«, sagt Colette und hebt ihren Kaffeebecher. »Stimmt's, Mum?« Colette spricht jetzt für beide. Debbie Smy, ehemals Stationsschwester und Klatschtante olympischen Ausmaßes, sagt kaum noch etwas. Seit dem ersten Schlaganfall habe ich mich nicht mehr richtig mit ihr unterhalten. Es war nicht wirklich der erste Schlaganfall, nur der erste, der diagnostiziert wurde. Die vaskuläre Demenz arbeitet schleichend, eine Reihe winziger Schlaganfälle, die einem zunehmend Würde und Gedächtnis rauben.

»Bleibt Sam nicht hier?« Ich zucke zusammen. Meine Schuld.

»Er musste arbeiten. Ich habe ihn heute Morgen zum Bahnhof gebracht.«

Ich verschweige, dass wir seinen Zug um drei Minuten verpasst haben, weil in Stradbroke die Straße gesperrt war und die Lichter am Bahnübergang in Hoxne geschlagene zehn Minuten blinkten, bevor tatsächlich ein Zug vorbeifuhr. Nusstead befindet sich in einer Art Bermudadreieck des öffentlichen Nahverkehrs. Jeder Bahnhof ist angeblich vierzig Autominuten entfernt, aber heute Morgen haben wir eine Stunde bis Diss gebraucht, das gleich hinter der Grenze in Norfolk liegt. Das Nazareth-Hospital hatte früher eine eigene Bahnstrecke, mit der die Patienten direkt aus Ipswich herkamen, doch die Schienen wurden schon vor hundert Jahren entfernt und die Haltestelle in den fünfziger Jahren überbaut. Vielleicht hätte ich Richtung Süden nach Darshamim oder gleich nach Ipswich fahren sollen. Ich muss eine Art internen Algorithmus entwickeln, um die Länge der Zugfahrt auf die Straßenverhältnisse abzustimmen. Dabei fällt mir etwas ein.

»Wann wurde die Asylum Road eigentlich umbenannt?«

»Als sie mit den Bauarbeiten angefangen haben. Keine Ahnung, warum sie sich die Mühe gemacht haben. Alle, die ich kenne, sagen immer noch Asylum Road.« Colette pustet auf ihren Kaffee. »Ich weiß nicht, wie du hier allein schlafen kannst. Erinnerst du dich an Kim Wittle aus meiner Schulklasse?« Ich erinnere mich nicht, nicke aber trotzdem. »Sie ist zu einer Konferenz nach London gefahren, und das Airbnb, in dem sie übernachtet hat, war früher eine alte Kirche, die in Wohnungen umgewandelt wurde. Mit Blick auf einen Friedhof. Über dem Bett war ein altes Buntglasfenster mit einem blonden Jesus am Kreuz, sein Blick folgte ihr durchs ganze Zimmer. Sie hat kein Auge zugetan. Am Ende ist sie ins Premier Inn gezogen. Was ich ihr nicht verdenken kann. Hier drinnen ist es genauso. Ich könnte nicht schlafen, all die Leute, die im Lauf der Jahre verrückt geworden sind.« Dann wird ihr klar, was sie gesagt hat. »War nicht so gemeint.«

»Ich weiß.«

Sie dreht sich zum Fenster. »Ich meine, schau dir die Leute da draußen an, die tun, als wäre es das Normalste auf der Welt, Tennis zu spielen, wo die arme Frau gestorben ist.«

Ich blicke über ihre Schulter. Sie liegt völlig falsch. »Das war der sogenannte Freilufthof, wo sich die Patienten die Beine vertreten konnten. Es ist vermutlich einer der wenigen Orte, die noch für den ursprünglichen Zweck genutzt werden. Auf dem Gelände gibt es auch ein richtiges Denkmal für Julia Solomon. Einen Rosengarten.«

»Ihr Sohn dürfte jetzt auch schon über dreißig sein, oder? Armer Kerl. Man darf gar nicht dran denken.« Colette denkt nicht gerne über unangenehme Dinge nach. Sie streicht über die Küchenrückwand. »Du hast diese hübschen Fliesen. Die hätte ich auch gern, falls ich zu Geld komme. Dieses Wochenende gibt es einen Jackpot.«

»Wenn du in der Lotterie gewinnst, kannst du dir hier eine Immobilie kaufen«, schlage ich vor. »Vielleicht eine der Villen.« Laut Oskar wurden nur wenige Objekte an Leute aus Nusstead verkauft. Für die Einheimischen sind sie zu teuer. Meist wohnen hier Zugezogene, Pendler, dazu gibt es eine Handvoll Zweitwohnsitze wie unseren.

»Nein danke«, sagt Colette und erschauert. »Alles gut mit dir, Mum?«

Unsere Mutter starrt aus dem Fenster, die trüben braunen Augen auf den Horizont gerichtet. »Eins davon ist dein altes Haus«, sage ich. »Nächstes Mal bringe ich mein Fernglas mit, dadurch müsste man das Dorf ganz gut erkennen können. Wenn du genau hinschaust, siehst du auch das Kriegerdenkmal.«

»Habe ich euch mal erzählt, wie ich ein Kind war und der Alarm losging?« Es ist der längste Satz, den meine Mutter seit Monaten gesprochen hat. Colette und ich sind sofort still. Als wir klein waren, hat sie uns die Geschichte unzählige Male erzählt; wie alle guten Märchen ist es eine in eine Erzählung gekleidete Warnung.

»Nein! Lass hören.«

Ich drücke die Aufnahmetaste auf meinem Handy, damit ich

die Geschichte für immer bewahren kann. Colette versteht es. Ihr Gesicht zittert, so sehr bemüht sie sich, nicht zu weinen.

»Ich muss etwa vier gewesen sein«, sagt Mum und drückt die Luft aus ihrem Getränkekarton, wobei sie fasziniert zuschaut, wie sich eine Blase am Ende des Strohhalms bildet und zerplatzt. »Ein Pädo oder Kinderschänder, wie wir sie damals nannten, ist über die Mauer geklettert. Er trug noch, was wir Kraftkleidung nannten, diese schrecklichen Hosen aus Sackleinen, die die schlimmsten von ihnen anziehen mussten. Mein Gott, das Geräusch dieser Sirene. Wir alle hatten Anweisung von unserer Mum, sofort nach Hause zu rennen, wenn man das Geräusch hörte. Es ging so: Awuuuuu …« Sie ahmt die Sirene nach, hebt und senkt langsam die Stimme, ein vertrautes Geräusch aus Schwarz-Weiß-Filmen über den Luftkrieg. Sie scheint gar nicht mehr aufzuhören, aber wir bringen es nicht übers Herz, sie zu unterbrechen. »Ihr Mädchen habt Glück, ihr seid ohne dieses Sirenengeheul aufgewachsen. Da gefriert einem das Blut in den Adern. Sie hatten sogar einen richtigen Hubschrauber, es war das erste Mal, dass die Kinder im Dorf einen gesehen haben, und wir blieben stehen und winkten ihm zu. Wir waren so aufgeregt, dass wir gar keine richtige Angst vor dem Verrückten hatten. Wenn damals was passierte, hatte es immer mit der Klinik zu tun.«

Der Strohhalm fällt aus dem Getränkekarton, sie versucht vergeblich, ihn wieder durch das kleine Loch zu stecken, und verzieht frustriert das Gesicht. »Haben sie den Mann erwischt?«, fragt Colette, obwohl wir wissen, dass sie ihn binnen einer Stunde in der Pfadfinderhütte entdeckt hatten.

»Welchen Mann?«, fragt Mum. Es ist, als hätten die vergangenen Minuten nicht stattgefunden. »Welcher Mann?« Wieder versucht sie, den Strohhalm hineinzustecken, und funkelt Colette an wie ein aufgebrachtes Kind. Ich beende die Aufnahme.

Ich werde sie wenige Sekunden vor dem Ende ausschalten, falls ich es jemals übers Herz bringe, sie anzuhören.

»Nichts«, sagt Colette, steckt den Strohhalm wieder ins Loch und drückt Mums Schulter. Während ich über das Queen-Anne-Revival oder die Gartenstadtbewegung unterrichtet habe, hat Colette geputzt und gewischt und getröstet. Sam hat recht. Ich muss hier sein. Ich hätte schon vor Monaten herkommen sollen. Nicht nur meine Mutter braucht jemanden, der sich um sie kümmert.

»Hey, Marianne, da wir gerade vom Töchter-Einschließen reden«, sagt Colette. »Jesse hat gestern Abend im Pub nach dir gefragt. Er ist seit letztem Monat wieder solo.«

Mein Herz hämmert. »O Gott, wirklich?« Wenn Jesse keine Freundin hat, ist er immer besonders gefährlich.

»Soweit ich weiß, hat er es diesmal geschafft, Schluss zu machen, ohne sie vorher zu schwängern, das ist also ein Fortschritt.«

»Ha.« Dann fällt es mir schlagartig ein. »Bitte sag, dass du ihm nicht von dieser Wohnung erzählt hast.«

Ihr Gesicht verrät mir, dass sie genau das getan hat. Na super. Das ist schlimmer, als nur ein Urlaubsziel zu verraten. Einen Zweitwohnsitz kann man kaum verstecken. Ich trinke Kaffee und wünsche mir, es wäre Wein.

»Jesse wusste also noch vor mir, dass ich jetzt hier eine Wohnung habe?«, frage ich stöhnend. »Ich dachte, du hättest Sam geschworen, nichts zu sagen.«

»Klar, dir nicht. Was ist denn schon dabei? Er war froh, dass du es so gut getroffen hast. Tut mir leid.« Eine Sekunde lang ist sie nicht die kompetente Krankenschwester, Ehefrau und Mutter, sondern meine kleine Schwester, die schmollt, um ihre Kränkung zu verbergen. Sie hat mir nicht übelgenommen, dass ich weggegangen bin – auf dem Land war die Jugendarbeitslosigkeit damals schon schlimm, und noch immer verlassen viele

Leute Nusstead, um woanders Arbeit zu suchen, so dass die Grundschule ständig vor der Schließung steht –, sondern, wie ich es gemacht habe.

Dann gibt sie nach und kichert sogar, in ihr blitzt wieder das Mädchen auf, das für Jesse geschwärmt hat. »Er hat mich betrunken gemacht. Muss gut bei Kasse sein, hat ausnahmsweise mal eine Runde geschmissen, der Geizkragen.« Ich sollte erleichtert sein, aber das Geld wird nicht lange reichen. Hätte er im Lotto gewonnen, würde er mit einem gigantischen siebenstelligen Scheck in allen Zeitungen protzen und ein Jahr später, wenn er alles verloren hätte, seine tragische Geschichte für fünfhundert Pfund an dieselben Zeitungen verkaufen. »Was hast du denn erwartet? Dass du um die Ecke wohnst, ohne dass er davon erfährt?«

Idealerweise schon, aber wir sind hier in Nusstead, wo man in einer Gemeinschaft lebt und mit seiner Privatsphäre dafür bezahlt. Sie hat recht. Vielleicht ist es sogar besser, dass er es hintenherum erfahren hat. So kann er allein mit seinem Groll zurechtkommen.

»Ich finde es ziemlich süß«, sagt Colette. »Dass ihr euch nach all den Jahren noch immer gernhabt.«

Dazu kann ich nichts sagen und bin beinahe froh, als Mum uns unterbricht.

»Ich kann euch beide hören, wie ihr unten auf dem Sofa herumfummelt.« Sie ist wieder im Zimmer, wenn auch nicht in der Gegenwart. »Ihr seid nicht so leise, wie ihr glaubt. Ich bin doch nicht von gestern. Verhütet ihr wenigstens?« Ich schaue Colette halb belustigt, halb entsetzt an. Nur gut, dass Sam nicht hier ist. »Immerhin«, fährt sie fort, während Colette sich auf die Lippe beißt, um nicht zu lachen, »strengt er sich an. Das muss er wohl, nach dem, was mit dem Bruder passiert ist. Als müsste er es wiedergutmachen. Du weißt schon, der, der ins Gefängnis musste, der wie eine Kartoffel aussieht, den sie wegen Drogenhandel drangekriegt haben. Und Dingsbums, der auf den Kreuzfahrtschiffen arbeitet, habt ihr seine Frisur gesehen? Marianne, versprich mir, dass du mit dem nichts anfängst. Du willst doch Karriere machen, raus aus Nusstead und dir einen richtigen Freund suchen.«

Ich drücke ihre knochige kleine Hand. »Das werde ich«, sage ich, um sie glücklich zu machen und weil es leichter ist, etwas zu versprechen, das man schon gehalten hat.

7

»Nur einen Spaltbreit, um frische Luft hereinzulassen.« Ich öffne das Fenster, obwohl ich weiß, dass Mum es wieder schließen wird, sobald ich ihr den Rücken kehre. In Colettes Haus riecht es nach Anstaltsmief. Draußen sind zwölf Grad, aber die Heizung ist so hoch aufgedreht, dass man kaum atmen kann. Vielleicht hat Mum es gerne warm, weil unser altes Haus so kalt war, aber als Londonerin empfinde ich es als Beleidigung der wunderbaren Frischluft hier, wenn man nicht so viel wie möglich davon einatmet.

Colette ist einkaufen gefahren und hat getan, als hätte ich ihr eine Woche Ibiza geschenkt. Erst jetzt begreife ich, dass sie einen Solotrip zu Aldi mittlerweile als Luxus empfindet. Ich helfe Mum beim Händewaschen, reinige die Toilette, weil sie ein bisschen danebengetroffen hat, überprüfe, ob sie sich ordentlich abgewischt hat, und räume alles auf, bevor ich sie vor dem Fernseher parke, wo *Come Dine With Me* läuft. Ich kann durch diese Aufgaben powern, weil ich noch nicht davon zermürbt bin wie Colette. Ich habe Zeit, eine Menge Wäsche zu waschen, den Kühlschrank von innen zu putzen, zu saugen und sogar Staub zu wischen. Mum hat im Wohnzimmer ihr eigenes Regal, über Colettes Büchern und unter den Sporttrophäen von Maisie und Jack. Es ist vollgestopft mit Nippsachen aus Porzellan und Kinderbildern von uns in silbernen Rahmen. Eins von mir aus dem Sommer vor Jesse: massenhaft Sommersprossen und rosige Wangen.

Ich lege eine Pause ein, um mich online bei Honor zu melden. Sie hat einige kunstvolle Fotos der Royal Vauxhall Tavern bei Sonnenaufgang gepostet. Es sind wunderschöne Bilder, aber ich kann sie nicht genießen, weil ich weiß, dass sie das Pub nur sehen kann, wenn sie sich in einem todesmutigen Winkel aus dem Fenster beugt. Es gibt auch ein neues Kunstwerk, das mir ausnahmsweise gefällt: Honor hat aus Tabletten und Blisterpackungen ein menschliches Gehirn konstruiert. Ich schreibe darunter: *Bin stolz auf dich, Süße! Mum. X*

Sie schreibt zurück.

Könntest du bitte aufhören, mein Instagram zu kommentieren? Das sieht wirklich unprofessionell aus. Ich musste es löschen.
Ich habe einen Abschluss in Kunstgeschichte! Das war eine professionelle Meinung.
Dann unterzeichne zumindest nicht mit Mum.

Sie schließt mit einem lächelnden Smiley, einem peinlich berührten Smiley und einem Oma-Smiley, um zu zeigen, dass sie es eigentlich nicht so meint.

Gemäß Colettes seitenlanger Anweisung muss es um zwölf Uhr Mittagessen geben.

Sei streng – sorge dafür, dass sie mindestens zwei Drittel davon isst.

Mums Geschmack ist nicht in ihre Kindheit zurückgekehrt, sondern in meine: Sie lebt abwechselnd von Heinz Tomatensuppe, Pasteten von Fray Bentos und Fischstäbchen, die es heute gibt und die ich mir in Colettes Grill, mit dem ich mich nicht auskenne, verbrennen. Mum sitzt noch immer aufrecht und hält das Besteck, als wäre sie zu einem Staatsbankett eingeladen. Wie oft hat sie mich als Kind ermahnt, dass gute Manieren kein Geld kosten. Meine Mutter legt Wert auf Anstand: Wäre sie eine Generation früher geboren, hätte sie jeden Morgen die Haustürstufe gescheuert. Sie betupft sich die Mundwinkel mit einem Blatt Küchenpapier, als wäre es eine Serviette aus ägyptischer Baumwolle, eine winzige würdevolle Geste, die mir das Herz bricht. Als sie fertig ist, schiebt sie den Teller beiseite. Ich ziehe den Deckel von einem Joghurt in Kindergröße. Mum hält den Löffel und weiß nicht, was sie damit machen soll. Sie kann in einer Minute mehrmals zwischen Geschick und Hilflosigkeit wechseln. Sie staunt kurz, umklammert den Löffel mit der Faust und schaut mich an, blinzelt hoffnungsvoll und wartet auf die Bestätigung, dass sie alles richtig macht. Ich nicke aufmunternd. »Der ist mit Erdbeergeschmack.«

»Du sollst mich nicht bevormunden«, blafft sie. »Ich bin doch keine beschissene Idiotin.«

Wer behauptet, einen dementen Menschen zu betreuen, sei so, als kümmere man sich um ein Baby, weiß nicht, wovon er redet. Babys sind rundliche Kugeln voller Möglichkeiten. Dies hier ist das genaue Gegenteil. Die gleiche Schinderei, aber ohne Handlichkeit und Potenzial: nur ein Päckchen voller Kummer in der Post.

Als Colette die Haustür öffnet, frage ich mich, wie sie bei Verstand geblieben ist. Die Antwort steckt in den Einkaufstüten, die sie auf die Arbeitsplatte stellt: eine Literflasche Gin, grün vor Verheißung.

»Danke, Schatz«, sagt Colette und löst das Geschirrtuch von Mums Hals, bevor ich es machen kann.

»Du brauchst dich nicht zu bedanken. Es klingt, als wäre sie dein Job. Ich bin doch hergekommen, weil sie unser Job ist.«

Colettes Gesicht verrät mir, dass es wirklich ihr Job ist, den sie ungern mit mir teilt. Ich kann sie verstehen: So war ich auch, als Honor geboren wurde. Das ist der einzige Vergleich mit Babys,

49

der tatsächlich funktioniert. Das nächtliche Füttern gehörte mir allein.

»Wo ist dein Auto?«

»Oben beim Hospital.«

Colette lacht. »Wie lange willst du es noch Hospital nennen? Das ist es seit den Achtzigern nicht mehr.«

»Ich bringe es einfach nicht über mich, Park Royal Manor zu sagen. Das klingt nach Immobilienwichser.«

»Dann sag wenigstens Wohnung. In diesem Haus wird schon genug von Kliniken geredet. Und warum hast du den Wagen dagelassen? Soll ich dich heimfahren?«

»Ich hatte Lust auf einen Spaziergang durchs Moor.« Colette schaut mich an, als wollte ich durch den Kanal nach Frankreich schwimmen. »Um einen klaren Kopf zu bekommen, okay? Bis morgen dann.«

Draußen nehme ich einen tiefen, reinigenden Atemzug. In diesem Teil der Welt gibt es mehr Himmel, als man sich vorstellen kann, so als wäre die Erde hier besonders stark gewölbt, damit man so viel wie möglich davon sieht.

Als Kind konnte ich nicht von Nusstead zum Nazareth-Hospital laufen. Die Feuchtgebiete bildeten einen natürlichen Graben zwischen Klinik und Stadt. Vor einigen Jahren wurde das Moor – eins von nur dreien in Suffolk – zum Naturschutzgebiet erklärt, und man verlegte Holzbohlen für einen fünf Kilometer langen Pfad. Es kommt mir vor, als würde ich schummeln, wenn ich den Weg nehme, der hoch über dem Schilf verläuft. Der Bohlenweg ist gerade einmal breit genug für zwei Erwachsene, aber trotz der vielen Werbung, die sie beim Bau gemacht haben, bin ich allein unterwegs. Das Schilf klatscht flüsternd miteinander. Schwarze Aale schlängeln sich neben mir – Tinte, die unablässig die Gestalt wechselt, von einem Komma zu einem Gedankenstrich und wieder zurück.

Ich schüttle meine Haare, um den Geruch von Fischstäbchen loszuwerden. Ich atme tief ein und denke, die Luft nehme ich mit nach London. Wann werde ich dorthin zurückkehren? Falls Honor mich regelmäßig hier besucht, muss ich bis Weihnachten nicht mehr hin. Durch diese Landschaft zu laufen, deren Mangel an Merkmalen ihr besonderes Merkmal ist, fühlt sich wie eine Heimkehr an. *Ich lebe wieder hier.* Es kommt mir trotz allem irgendwie richtig vor, als würde ich etwas vollenden. Als meine Füße gerade ihren Rhythmus gefunden haben, gelange ich über eine kleine Anhöhe aus dem Moor hinaus auf Stoppelfelder, die Bohlen weichen einem Feldweg. Ich gehe unter einem summenden Hochspannungsmast hindurch. Kniehohes Gras beugt sich unter meinen Schritten, vor mir ist kein Fußabdruck zu sehen. Dann und wann verrät mir ein kleines, mit einer Eichel bemaltes Schild, dass ich noch auf dem öffentlichen Weg bin, als ob der gewaltige Turm nicht schon den Weg wiese. Ich reiße mich zusammen und richte meine Augen auf den Horizont. Es gelingt mir, den Uhrturm geschlagene zehn Sekunden anzusehen. Natürlich hilft es, dass er nur ein Nachbau ist, und ich habe das Gefühl, ich könnte mich von hinten nähern und ihn damit austricksen. Wie dämlich. Ein Ort kann einen nicht verfolgen, und Steine erzählen keine Geschichten.

Meine Gedanken wandern wieder zu Jesse. Wenn ich ihn das nächste Mal sehe, habe ich keinen Vorwand mehr, um das Gespräch abzukürzen, bevor die Intimität ihr hässliches Haupt erhebt. Bisher bin ich zwischen dem Eye Hotel, dem Ipswich-Hospital und Colettes Haus gependelt und konnte mich auf knappe Gespräche auf der Straße beschränken. Eine Zeitlang taten wir einander gelegentlich einen Gefallen, eine Art Qualitätskontrolle für unseren Pakt, der mit Blut besiegelt war. Kleine Dinge wie damals, als mir auf der A12 das Öl ausging, und große Dinge wie das Fiasko mit der DNA-Untersuchung. Doch das ist seit

Jahren nicht passiert. Wir sehen aus wie alte Freunde, die natürlich auseinanderdriften, doch das sind wir nicht. Ich dränge seit
Jahren von ihm weg, aber so langsam, dass Jesse es wohl nicht
bemerkt hat.

Colette hat unrecht. Nicht Zuneigung verbindet uns, nicht die
Überreste jugendlicher Zärtlichkeit. Wir verstehen uns gut, weil
wir es müssen. An schlechten Tagen fürchte ich, es könnte ihm
seinem Bruder oder einem Kollegen gegenüber beim Bier her-
ausrutschen. Dann wieder vertraue ich mehr darauf, dass Jesse
schweigt, als dass Sam mir treu bleibt oder Honor mich braucht.
In Wahrheit aber ist es ein Pakt zwischen drei Menschen, ein
endloses Dreieck, mit Jesse und mir als Enden der Grundlinie und
Helen Greenlaw als Ungeheuer unter dem Bett in Nusstead, als
unerkennbarem dritten Eckpunkt. Und wenn ich an sie denke,
wird mir klar, dass unser Fundament so trittfest wie das Moor ist.

8

Allmählich gewöhne ich mich an das Haus. Ich kann mich ihm jetzt nähern, ohne dass mir schlecht wird. Ich bin froh, dass die riesigen verzogenen Holztüren verschwunden sind. Mir gefallen die praktischen gläsernen Automatiktüren, aus denen gerade eine Gruppe Frauen mit Yogamatten kommt. Dann gerät mein Herz aus dem Tritt, denn ich bemerke hinter ihnen einen Mann, der mit dem Rücken zu mir steht. Ich drehe die Ringe an meiner linken Hand, so dass die Diamanten auf der Innenseite sind. Das Platin geht vielleicht als Silber durch. Sein Haar wird schütter, die Kopfhaut schimmert zwischen den rabenschwarzen Strähnen hindurch. Sie müssen gefärbt sein, was mich nicht überrascht: Ich hatte auch nicht damit gerechnet, dass er dem Alter gelassen begegnen würde.

Na schön. Ich werde sagen, dass wir die Wohnung für ein paar Monate gemietet haben und Colette sich irrt, falls sie von einem Zweitwohnsitz gesprochen haben sollte.

»Jesse.« Er dreht sich langsam um, für einen Sekundenbruchteil sind wir wieder siebzehn. Die Querfalten auf seiner Stirn sind tiefer geworden, aber sein Lächeln ist noch jugendlich; er hatte immer besonders weiße Zähne und rosige Lippen. Ich habe diesen Mund einmal besser gekannt als meinen eigenen.

»Babe.« Niemand außer ihm hat mich jemals so genannt, und ich wünschte, er würde ein anderes Wort wählen. So hat er auch Michelle genannt. Ich verschließe innerlich die Augen vor ihrem Gesicht, ihren leuchtenden Farben, orange, rosa, blau, die so gar nicht ins verwaschene Grau und Gelbbraun vom Nazareth passen.

Jesse tippt mir unters Kinn, eine seltsam väterliche Geste, intimer als jede Umarmung. Ich weiß nicht, wie ich den Schmerz nennen soll, den ich noch immer spüre, wenn ich ihn berühre: Selbst unser Begehren ist ungleichmäßig verteilt. Der Gnadenfick nach der Beerdigung war zum Präzedenzfall geworden, der Jesse glauben ließ, ich stünde immer dafür zur Verfügung. Aber das würde ich Sam nicht antun. Es ist schlimm genug, dass er nicht weiß, wozu seine Frau fähig ist, da muss ich ihm nicht auch noch Hörner aufsetzen. Jesse würde es natürlich genießen, ihn damit endgültig zu übertrumpfen. Ich müsste nur ein Zeichen geben, nur einen einzigen Knopf öffnen, und könnte ihn wiederhaben.

»Du siehst schön aus«, sagt er, und ich liebe ihn, weil er nicht *noch immer* sagt. Oskar, hinter seinem aufwendigen Blumenarrangement, ist ganz Ohr. Jesse öffnet den Mund und schließt ihn wieder, eine alte Gewohnheit, die mir verrät, dass er etwas Wichtiges zu sagen hat. Bei jeder großen Erklärung hat er vorher nach Luft geschnappt: *Ich liebe dich*, oder *Ich habe da so eine verrückte Idee*, oder *Bitte, Babe, verlass mich nicht, ich schaffe das nicht allein.*

»Willst du mich nicht hereinbitten?« Einen Moment lang glaube ich, er würde es um der alten Zeiten willen sagen, denn das war sein üblicher Spruch, wenn wir vor meiner Haustür auf der Main Street standen. Dann aber wird mir klar, dass er meine Erlaubnis braucht. »Ich bin nicht an dem Paragraphenhengst vorbeigekommen. Als es noch eine Anstalt war, kam man hier leichter rein! Dabei ist er nur ein blöder aufgetakelter Portier. Er ist nicht mal von hier.«

»Entschuldigung, Oskar. Ich trage ihn als Besucher ein.« So fühlt es sich weniger heimlich an. Ich buche einen Gästeparkplatz für Jesses Auto, einen roten Audi TT. Colette hat recht, er scheint gerade bei Kasse zu sein. Die Hypothek dürfte abbezahlt sein. In dieser Gegend kann man sich selbst mit einem bescheidenen Gehalt ein Haus leisten, und Jesse war nie arbeitslos.

Wir warten auf den Aufzug. Jesse riecht wie immer. Seife und Leder und Motoröl. Mit den Haaren hat er sich keinen Gefallen getan, Grau würde ihm besser stehen. Als er jung war, wirkte das Schwarz beinahe wie lackiert, und nur seine ausgeprägten Gesichtszüge verhinderten, dass er geschminkt aussah. Die weißen Sprenkel in Augenbrauen und Bartstoppeln haben diesen Effekt mittlerweile gemildert.

»Ich habe immer gewusst, dass du irgendwann nach Hause kommst.«

»Es ist nicht auf Dauer, nur bis meine Mum …« Ich verstumme.

»O Babe, ich weiß. Wir sind jetzt in diesem Alter, was? Jedes zweite Gespräch dreht sich darum, dass Eltern sterben. Der Kreis des Lebens. Ich meine, Enkel sind natürlich ein Trost. Ich zeige dir nachher ein Foto von Madisons Kleinem. Corey. Er ist jetzt zwei und hinter allem her.«

Ich sollte auch nach seinen anderen Kindern fragen, aber ich kann mich nie erinnern, zu wem er noch Kontakt hat. Der Pfeil am Aufzugdisplay wechselt von oben nach unten.

»Wie geht es Clay?« Ich spreche den Namen sanft aus.

Jesse bläst die Wangen auf. »Er ist ein Albtraum. Scheint gerade eine ruhige Phase zu haben, aber bei ihm weiß man ja nie.« Jesse ist zwar nicht Pfleger in der Psychiatrie wie sein Vater, als Rettungssanitäter hat er aber regelmäßig mit solchen Patienten zu tun. Daher erscheint es mir wie bittere Ironie, dass er, wenn er persönlich mit psychischen Problemen konfrontiert wird, eher mit »Reiß dich zusammen« als »Rede drüber« reagiert. Das könnte natürlich an unserer Vorgeschichte liegen.

»Und Mark und Trish?«

»Mumunddad?« Bei seinen Eltern verwendet er immer ein

Kofferwort, als wollte er ihre enge Bindung betonen. So etwas hatte er sich auch für uns erhofft. Er gibt eher den Ereignissen als mir die Schuld an unserer Trennung, eine Fiktion, in der ich ihn aus Mitgefühl und Feigheit bestärke. »Angesichts der Umstände geht es ihnen ganz gut. Du weißt, dass sie das Haus kaum noch verlassen kann? Sie würden dich gerne sehen, während du in der Gegend bist. Diesmal kannst du dich nicht mit einer Stippvisite entschuldigen.«

Kaum zu glauben, dass er mich darum bittet. Wie soll ich ihnen nach dem, was ich ihrem Sohn angetan habe, ins Gesicht sehen? »Ich ... ähm ... ich weiß nicht, wäre das nicht ein bisschen komisch?«

»Wie du willst. Bei ihnen bekommst du jederzeit eine Tasse Tee.« Die Aufzugtüren öffnen sich seufzend. Dies mag heute mein Zuhause sein, aber er schiebt mich in den Aufzug, wohl ein Überbleibsel seiner besitzergreifenden Gefühle für das Gebäude und für mich. Unsere Augen begegnen sich im Spiegel, und wir konstatieren mit verhaltenem Lächeln, dass wir beide weicher und dicker geworden sind. Ich weiß, was er denkt: Wir wären noch immer ein schönes Paar.

»Wie geht es Honor?«

»Sie macht gerade ihren B.A.« Sowie ich es ausspreche, wird mir klar, dass er die Abkürzung nicht kennt. Eine Erklärung wäre jedoch herablassend. »Am Goldsmith College in Südlondon. Sie macht eine Installation, bei der sie Lederstücke tätowiert. Immerhin sticht sie jetzt die Nadeln durch alte Lederhandtaschen, anstatt sich selbst zu ritzen. Hat Colette erzählt, dass sie in The Larches war?« Jesse nickt. Was das ist, muss ich nicht erklären. Es ist wie die Priory- oder die Betty-Ford-Klinik, ein bekannter Name, der Ort, an dem man angeblich endet, wenn man es Weihnachten mit dem Prosecco übertrieben hat, der Bus Nummer sechs für die heutige Zeit. »Sie hatte ein paar schlimme Jahre,

56

aber die neuen Medikamente scheinen anzuschlagen, und sie ist seit sechs Monaten draußen, keine Anzeichen für einen Rückfall, also …«

Der Aufzug entlässt uns in den schimmernden Flur. Jesse steigt als Erster aus. »Oh, das ist brillant«, sagt er, obwohl mir nicht ganz klar ist, was er damit meint. »Tapferes Mädchen. Und wie geht es *Now-That's-What-I-Call-Sam*?« Jesse hatte sich den Spitznamen ausgedacht, nachdem er die Chart-CDs von *Now-That's-What-I-Call-Music* in meinem Handschuhfach entdeckt hatte. Sam kauft immer die statt der Originalalben. Er nannte es *mit der Jugend Schritt halten*, um die Gewohnheit zu erklären. Soll Jesse seine Verachtung doch genießen.

»Sam geht es gut.« Ich erwähne nicht das finnische Sonderschulprojekt oder den Preis, den er im letzten Jahr erhalten hat.

»Moment, ich muss mich orientieren. Welcher Flügel ist das hier? Männer oder Frauen?«

Ich starre ihn an. »Ist das dein Ernst?« Hat sich der Grundriss des Gebäudes etwa nicht in sein Gehirn gebrannt? Die Vorstellung, dass Jesses Gedächtnis Löcher aufweist, sollte mich trösten, tut sie aber nicht. Ich will verstanden werden.

Er schaut aus dem Fenster. »Man kann von hier aus die Villen sehen. Dann wäre dies der alte Isolationsraum, wo …« Sein Lächeln wird lasziv, und ich antworte mit einer milden Version, um die schlimmen Erinnerungen unter guten zu begraben. Doch als Jesse durch die Wohnungstür tritt und die hohe Decke und den schrecklich faden Dekokram registriert, scheint er ein bisschen zu schrumpfen. Die Wohnung ist praktisch darauf ausgelegt, meinen Reichtum zu betonen, so als könnte es jeden Moment flüssiges Gold aus der Sprinkleranlage regnen. »Und das ist nicht mal dein eigentliches Haus. Verdammte Scheiße, Babe.«

Das Kräfteverhältnis kippt, und obwohl es sich zu meinen

Gunsten neigt, fühle ich mich, als hätte er mich auf dem falschen Fuß erwischt.

»Setz dich. Ich hole dir was zu trinken.«

Das Sofa scheint ihn zu verschlucken. Ein Handy fällt aus seiner Jeans, ein altmodisches Nokia 8110, wie Honor es sich zu kaufen droht.

»Verdammtes Ding.« Er stopft es wieder in die Gesäßtasche.

»Das ist ein echtes Museumsstück. Hast du kein Smartphone?«

»Brauche keins. Ich sehe genug durchs Fenster, da muss ich nicht den ganzen Tag auf einen Bildschirm starren. Meine Kinder sehen mir auch so nicht in die Augen.«

»Verstehe.« Ich frage mich, ob alles anders gelaufen wäre, wenn wir als Kinder schon Internet gehabt hätten. Die heute obsoleten Erfahrungen von Langeweile, Neugier und Naivität gehörten untrennbar zu unserer Pubertät. Nicht dass dies eine Entschuldigung wäre für das, was wir getan haben. Nichts kann das entschuldigen.

»Tee? Kaffee? Ich habe Nespresso.«

»Na schön, Starbucks. Gibt's auch was Stärkeres?«

Ich zeige ihm die Flaschen Beck's Bier, die wie Spielzeugsoldaten in der Kühlschranktür aufgereiht sind. Jesse nimmt zwei, öffnet die erste mit dem Flaschenöffner, der an der Wand angebracht ist und den ich noch gar nicht bemerkt hatte, und leert sie in einem Zug. Dann knibbelt er am Etikett.

»Seid ihr jetzt Millionäre, oder wie?«

Na los, eine richtige Lüge, um seinen Stolz zu retten. »Die Wohnung ist gemietet.«

Seine Wangen werden blass. Was habe ich gesagt? Er hat die Hand so fest um die Flasche geschlossen, dass seine Knöchel weiß sind. Er wendet sich zum Fenster, schaut über das Moor nach Nusstead. »Ist sie nicht«, sagt er leise. »Madisons Ex arbeitet hier als Verkäufer. Die haben die Musterwohnung an einen

Londoner Architekten verkauft. Verkauf mich nicht für dumm, Marianne.«

Zu spät erkenne ich, dass es besser gewesen wäre, ihn ehrlich zu verletzen.

»Das tue ich nicht, ich …«

»Wie oft habe ich wegen Geld gejammert, und du hast mitgemacht, als säßen wir im selben Boot. Mein Gott, was müsst ihr auf meine Kosten gelacht haben.«

»Jesse, nein, das würde ich niemals tun. Ich wollte nur – du solltest dir nicht blöd vorkommen, weil ich ein …« Beinahe hätte ich *besseres Leben* gesagt, kann mich aber gerade noch bremsen. »Weil ich ein anderes Leben führe als damals mit dir.«

Eine Ader schlängelt sich an seinem Hals wie ein Aal. »Das ist ja noch schlimmer!«

»Siehst du – jetzt weißt du es und verhältst dich tatsächlich blöd.«

»Weil ich mich nicht gern von dem einzigen Menschen auf dieser Welt, dem ich vertraue, belügen lasse. Ich meine, Herrgott nochmal, was wir alles für uns behalten haben. Da ist selbst eine kleine Lüge eine große Sache.«

»Ich weiß. Tut mir leid.«

»Egal, wie viel Geld du hast, für mich bist du immer Marianne Smy aus Nusstead.« Er nimmt mir das Glas aus der Hand und rückt sehr nah heran. Die Hitze zieht uns zueinander. Ich weiß, wie er aussieht, wenn er erregt ist, und diesmal ist er es nicht: Jetzt geht es um Macht, um die Rückkehr an den einen Ort, an dem wir einander gleich sein können. Ein verzweifelter, verängstigter Teil von mir erwägt flüchtig, mich ihm als Entschuldigung anzubieten. Als ich meine Hand auf seine Brust lege, kann ich seinen Herzschlag spüren, schnell wie der eines Kindes. Ehe ich mich versehe, hat er die Hand zwischen meinen Beinen, und da ist sie wieder, die alte Anziehungskraft, das beweist der Pulsschlag. Es wäre so einfach. Ich könnte ihn auf meine Seite ziehen. Dann denke ich an Sam und Honor.

»Du weißt, dass wir als Freunde besser funktionieren.«

»Wir haben einander in der Hand, wir sind keine Freunde.« Doch er nimmt die Hand nicht weg.

»Jesse, Herrgott nochmal!« Als ich ihn schubse, löst er sich von mir, doch meine Ringe sind verrutscht, und der größte Diamant hat sich in einem Loch in seinem Pullover verfangen. Wir schauen beide zu, wie der glitzernde Stein die dunkelblaue Wolle straff zieht und die Haut darunter entblößt. Ein quälender Moment, in dem er den Bauch einzieht, während ich den Ring entwirre. Ich warte auf eine Entschuldigung, doch er sieht mich nur herausfordernd an.

»Ich will, dass du gehst.«

Er hebt in gespielter Kapitulation die Hände und verschwindet durch die Tür. Ein Fädchen dunkle Wolle steckt zwischen zwei winzigen Diamanten meines Eternity-Rings. Meine Hände zittern zu sehr, um es herauszuzupfen. Was zum Teufel war das gerade?

9

Honors Gesicht füllt den Bildschirm, hinter ihr ein wildes Durcheinander in allen Regenbogenfarben. Sie hat jetzt eine Wohnung in Vauxhall, in einer schäbigen kleinen Enklave zwischen lauter Neubauten, nur zwei Minuten zu Fuß vom Südufer der Themse entfernt. Im zweiten Jahr bekommen auch psychisch labile Studentinnen keinen Wohnheimplatz mehr, und für Honor, mit ihrem Tagesrhythmus und ihrem Bedürfnis, ihre Umgebung zu kontrollieren, ist es praktischer, allein zu leben. Diese Woche sind ihre Haare babyblau, sie hat Roségold in Septum und Augenbrauen und einen Nasenstecker aus Stahl. Es ist immer unheimlich, mein eigenes Gesicht so verjüngt und entstellt zu sehen.

Von einer Wäscheleine hinter ihrer Schulter hängt etwas Seltsames; ich will gerade anmerken, dass Bettwäsche nicht trocknet, wenn man sie faltet, erkenne dann aber, dass der schmutzige rosa »Kissenbezug« aus Leder besteht und noch Füße und Schwanz aufweist.

»Honor, was zum Teufel ist das?«

Sie lenkt von meiner Frage ab, indem sie besorgt ruft: »Du hast geweint!« Es ist keine Taktik; ihre Sorge ist aufrichtig und unerwartet. Nachdem Jesse ohne Entschuldigung aus der Wohnung gestürmt ist, habe ich geheult. Allerdings dachte ich, Make-up und gedämpftes Licht würden meine roten Augen tarnen.

»Nur ein bisschen müde, sonst nichts.« Ich lasse nicht zu, das Honor mich jemals traurig sieht, weil es einen Abwärtstrend bei ihr auslösen könnte. »Honor, ist das etwa ein *Schwein*?«

»Mir würde es genauso gehen, wenn du krank wärst«, sagt sie und verzieht das Kinn. Mein schlechtes Gewissen trifft mich mit voller Wucht; sie glaubt natürlich, ich hätte wegen meiner Mutter geweint. »Arme Mum. Möchtest du darüber reden?«

Wie oft schon habe ich diesen Satz zu ihr gesagt, durch Schlüssellöcher, über schlechte Telefonverbindungen, an Krankenhausbetten? Ich schüttle den Kopf.

Honor kaut auf der Lippe und wechselt das Thema. »Dann zeig mir mal die neue Wohnung.« Sie reibt sich die Hände. »Ist das nicht wahnsinnig *gothic*? Gummizellen und Zwangsjacken, Verliese und Handschellen, die von der Decke baumeln?«

»Kaum.« Ich drehe das iPad um und filme Wohnzimmer und Küche.

»Ach, das ist aber enttäuschend. Die haben ja nicht mal die Gitterstäbe an den Fenstern gelassen. Das Sofa ist hässlich. Einfach hässlich. Und wie kannst du mit diesem Kunstdruck leben, Mum? Der ist schrecklich, nimm ihn sofort runter, davon kriegst du Krebs.«

Ich muss lachen. »Geht nicht. Der ist an die Wand genagelt.«

»Ich mag allerdings die Beleuchtung und die Kaffeemaschine. Och, du hast auch diese snobistischen Metrofliesen. Was für eine Verschwendung, man hätte den ursprünglichen Charakter so schön betonen können.«

»Die hätten wohl kaum so viele Wohnungen verkaufen können, wenn sie die blutgetränkten Wände und die verrotteten Dielen behalten hätten.«

»Ich jedenfalls würde da nicht wohnen wollen.«

»Du bist aber nicht die Zielgruppe. Das hier ist eher für … Fußballerfrauen.«

»Lauter Neureiche?«, fragt sie schadenfroh. Honor legt größten Wert auf *Authentizität*. Ihre Welt besteht aus Original dies und handgemacht das, eine umgekehrte Version von Snobismus, den sie mir nachsagt. Ich wollte immer nur das Beste für sie und befürchtete gleichzeitig, einen kleinen Snob großzuziehen, mit teurer Schule und Klavierstunden, aber sie hat sich in die entgegengesetzte Richtung entwickelt und ist begeistert von ihren »Wurzeln in der Arbeiterklasse«. Auf Sams solide Mittelklassefamilie legt sie keinen Wert, liebt aber ihre Cousins und Cousinen vom Land. Es ist ein Luxus, der aus dem Privileg geboren ist – sie hat nie gefroren, musste nie hungern –, aber ich halte es ihr nicht vor. Bei Honor überlege ich mir sehr genau, welche Kämpfe ich ausfechte. Wenn man erlebt hat, dass es drei Stunden dauern kann, seiner Tochter beim Duschen zu helfen, wenn man ihr Handgelenk gehalten hat, damit sie ihre Hausaufgaben tippen kann, wenn man auf der Schwelle ihres Zimmers übernachtet hat, um sofort da zu sein, wenn sie aufwacht und nach scharfen Gegenständen sucht, sind gesellschaftliche Umgangsformen eher zweitrangig.

»Liebes, wie oft soll ich es dir noch sagen? Ich bin total neureich. Du nur halb.« Honor lacht. Ich liebe es so sehr, wenn sie lacht. Ich beuge mich verschwörerisch vor. »Hier im Park Royal Manor gibt es eine Menge neues Geld. Manche Leute mussten sich ihren Schmuck sogar selbst kaufen.«

»Du meine Güte«, sie rümpft die Nase. »Als Nächstes erzählst du mir, dass sie ihr Silber nicht geerbt haben.«

»Du siehst glücklich aus«, sage ich, was ein Fehler ist: Sie mag es nicht, wenn man ihre Stimmungen analysiert.

»Mir geht's gut. Verschwende deine Energie nicht auf mich. Spar sie dir für Zeiten, in denen ich sie wirklich brauche.« Sie schiebt sich die Haare aus dem Gesicht, Armbänder klappern. Das jahrelange »therapeutische Ritzen«, wie sie es nennt, hat ein Netz aus blassen Narben auf ihren Unterarmen hinterlassen. Die schlimmsten hat sie mit Tattoos überdeckt, und ich kann sie jetzt ansehen, ohne zusammenzuzucken, sogar das in der rechten

Armbeuge, wo sie durch eine Sommersprosse geschnitten hat, die zu einem grotesken schokobraunen Schmierfleck verheilt ist.

»Versprichst du, dass es die Wahrheit ist?«

Sie schaut mich so gleichmütig an, dass ich mich schon frage, ob der Bildschirm eingefroren ist.

»Fang bloß nicht damit an.«

Seit sie alt genug war, um es zu verstehen, habe ich ihr erklärt, dass sie mir immer die Wahrheit sagen kann, mir immer die Wahrheit sagen muss. Natürlich ist das eine ungeheure Heuchelei. Ich verhöre mich selbst: Wieso bestehe ich darauf, dass Honor alles preisgibt, während sie so viel über mich nicht wissen darf? Ich glaube, die Antwort ist einfach: Wenn ich sie im Geist der Ehrlichkeit erziehe, kann sie mir alles sagen, was immer auch geschieht. Ich bin keine naive Mutter, die glaubt, ihr Kind mache nichts falsch. Die Erfahrung hat mir gezeigt, dass jeder zu allem fähig ist, und ich würde ihr alles verzeihen. Honor würde ich verzeihen, was ich getan habe und mir selbst nicht verzeihen kann.

»Honor, können wir jetzt mal über das abgezogene Schwein reden, das einen halben Meter hinter dir hängt?«

»Kein Problem, die Haut wurde von einem Präparator behandelt.«

»Das ist wohl kaum …« Ich gebe auf. Nächste Woche hat sie wieder etwas Neues.

»Hör mal, Liebes, deine Großmutter möchte dich sehen.« Das stimmt nicht, sie würde Honor nicht einmal erkennen. Was ich meine ist, dass ich sie sehen möchte. Dass ich sie brauche.

»Daddy kommt am Freitagabend. Er könnte dich mitnehmen.«

»Super. Dann können wir uns mit dem CD-Player beschäftigen. Bis dann.«

Sie kommt näher, um den Bildschirm zu küssen, und einen Moment lang legt sich ihr Gesicht genau über meins, die gleiche Knochenstruktur, aber aufgepolstert mit Kollagen. Als sie den Anruf beendet, verschwindet die Illusion, und ich bin eine Frau mittleren Alters, die auf ihr eigenes erschlaffendes Gesicht starrt. Eine Welle der Trauer überkommt mich, als ich an Honors Kindheit denke, und nimmt mir den Atem. Nicht nur, weil sie damals glücklicher wirkte, sondern auch, weil es die einzige ehrliche Beziehung war, die ich jemals hatte. Falls Intimität bedeutet, dass man zutiefst gekannt und geliebt wird, gilt dies weder für meine Ehe noch für den unbehaglichen Waffenstillstand mit Jesse. Ich hatte in meinem Leben vier Liebhaber, habe aber nur bei meiner kleinen Tochter echte Intimität verspürt, die Euphorie, ihre wichtigsten Bedürfnisse zu kennen und erfüllen zu können. Bei meiner eigenen Mutter habe ich diese ausschließliche, selbstgewählte Nähe nie erlebt. Sie war sechs Wochen nach meiner Geburt wieder arbeiten gegangen. Damals gab es keinen Mutterschaftsurlaub oder Kindesunterhalt, selbst wenn mein Vater von meiner Existenz gewusst hätte.

Es heißt, ein Kind müsse sich vom Rockzipfel lösen, doch dieses Bild sagt nichts über den Abschiedsschmerz der Mutter, wenn ein Kind erst sprechen und dann laufen lernt und sich unweigerlich von ihr wegbewegt; wenn es dann geht, fühlt es sich an, als würden einem die Adern aus den Handgelenken gerissen.

Ich kenne Honor noch immer besser als jeder andere, und zu verstehen, was sie durchmacht, ist, als würde man der Hölle den Spiegel vorhalten. Als Honor zum ersten Mal so krank wurde, habe ich mich kurz gefragt, ob der Wahnsinn in meiner Milch gewesen sei, doch das ging schnell vorbei. Die Schuld ist das wahre Gift in meinem Blut. Meine Tochter ist mein Karma, die fleischgewordene Vergeltung. Nicht weil sie krank ist, sondern weil sie gerade diese Krankheit hat. Jesse war immer abergläubisch, er glaubte an Himmel und Hölle und Wiedergeburt, aber ich gebe zu, dass es auch für mich kein Zufall ist.

Als Honor einen Selbstmordversuch unternahm, schnitt sie

sich nicht die Pulsadern auf, sondern fiel mit einer kalten neuen Rasierklinge über ihre Oberarmarterie her. *Handgelenke sind für Weicheier*, sagte sie im Krankenhaus. *Der vertikale Schnitt zeigt, dass es einem ernst ist; so verblutet man viel schneller.* Das ist Honor: klug und fokussiert und stets mit einem gewissen Stilgefühl, selbst beim Suizid.

Das Wie war einfach, sie war beinahe stolz darauf.

Das Warum herauszufinden, dauerte länger, war begraben unter Scham, sie verabreichte es mir sozusagen intravenös am Krankenbett. Sie hatte eine SMS von Jesse auf meinem Handy entdeckt, in der es um DNA-Tests ging – immer ein Thema, wenn man sich so chaotisch fortpflanzte wie er –, und sich eingeredet, Sam sei nicht ihr leiblicher Vater, und ich hätte sie ihr Leben lang belogen. Ihr Bild von mir zerbrach, hervor kam die Klinge.

»Es war schlimm genug zu glauben, dass ich nicht die war, die ich zu sein glaubte, aber die Vorstellung, dass du nicht die warst, für die ich dich gehalten hatte, war noch schlimmer.«

Ihre Reaktion war vollkommen unverhältnismäßig, aber ein Vorgeschmack auf das, wozu sie fähig wäre, wenn die schlimmste Wahrheit je herauskäme. Der bloße Verdacht einer Lüge hatte sie zur Rasierklinge greifen lassen; die Wahrheit konnte sie tatsächlich umbringen. Und so beschützte ich sie jetzt, mit zwanzig, genauso und noch mehr als damals mit zwei, zehn oder zwölf. Colette und Sam behaupten, ich würde sie ersticken, aber sie waren nicht dabei, sie haben nur die Verbände gesehen. Die Welt ist voller scharfer Gegenstände, und Schmerz und Geheimnisse pulsieren rot und blau unter weicher dünner Haut.

10

Das Crown hat sich nicht verändert, Milchglasfenster mit einge-schliffenem Brauereilogo, undurchsichtig für die Ehefrauen. Ich halte mich mit Hoodie und Jogginghose an den Dresscode und fühle mich überraschend zu Hause. Aber womöglich falle ich auf wie ein bunter Hund, ohne es zu merken.

Ich sitze im »Biergarten«, sechs Picknicktische auf einem be-tonierten Vorplatz. Von hier aus ist Nusstead geradezu hübsch und malerisch. An der Main Street dürfen keine Autos parken, und nur die Satellitenschüsseln verraten, in welchem Jahrhun-dert wir uns befinden. Die »neuen« Häuser, wo Jesse aufgewach-sen ist und immer noch wohnt, und der alte Social ducken sich hinter hohen Schornsteinen. Zwei Teenager knutschen zwischen den Mohnblumen am Kriegerdenkmal. Mir liegt eine entrüstete Bemerkung auf der Zunge, sie klingt nach Debbie Smy, wie sie leibt und lebt.

Die SMS, die mich hierherbestellt hat, lautete: *Ich habe dir was Wichtiges zu sagen.* Und das möchte ich ihm auch geraten ha-ben. Jesse holt mir gerade ein halbes Pint Suffolk Cider an der Theke. Ich sehe ihn durch die offene Tür, den Fuß auf der Mes-singstange, den aufgerollten Zehner in der Hand, wie er sich die Entschuldigung zurechtlegt. Wie er sie wohl formulieren wird: *Tut mir leid, dass ich dich angemacht habe,* oder *Ich weiß wirklich nicht, was ich mir dabei gedacht habe.* Ich sollte mich im Gegenzug für mein plumpes Verhalten entschuldigen und lenke gerne ein, wenn es dazu beiträgt, unser Netz neu zu knüpfen.

»Manche Dinge ändern sich nie«, sagt Jesse und nickt zu dem jugendlichen Paar hinüber. »Da kommen alte Erinnerungen hoch, was?«

Meint er uns? Ich habe Jesse nie in der Öffentlichkeit geküsst. Ich frage mich, ob er gerade an Michelle denkt oder ob nur ich mich an Michelle und Clay erinnere. Denn so ähnlich Clay und Jesse sich auch sein mögen, ist es Michelles Gesicht, das mich verfolgt, ihr Körper, der mich damals erschauern ließ, von dem ich mich abwandte. Ich weiß noch, wie Clay mit den Fingern durch ihre Haare gefahren war, und meine Hand tastet nach den grauen Fäden an meiner eigenen Schläfe. Michelles leuchtend rote Haare sind nie verblasst.

»Kann schon sein.« Ich möchte die frostige Atmosphäre zwischen uns auftauen und reagiere doch selber eisig. »Was wolltest du mir sagen?«

»Es tut mir leid – du weißt schon.« Er schiebt die Hand mit der Handfläche nach oben über den Tisch, als sollte ich sie ergreifen, deutet mir dann aber mit den Fingern die Bewegung an, mit der er mir zwischen die Beine gegriffen hat. Nicht gerade eine elegante Entschuldigung, aber ich nehme sie lächelnd an.

»Mir tut es auch leid. Nicht dass ich die Wohnung gekauft habe, sondern dass ich dich belogen habe. Es kommt nicht wieder vor.«

»Gut.« Ich spüre, dass er meine Ehrlichkeit respektiert. »Wir beide müssen ehrlich miteinander sein. Ich habe jede Frau belogen, mit der ich je zusammen war, und du bist zu Sam auch nicht gerade ehrlich. Das hier soll ein … « Er beschreibt einen Kreis auf dem Tisch.

»… sicherer Ort sein?«

Offenbar hört er den abgegriffenen Ausdruck zum ersten Mal. »Genau. Ein sicherer Ort. Ja.« Er senkt die Augen. »Darüber wollte ich gestern mit dir reden, und dann lief alles aus dem

Ruder. Ich hatte eine Idee, ich habe mir etwas überlegt. Wegen Greenlaw.«

Die Worte treffen mich wie Kugeln, die dreißig Jahre altes Narbengewebe durchschlagen. Sie scheinen aus dem Nichts zu kommen, aber dieses Nichts gibt es natürlich nicht. Helen Greenlaw war der Subtext jedes einzelnen Gesprächs, das wir seit jenem letzten Abend im Nazareth-Hospital geführt haben.

»Was ist passiert?« Mein Herz ist eine Laborratte, meine Rippen ihr Käfig.

»Sie ist immer noch im Oberhaus. Wusstest du das?«

Warum kann er nie direkt antworten? »Natürlich weiß ich das.« Kein politischer Journalist in diesem Land hat ihre steile Karriere genauer verfolgt als ich. Ich weiß alles über sie, von jeder ahnungslosen schikanösen Gesundheitsinitiative bis hin zu dem Zynismus, mit dem sie die Partei gewechselt hat. Ich habe versagt, als ich sie nicht auf ihr erstes Verbrechen festnageln konnte – ihre Erbsünde, wie ich es bei mir nenne –, und versuche seither, es wiedergutzumachen. Es gibt ein Sprichwort, nach dem jeder, der nach politischer Macht strebt, automatisch davon ausgeschlossen werden müsste. Und das gilt vor allem für sie.

»Du weißt, dass ich es weiß, Jesse. Was ist passiert?«

Meine Gedanken verstricken sich in Widersprüchen, in Theorien, an die ich glaube, obwohl ich weiß, dass sie nicht stimmen können. Man hat bei den Bauarbeiten im alten Nazareth-Hospital etwas entdeckt. Oder jemand hat mich erkannt und weiß Bescheid, hat zwei und zwei zusammengezählt und eine Verbindung zwischen Jesse, mir und Helen Greenlaw hergestellt.

Um ihren Ruf zu retten, würde sie über Leichen gehen. Das immerhin weiß ich.

»Sie sitzt immer noch an den Hebeln der Macht.« Jesse schlägt auf den Tisch, scheint meine aufsteigende Panik nicht zu spüren. »Die verdammte Frau hockt noch immer auf ihrem verdammten Thron und trifft Entscheidungen, die das echte Leben echter Menschen betreffen. Spielt noch immer die Politikerin.«

Sie hat nie gespielt. »Jesse! Komm bitte zur Sache. Hat Greenlaw etwas getan? Hat sie Kontakt zu dir aufgenommen?«

»Nein. Warum auch? Sie hat mehr zu verlieren als wir beide.«

»Also weiß jemand außer uns dreien Bescheid.«

»Nein, Babe.« Er klingt beinahe zornig. »Wie denn das?«

»Dann hör auf mit den beschissenen Spielchen! Falls es keine unmittelbare Bedrohung gibt, ist Helen Greenlaw so ziemlich der letzte Mensch, an den ich denken möchte. Vielleicht hast du es nicht bemerkt, aber ich habe gerade ziemlich viel am Hals.«

Es war, als hätte ich überhaupt nichts gesagt.

»Sie ist Millionärin.«

»Das sind viele im Oberhaus.« Ich will ihn beruhigen, klinge aber abgehoben, und seine Bitterkeit kehrt zurück.

»Du bewegst dich wohl in solchen Kreisen.«

»Ganz sicher nicht. Jesse, worauf willst du hinaus?«

»Du hast dich verändert. Geld verändert einen.« Er bedient sich des *Othering*, wie meine Studierenden es nennen würden, macht mich zur anderen. Wir glauben gern, dass Armut unempfindlich macht und Privilegien einen schützen, aber nur, wer beides erlebt hat, versteht, dass es nicht stimmt. »Du bist hart«, sagt er. »Genau wie sie.«

Es ist der schlimmste Vorwurf, den er mir machen kann, das weiß er ganz genau. »Das bin ich nicht – ich bin überhaupt nicht wie sie! Wie kannst du so was sagen?«

»Dann beweise es mir. Beweise, dass ich dir vertrauen kann. Beweise, dass du noch immer auf meiner Seite stehst.«

»Wie denn?«

»Es war idiotisch, dass wir damals aufgehört haben. Ich glaube, wir können sie wieder anzapfen.« Plötzlich fühle ich mich schwach, ich würde am liebsten den Kopf auf den schmutzigen

Tisch legen und einschlafen. »Und dabei brauche ich deine Hilfe, Babe. Du hast schon immer die richtigen Worte gefunden.«

»Bist du irre? Jesse, nein, natürlich nicht.« Sein Gesicht verdunkelt sich. Er hat damit gerechnet, dass ich ja sage; jetzt ist er gekränkt.

»An dem Abend hast du gesagt, wir wären für immer miteinander verbunden.«

Habe ich das? »Ich habe gemeint, dass wir durch das Geheimnis miteinander verbunden sind, und auch mit ihr, ob es uns gefällt oder nicht.« Ich senke die Stimme und beuge mich vor. »Wenn du an einem Faden ziehst, löst sich alles auf. Wir könnten alle drei im Gefängnis landen. Und dann wäre da noch die Frage nach den Beweisen. Wir haben nämlich keine. Weißt du nicht mehr, was passiert ist?«

Einen Moment lang verliert er den Faden, erinnert sich so offensichtlich an das, was geschah, dass ich es fast in seinen Pupillen sehe.

»Falls du Geldprobleme hast …« Ich erkenne meinen Fehler, sowie ich es ausspreche. Die Brames waren immer unglaublich stolz; sogar die Versandhauskataloge verschmähten sie. Jesse explodiert.

»Ich habe immer für meine Familie gesorgt. Von dir lasse ich mich nicht verleumden. Es geht ums Prinzip. Um gerechte Verteilung.« Er unterstreicht sein Argument, indem er mit dem Arm ausholt; dabei kippt sein Glas auf den Beton, worauf die Teenager am Kriegerdenkmal erschrocken auseinanderfahren. Schockiert erkenne ich, dass es sich bei dem Mädchen um meine Nichte Maisie handelt. Sie sieht mich, wird rot und läuft weg. Jesses sanfte Stimme verhüllt nur schlecht seinen Zorn: »Helen Greenlaw lebt im Luxus, und zwar auf Kosten der Arbeiter. Sie hat eine ganze Stadt zerstört.«

»Solches Denken hat uns überhaupt erst in Schwierigkeiten

gebracht. Was willst du diesmal machen, ihr vor dem Oberhaus auflauern?« Ich lache, doch er stimmt nicht ein. Er glaubt noch immer noch so fest an die Vendetta wie damals als Teenager.

»Ich werde sie wieder jagen, Marianne, und falls ich dir etwas bedeute, machst du mit.« Die Tränen in seinen Augen verwässern die Drohung. Vor ein paar Jahren hatte er gesagt, ich sei nach wie vor die einzige Frau, die ihn jemals habe weinen sehen, also stürze ich mich auf diese Schwachstelle. Er hat ebenso viel zu verlieren wie ich – nicht materiell, aber was seine Familie angeht.

»Ich möchte, dass du etwas für mich tust.« Ich ergreife seine Hand und streichele sie. Das scheint ihm Halt zu geben. »Ich möchte, dass du dir die Gesichter deiner Eltern vorstellst, wenn die Polizei dich abholt und sie noch einen Sohn verlieren. Verstanden? Ich will, dass du dir Clay vorstellst. Madison. Alle deine Kinder. Stell dir ihre Gesichter vor. Stell dir vor, wie du in irgendeinem beschissenen Besuchszimmer im Gefängnis mit Corey spielst.« Seine Miene verzerrt sich, er wendet sich ab. »Jesse, versprich mir, es nicht zu tun.«

Er reißt die Hand weg. »Na schön. Vergiss es, Babe. Vergiss, dass ich irgendwas gesagt habe. Vergiss, dass ich dich gefragt habe. Mein Gott! Wie kann eine einzelne Frau so viel Schuld auf sich laden?« Er deutet auf das Pub. »Alle diese Männer hier hätten noch Arbeit, wenn sie nicht gewesen wäre. *Wir* wären noch zusammen.« Er klingt so selbstsicher, als wäre dies eine unumstößliche Wahrheit, doch ich bin verblüfft, dass er es ausspricht. Ich hatte gedacht, dies gehörte zu den Dingen, die wir wissen, aber nie erwähnen. Wie soll ich reagieren? Wehmütig dreinschauen, tief ausatmen oder altmodisch die Augen senken? Während ich meine Optionen durchgehe, liest Jesse in mir wie in einem offenen Buch. »Oder etwa nicht?«, fragt er mit gepresster Stimme, als hielte jemand seine Eier in der Hand.

Zu spät versuche ich es mit einem Lächeln. »Doch, natürlich.«
Meine Worte klingen blass, jämmerlich. Auch Jesse kann sich
nicht verstellen. Er sieht aus, als hätte man die Luft aus ihm her-
ausgelassen, seine Wangen fallen in sich zusammen, sein Körper
verkriecht sich förmlich in der Lederjacke. Ich kann seine Gedanken so deutlich lesen, als hätte er sie ausgesprochen. Meine
verspätete Reaktion hat etwas zerstört, an das er mehr als sein
halbes Leben lang geglaubt hat. Mir wird bewusst, wie sehr
er sich auf diesen Glauben gestützt hat. Wenn er nicht Helen
Greenlaw die Schuld geben kann, dass ich weggegangen bin,
muss er sie mir geben, und das schmerzt nicht weniger nach all
den Jahren, sondern mehr.

11

Die Lasagne, die ich selbst zubereitet habe, blubbert im Ofen, und ich zerdrücke gerade Mums gelbe Pille, um sie in ihrem Fruchtzwerg zu verstecken, als die Kinder das Haus geräuschvoll zum Leben erwecken. Jack, Bartflaum, lange Haare zum Männerdutt gedreht, lässt einen Bücherstapel auf den Küchentisch fallen; er macht Abitur in allen drei Naturwissenschaften. Er will Ingenieur werden wie sein Vater. Maisie hat noch nasse Haare vom Schwimmen, und sie sieht mir nicht in die Augen.

»Alles klar, Nan?« Jack drückt die Hand meiner Mutter.

»Seht ihn euch an!«, sagt Mum. »So gut aussehend.«

Colette bildet die Nachhut. Als sie die Einkaufstüten auf die Arbeitsplatte stellt, höre ich das verräterische Klirren von Glas an Glas. Jack und Maisie schauen sich an. Colette beobachtet skeptisch, wie ich das Pillenpulver mit dem Teelöffel möglichst fein zermahle. »Hast du mit Jesse geredet?«

»Hm. Wir waren im Crown einen trinken.« Ich zwinkere Maisie zu, damit sie weiß, dass ihr Geheimnis bei mir sicher ist. Sie läuft dunkelrot an. Gut. Mein Schweigen gegen ihres. Ich möchte ja auch nicht, dass Honor oder Sam etwas von ihr erfahren.

»Ach, ich frage nur, weil ich ihn ausgerechnet in der Bibliothek gesehen habe«, sagte Colette.

»Ich dachte, die Bibliothek sei geschlossen worden.« Ich erinnere mich verschwommen, dass ich vor einigen Jahren eine Online-Petition unterzeichnet habe. Colette schickt mir ständig Petitionen zu unserer Heimatstadt, die ich immer unterzeichne –

für den Wanderweg durchs Moor, für eine Schranke am Bahnübergang, gegen Kürzungen im Schulwesen.

»Nein – na ja, im Grunde schon, aber sie wird jetzt von Ehrenamtlichen betrieben«, sagt sie, nimmt mir den Löffel aus der Hand und rührt den Joghurt um. »Jesse sollte sich wirklich mal um seine Haare kümmern. Das geht gar nicht, wie er die dünnen Strähnen über die kahlen Stellen kämmt, du kannst Big Ben durch die Lücken sehen. Irgendwann kommt die Zeit, du weißt schon, was ich meine. Als Bryan seine Haare verlor …«

»Moment mal – wieso Big Ben?«

»Die *Houses of Parliament* oder wie das heißt. Die hatte er auf dem Monitor«, sagt Colette. »Als Bryans Haare schütter wurden, habe ich ihm zum Vatertag eine Haarschneidemaschine geschenkt, damit war das Problem gelöst.«

Mein Frühwarnsystem geht los. Es lässt sich genauso wenig ignorieren wie die alte Sirene im Nazareth-Hospital. Mir fallen meine eigenen Worte ein: *Was willst du diesmal machen, ihr vor dem Oberhaus auflauern?* Das würde er nicht tun. Nicht nachdem ich ihm vor Augen gehalten habe, dass seine Familie zerstört wäre, wenn man uns auf die Schliche käme. Nicht nach allem, was wir über Vertrauen gesagt haben.

»Colette, hast du Wein fürs Abendessen?« Ich weiß genau, dass sie keinen hat.

»Wein!«, sagt sie. »Hört euch das an. Und die Antwort lautet nein. Ich habe aber sechs verschiedene Sorten Gin.«

»Mutters Untergang«, wirft Jack ein.

»Du gehst unter, wenn du jetzt nicht deine Hausaufgaben machst.«

»Ich hätte gerne ein Glas Wein zur Lasagne. Ich könnte bei Co-op eine Flasche Rosé besorgen.«

Es sind nur zwei Minuten bis zur Bibliothek, einem Fertigbau aus derselben Zeit wie die Siedlung und das Social. In der

Dunkelheit kondensiert meine Atemluft zu hellen Schwaden. Es könnte um alles Mögliche gehen, sage ich mir, es könnte reiner Zufall sein, dass er das Parlament gegoogelt hat.

Ein handgeschriebenes Plakat wirbt mit kostenlosem WLAN. An der Wand lehnt ein gelbes Mountainbike. Der Besitzer hat es nicht abgeschlossen. Durchs Fenster sehe ich eine Reihe von Computern. Jesse sitzt mit dem Rücken zu mir, so nah, dass ich über seiner Schulter den Bildschirm erkennen kann. Colette hatte recht. Im grellen Neonlicht der Bibliothek spannen sich seine Haare wie Seilbrücken über die Kopfhaut. Er schaut auf eine Website mit dem Titel *Oberhaus: Wir arbeiten für Sie*. Er hält einen Stift in der Hand und schirmt die Seite ab wie ein Kind, das einen Klassenkameraden nicht abschreiben lassen will. Ich frage mich, warum er nicht wie ein normaler Mensch mit dem Handy googelt, doch dann fällt mir ein, dass er nichts von Smartphones hält. Und möglicherweise nicht will, dass seine Suche auf dem heimischen PC erscheint …

In der Ecke des Monitors ist das feinknochige Gesicht der Baroness Greenlaw of Dunwich zu erkennen. Ich bewege mich nach links, um besser sehen zu können, und stoße dabei das Fahrrad um. Es fällt scheppernd zu Boden, und ich kann mich gerade noch an die Wand drücken. Jesse steht auf und schaut aus dem Fenster. Ich bin mir sicher, dass mein Atem mich verrät. Schließlich kehrt er an den Computer zurück. Er schließt eine Seite, die die gesundheitliche Wirkung von 10 000 Schritten am Tag anpreist, und ruft einen Plan von Westminster auf.

Wie kann er mich des Verrats beschuldigen und dann selbst so etwas tun? Er gefährdet meine Familie, meine Zukunft und seine eigene, von Helen Greenlaws ganz zu schweigen. Seine Heuchelei ist atemberaubend, fast so schlimm wie seine Dummheit, und ich kann mit niemandem darüber reden, kann niemanden um Hilfe bitten. Ich rutsche an der Wand herunter, bis ich auf den eisigen Gehwegplatten sitze, und nachdem ich eine Minute lang im Selbstmitleid geschwelgt habe, kommt mir der Gedanke, dass ich sehr wohl jemanden um Hilfe bitten kann.

Was immer man gegen Greenlaw sagen kann – und das ist eine ganze Menge –, wird sie doch alles tun, um ihre Vergangenheit geheim zu halten. Und wenn man sie in die Enge treibt, wird sie nur stärker. Ich kann mich entweder mit der Frau verbünden, deren Selbsterhaltungstrieb sich über alles andere hinwegsetzt, selbst über Menschenleben, oder mit dem Mann, der mich angeblich liebt, aber wild entschlossen ist, sich zu zerstören. Dass Jesse auf eigene Faust handelt, verändert alles. Greenlaw war erst der öffentliche Feind Nummer eins und dann unsere geheime Mitverschwörerin. Jetzt rette ich entweder Helen Greenlaw, oder sie rettet mich.

12

Unsere Abmachung mit Helen Greenlaw hatte nur eine ausdrückliche Bedingung: dass wir danach keinen Kontakt mehr zu ihr aufnehmen würden. Nun bin ich dabei, einen Eid zu brechen, den ich vor einer Ewigkeit geschworen habe, und weiß nicht mal genau, was ich mir davon erhoffe. Allein die Kontaktaufnahme ist ein gewaltiger Schritt.

Ich weiß, dass sie eine Wohnung in London hat – sie ist bekannt dafür, dass sie noch immer täglich zu Fuß nach Westminster geht –, doch laut Wählerverzeichnis entrichtet sie ihre Kommunalsteuer in Greenlaw Hall an der Küste. Anscheinend wohnen Damian und seine Familie auch dort; sie haben ihre Entfremdung offensichtlich überwunden. Er hat wohl das Erbe im Auge. Ihre Londoner Adresse kann ich nicht ermitteln. Also rufe ich im Oberhaus an und erfahre von einem Mitarbeiter, dessen Stimme klingt, als würde er mit Regenschirm und Bowler im Bus nach Clapham pendeln, dass ich gerne eine Nachricht für Baroness Greenlaw hinterlassen könne; sie werde notiert und an eine Pinnwand geheftet, an der sämtliche Peers täglich vorbeigehen. Allerdings sei eine E-Mail heutzutage der schnellste Weg, um ein Mitglied des Oberhauses zu kontaktieren, obwohl die Reaktionen auf die »neue Software« sehr unterschiedlich seien. Drei Klicks, dann habe ich die Mail-Adresse. Für die Nachricht brauche ich sehr viel länger. Jesse hatte unrecht, die richtigen Worte kommen nicht von selbst. Sie müssen präzise und vage zugleich sein, müssen ihr verraten, wer ich bin, ohne mich zu belasten.

Sehr geehrte Baroness Greenlaw,
mein Name ist Marianne Thackeray geb. Smy. Wir sind uns 1989
in der Nähe von Nusstead begegnet. Ich muss Ihnen etwas Wich-
tiges sagen. Könnten Sie mir bitte so bald wie möglich antworten?

Reicht das? Ich selbst würde sofort begreifen, wovon die Rede
ist. Die Frage ist nur, wie tief bei Greenlaw die Vergangenheit begraben liegt.

Mit freundlichen Grüßen
Marianne Thackeray

Ich drücke auf Senden, möchte mich am liebsten übergeben,
stehe auf, recke und strecke mich und drücke eine Kaffeekapsel
in die Maschine. Ich frage mich, wie oft eine Achtzigjährige ihre
E-Mails liest. Ich werde ihr bis zum Wochenende Zeit geben und
dann … was dann?
  Der Signalton kündigt eine eingehende Mail an, bevor der
Kaffee fertig ist.

Ich empfange Sie morgen zum Tee im Parlament. Wir treffen uns
um 15.00 Uhr am Eingang für die Peers. Nachstehend meine
Handynummer. Bitte schicken Sie mir Ihre.
Mit freundlichen Grüßen
Helen Greenlaw

Ich hatte keine Herzlichkeit erwartet, aber der knappe Befehlston
verblüfft mich dann doch. Um zwischen den Zeilen lesen zu
können, ist die Nachricht zu kurz. Dass sie sich so schnell gemeldet hat, ist einerseits beruhigend – sie nimmt es ernst –, aber
auch beunruhigend – sie wirkt zu beflissen. Wieder überkommt
mich Zorn, weil Jesse mich dazu getrieben hat.

Ich nehme die Einladung an, füge meine Nummer hinzu und schicke die Mail ab. Erst dann fällt mir ein, dass Honor morgen herkommt und ich Sam gezwungen habe, sich den Nachmittag freizunehmen, damit er sie fahren kann. Ich habe meine Tochter noch nie versetzt, und wenn ich es jetzt tue, ahnt meine Familie, dass etwas nicht in Ordnung ist. Sie könnten glauben, es ginge mir nicht gut, dass ich mich irgendeiner Untersuchung unterziehen muss. So wie Amanda, als sie an Brustkrebs erkrankt war und ihren Kindern sechs Monate lang nichts verraten hatte. Immer wenn die Kinder an ihrem Arbeitsplatz anriefen, mussten wir für sie lügen.

Das bringt mich auf eine Idee.

»Gutes Timing«, sagt Sam, als er endlich ans Handy geht. »Ich komme gerade aus einem Meeting.«

So fängt es an. Dies ist der erste seidene Faden, aus dem ich ein neues Netz aus Lügen spinne. »Ich habe meine Pläne für morgen ein bisschen geändert. Amanda hat mich gebeten, ins Institut zu kommen, irgendein Mitarbeitertraining.«

Sams Schweigen ist seine Art, die Beherrschung zu verlieren. »Du hast mir gestern erst geschrieben, dass wir um sechs da sein sollen. Ich habe die ganze Woche für dich umgeschmissen. Ich habe eine Kundenbesprechung für – du hast gesagt, es sei …« Die Bürotür fällt hinter ihm zu. »Marianne, du musst das absagen. Du hast doch ein Sabbatical. Am liebsten würde ich Amanda persönlich anrufen und ihr sagen, sie soll dich in Ruhe lassen.«

»Nein!« Ich nehme mir vor, Amanda zu warnen, was wiederum bedeutet, dass ich auch für sie eine Geschichte erfinden muss. »Es tut mir leid, aber die führen ein vollkommen neues System ein, und es gibt nur diesen einen Ausbildungstag. Du weißt doch, wie das ist. Wenn ich nicht dranbleibe, brauche ich Tage dafür, wenn ich wieder arbeiten gehe. Du und Honor könnt trotzdem kommen, wir essen nur später.« Wenn er mit dem Auto fährt, könnte ich sogar zurück sein, bevor sie es durch den Verkehr geschafft haben.

Sam beherrscht sich nur mit Mühe. »Marianne, ich habe nur … ich habe nur darum jeden Penny, den wir besitzen, in diese Wohnung gesteckt, damit du dich um deine Mutter kümmern kannst, ohne dass dich die Arbeit stresst. Du machst dich selbst krank. Das geht nicht.«

Ich sammle alle Wut auf Jesse und schleudere sie meinem Mann entgegen. »Willst du es mir etwa verbieten?«

Ich stelle mir Sam in seinem gläsernen Büro vor, wie er sich in den Nasenrücken kneift. »Das ist doch lächerlich, natürlich nicht. Ich hatte nur nicht erwartet, dass du bei der kleinsten Kleinigkeit nach London rast. Ich mache mir Sorgen um dich.«

»Ich möchte nicht ganz aus der Übung kommen, weißt du? Wenn alles vorbei ist, möchte ich noch eine Karriere haben, die auf mich wartet. Du hast selbst gesagt, dass wir uns auf Dauer keine zwei Haushalte leisten können.«

Noch ein Tiefschlag, mit dem ich ihm den Schwarzen Peter zuschiebe.

* * *

Abends kann ich nicht einschlafen. Das Flutlicht auf dem alten Freilufthof fällt durch einen Spalt in den Vorhängen und wird von den Keramikfliesen im offenen Badezimmer reflektiert. Dieses kalte funktionale Detail wirkt gar nicht mehr wie edles Design, sondern abstoßend, grotesk, höhnisch. Eine Fliese für jede verängstigte Frau, eine Fliese für jede grausame Pflegerin, eine Fliese für jede Tablette, die man den Patientinnen aufgezwungen hat, Fliesen und Fliesen und Fliesen, die eine Wand ergeben, zu hoch, um sie zu überwinden, breiter als der Buckingham-Palast, und so schnell man auch rennt, man erreicht nie das Ende. Ich stehe auf und knalle die Tür zu, doch in der absoluten Dunkelheit meines Schlafzimmers bewegen sich die Fliesen und fliegen umher wie Klötzchen im Tetris-Spiel. Sie ummauern mich mit einem leichten Schlaf, aus dem ich um zwei Uhr morgens wild um mich schlagend erwache, aufgeschreckt von dem Gedanken, dass Helen Greenlaw mich womöglich nur deshalb treffen will, weil Jesse sie schon kontaktiert hat.

Hier, in der kohlschwarzen Dunkelheit, begreife ich endlich, warum ich Helen Greenlaw wirklich sehen will. Ich muss wissen, was sie vorhat: Ob sie mit mir zusammen dafür sorgen wird, dass wir unser Geheimnis mit ins Grab nehmen, oder ob sie zulässt, dass Jesse alles niederreißt. Ich kann mir nicht vorstellen, dass sie sich mit Jesse verbündet oder er seine Drohung wirklich wahrmacht. Und dennoch. Wenn man uns entlarvt, muss ich Sam und Honor alles gestehen, bevor mich die Polizei abholt. Denn nur eines wäre schlimmer als Honors Gesicht, wenn sie meine Geschichte hört: nicht da zu sein, um diesen Schlag mit Erklärungen und Liebe abzumildern. Ich schlage die Decke zurück, trete ans Fenster und sehe auf das dunkle Moor, das sich bis nach Nusstead erstreckt, und zum ersten Mal seit Jahren probe ich hier, an dem Ort, wo alles geschehen ist, mein Geständnis.

13

London hat sich für die Touristen ins Zeug gelegt. Die Zacken am Westminster Palace schimmern golden vor dem blauen Oktoberhimmel. Bevor ich mich mit Augustus Pugin und Charles Barry beschäftigt hatte, kannte ich diese Stilmerkmale der Gotik von den Flaschen mit Brown Sauce, und es dauerte lange, bis ich mir das Gebäude vorstellen konnte, ohne an Schweinekoteletts und Salzkartoffeln zu denken. Am Parliament Square und im Millbank-Viertel patrouillieren bewaffnete Polizisten, aber der Eingang für die Peers am House of Lords ist geradezu niedlich; ein einsamer Polizist in voller Gala-Uniform hockt in seinem schwarzen hölzernen Häuschen. Ich habe mich so konservativ wie möglich gekleidet, dunkelblaues Wickelkleid und hautfarbene Pumps. Heute trage ich meine Diamanten nach außen.

Nach dem grellen Licht draußen wirkt die Eingangshalle dämmrig. Wieder einmal wird mir klar, dass dieses Gebäude zwar der Allgemeinheit gehört, die meisten Menschen es aber nie von innen sehen. Jenseits der Sicherheitskontrolle sieht es eher nach Aufenthaltsraum für die Oberstufe als nach Regierungssitz aus. Staubiges Sonnenlicht malt leuchtende Streifen auf Garderobenständer und billige Kleiderbügel aus Draht.

Greenlaw wartet auf mich, die Hände vor sich verschränkt, spindeldürr in einem königsblauen Kostüm. Ihre blonden Haare formen noch immer einen makellosen Helm um ihr Gesicht, dessen Ausdruck sich seit unserer letzten Begegnung von Vorwitzig zu Verkniffen gewandelt hat. Sie gehört zu der schwindenden

Generation von Frauen, die sich die Haare nicht föhnen, sondern legen lassen.

Ich bin es gewohnt, auf hohen Absätzen zu gehen, und dennoch zittern mir die Knie.

»Dr. Thackeray.« Die Anrede verrät, dass sie mich gegoogelt hat. »Wie nett, dass Sie so kurzfristig kommen konnten.« Früher waren ihre Augen blau mit einem auffälligen dunklen Fleck in der rechten Iris. Sie sind jetzt verblichen, wässrig wie bei vielen alten Menschen, so dass der Fleck nicht mehr hervorsticht, doch ihre Stimme ist alles andere als weich: Sie spricht noch immer roboterhaft und monoton. Sie ist eine Platine, der ein Chip fehlt.

»Keine Ursache.«

»Waren Sie schon einmal hier?«

»Nein.« In Cromer Hall und danach habe ich daran gearbeitet, mich in jeder gesellschaftlichen Situation zurechtzufinden und die Unsicherheit meiner Jugend hinter mir zu lassen. Hier aber holt mich meine Herkunft ein.

»Leider habe ich keine Zeit, Sie herumzuführen.« Sie schaut auf die Uhr. »Man erwartet mich um halb in der Kammer.« Ich bin froh, dass wir unter Zeitdruck stehen. Dann muss ich keine Gesprächspausen mit nervöser Konversation füllen und kann mich ganz auf den Informationsaustausch konzentrieren und auf Greenlaws knappe effiziente Sprache.

»Möchten Sie Tee?«, fragt sie.

»Ja.« Ich scheine ins Ja/Nein-Spiel meiner Kindheit zu verfallen.

Wir gehen durch Flure, in denen es von Pugins manischem Detailreichtum nur so wimmelt. Die Muster im Fächergewölbe der Decke scheinen beinahe lebendig. Eine Wand wird von Bücherregalen gesäumt, an der anderen hängen Gemälde, auf denen die vollbesetzte Parlamentskammer zu sehen ist. Mir wird wieder einmal bewusst, wie männlich die Ikonographie solcher

Orte geprägt ist. Der größte Teil der Kunst stammt aus einer Zeit, in der hier keine Frauen zugelassen waren. Ein relativ neues Ölgemälde zeigt Margaret Thatcher, ihr hellblaues Kostüm ein Farbspritzer zwischen monochromen Männern. Helens Porträt muss auch dort hängen, ein weiterer femininer Farbfleck, aber sie bleibt nicht stehen, um es mir zu zeigen. Niemand beachtet mich, während ich hinter ihr hertrotte. Sie geht schneller als ich. Jemand, der Gesundheit derart strikt bewertet, kann sich unmöglich gehenlassen. Eine Erinnerung kommt hoch, zum ersten Mal seit Jahren, ein Foto von ihr, wie sie in Reeboks, Stulpen, Frotteestirnband und vollem Make-up joggt, obwohl die Leiche kaum kalt war.

Der Speisesaal der Peers, den ich aus Büchern kenne, sieht aus wie eine opulente rote Teestube, in der auf Bildschirmen die laufende Sitzung übertragen wird. Auf den berühmten ochsenblutfarbenen Bänken schnarchen hängebackige Abgeordnete vor sich hin, während murmelnde Stimmen über Breitband-Internet debattieren. Für mich unverständliche Zahlen laufen am unteren Rand des Bildschirms entlang.

»Ich hätte Sie nicht erkannt«, sagt Helen, als wir an dem runden Tisch mit der makellosen weißen Decke und dem pingelig sauberen Gewürzständer sitzen. Ich ziehe meine Serviette aus dem Ring und schüttle sie auseinander, bevor ich mich zwinge, sie anzuschauen. Zwischen uns springt etwas über, bevor wir es verhindern können; Verständnis und Ironie. Wir sind die einzigen Menschen, in deren Gegenwart wir beide uns vollkommen entspannen könnten. Dieses Gespräch sollte uns eine dunkle Freiheit bieten. Dann blinzelt sie, und der Moment ist vorbei.

Helen bestellt Tee und Scones für zwei. Sekunden später erscheinen silberne Kannen und feines Porzellan auf dem Tisch. Vermutlich schwer subventioniert; eine weitere Ironie. »Ich bin der Staatskasse verpflichtet«, hatte sie nach dem Mord gesagt.

Das Eingeständnis, dass sie zuerst den Finanzen und erst dann den Menschen verpflichtet sei, war nicht gut angekommen.

Helen schenkt uns ein; weder das Alter noch die Nerven können ihrer ruhigen Hand etwas anhaben. Meine Hände hingegen zittern. Sowie der Kellner außer Hörweite ist, sagt sie nüchtern: »Ich nehme an, Sie sind gekommen, um Geld zu verlangen.«

Sie glaubt tatsächlich, ich wolle Geld von ihr, und das, nachdem sie mich gesehen hat. Also hatte Jesse recht. Für sie werde ich immer Marianne Smy aus Nusstead sein. Wusste er, dass ich sie kontaktieren würde? Oder, schlimmer noch: »Jesse hat Sie bereits angesprochen.«

Ihre hochgezogene Augenbraue verrät wenig. »Jesse? Ich habe nichts von ihm gehört.«

Also war es eine leere Drohung. Es darf nicht sein, dass ich grundlos hergekommen bin. Ich darf mich nicht entspannen, ich muss handeln, statt nur zu reagieren.

»Verstehe. Nun – ich habe jetzt selbst Geld.« Ich möchte ihr sagen, dass ich Geld habe und nach ihren Vorstellungen vermögend bin, dieses Vermögen aber nicht von heute auf morgen in Bargeld umwandeln kann. Was das angeht, hatte Jesse recht. »Aber Jesse hat beschlossen, dass er mehr verlangen will, und er wird es tun. Ich wollte ihm zuvorkommen, um mit Ihnen zu sprechen. Es kann nicht lange dauern, bis er sich meldet.«

Helen blinzelt mechanisch. »Ich hätte erwartet, dass er seine Verbindung zum Nazareth-Hospital streng auf die Vergangenheit beschränkt. Zu seinem eigenen Besten.«

Zwei Männer in Anzügen lassen sich geräuschvoll am Nebentisch nieder. Wenn ich sie hören kann, hören sie mich auch. Das macht unser ohnehin gestelztes, verklausuliertes Gespräch noch unangenehmer.

»Nun ja. Das habe ich ihm auch gesagt.« Jetzt höre ich den Suffolk-Akzent in meiner Stimme, die letzten Spuren, die ich nicht abstreifen kann. »Wenn er etwas preisgibt, könnte alles andere auch herauskommen.«

Greenlaw schaut zu den Männern im Anzug und antwortet dann so leise, dass ich sie kaum verstehen kann. »Die Kriminaltechnik hat sich natürlich weiterentwickelt. Sollte der unwahrscheinliche Fall eintreten, dass jemand redet, können wir von Glück sagen, dass die Leiche eingeäschert wurde.« Es ist nicht nur das Geständnis, das in ihren Worten mitschwingt, sondern auch ihr gefühlloser Tonfall, der mich schweigen lässt. »Aber ich weiß, was Sie meinen. Ich dachte, unsere … Beteiligung hätte verhindert, dass er jemals wieder etwas so Dummes tut.« Sie argumentiert mit harter Logik. Es ist, als hätte sie einen Weg gefunden, um alle Menschlichkeit aus dieser Gleichung wegzukürzen. Ich beneide sie fast. Kein Wunder, dass sie so effizient ist. Was würde eine moderne Psychiaterin über sie sagen? Soziopathin? Borderline? Sie ist in vielem das genaue Gegenteil von Honor, pure Analyse und Kontrolle, während Honor durch und durch impulsiv ist. Honor hat zu viele Gefühle für eine einzige Seele. Helen hingegen wird nur von ihrem eigenen grenzenlosen Ehrgeiz getrieben.

»Er kommt auf alle möglichen Ideen.« Wie soll ich erklären, dass Jesse verwickelte Feinheiten als Betrug auslegt? Dass er Ereignisse so lange im Kopf durchspielt, bis sie in sein Denkschema passen? Für sie gibt es nur Stärke oder Schwäche, Pflicht oder Pflichtvergessenheit, nicht diesen Wirbel aus Emotionen, den wir Übrigen mit uns herumschleppen.

»Was werden Sie tun?«, frage ich. »Zur Polizei gehen? Denn falls Sie das tun … ich meine – es sieht für keinen von uns gut aus, aber … ich habe eine Tochter.« Greenlaw betrachtet mich belustigt, als wären ein Familienleben und der Wunsch, jemanden, den man liebt, zu beschützen, nichts als eine interessante Charakterschwäche.

Ein Kellner bringt unsere Bestellung. Helen sägt einen Scone durch und schaufelt eine dicke Schicht Clotted Cream darauf, bevor sie antwortet. »Auf welchem Weg wird er sich bei mir melden?«

Ich ahme ihre Bewegungen nach, lege meinen Scone aber wieder auf den Teller. Ich bekomme keinen Bissen herunter.

»Das weiß ich nicht«, gestehe ich. »Vermutlich so wie ich, aber wir haben uns sehr unterschiedlich entwickelt und voneinander entfernt. Die Zeiten, in denen ich sein Verhalten vorhersagen konnte, sind längst vorbei. Ich habe ihm gesagt, er solle nichts unternehmen. Ich will nichts damit zu tun haben. Können Sie wenigstens andeuten, was Sie vorhaben?« Ich flehe und frage mich gleichzeitig, wozu das gut sein soll. Ich könnte ebenso gut eine der Statuen in der Eingangshalle um etwas bitten.

»Nun, ich bezahle natürlich.« Sie zuckt leicht mit den Schultern. Mir klappt der Unterkiefer herunter. »Ich habe zu lange zu hart gearbeitet, um mich von ihm ruinieren zu lassen. Ich tue Gutes. Ich werde gebraucht.« Sie hält meinem Blick stand, obwohl wir beide wissen, dass sie keine verantwortliche Stellung bekleiden, geschweige denn in einer Regierung sitzen sollte. »Was haben Sie denn erwartet?« Mir wird klar, dass ich genau das von ihr erwartet habe. »Ich habe es schon einmal getan.«

Sie kann es sich offensichtlich leisten. Das Geld ist ihr egal. Um ihr begreiflich zu machen, wie wichtig es ist, muss ich mit dem einzigen Argument an sie appellieren, das wirklich zählt.

»Honor – meine Tochter – sie hat … Nun, ich mag den Begriff psychische Störung nicht und all die Vorurteile, die damit einhergehen, aber sie ist krank und unglaublich verletzlich. Sie ist genau der Mensch, der Ihnen, wie Sie sagen, am Herzen liegt. Sie ist ein außergewöhnlicher Mensch, sie empfindet so tief, aber alles tut ihr weh, es ist, als hätte sie Holzsplitter in allen Fingerspitzen und Scherben in den Füßen. Wenn alles herauskommt, und sei es nur durch Zufall, wenn die Polizei mich abholt und sie davon erfährt – sie war in einer Klinik, sie hat versucht, sich …« Wenn ich die Worte ausspreche, folgen auch die Tränen. »Es hat mich große Überwindung gekostet, heute herzukommen. Aber ich würde alles tun, um Honor davor zu schützen. Als Mutter wissen Sie doch, wie das ist.«

Nichts. Ich hätte wissen müssen, dass dieses Argument bei ihr nicht verfängt.

Plötzlich erscheint es mir unabdingbar, meine eigene unverzeihliche Rolle in all dem zu rechtfertigen. »Es sollte damals nur das eine Mal sein. Und selbst das habe ich mir nie verziehen. Ich war erst siebzehn und hatte keine Ahnung, wie diese Dinge laufen, und ich war …«, mir versagt die Stimme, doch ich werde nicht vor ihr weinen. Ich will »arm« sagen, bringe es aber nicht heraus, also sage ich: »Ich war so hungrig, ich habe so verdammt gefroren.«

Das Wort »gefroren« hallt wie ein Echo durch den Raum. Helen sieht mich ausdruckslos an. Warum sollten meine Entschuldigungen sie kümmern? Sie hat sich nie entschuldigt.

Eine elektronische Glocke lässt mich zusammenzucken.

»Ah«, sagt sie. »Ich muss wieder an die Arbeit. Ich bringe Sie hinaus.«

Ich habe mich angreifbar gemacht und bin auf Stahl gestoßen. Was hatte ich mir denn erhofft? Eine Art Schwesternschaft?

»Wird denn alles gut?«, flehe ich sie an.

»Danke, dass Sie sich die Zeit genommen haben, Dr. Thackeray.«

Blinzelnd und verwirrt trete ich in die Herbstsonne hinaus. Eine chinesische Touristenfamilie bittet mich, sie zu fotografieren; das Handy, das mir der Vater reicht, ist das gleiche Modell wie meins, aber ich bringe selbst nach fünf Versuchen nur ein paar verschwommene Aufnahmen von Füßen zustande. »Es tut mir leid«, sage ich und drücke es dem Mann wieder in die Hand. Die U-Bahn kann ich nicht ertragen, also rufe ich ein Taxi, das mich zur Liverpool Street bringt. Wir fahren am Fluss entlang, Embankment, Temple und Blackfriars, bis die Uferpromenade endet, die Gebäude auf beiden Seiten emporwachsen und mir den Himmel stehlen.

Ich habe keine Ahnung, ob ich es gerade besser oder schlimmer gemacht habe.

14

Trotz einer Signalstörung bei Manningtree, einem Verkehrskollaps auf dem Bahnhofsparkplatz in Diss und dem verfluchten Bahnübergang, schaffe ich es, um Viertel vor acht im Nazareth… im Park Royal Manor zu sein. Der Speisewagen war geschlossen, und ich habe seit dem Frühstück nur einen Kaffee und einen Bissen von einem Scone zu mir genommen. Als ich in der Wohnung ankomme, zittere ich vor Hunger. Mum isst gewöhnlich nicht so spät, und als ich den Küchengeruch im Flur bemerke, bin ich froh, dass Colette sie solange bei Laune gehalten hat. Der Tisch ist für fünf gedeckt, aber es sitzen nur zwei Leute dran. Sam sieht müde aus, Honor hat geweint.

»Liebling!« Die chronische Reue weicht akuten Schuldgefühlen.

»Sie wusste nicht, wer ich bin, Mum. Sie hat mich nicht erkannt.«

»Colette musste Debbie nach Hause bringen«, sagt Sam. Sein Gesicht wird umrahmt von einer kindischen Haaraureole, die weniger nach verrücktem Professor als schlicht ungepflegt aussieht. Seinen Kunden dürfte das nicht gefallen. Erst seit wir längere Zeit getrennt verbringen, ist mir klargeworden, dass er zu einem jener Männer geworden ist, die von ihrer Frau zum Friseur geschickt werden müssen. Seine Augen wandern zur Küche, wo ich ein Kehrblech mit zerbrochenem Geschirr bemerke. Dann schaue ich zu Honor: Sam erahnt meine voreilige Schlussfolgerung und geht sofort dazwischen. »Nein, das war Debbie. Es war alles ein bisschen viel für sie.«

Ich weiß nicht, was schlimmer ist: meine verzweifelte Mutter, die sich in einem fremden Haus einem blau gefärbten Freak gegenübersah, oder Honors Entsetzen über den Verfall ihrer Großmutter. Jedenfalls hätte ich da sein müssen.

»O Gott«, sage ich, »komm her, Honor.« Ich streichle ihr den Rücken. Meine Fingerspitzen lesen in ihr: Die Rippen treten nicht hervor, also isst sie genug. »Es tut mir so leid. Wir hätten alle zusammen zu Colette gehen sollen. Ich hätte das mit London auf morgen verschieben müssen.«

»Ich dachte, es ging nur heute?« Sam schaut mich scharf an, erkennt die Schwachstelle in meiner Geschichte, wird aber nichts erwähnen, solange Honor dabei ist.

»Ja, ich weiß, das meinte ich ja. Tut mir leid, ich bin ganz durcheinander. Ich muss dringend was essen. Ist es noch genießbar?«

»Ich hole dir was«, sagt Sam.

Honor füllt mein Weinglas, während ich meine Tasche ausräume; Schlüssel in die Schale, Handy auf die Arbeitsplatte. »Ich finde es schön, dass du immer noch meine Hülle benutzt«, sagt sie und schiebt den Daumen unter die Klappe. Ich hatte das Handy während der Fahrt auf lautlos gestellt, aber es könnte eine Nachricht von Jesse eingegangen sein. Oder eine SMS von Helen. Ich will es ihr wegnehmen und stoße gegen Honors Glas. Sie fängt es gerade noch am Stiel auf; es schwappt über, zerbricht aber nicht.

»Das war knapp«, sagt sie nur, doch Sam hat es bemerkt, und etwas in seinem Gesicht verschließt sich.

Das Essen ist gut – ein Auflauf mit Huhn und Oliven –, und der Wein nimmt allem die Spitze. Sam wirkt jetzt entspannter, und falls er meine Nervosität erwähnt, werde ich sie mit Stress erklären.

Als ich die Reste in eine Plastikdose fülle, setzen sich Honor und Sam aufs Sofa und vertiefen sich in ihre elektronischen Geräte. Meine Lieblingsgesichter leuchten im Dunkeln facebookblau; ich sehe deutlich, was ich zu verlieren habe.

Was würde Sam tun, wenn er wüsste, wo ich heute gewesen bin? Wenn ich ihm begreiflich machen könnte, wie sehr es Honor aus der Bahn werfen könnte, würde er mich wohl nicht verlassen. Er würde bei mir bleiben, aber die Liebe, seine verblendete verlässliche Liebe, wäre verschwunden, und das wäre der zweitgrößte Verlust, den ich mir vorstellen kann.

»Sieh dir das an. Wir ignorieren einander und schauen lieber auf Displays, wie eine richtige Familie«, sagt Sam.

»Eigentlich habe ich vor, alle sozialen Medien eine Zeitlang zu deaktivieren«, sagt Honor. »Ich habe gelesen, die können für die Psyche genauso schädlich sein wie kiffen. Sie steuern das Nervensystem um, man wird abhängig vom nächsten Dopamin-Hit; das wirkt wie Crack. Oder wie Zucker. Und ich will dieses Semester einen klaren Kopf behalten.«

Ich weiß, dass sie recht hat, aber Instagram ist mein Babyphone.

»Guter Plan«, sagt Sam. »Ich war gestern Abend auf Twitter. Wollte nur kurz reinschauen und habe eine Stunde dort verbracht.«

»Vielleicht schalte ich sogar mein Handy erst um vier Uhr nachmittags ein.«

Das geht zu weit. »Und wenn ich nachsehen will, ob es dir gut geht?« Die Vorstellung, Honor unerreichbar in London zu wissen, versetzt mich in Panik. »Wenn du mich nun brauchst?«

Honor schaut mich an, als wäre ich eine Idiotin. »Dann schalte ich mein Handy ein und rufe dich an.«

Aber wir wissen alle, dass sie eben nicht zu uns kommt, wenn es ihr schlecht geht. »Wir können dir einen Festnetzanschluss bezahlen, nicht wahr, Sam? Falls wir dich erreichen müssen.«

»Mum.« Honor verdreht die Augen, als hätte sie nie im Leben auch nur ein einziges Problem gehabt. »Es geht doch gerade darum, nicht erreichbar zu sein. Nicht auf alles und jeden reagieren zu müssen. Einfach allein zu sein. Ich dachte, du würdest dich für mich freuen. Ich glaube ganz ehrlich, dass wir über das Internet irgendwann so denken werden wie über Zigaretten. Wir werden zurückschauen und uns fragen, warum haben die nicht gewusst, was sie sich damit antun?«

Sam schaut mich über sein iPad hinweg warnend an, die Essenz zahlloser Gespräche, die wir geführt haben. Hör auf, sie zu ersticken. Respektiere ihre Wünsche. Ich weiß, dass er recht hat, aber ich muss trotzdem weiterreden. Nicht zuletzt, weil veränderte Verhaltensmuster bei Honor durchaus ein Warnsignal sein können.

»Der Festnetzanschluss wäre nur für uns. Du brauchst niemand anderem die Nummer zu geben.«

»Mum! Ihr seid auch andere, verstehst du das denn nicht?«

Sie will mich nicht. Ich tarne meinen Kummer mit Humor. »Na schön. War nur eine Idee. Bin schon weg.« Ich hebe die Hände und bewege mich in gespielter Kapitulation rückwärts durch die Küche. Es lockert die Atmosphäre und bringt Honor zum Lachen.

»Aber ich gönne mir noch einen Exzess, bevor ich auf kalten Entzug gehe. Wollt ihr sehen, was ich gefunden habe?« Sie klopft auf den Platz neben sich, und ich bin so dankbar, dass sie mich in ihrer Nähe will, dass ich beinahe über meine eigenen Füße falle. »Du könntest mir das eine oder andere erklären; ich würde gern deine Meinung dazu hören. Es ist schwieriger als gedacht, alte Fotos von diesem Ort hier zu finden. Man kämpft sich durch zahllose Immobilienseiten und nichtssagende Innenaufnahmen, bevor man irgendetwas Brauchbares findet. Aber ich bin auch auf Gold gestoßen. Das war früher ja richtig krass hier.« Sie zeigt mir das Display. Sam haucht, *Alles klar?*, und ich brauche ein paar Sekunden, um mich an meine vorgetäuschte Phobie zu erinnern. *Bestens*, hauche ich zurück. Eine viktorianische Daguerrotypie in geisterhaften Sepiatönen grinst mir entgegen. Nur das rüschenbesetzte Kleid verrät mir, dass es sich um eine Frau handelt: Ihre Gesichtszüge sind derb, die Haare hat man grob abgesäbelt.

»Sie war Epileptikerin und wurde deswegen eingesperrt. Kannst du dir das vorstellen?«

»Nein«, sage ich schwach.

»Verdammte Scheiße. Hier ist eine ganze Liste von Gründen, aus denen man Frauen im Jahr der Eröffnung einsperren konnte.« Das vergilbte Faksimile unterscheidet sich gar nicht sehr von den Notizen, die bis weit ins 20. Jahrhundert verwendet wurden. »*Söhne im Krieg gefallen, Medizin zur Empfängnisverhütung genommen, Tabak gekaut, religiöser Wahn, Scharlach, häusliche Gewalt, Alkohol, Melancholie* – und das sind nur die, die ich entziffern kann! *Bestätigte Geburtsfehler, vom Ehemann misshandelt* – ist dieser Scheiß zu fassen?«

»Aber hallo«, sagte Sam und tippt auf sein eigenes Tablet. »Das wird dir gefallen, Honor. Einige Künstler waren in der Klinik, nachdem sie geschlossen wurde, und haben massenweise Fotos gemacht. Schau mal.« Er rutscht näher zu uns heran; wir drei kuscheln uns aneinander wie früher, wenn wir ihr vor dem Schlafengehen *Peter Rabbit* vorgelesen haben, doch statt von einem Aquarell zum nächsten zu blättern, wischt Sam durch eine schier endlose Fotosammlung.

»Krass«, sagt Honor, als eine Diashow aus Trümmern, Wandgemälden in Neonfarben und zerstückelten Schaufensterpuppen vor ihr abläuft. Es gibt ein Foto der verlassenen Apotheke mit sauber gewischten Regalen, nichts darin, das Clay hätte stehlen und verkaufen können. »Das sind unglaubliche Bilder und ohne jeden Filter«, sagt Honor. »Damals musste man wirklich Ahnung haben, um solche Fotos zu machen. Es steht gar kein Name dabei. Ich frage mich, wer die gemacht hat.«

Bilder ziehen an uns vorüber: die Tür mit dem Gitter, durch das ich Michelle zuerst gesehen habe. Auf dem Foto steht sie weit offen. Honor wischt nach links zu der Station, auf der ich meine Jungfräulichkeit verloren habe. Es könnte sogar dasselbe Bett sein. Ich kann nicht mehr hinsehen.

»Möchte noch jemand Wein oder einen Gin Tonic? Mir ist nach etwas Leichterem.«

»Danke nein, Mum.«

»Nicht für mich, Liebling.«

Ich kehre ihnen den Rücken, während ich mich mit Glas und Eis zu schaffen mache. Drei Finger breit Bombay Sapphire und ein unbeholfener Spritzer Fever Tree.

Dann sagt Honor: »Jesus.« Tödliche Stille und dann: »Oh, ihr armer Sohn.«

Sie hält das Bild hoch, doch ich brauche nicht hinzusehen. Sie zeigen stets dasselbe Foto von Julia Solomon, deren wunderbare dunkle Augen einen über die Jahrzehnte hinweg anschauen, einen schlanken Arm um das an sie gekuschelte Kleinkind gelegt. »Hast du davon gewusst, Mum?«

Ich trinke das halbe Glas, bevor ich antworte. »Ja, natürlich. Es kam in den Nachrichten. Und hier bei uns war es jahrelang eine Riesengeschichte. Es ist wirklich traurig.«

»Traurig? Das ist ein Skandal! Wie konnte man das zulassen?« Ihre Augen zucken hin und her. Keine Ahnung, ob sie gerade einen Blog, den Artikel eines Boulevardblatts oder die Stellungnahme einer seriösen Zeitung liest, aber man stößt bei den Recherchen unweigerlich auf Helens Namen oder Foto. Honor hat das Kinn gesenkt und das Gesicht empört verzogen, stellt aber offensichtlich keine Verbindung zu mir her. Warum sollte sie auch?

15

Unter dem weißen Himmel taumeln schmutzig braune Blätter und prallen von meiner Windschutzscheibe ab. An den Straßenrändern strecken kahle Weißdornäste Schönwetterausflüglern ihre Stacheln entgegen. Im Herbst gehört Suffolk wieder jenen, die das ganze Jahr über hier leben.

»Sag mal«, beginnt Mum in dem allzu fröhlichen Ton, mit dem sie ihre Gedächtnislücken tarnt, »wo waren wir heute Morgen doch gleich?« Die Frage kostet sie Überwindung. Die Augenblicke, in denen sie weiß, dass sie etwas nicht weiß, sind besonders herzzerreißend. Herzzerreißend, weil auch diese Phase vorübergehen und damit auch der Rest von ihr verlorengehen wird.

»Wir waren im Krankenhaus in Ipswich.«

»Zum Arbeiten?« Das ist ein Schuss ins Blaue. Als wir heute Morgen in der geriatrischen Ambulanz waren, wusste sie nicht mehr, dass sie dort einmal gearbeitet hat.

»Nein, für deinen Check-up.«

»Ja, natürlich«, sagt sie so munter, dass ich weiß, sie erinnert sich nicht. Weiß irgendein Teil von ihr noch, dass ich nur wegen dieses Krankenhauses existiere? Morten Larkas war ein norwegischer Neurologe, der eine Konferenz besuchte und an seinem letzten Abend in Ipswich eine hübsche junge Krankenschwester zu einem Drink einlud. Bis ich seinen Namen herausgefunden hatte, war er verheiratet und hatte Kinder; bis ich seine Adresse erfahren hatte, war er tot. Ich schaue flüchtig zu Mum, die ihr Spiegelbild betrachtet und dabei geistesabwesend lächelt. Die

97

Luft im Wagen vibriert geradezu vor Gesprächen, die wir nie mehr führen werden. Warum wollte sie keine Beziehung zu meinem oder zu Colettes Vater? Warum war sie zu stolz, sie um Unterstützung zu bitten? Es ist ja nicht so, als hätte sie irgendwelche unorthodoxen Erziehungsvorstellungen gehegt, bei denen ein Mann gestört hätte.

Es sollte mich wohl ermutigen, dass sie meinen Vater, auch seit sie so krank ist, nie erwähnt hat. Ich denke täglich über das Altwerden nach, darüber, wie sich meine lebenslange Disziplin und Selbstbeherrschung in nichts auflösen werden, wie ich mit irgendwelchen Dingen herausplatze, während Honor mich durch die Gegend kutschiert oder meine Tabletten in Joghurt rührt. Der Gedanke, meiner Tochter zur Last zu fallen, liegt schwer auf mir.

Statt zu reden, schiebe ich die *Now-That's-What-I-Call-the-90s*-CD in den Player und lasse uns von der Band Boyzone nach Hause tragen.

Colette erwartet uns schon an der Tür. Sie war beim Friseur, während wir unterwegs waren. Stufenschnitt und eine sanfte rötlich braune Tönung. Ich sage, wie gut es mir gefällt, berichte von unserem Morgen und lege die neuen Befunde dann in den Karton mit den medizinischen Unterlagen.

»Bleibst du zum Kaffee?« Colette füllt den Wasserkocher.

»Wenn du auf mich verzichten kannst, hätte ich gern den Nachmittag für mich.« Ich will mich in meiner seltsamen Stimmung suhlen, auf dem Sofa lümmeln, exzessiv *The Good Wife* schauen und einen ganzen Brie mit einer ganzen Packung Kräcker verdrücken.

»Komm, eine schnelle Umarmung. Ich hab dich lieb.«

Ich schließe die Haustür hinter mir. Als ich den Wagen öffne, vibriert mein Handy in der Tasche.

»Sie hatten recht«, sagt Helen Greenlaw. Ich sinke auf den

Fahrersitz und ziehe die Tür zu. Ich muss nicht fragen, was sie damit meint.

»Was hat er gemacht?«

»Er kam auf mich zu, als ich gerade in Millbank spazieren ging. Vermutlich weiß alle Welt seit meiner 10 000-Schritte-Initiative, dass ich von Pimlico aus zu Fuß gehe.«

Pimlico, das muss ich mir merken. Von da aus ist es mit der Victoria Line nur eine Haltestelle bis zu Honors geliebtem Vauxhall. Helen hatte schon in Pimlico gewohnt, als Robin Abgeordneter war; drei weiße stuckverzierte Etagen in allerteuerster Lage am St. George's Square, die sie nach seinem Tod verkauft hatte. Das habe ich überprüft. Immerhin ein Anhaltspunkt.

»War er aufgewühlt? Haben Sie ihm gesagt, dass ich bei Ihnen war?« Mir bleibt das Herz stehen, als ich auf die Antwort warte.

Spüre ich ein Zögern, oder ist es nur meine Paranoia?

»Nein. Er war sachlich, es ging sehr schnell. Er stellte sich vor, sagte, er brauche Geld, und nannte mir den Übergabeort.«

Mein Herz schlägt doppelt so schnell, als müsste es den Aussetzer von vorhin ausgleichen. Neben Zorn regt sich auch Bewunderung in mir: Ich hatte Jesse die Recherche und die Fahrt nach London nicht zugetraut. Doch ich spüre etwas noch Größeres, Dunkleres. Ich habe ihn insgesamt unterschätzt, was er für mich empfindet, wie schwer ihn mein »Verrat« getroffen hat, wie sehr er mir Angst einjagen will.

»Verstehe.« Ich weiß nicht recht, was ich mit dieser Information anfangen soll. »Jedenfalls danke, dass Sie mir Bescheid gesagt haben.«

»Ich bin noch nicht fertig. Sie müssen etwas für mich tun.« In ihrer Stimme schwingt kein Fragezeichen mit und auch keine sanfte Überredung. Sie ist die Vorgesetzte, die mir einen Befehl erteilt. »Er will Bargeld, natürlich. Es zu besorgen, ist nicht schwierig, aber die Übergabe macht mir Sorgen. Er will nicht mehr nach London kommen, es soll fernab von irgendeiner Kamera geschehen. Daher hat er mich aufgefordert, das Geld an der A12 zu deponieren, neben der Fahrspur in Richtung Osten.«

Als sie den Übergabeort beschreibt, erkenne ich ihn sofort. Früher stand dort eine kleine altmodische Tankstelle, die vor einigen Jahren abgerissen und durch eine BP-Tankstelle und einen M&S-Supermarkt auf der gegenüberliegenden Straßenseite ersetzt wurde. Übrig geblieben sind nur Betonstümpfe, wo früher die Zapfsäulen standen, und ein Trümmerhaufen, gelegentlich parkt dort ein Fernfahrer, um zu schlafen. Die Stelle ist nur erkennbar, wenn man weiß, wonach man suchen muss.

»Ich kann nicht allein dorthin.« Sie hat keine Angst, konstatiert lediglich eine Tatsache.

»Jesse ist nicht gewalttätig«, sage ich und begreife im selben Moment, dass ich Angst habe, mit ihm allein zu sein.

»Der Grund ist eher praktischer Natur«, sagt Helen forsch. »Ich habe grauen Star, kann nicht fahren und möchte die Geschichte nicht an die große Glocke hängen. Ich kann schlecht einen Taxifahrer bitten, mich zu einer solchen Adresse zu bringen.«

Ich brauche ein paar Sekunden, um zu begreifen, was sie von mir verlangt. Falls ich ihr nicht helfe und sie einen Fremden darum bitten muss, bin ich ebenfalls in Gefahr. Sie scheint zu glauben, dass ich Mut sammle, um ihren Vorschlag abzulehnen.

»Ich möchte ebenso wenig wie Sie dieses Fass aufmachen, aber da es nun passiert ist, sollten Sie schon aus Selbsterhaltungstrieb dabei sein.«

Nun, damit kennt sie sich ja aus.

»Marianne.«

Zum ersten Mal in meiner Laufbahn würde ich gern darauf bestehen, als Dr. Thackeray angesprochen zu werden, verkneife es mir aber. »Ich bin noch hier, ich denke nach, eine Sekunde.«

Ich kann das Flehen in meiner Stimme nicht verbergen, doch da sie weiß, dass nicht Trotz, sondern Panik aus mir spricht, lässt sie mich gewähren.

Ich hole tief Luft. »Aber ich steige nicht aus. Ich will nicht, dass er mich mit Ihnen sieht.«

16

Helen tritt blinzelnd aus dem Bahnhof von Diss. Sie ist leger gekleidet, Hose und flache Schuhe mit Klettverschluss, wie sie auf
der Rückseite des *Telegraph Magazine* beworben werden. Ich will
in ihren Augen nach Anzeichen des grauen Stars suchen, doch
die selbsttönenden Brillengläser färben sich in der tiefstehenden
Herbstsonne graubraun.

Sie muss das Geld in der schwarzen Handtasche haben. Diss
ist nicht gerade ein krimineller Brennpunkt, aber man ist nirgendwo sicher vor Dieben, und ich gehe schützend neben ihr her
und biete ihr schließlich an, die Tasche zu tragen. Sie wirkt volu-
minös, ist aber erstaunlich leicht.

»Wie viel hat er verlangt?«, frage ich, als wir im Auto sitzen.

»Zehn.« Sie hält die Augen auf die Straße gerichtet.

Ein kleines Vermögen – jedenfalls mehr, als ich spontan besorgen könnte, selbst wenn ich es Sam irgendwie plausibel machte.
Helen Greenlaw sitzt neben mir, für mich ist das Mums Platz.
Ihre winzige Gestalt und die bequemen Schuhe lassen sie täu-
schend verletzlich aussehen. Sie wirkt tattrig, geradezu reizend:
Das Alter bringt uns allen die Unschuld zurück, zumindest oberflächlich.

»Wo genau wohnen Sie in Pimlico?«

Ich sehe, wie sie abwägt, ob sie Privates preisgeben soll;
dass sie es mir schließlich sagt, nehme ich als Zeichen des Ver-
trauens oder auch der Resignation, denn wir haben sie ja aus-
findig gemacht. »Ein umgebautes Hinterhaus beim St. George's

Square.« Sie mag sich verkleinert haben, ist aber in der Nähe geblieben.

»Klingt nett.«

Ich beende den wenig überzeugenden Smalltalk, weil Unausgesprochenes in mir hochdrängt. Ich möchte wissen, was jetzt ist und was gleich geschieht, und ich möchte sie nach damals fragen – es könnte meine einzige Chance sein –, wie ihr Leben war, bevor es mit unseren kollidierte. Doch die Schuldgefühle bremsen mich, und die fragile Stille zwischen uns. Ich öffne das Fenster einen Spaltbreit. Ich bin feige, heute ebenso wie damals. Die Worte liegen mir auf der Zunge, und ich spreche sie nicht aus.

Ich verlasse die vierspurige Schnellstraße und fahre an dem Schild »STRASSE GESPERRT« vorbei. Auf der ehemaligen Ausfahrt drängt Unkraut durch die Risse im Asphalt und wird von meinen Reifen platt gedrückt. Der Betonumriss der alten Tankstelle ist unter einem üppigen Gestrüpp von Sommerflieder kaum noch zu erkennen. Ich schaue über die Schulter, als würde ich ein Fluchtauto steuern. Die anderen Fahrer sind zu schnell, um uns zu bemerken. Der Mülleimer ist halb voll mit altem Abfall, und Helen wirft den Umschlag angewidert hinein.

»Wir fahren zurück zum Bahnhof«, sage ich, als sie wieder neben mir Platz nimmt. »Dann erwischen Sie noch den 16.14-Zug nach Liverpool Street.«

»Ich will hierbleiben, bis er kommt.«

Ich bewundere sie fast für ihre Sturheit.

»Nein. Wenn er mich hier sieht, explodiert er.« Jesse würde nicht verstehen, dass er mir keine Wahl gelassen hat. Für ihn wäre es der größte nur denkbare Betrug, und ich möchte nicht in seiner Nähe sein, wenn er es merkt. Aber da ist noch mehr. Ich schäme mich, weil ich mich mit dieser schrecklichen Frau eingelassen habe. Ich hasse immer noch, was sie getan hat.

Wieder dieses langsame Blinzeln. Ich frage mich, ob Helen

vielleicht nur einmal pro Minute blinzelt. »Ich muss sicher sein, dass er es gefunden hat.«

Ich seufze. Wenn es meine zehntausend Pfund wären, würde ich auch auf Nummer sicher gehen. Ich fahre über die Brücke und parke an der neuen Tankstelle hinter einem weißen Lieferwagen. Drinnen bestelle ich mir einen Caffè Latte.

»Und was möchte Ihre Mum?«, fragt die Bedienung. Sie nickt zu Helen. Das Wort »Mum« weckt einen zärtlichen Reflex in mir, der jedoch erlischt, als Helen beim Gedanken, wir könnten verwandt sein, zusammenzuckt. Ich erinnere mich an ein anderes Zucken, eine andere Beleidigung, und verhärte mich innerlich.

»Nichts, danke«, sagt sie.

Die Milch in meinem Kaffee liefert mir die einzigen Kalorien an diesem Tag. Seit ich nach Hause gekommen bin, war ich nur am Rotieren, Zusammenbrechen oder Trinken. Mein Hosenbund sitzt locker, und man sieht es auch an meiner grauen Haut, meinen trockenen Augen und meinen leicht zitternden Händen.

Wir stehen nebeneinander auf einer grasbewachsenen Böschung und warten.

»Da ist er.« Ich bin mir nicht sicher, welche Strecke er genommen hat. Er muss müde sein, denn er fährt auf dem gelben Fahrrad, das ich vor der Bibliothek gesehen habe, und mit dem Rad braucht man von Nusstead bis hier eine halbe Stunde. Er schwingt ein Bein jungenhaft über das Oberrohr und kommt neben dem Mülleimer zum Stehen. Ich kneife die Augen zusammen und überlege, ob sie wieder mal gelasert werden müssen.

»Können Sie ihn erkennen?«

»Ich bin vorbereitet.« Sie holt ein kleines rotes Opernglas aus ihrer Handtasche. Wie die nette Frau von nebenan. Selbst mit bloßem Auge kann ich sehen, wie er die Hand in den Mülleimer steckt, den Umschlag herausholt und öffnet. Er stopft sich die Geldbündel in die Jacke und zerreißt den Umschlag in winzige Schnipsel, die umherwirbeln, niedersinken und sich mit den Herbstblättern vermischen. Helen schaut ihm durch das Opernglas nach, bis er aus unserem Blickfeld verschwunden ist.

»Nun«, sagt sie, »das wäre hoffentlich erledigt.«

17

Den Pool habe ich für mich allein. Da ich nie in der Kapelle war, kann ich die verzweifelten Gebete nur erahnen, die hier in hundert Jahren von Patientinnen und für Patientinnen gesprochen wurden. Ich stehe am Rand, vor dem tiefen Ende, die Arme ausgestreckt, doch, wie Sam es vorausgesagt hat, erscheint es mir fast frevelhaft, die glatte Wasserfläche zu stören. Im alten Querschiff sind Liegestühle aus Rattan aufgereiht. Das Wasser reflektiert die Buntglasheiligen ohne jede Verzerrung. Unwillkürlich denke ich an den anderen Raum, den überfluteten Boden ... Der Whirlpool ist abgeschaltet; aus dem Maschinenraum dringt ein dumpfes Rumpeln, und das Dampfbad in der alten Sakristei zischt gelegentlich. Ich führe einen perfekten Kopfsprung aus, wie ich ihn in Cromer Hall gelernt habe. Dann kämpfe ich mehr gegen das Wasser, als dass ich schwimme.

Im Dampfbad verändert das Licht langsam die Farbe, zeichnet Regenbogen in den Dunst. Ich strecke mich mit überkreuzten Beinen auf dem Marmor aus. Hebe die Arme über den Kopf. Seit meiner Rückkehr nach Suffolk habe ich Gewicht verloren und bin eher kraftlos als geschmeidig. Ich frage mich, wie viele gute Sommer meinen Oberarmen wohl noch bleiben.

Die Tür öffnet sich klickend, und im Dunst taucht eine Gestalt auf wie ein Alien, der einem Raumschiff entsteigt.

»Das muss einer der wenigen Räume sein, die wir nie getauft haben. Wie ironisch.«

Ich setze mich hektisch auf, rutsche ab und pralle mit dem Ellbogen auf den harten Stein. Der Schmerz singt in meinem Körper, nimmt mir den Atem. Wie ist er hier hereingekommen?

»Es gibt ein Angebot«, sagt Jesse, als hätte er meine Gedanken gelesen. »Drei-Tages-Pass für die Nebensaison. Damit wollen sie wohl ein bisschen Werbung machen. Hätte nicht gedacht, dass sie Proleten wie mich hier reinlassen.«

»Tu nicht so.«

»Warum? Genau das denkst du doch.«

Schachmatt. Ich kann nicht widersprechen, ohne gönnerhaft zu wirken. Ich bleibe sitzen, während er sich gegenüber hinlegt, sein Körper klatscht auf den nassen Marmor. Die Maschine stößt neuen Dampf aus. Jesse rutscht herum und bringt den Dampf in Bewegung, seine langen Gliedmaßen schneiden fächerförmige Muster in die Wirbel.

»Schlechte Nachrichten. Greenlaw hat nein gesagt. Wollte mir kein Geld geben.« Ich lache laut auf, als ob ich meinen Ohren nicht traute. Das Geräusch hallt im Dampfbad wider. »Kein Witz, Babe.«

Mein Schock dimmt die Umgebungsgeräusche, ich höre nur noch unseren Atem. Wenn ich ihn der Lüge bezichtige, verrate ich, dass ich bei Helen war. Ich habe keine Ahnung, warum er lügt. Ich denke fieberhaft nach, weil ich in Panik bin, ihn bremsen will, bevor die nächste Unwahrheit außer Kontrolle gerät. Er schweigt erwartungsvoll, scheint kaum zu atmen. Ich hatte geglaubt, die Erwähnung seiner Familie hätte etwas bewirkt, doch ich habe mich geirrt. Was bleibt mir anderes übrig, als es darauf ankommen zu lassen?

»Heißt das, du gehst an die Presse?«

»Nein.«

Ich entspanne mich, atme aus, die Welt scheint sich wieder zu drehen. Der Whirlpool beginnt zu blubbern, also sind wir nicht mehr allein, und das erleichtert mich so sehr, dass meine Schultern weiter herabsinken. Jesse spürt es auch, saugt den Dampf tief in seine Lungen und stößt ihn langsam aus, als wäre er beim Yoga. Dann greift er rasch nach meinem Oberarm. »Du musst den Fehlbetrag ausgleichen.«

»Jesse, du tust mir weh.« Der Schmerz verzögert mein Denken, doch dann begreife ich. Er will jetzt Geld von mir.

»Du bist es mir schuldig.«

»Wie bitte?«

»Wer ist denn in Nusstead geblieben und hat sich um die ganze Scheiße gekümmert? Das war ich. Alle haben geheult und Fragen gestellt, und ich durfte kein Wort sagen. Wo warst du denn da? Du hast dich nicht mal an der Beerdigung beteiligt.«

»Du hast mich nicht darum gebeten!« Niemand hatte damit gerechnet, dass Jesse Brame alle zum Freibier in den Social einladen würde: Der Alkohol war so schnell geflossen, wie die Tränen strömten. »Das hast du nur für dich getan, um dein schlechtes Gewissen zu beschwichtigen.«

»Klar, und du hast die Biege gemacht.« Der Griff um meinen Arm lockert sich, Schweiß oder schlechtes Gewissen. »Sagen wir zehn Riesen, mit Zinsen, heutiger Wert. Das ist immer noch weniger, als du mir schuldest.«

»Für wen hältst du mich – einen Hilfsverein für Verbrechensopfer? Du kannst in dieser Situation keinen Anwalt beauftragen, um Verdienstausfall oder was auch immer zu berechnen. Außerdem erhalten nur Opfer Schadenersatz, Jesse. Nicht die Leute, die das Problem verursacht haben.« Er antwortet nicht. Irgendein ätherisches Öl wird ins Dampfbad gepumpt, Wacholder oder Menthol, kalt und sauber dringt es mir in Luftröhre und Lungen. Es zwingt mich, achtsam zu atmen, dafür bin ich dankbar. »Und selbst wenn ich dir Geld geben wollte, könnte ich es nicht, jedenfalls keine so große Summe.«

»Marianne, du hast zwei Häuser. Wie kannst du es wagen, dazusitzen und zu behaupten, du seiest pleite?«

»Bevor du mich nicht loslässt, sage ich gar nichts.« Er lockert seinen Griff, hält mich aber weiter fest. Ich sehe ihn an. »Ich werde dich nicht beleidigen, indem ich behaupte, ich sei arm. Du weißt, dass das nicht stimmt. Aber das Geld ist gebunden.« Ich höre mich reden und ekle mich vor mir selbst. Das meiste Geld, das wir besitzen, ist in Immobilien, Aktien und Investmentfonds angelegt, um das Maximum herauszuholen. Was nichts daran ändert, dass er mich belügt. Er hat von Helen Geld bekommen.

»Hör auf, mir zu drohen. Es tut mir leid, okay? Es tut mir leid, dass ich abgehauen bin. Und falls ich dich über meine Lebensumstände getäuscht habe, tut mir auch das leid, aber wir haben all die Jahre durchgehalten, Jesse. Du brichst mir das Herz.«

Meine Gefühle dringen durch, wo ich mit Logik gegen eine Mauer gelaufen bin. Plötzlich lässt Jesse mich los und vergräbt den Kopf in den Händen.

»Ich dachte, ich könnte auf dich zählen.« Ich fahre mit der Hand seine Silhouette nach, der Drang, ihn zu trösten, ist stark, doch die alte Erlaubnis, einander zärtlich zu berühren, gilt wohl nicht mehr. Meine Hand verharrt über seiner Schulter schwebend.

»Das kannst du auch, Jesse, das kannst du. Bei … normalen Dingen, die nicht die Vergangenheit aufwühlen. Du wirst mir immer wichtig sein.«

»Aber?« Aber ich werde dich nicht lieben und hätte dich auch so verlassen. Das wissen wir beide, aber das heißt noch lange nicht, dass ich es aussprechen kann.

Er sinkt vor mir auf die Knie: Ich drücke die Beine zusammen und drehe sie zur Seite, bevor er irgendetwas versuchen kann. Ein dumpfer Knall ertönt, als seine Stirn, die er offensichtlich in meinem Schoß vergraben wollte, auf den Marmor prallt. Ich zucke zusammen und lege ihm die Hand in den Nacken. Er schiebt mich weg und taumelt zur Tür, er stößt sie mit der Schulter auf. Die Temperatur sinkt, die Luft wird klar. Einen Moment lang sehe ich ihn in der Tür stehen, er zeichnet sich vor den Buntglasfenstern ab. Sein Körper ist nur um die Taille ein bisschen schlaff geworden und verrät sein Alter. Er sieht so anders aus als Sam, dass sich unwillkürlich etwas tief in meinem Inneren regt. »Ich wünschte, du wärst nie zurückgekommen«, sagt er weinend.

Ich bleibe länger als vernünftig im Dampfbad, weil ich sichergehen will, dass er wirklich weg ist. Als ich rausgehe, ist mir schwindlig und der Pool voller Menschen. Ich weiß nicht, was mit meinem Gesicht los ist, aber alle starren mich an, und ein Mann stemmt sich aus dem Whirlpool und hilft mir zu einem Liegestuhl, während seine Freundin ein Glas Wasser für mich holt und sich erkundigt, ob alles in Ordnung sei. Ich solle mich lieber hinsetzen, ich hätte es übertrieben, ob ich wirklich keinen Arzt brauche?

18

Ich habe ein Handtuch um meine nassen Haare gewickelt, und meine Haut ist quietschsauber, doch von innen fühle ich mich alles andere als gereinigt. Die Fischpastete im Ofen riecht gut, aber ich weiß, dass ich sie nicht essen kann, wenn sie auf dem Tisch steht.

Sam schläft heute hier und fährt morgen nach Stansted, obwohl der Weg von London aus wohl kürzer wäre. Ich halte auf dem Parkplatz nach seinem silbernen Prius Ausschau, suche aber unbewusst nach einem roten Audi oder einem gelben Fahrrad.

Ich laufe ein bisschen auf und ab, wähle Honors Nummer. Ihr Handy ist ausgeschaltet, obwohl es nach vier Uhr ist. Ich checke Instagram: Sie hat seit einigen Tagen nichts gepostet. Mein Puls wird schneller. Ich kann mich des Eindrucks nicht erwehren, dass Honor ihre geistige Gesundheit auf Kosten der meinen pflegt. Aber ich werde mich hüten, Sam darauf anzusprechen.

Bevor er kommt, will ich mich davon überzeugen, dass ich Jesse die Wahrheit gesagt habe, dass ich das Geld wirklich nicht habe. Ich schalte den Laptop ein, rufe das Online-Banking auf und logge mich nacheinander in unsere Konten ein. Ich habe Jesse nicht belogen: Unser gesamtes Kapital ist gebunden. Noch während ich das Wort denke, höre ich seine höhnische Stimme, dass nur reiche Wichser es als Kapital bezeichnen. Die Wohnung hat unsere Ersparnisse aufgezehrt. Der Firma geht es mehr als gut, aber ich bin Minderheitsaktionärin und kann ohne Sams Unterschrift kein Geld entnehmen. Ich würde nirgendwo Bargeld bekommen, ohne dass Sam es erfährt, und zehntausend Pfund kann ich kaum erklären. Mein Girokonto ist nur noch knapp im Plus, und nächsten Monat werde ich zu den Frauen gehören, die ihren Mann um Geld bitten müssen, wenn sie sich ein neues Kleid kaufen wollen. Als ich auf mein Gehalt verzichtete, hatte ich nicht an solche Probleme gedacht. Doch wie hätte ich diesen Schlamassel vorhersehen können?

Ich gehe wieder ans Fenster, und zwei Gläser Wein später, als es zu dunkel ist, um die Autos voneinander zu unterscheiden, breche ich ein weiteres Versprechen, das ich Sam gegeben habe. Ich logge mich ins Intranet des Instituts ein, um mir die Themen der diesjährigen Masterarbeiten anzusehen. Ich schaue bei einigen Studierenden nach, die ich im Bachelorstudium unterrichtet habe, und stelle wieder einmal fest, dass ich eine Schwäche für Gesamtschulabsolventen habe, von denen jedes Jahr weniger zu uns kommen. Amanda hat einige interessante Themen, auf die sie sich freuen kann: Queer Space im London des 20. Jahrhunderts, Kuba vor Castro, Neubewertung des viktorianischen Gefängnisses. Ich fange an, das Exposé für Queer Space zu lesen, kann mich aber nicht darauf konzentrieren, obwohl es mich gewöhnlich fasziniert. Ich bin unfähig, mehr als bloße Stichpunkte aufzunehmen, was beweist, dass ich weniger die Arbeit selbst als die Struktur vermisse, die sie meinen Gedanken verliehen hat. Offenbar kann ich den Stress mit Jesse nur durch den Stress mit meiner Mutter verdrängen.

Ich spiele am Handy herum und vergewissere mich, dass ich alle Nachrichten von Jesse und Helen gelöscht habe. Mein Finger schwebt über Helens Nummer.

Bin ich ihr etwas schuldig? Sollte ich sie nach dem, was gerade mit Jesse passiert ist, warnen? Ich kann nur hoffen, dass er aufhört. Helen wird mir das Geld womöglich leihen, um sich selbst zu retten.

J sehr irrational. Streitet ab, Ihr ... ich schreibe *Geld*, lösche es und ersetze es durch *Ihren Brief* ... *erhalten zu haben. Falls er Sie kontaktiert, rufen Sie mich bitte sofort an. M.*

Ich habe so gebannt aufs Display gestarrt, dass ich den Parkplatz aus den Augen verloren habe. Ich schreie auf und lasse das Handy fallen, als die Wohnungstür plötzlich aufgeht.

»Verdammt, Marianne«, sagt Sam. »Ich dachte, du hättest die Geister der Anstalt hinter dir gelassen.« Es klingt eher verärgert als mitfühlend. Sein Gesicht ist grau und erschöpft wie immer, wenn er mitten in einem Bauprojekt steckt.

»Ich habe dich nicht kommen hören.« Die Tränen kommen aus dem Nichts.

»Oh, Liebes.« Als ich mein Gesicht in Sams Jacke drücke, rieche ich sein Aftershave und Kaffee und fühle mich getröstet. Jesse wühlt mich innerlich auf, Sam beruhigt mich. Von ihm im Arm gehalten zu werden, fühlt sich an, als schwebte man in warmem Honig. Ich könnte hier den ganzen Abend verbringen und im Stehen einschlafen. »Du warst schwimmen«, sagt er und vergräbt die Nase in meinen Haaren. »Mein Gott, nach der Fahrt brauche ich was zu trinken. Rot oder Weiß?«

Wir können nicht beide trinken, denn es kann immer sein, dass einer von uns spontan nach London fahren muss. »Was du willst. Ich setze heute aus.«

Sam durchschaut mich sofort. »Ich habe sie vor drei Stunden noch gesehen, Marianne. Es geht ihr gut.«

»Du hast sie gesehen!«

»Ja. Ich war zu einem Meeting in Victoria und habe bei ihr vorbeigeschaut. Anscheinend gewöhnt sie sich daran, dass Leute sie besuchen. Fühlt sich angeblich wie das wirkliche Leben an.« Er verdreht liebevoll die Augen. »Die Wohnung sah wie eine Müllhalde aus, aber nicht, als wäre sie verrückt. Das Schwein ist leider immer noch da.«

»Hat sie den Termin bei Dr. Adil eingehalten?«

»Soweit ich weiß, ja. Ich habe nicht danach gefragt. Sie ist bei 1G.« Ich lächle gezwungen. Als Teenager hatte Honor uns erklärt, ihr Zustand scheine immer mit einer gewissen Gravitationskraft zu korrespondieren. 1G ist neutral, genug, um sie auf der Erde zu verankern, aber nicht hinabzuziehen. 0G bedeutet Schwerelosigkeit, weder Schlaf noch Essen; 2G heißt, sie kann das Bett nicht verlassen. »Sie braucht uns heute Abend nicht.«

Er öffnet einen Malbec – Sam besteht auf Flaschen mit Korken –, schenkt sich ein Glas ein und reicht mir die Flasche, aber ich bin hartnäckig. »Ich möchte, dass sie für eine Woche herkommt.«

»Was? Sie soll eine Woche Studium verpassen, nur um deine Paranoia zu rechtfertigen?« Sam lässt gewohnheitsmäßig den Wein im Glas kreisen. »Lass sie atmen, Marianne. Sie ist stabil. Mit den Medikamenten geht es ihr besser statt schlechter. Wie lange ist es her, dass wir einen dieser Anrufe bekommen haben? Zehn Monate, ein Jahr?«

»Dann wäre es Zeit für einen Rückfall, oder?«

Sam schürzt die Lippen. »Und mal ehrlich. Ich glaube, deine Mum braucht dich jetzt, und Colette auch. Du wirst es dir nie verzeihen, wenn du in diesen Tagen nicht bei ihnen bleibst.« Sein Kinn zittert flüchtig. Sein Vater starb, während Sam auf Geschäftsreise war, das hat er nie so ganz verkraftet. Er schaut auf die Wand hinter meiner Schulter, blinzelt. Manchmal bin ich so damit beschäftigt, andere Leute zu stützen, dass ich vergesse, wer mich stützt.

»Du hast recht. Dann beschließe ich jetzt meinen Tag offiziell.« Ich fülle mein Glas. »Wie sieht es mit dem Bauprojekt aus?«

»Wir sind einen Monat im Rückstand, dank des verdammten Oberlichts«, sagt er, und dann legt er los, und es tut so gut, ihn

114

über Balken und Träger und Zugänge reden zu hören. Ich warte, dass sich sein Gesicht entspannt, während er den Arbeitsstress bei mir ablädt, aber das passiert nicht. Ich zwinge einige Gabeln Fischpastete herunter und merke zum ersten Mal, wie absolut widerlich sie schmeckt. Immerhin bekämpft sie die Säure in meinem Magen.

Es war von Anfang an klar, dass wir früh schlafen gehen, aber unser Gespräch wirkt dennoch gezwungen – das passiert uns eigentlich nie. Gegen zehn steigen wir steif die Wendeltreppe hinauf. Sam faltet seine Hose und hängt sie ordentlich über das Geländer des Zwischengeschosses, zusammen mit den Sachen, die er morgen früh anziehen will. Seine Schultern wirken auf einmal schmaler, als wäre das Gewicht auf die Hüften gerutscht, und ich habe ein schlechtes Gewissen, als ich ihn mit Jesse vergleiche. »Ach ja«, sagt er, mit dem Rücken zu mir, mit einer Stimme, die irgendwie fremd klingt. Er streicht über die Hose, die schon absolut glatt dort hängt. »Ich bin in der Bibliothek der Architektenkammer Amanda über den Weg gelaufen.«

Mir wird kalt. Ich hatte ihr nichts von meiner Ausrede mit dem angeblichen Mitarbeitertraining erzählt.

»Habt ihr euch unterhalten?«, frage ich mit gezwungener Leichtigkeit.

»Nein, du kennst sie doch. Immer irgendwohin unterwegs. Liebe Grüße auch.« Er richtet die Hosensäume parallel aus. »Komische Sache übrigens. Sie hat dich neulich gar nicht getroffen. Sie sagt, sie hätte dich zuletzt beim Abschiedsumtrunk gesehen.«

Wie behutsam, wie hoffnungsvoll er den Ball in meine Hälfte spielt.

»Nein, sie war nicht da. Es war eine IT-Geschichte. Sie war am nächsten Tag dran.«

»Aber du hast gesagt, es sei nur ein Tag gewesen. Nur deshalb habe ich meine Pläne über den Haufen geworfen.«

»Es tut mir leid. Ich bin im Moment so durcheinander.«

Ich gehe zu ihm hinüber, stütze die Fäuste aufs Geländer. Sam ist ganz starr, die Wohnung unter uns eine dunkle Leere. »Hey«, sage ich und drehe ihn zu mir, neige mein Kinn zu einem Kuss, ziehe die Augenbrauen hoch. Ich spüre genau, in welchem Moment er sich entscheidet, mir zu glauben.

Als wir uns zu fünfzehn Minuten Versöhnungssex zusammenfinden, bemerkt er den bunt gefleckten Handabdruck an meinem Oberarm und hält inne, nimmt sein Gewicht von mir, als wäre mein ganzer Körper voller Blutergüsse. »Woher hast du den denn?« Ich erstarre vor Panik. »War das Debbie?« Die Ärzte haben uns davor gewarnt. Irgendwann kommt eine Phase, in der die Patientin so frustriert ist, dass sie ihren Betreuern gegenüber gewalttätig werden kann.

»Sie konnte nicht anders, sie wusste nicht, was sie tat.« Der Gedanke, die kleine Hand meiner Mutter hätte den gewaltigen Bluterguss verursacht, ist absurd. Gibt es irgendjemanden, den ich nicht belügen oder verleugnen würde? Mir ist schlecht, obwohl sie es nie erfahren wird.

»Mein Gott.« Er zuckt zusammen.

»Es sieht schlimmer aus, als es ist. Ich passe von jetzt an besser auf.«

Sam fährt mit dem Zeigefinger sanft die Umrisse des Blutergusses nach. »Ich hätte nicht gedacht, dass sie noch so viel Kraft besitzt. Ein ganz schön starker Griff für eine so kleine Frau, oder?«

Ich hätte mich nicht schuldiger fühlen können, wenn Sam ein Haar von Jesse in unserem Bett gefunden hätte. Bei diesem Gedanken überkommt mich eine Energie, die ich seit Jahren nicht gespürt habe. Ich schließe die Augen und frage mich, warum mein Körper gerade jetzt unter Sams Händen zum Leben erwacht. Entfacht er das Feuer, das Jesse vorhin aufgeschichtet hat?

Findet das, was sich in der letzten Woche in mir angestaut hat, endlich ein Ventil? Oder fürchte ich, es könnte unser letztes Mal sein, bevor Jesse mein ganzes Leben explodieren lässt?

Sam ist vor mir fertig, und während ich lächelnd daliege und warte, dass mein Begehren nachlässt, mein Körper die Enttäuschung absorbiert, streichelt er meine Wange und sagt: »Du bist immer noch schön.«

Wir brauchen keinen Wecker. Das Telefon reißt uns aus dem Schlaf. Es ist Colette, die aus einem Krankenwagen anruft. Mum ist gestürzt, vermutlich infolge eines weiteren Schlaganfalls. Hätte sie nicht eine Vase umgestoßen und damit das ganze Haus geweckt, wäre sie jetzt tot. Die Sanitäter sagen, ich solle ins Krankenhaus nach Ipswich kommen.

19

Die Maschinen piepsen und blinken. Mum kann jeden Augenblick zu sich kommen oder noch wochenlang so daliegen. Die Krankenschwestern, die Mums alte Uniform tragen und hier in den Fluren hin und her eilen, fordern uns auf, mit ihr zu sprechen, ihr vorzulesen. Zu berichten, wie unser Tag war. Ihr Bücher von früher vorzulesen.

Von den gesammelten Besitztümern ihres Lebens sind nur ein einziges Regal bei Colette sowie eine alte Metallkiste in einer verschlossenen Garage hinten auf dem Grundstück übrig geblieben. Es schnürte mir die Kehle zu, als ich die Sachen sah, von denen sich meine Mutter nicht trennen konnte: meine Examensurkunden, ein Bündel vergilbte Babykleidung, ein 1000-Teile-Puzzle mit John Constables *Heuwagen*, ein Becher mit ausgetrockneten Bingo-Markierstiften und die zerlesene Ausgabe von *Ich und Du, der Bär heißt Pu*, die ich nun aufgeschlagen auf dem Schoß habe, der Buchrücken wird von rissigem Klebeband zusammengehalten.

Ich bin so müde, dass ich beinahe halluziniere. Als ich während meiner Abschlussprüfungen von Koffeintabletten und Bierhefe lebte, sah ich immer Aale an der Decke schwimmen. Jetzt sind sie wieder da, schlängeln sich um Christopher Robin und Winnie Pu herum. Ich schließe die Augen, aber nicht, um imaginäre Aale zu vertreiben, sondern dieses Kindheitsgefühl einer unerträglichen Zärtlichkeit. Der Schlaf will mich retten. Doch wieder träume ich von den Fliesen, die mich einmauern und dann zerbrechen und wie schlechte Zähne herunterfallen. Ich höre einen hundert Jahre alten Schlüssel im Schloss quietschen. Ein schwarzer Aal schwimmt seitwärts auf mich zu, er hat das Gesicht von Michelle.

Als ich zu mir komme – aufwachen kann man es nicht nennen –, hockt Honor auf Mums Bettkante. »*James James, Morrison Morrison, Weatherby George Dupree*«, flüstert sie. »*Sorgte schon für seine Mutter und war erst drei, o weh.*«

Ich versuche abzuschätzen, wie ich den Hals strecken kann, ohne zum Chiropraktiker zu müssen. Honor hat die Überreste ihrer Fahrt auf dem kleinen Nachttisch deponiert – Zugkarte, Handy, Münzen –, aber nur eine kleine Reisetasche dabei. Ich hebe den Kopf; tief in meiner Schulter knirscht etwas.

»Hey«, sagt Honor leise. »Du warst vollkommen weggetreten.«

»Ich fühle mich jetzt schlimmer als vorher. Jesus, mein Hals. Wie geht's Mum?«

»Unverändert.« Honor hält das Buch in die Höhe: »Ich dachte, ich versuche es mal damit. Sie hat mir daraus vorgelesen, als ich noch klein war.«

Honor ergreift meine Hand und verknüpft damit drei Generationen Frauen: Wehmütig denke ich an meine eigene Großmutter, Marian mit einem N, und die Töchter, die Honor vielleicht einmal haben wird.

»Hast du am Bahnhof ein Taxi genommen?«

Honor zieht laut und vernehmlich die Nase hoch. »Nein, ich bin gelaufen.«

»Ist ein langer Weg.«

»Acht Kilometer. Ich hatte irgendwie den Drang, mich zu bewegen, bevor wir hier Gott weiß wie lange rumsitzen. Ich nehme den Zug um halb vier.« Also bleiben mir nur ein paar Stunden mit ihr.

»Weißt du, woran mich das erinnert?« Ich deute auf den Raum um uns herum.

Honor lächelt. »An mich, als ich in The Larches war?«

»Nein! Überhaupt nicht. Es erinnert mich daran, wie ich auf deine Geburt gewartet habe. Man wartet auf ein Ende, genau wie damals. Es wird auf einmal sehr still, während man darauf wartet, dass etwas … von einer Dimension in die nächste übergeht.« Sam würde sich über mich lustig machen, denn ich rede schon wie Jesse, aber für Honor kann es nicht melodramatisch genug sein. Sie nickt nur. »Alle sagen einem, es passiert, wenn es passiert. Doch das hat mir damals nicht geholfen zu entspannen, und jetzt hilft es mir auch nicht.«

»O Mum. Vielleicht ist es gar kein Ende, du weißt doch, was sie gesagt haben. Warum holst dir keinen Kaffee? Hast du was gegessen?« Wie zur Antwort knurrt mein Magen. »Ich bin hier, ich kümmere mich um Nanna.«

Noch nie ist sie mir so praktisch erschienen. Falls es das neue Medikament ist, das sie vor Kummer und Angst schützt, würde ich es am liebsten selbst probieren.

Ich kann das pseudogesunde Essen in der Krankenhaus-Cafeteria nicht ertragen und nehme nur einen Kaffee. Ich erkenne meinen Fehler, als ich, umgeben von Rauchern mit Infusionsständern und besorgten Angehörigen, die auf ihren Handys tippen, draußen vor dem Haupteingang stehe. Die Aale sind wieder da, und diesmal gleiten sie über den ganzen Himmel. Schwarzer Kaffee auf leeren Magen, nachdem ich vierundzwanzig Stunden kaum geschlafen habe, macht mich schwindlig und paranoid. Und als ich Jesse sehe, traue ich meinen Augen nicht. Er steht mit zwei anderen Sanitätern da, sie trinken Tee aus einer Thermosflasche. In ihren grünen Overalls heben sie sich kaum von dem kleinen, armselig begrünten Verkehrskreisel ab. Mein Instinkt treibt mich spontan zu ihm, doch dann fällt mir ein, wie wir auseinandergegangen sind. Ich will, dass er mich tröstet; ich will, dass jemand, der mich von früher kennt, mir sagt, dass alles gut wird, obwohl – oder gerade weil – ich weiß, dass es nicht stimmt.

Als Jesse mich bemerkt, reicht er seinem Kollegen den Becher und kommt zu mir herüber. Die Aale verschwinden. Sein grüner Overall ist voller Flecken, über die ich lieber nicht nachdenke, und sein Haaransatz zeigt einen Millimeter Weiß.

»Das mit deiner Mum tut mir leid«, sagt er, als wäre sie schon tot.

»Danke.« Verlegenes Schweigen. »Honor ist gerade bei ihr.«

Er zieht die Augenbrauen hoch. Er hat sie seit Jahren nicht gesehen.

»Jesse, ich kann das nicht ertragen. Diese Spannung, es ist auch so schon schwer genug.«

»Du hast es nicht anders gewollt. Hast mich ausgelacht. Belogen. Hingehalten.«

Hingehalten! Ich habe so viele Jahre damit verbracht, ihn in seiner Verblendung zu bestätigen. Der Zorn sitzt wie eine physikalische Kraft in meiner Brust. Wie kann er es wagen, so mit mir zu reden, während meine Mutter in dem Gebäude hinter uns im Sterben liegt? Ich wende mich ab; den Kaffee trinke ich lieber drinnen. »Ich habe schon genug am Hals, ohne dass auch du mir das Leben noch schwer machst. Ich habe seit Tagen weder gegessen noch geschlafen. Du solltest am besten wissen, wie sich das anfühlt.«

Er greift nach meiner Hand. »Zehn Riesen sind nichts für dich.« Ich versuche, seine Miene zu deuten. Glaubt er tatsächlich, er hätte Anspruch auf etwas, das mir gehört? Will er mir finanziell weh tun, weil ich mich ihm entzogen habe? Wie kann er glauben, ihm stünde auch nur irgendein Teil von mir zu?

»Du hast von Helen Greenlaw schon bekommen, was du wolltest!«, explodiere ich. »Von mir bekommst du nichts. Du hast uns gegeneinander ausgespielt. Ich habe wegen der Wohnung zu einer Notlüge gegriffen, und du drehst völlig durch.«

Die Furche zwischen seinen Brauen verschwindet. »Was habe ich bekommen?«

Die Worte sind heraus, bevor ich mich bremsen kann. »Ich habe gesehen, wie du das Geld aus dem verfluchten Mülleimer geholt hast!«

Was würde ich für eine Zeitmaschine geben, die mich fünf Sekunden zurückversetzt! Er öffnet den Mund und schließt ihn wieder. Öffnet und schließt ihn. Öffnet und schließt ihn. Entsetzt beobachte ich, wie er im Geiste alle Möglichkeiten durchgeht. »Du bist mir gefolgt?«

»Ich habe sie vom Bahnhof abgeholt. Sie wollte nicht gesehen werden. Helen kann nicht mehr fahren, ihre Augen sind im Eimer.«

»Helen! Sie ist jetzt also Helen für dich, was? Wie ist sie überhaupt an deine Nummer gekommen?«

»Ich musste zu ihr Kontakt aufnehmen!« Mir ist klar, dass ich hysterisch klinge, dass meine Stimme fast in ein schrilles Gelächter umkippt. »Um mich zu vergewissern, ob sie zur Polizei gehen will. Herrgott, Jesse, was hast du denn erwartet?« Ich schreie jetzt. Eine Raucherin, deren E-Zigarette Blaubeergeruch verbreitet, wittert einen Skandal und rückt ein bisschen näher. Ich senke die Stimme und komme Jesse so nah, dass ich abgestandenen Alkohol, überlagert von gesüßtem Tee, in seinem Atem riechen kann. »Wäre sie zur Polizei gegangen, hätte Honor davon erfahren, und du weißt, was dann passiert. Das weißt du ganz genau.«

Seine Lippen sind weiß wie Knochen. Ich kenne Jesse wie niemand sonst, habe ihn aber nie so zornig erlebt. Er bringt die Worte kaum über die Lippen.

»Du steckst mit diesem … Ungeheuer unter einer Decke. Ich kenne dich überhaupt nicht mehr. Nicht zu fassen, dass ich dir vertraut habe. Du redest von Respekt für das, was wir hatten – wir mögen kein Paar mehr sein, aber ich dachte, wir gehörten immer noch zusammen. Nicht zu fassen, dass du mir das antust. Das … das ist das Allerschlimmste, was du tun konntest.«

»Und was hast du mir angetan? Du weißt, was ich gerade durchmache. Hättest du mich je geliebt, würdest du nicht alles über den Haufen werfen.«

»Weißt du, was? Fick dich, Marianne.« Er ist gekränkt, weil ich Helen beim Vornamen genannt habe. Dass er mich nicht »Babe« nennt, bricht mir das Herz. Dann erwachen Funkgeräte knisternd zum Leben, und die Sanitäter werden aktiv. »Ich hätte nie gedacht, dass du so schnell die Seiten wechselst«, fährt er fort. »Du bist genau wie sie, nur versteckst du dich hinter Honor statt hinter deiner Karriere! Weißt du, was, ich werde deinem kostbaren kleinen Mädchen die Wahrheit über dich erzählen. Ich sage deiner Tochter, was für eine hinterhältige Schlampe du bist. Wozu du fähig bist. Mal sehen, wie dir das gefällt.«

»Das würdest du nicht tun. Das hat sie nicht verdient.«

Er nickt zur Geriatrie hinüber. Er könnte in wenigen Sekunden dreißig Jahre zunichtemachen.

»Jesse!« Seine Kollegen rufen ihn quer über den Kreisverkehr. Er schaut mich unverwandt an, reagiert nicht auf die Sirene, bis die Fahrerin zum dritten Mal nach ihm ruft.

»Verdammte Scheiße, Jesse«, sagt sie, als er sich mit verzerrtem Gesicht auf den Beifahrersitz schwingt. »Was ist in letzter Zeit nur mit dir los? Reiß dich zusammen, Mann.«

Er lässt mich nicht aus den Augen, selbst als die Tür schon geschlossen ist.

»Mum?«

Ich schieße herum. Honor steht hinter mir, das Gesicht tränenüberströmt, und eine entsetzliche Sekunde glaube ich, sie hätte alles mitgehört.

»Mum, Nanna ist aufgewacht!«

Sie ergreift meine Hand. Ich schaue mich noch einmal um. Der Krankenwagen fährt los, doch Jesses Augen ruhen auf mir und meiner Tochter, und wenn Blicke töten könnten, hätte er unsere Herzen mit einem einzigen Pfeil durchbohrt.

20

Ein eisengrauer Sonntag, der erste im Dezember. Ich bin nervös, weil ich ins Krankenhaus nach Ipswich muss und fürchte, Jesse über den Weg zu laufen. Seit gestern hat er sich still verhalten, und ich habe keine Ahnung, was das bedeutet. Ich bin unruhig und will aus der Wohnung raus, aus diesem beschissenen Spukhaus. Schwimmen würde mir guttun, aber das Wasser im Pool ist durch ihn für mich vergiftet. Ich erwäge ernsthaft, im Eye Hotel zu bleiben, bis das Leben meiner Mutter vorbei ist. Es kommt mir vor, als hätte Jesse mich ein zweites Mal ins Exil getrieben.

Sechzehn Kilometer vor Nusstead wird Radio 2 vom Klingelton unterbrochen, und Jesses Name leuchtet am Armaturenbrett auf.

»Ich bin gleich da.« Er ist betrunken, obwohl es erst Mittag ist.

»Wo?« Ich kann die Hintergrundgeräusche nicht genau erkennen, dafür ist der Motor zu laut. Stimmengewirr und statisches Rauschen, ein Zischen. Ein entferntes rhythmisches Klacken.

»Honors Wohnung.« Er nennt Straße und Hausnummer. Ich überfahre ein Vorfahrtschild, ohne abzubremsen, stoße fast mit einem weißen Lieferwagen zusammen, höre den Dopplereffekt der Hupe, die mich verspätet warnt. »Ich bin ihr gefolgt.« Wovon redet er? Er hatte Dienst, als sie gestern mit dem Zug nach London gefahren ist, er kann ihr unmöglich nach Hause gefolgt sein. Mit hämmerndem Herzen suche ich nach einer Haltebucht.

»Sie postet einfach alles, was? *Hier bin ich morgens beim Laufen, hier* ist *meine Bushaltestelle, hier ist mein College,* blablabla, *ich lebe in einer Blase* ...«

Ich parke mit zwei Rädern auf der Böschung. Jetzt kann ich ihn richtig hören. »Jesse, was hast du vor?« Es klingt gönnerhaft, doch die Alternative wäre, vor Entsetzen zu schreien. »Bleib, wo du bist, ich hole dich ab, wir reden in Ruhe darüber.«

Der Beginn seiner Antwort geht in einer kreischenden Rückkopplung unter, vermutlich die Bremse eines Zuges. Ich bekomme nur noch das Ende mit. »Ich habe dir jede Chance gegeben. Taten sagen mehr als Worte.«

Eine Dose wird zischend geöffnet, dann höre ich es gluckern. Die verzerrten Durchsagen im Hintergrund verraten mir, dass sein Zug in einem Bahnhof steht. Es ist zu laut für eine Nebenstrecke. Wenn er in Ipswich ist, kann ich ihn noch erwischen.

»Ich besorge das Geld. Steig aus dem Zug, Jesse.« Wir beide wissen, dass es nicht geht. Sonntagnachmittag. Die Automaten haben Limits, selbst wenn ich das Geld auf dem Konto hätte. »Jedenfalls einen Teil.«

»Es ging nie um das Geld. Es geht um Vergeltung. Du hast dich mit Greenlaw verbündet. Dem einzigen Menschen auf der Welt ... Du hättest nichts Schlimmeres tun können.«

»Komm nach Hause.« Die Verzweiflung macht mich erfinderisch. »Steig am nächsten Bahnhof aus, ich hole dich in Diss oder Darsham ab, meinetwegen auch in Ipswich. Komm zu mir in die Wohnung. Komm zu mir ins Bett. Ist es das, was du willst? Du kannst es haben, du kannst mit mir machen, was du willst, nur sag es bitte nicht Honor. Lass nicht sie es büßen.«

Sein schwerer Atem verrät mir, dass er darüber nachdenkt, aber er antwortet nicht. Stattdessen ertönt ein Signal, und eine Frauenstimme verkündet, dies sei Stratford International.

Ich rufe im Geist die U-Bahn-Karte auf, die alle Londoner im Kopf haben. Rote Linie, dann blaue, Vene und Arterie, Central bis Victoria. Vielleicht fünfzehn Minuten von Stratford entfernt, drei Minuten zum Umsteigen in Oxford Circus und von da aus Green Park, Victoria, Pimlico, Vauxhall. Mit einer guten Verbindung ist er in dreißig Minuten bei ihr. Ich schreie ins Handy: »Jesse. Jesse, rede mit mir, tu das nicht, bitte, komm zurück!«

Ein Saugen und Zischen, als sein Zug unter die Erde fährt, dann höre ich nur noch das Summen meiner Lautsprecher.

Ich sitze in einer Haltebucht, ungefähr hundertfünfzig Kilometer von Südlondon, um mich herum nur kahl werdende dunkelgrüne Hecken. Meine Finger rutschen über die Tastatur, als ich Honors Nummer wähle. Ihr Handy ist ausgeschaltet. Natürlich. Scheiß auf die Vier-Uhr-Regel und Scheiß auf Sam, der sie darin bestärkt hat, denke ich unbeherrscht und frage mich, wie zum Teufel ich sie vor Jesse erreichen soll.

Ich hinterlasse eine Nachricht. »Honor, hier ist Mum. Wenn du das hörst, geh bitte aus der Wohnung. Ich kann es dir jetzt nicht erklären. Du brauchst nicht in Panik zu geraten, aber es ist … geh einfach einen Kaffee trinken oder so. Ich komme zu dir und erkläre alles. Schick mir eine Nachricht, wenn du in Sicherheit bist.«

Ich hinterlasse auch eine Nachricht auf Jesses Mailbox. »Tu das nicht. Das hast du nicht nötig. Bitte ruf mich an. Bitte. Du kannst haben, was immer du willst.« Beim letzten Wort bricht mir die Stimme.

Weitere drei Minuten sind vergangen; ich stelle mir vor, wie Jesses Zug durch Mile End und Bethnal Green fährt.

Ich kenne niemanden in London, der vor ihm zu Honor gelangen könnte. Dann kommt mir ein Geistesblitz: Ich kann im Internet suchen, Honors Freunden vom College schreiben, damit sie schnell zu ihr fahren und sie aus der Wohnung holen. Ich fange auf Facebook an.

Honor existiert nicht.

Dasselbe auf Instagram und Twitter. Sie hat ihr Versprechen wahr gemacht und sämtliche Accounts gelöscht.

Ich lege den Kopf aufs Lenkrad und zucke zusammen, als die Hupe ertönt. Das alles habe ich mir selber eingebrockt.

Ich scrolle blindlings durchs Handy, suche nach jemandem, irgendjemandem, der mir helfen kann. Dann halte ich bei S. Sofia inne. Sie haben sich in The Larches kennengelernt; wir haben unsere Nummern ausgetauscht, weil Honors Handy vorübergehend beschlagnahmt worden war. Ich bin mir sicher, dass Sofia in der Nähe der U-Bahn-Haltestelle Brixton wohnt. Ich kann sie anrufen, mache mir aber keine falschen Hoffnungen. Es dauert ein paar Sekunden, bis die Verbindung hergestellt ist. Der Ton verrät mir, dass sich das Handy außerhalb Großbritanniens befindet.

Ich kann niemandem sonst vertrauen. Mir fällt niemand anderes ein.

Mein Navi signalisiert drei Kilometer Stau vor Ipswich. Ich kann es mir nicht leisten, eine Stunde zu verlieren. Meine Bahn-App zeigt mir einen Schnellzug an, der in zwanzig Minuten in Diss abfährt. Wenn ich mich beeile, schaffe ich es zu Honor. Nicht vor Jesse, aber rechtzeitig, um die Scherben aufzulesen. Ich wende in drei Zügen und fahre nach Diss.

Und dann, als ich mit über hundert Stundenkilometern die schmale Hoxne Road entlangbrettere, kommt mir eine Idee. Natürlich kenne ich jemanden, der in der Nähe von Vauxhall wohnt. Ich behalte beide Hände am Steuer, als ich ihren Namen sage. Diesmal ist der Klingelton vertraut, genau wie die kalte, knappe Stimme.

»Ja?«

»Tut mir leid, dass ich einfach so anrufe, aber ich kenne sonst niemanden, der rechtzeitig bei ihr sein kann. Sie wohnt bei Ihnen um die Ecke, mit dem Auto sind es fünf Minuten.«

Natürlich klingt das vollkommen wirr. Meine emotionale Panik weckt Helens Widerstand. »Sie müssen sich schon klarer ausdrücken.«

»Jesse hat gerade angerufen, er ist unterwegs mit dem Zug zu ihr, er will ihr alles erzählen. Sie wohnt über dem Zeitschriftenladen in der Kennington Lane, nahe der Royal Vauxhall Tavern. Gleich hinter dem Kreisverkehr am Vauxhall Cross. Ich weiß, dass Sie nicht fahren können, aber Sie könnten ein Taxi nehmen. Selbst zu Fuß wären Sie in zwanzig Minuten da. Bitte helfen Sie mir, Helen.«

»Warum?« Sie schenkt mir nur wenig mehr Aufmerksamkeit als einem unerwünschten Anrufer, der ihr etwas verkaufen will. In diesem Augenblick hasse ich sie ebenso sehr wie Jesse. Ich muss verrückt aussehen, wie ich über die Landstraßen donnere und meine eigene Windschutzscheibe anschreie.

»Verdammt, ich weiß nicht, warum! Und darum geht es auch nicht. Sie müssen ihn aufhalten. Tun Sie einfach, was immer nötig ist, um sie aus der Wohnung zu holen. Sie hat ihr Handy ausgeschaltet, ich kann sie nicht erreichen, ich kann niemandem vertrauen, niemand ist nah genug bei ihr. Er ist in zwanzig Minuten da. Bitte gehen Sie zu Honors Wohnung. Hindern Sie ihn daran, mit ihr zu reden!«

Sie seufzt angesichts dieser Unannehmlichkeit. »Ist er eine körperliche Bedrohung für sie?«

»Das weiß ich nicht, aber das ist auch gar nicht nötig, sie gefährdet sich schon selbst genug.«

»Marianne, ich bin sicher, Ihre Tochter würde nicht mit der Polizei oder der Presse reden.«

Kann sie ausnahmsweise einmal nicht nur an sich denken? »Es geht nicht um die Polizei, es geht darum, dass meine Tochter es erfahren könnte und was dann mit ihr geschieht! Sie kennen ihre Vorgeschichte nicht.« Ich atme tief durch. Selbst nun, da ich in

Panik bin, fällt es mir schwer, es auszusprechen. »Sie hat schon einmal versucht, sich umzubringen, weil sie glaubte, ich hätte sie belogen – und das wegen einer vergleichsweise unbedeutenden Sache. Falls Ihnen je an dem Schicksal der Patienten gelegen hat, deren Leben Sie zerstört haben …«

Unterbricht sie mich absichtlich an dieser Stelle? »Selbst wenn ich es dorthin schaffen könnte, was nicht der Fall ist …«

»Sie schaffen es, sie ist keinen Kilometer von Ihnen entfernt.« Ich fahre viel zu schnell über die Bogenbrücke, scheine einen Moment zu schweben, und der Magen steigt mir in die Kehle. Wenn die Ampel am unbeschrankten Bahnübergang rot ist, war es das, dann brauche ich mindestens drei Stunden bis zu Honor.

»Warum sollte Ihre Tochter mir vertrauen? Und was, wenn er schon da ist? Ich bin achtzig Jahre alt. Wie soll ich einen wütenden Mann überwältigen, der dreißig Jahre jünger ist als ich?«

»Das weiß ich nicht, Helen.«

Scheiße. Der Übergang geht zu. Die drei bernsteinfarbenen Warnlichter blinken schwindelerregend, aber wohl gerade erst, es warten noch keine Autos. »Machen Sie einfach irgendetwas«, bettle ich, als mein Fuß zögernd nach der Bremse tastet. »Wenn nicht für Honor, dann für sich selbst. Wenn er es erst mal einem Menschen erzählt hat, was hält ihn dann noch davon ab, es der ganzen Welt zu erzählen?«

Sie gibt ein gemeines kleines Geräusch von sich, das meine Lautsprecher verzerrt. »Marianne. Es ist nicht meine Schuld, dass diese unerfreuliche Geschichte wieder aufgewühlt wurde. Das haben Sie sich selbst zuzuschreiben. Also sorgen Sie dafür, dass es auch in Ihrer eigenen komplizierten Welt bleibt. Ich habe das nicht verdient.«

Sie beendet das Gespräch und nimmt mir damit die letzte Chance, den Weltuntergang zu verhindern. Die Landschaft, die ich durchs Fenster sehe, spiegelt meine abgrundtiefe Einsamkeit.

Der Himmel ist weit und weiß. Vögel, die wie Scherenschnitte aussehen, schießen im Sturzflug über schwarzen Scherenschnittbäumen dahin. Es kommt kein Zug. Ich erinnere mich, dass ich einmal grundlos zwanzig Minuten hier gewartet habe, und rolle langsam auf die Gleise zu. Blick nach links, Blick nach rechts. Alles frei. Ich schaffe es zu meinem Mädchen. Ich schalte in den zweiten Gang und würge mitten auf den Gleisen den Motor ab.

Die Vibration kommt von unten durch die Räder.

In der nächsten Sekunde tut sich die Ewigkeit vor mir auf.

Das Geräusch.

Zurück in den ersten Gang.

Der Schatten.

Schleifpunkt.

Das Gesicht des Zugführers.

2. Teil

NAZARETH-HOSPITAL

1988

21

»Nächste Woche besprechen wir, wie der Vorsitzende Mao Kunst als Propaganda genutzt hat. Und jetzt haben wir noch ein bisschen Zeit, wenn ihr also Seite …«

Die Schlussglocke übertönte das Donnern der Stühle, die über den Boden geschoben wurden. Ich las die Hausaufgaben von Miss Harkers Lippen und notierte sie, während meine Lehrerin Bücher auf ihrem Pult stapelte. Geschichte war mein Lieblingsfach. Ich fand es amüsant, wenn Leute darüber diskutierten, welche Superkraft am wünschenswertesten wäre: fliegen zu können oder sich unsichtbar zu machen; für mich waren es eindeutig Zeitreisen. Miss Harker klang wie ein Geschichtsbuch oder ein altmodischer Roman; ihr Akzent passte in die *Chalet School*, nach *Trebizon* oder *Möwenfels*, die fiktiven Internate, die gern in Burgen untergebracht waren und die ich selbst so gern besucht hätte. Auf mir lasteten große Erwartungen – Klassenbeste in allen Fächern –, ohne die nötigen Ressourcen. Der Ehrgeiz, den sie in einem weckten, ließ sich in der Waveney Secondary nicht erfüllen.

Als ich aufstand, löste sich ein Knopf von meinem Rockbund und rollte durchs Klassenzimmer, bis er vor Miss Harkers Füßen liegen blieb. Sie bückte sich, hob ihn auf und bemerkte dabei den knallengen Reißverschluss, über dem er abgesprungen war.

»O Marianne.« Meine Wangen wurden heiß, als ich das Mitleid in der Stimme des Menschen hörte, den ich am meisten respektierte. Meine Mutter hatte erklärt, sie könne mir in diesem

Schuljahr keinen neuen Rock kaufen, doch mein alter war zu kurz und platzte aus allen Nähten. Ich war in den letzten Monaten gewachsen, hatte praktisch über Nacht Hüften und Brüste bekommen. Meine Blusen schnitten an den Ellbogen ins Fleisch und spannten über der Brust. Ich trug die Schulkrawatte unmodern breit, um die klaffenden Löcher zwischen den Knöpfen zu verdecken. Früher war ich den frühreifen Mädchen aus Nusstead, die ihre Ponys mit Haarspray frisierten und blaue Wimperntusche trugen, mit zufriedener Gleichgültigkeit begegnet, doch seit dem letzten Halbjahr hatte sich etwas verändert. Während sie mir früher neutral die kalte Schulter gezeigt hatten, machten sie nun bissige Bemerkungen, wenn auch so leise, dass ich sie nicht genau verstehen konnte. Das tat weh, aber ich war zu stolz, um mir etwas anmerken zu lassen.

Miss Harker winkte mich zu sich. »Komm in fünf Minuten ins Fundbüro. Wir haben noch einen Schüler, der etwas braucht. Die Sachen müssen gewaschen und gebügelt werden, aber das meiste davon ist wie neu.« Sie zwinkerte mir freundlich zu, was es nur noch schlimmer machte. »Niemand wird es erfahren.«

Das Fundbüro war im Sportflügel, nackte gelbe Ziegelsteine und Drahtglas, es roch nach Schweiß und Socken. Ich schlurfte durch schäbige rechtwinklige Flure, die ich in- und auswendig kannte und hasste, wohl wissend, dass niemand dem Busfahrer sagen würde, er solle auf mich warten. Eingetretene Spinde säumten die Wände. Ich zählte sieben Graffiti mit Pimmel und Eiern, zwei mehr als Anfang der Woche.

Noch zwei Jahre, dachte ich und zog den Rock herunter. Ich hatte fünf Jahre überlebt, in denen ich als Streberin, Jungfrau und Snob beschimpft worden war. Die letzten zwei würde ich auch noch schaffen, wenn ich danach studieren konnte. Letztes Halbjahr hatte ich an einigen Prüfungen für Stipendien teilgenommen und festgestellt, dass Klassenbeste in Waveney zu sein gar nichts galt, wenn man gegen Mädchen aus privaten Gymnasien antrat, die seit ihrem dritten Lebensjahr Einzelunterricht erhalten hatten. Ich fiel durch alle Prüfungen. Miss Harker hatte versucht, mich zu trösten, und gesagt, Privatschulen seien gar nicht so toll, wie man immer glaube, aber sie hatte auch gut reden mit ihren wohlgerundeten Vokalen und der perfekten Aussprache.

Sie selbst war nicht im Fundbüro, wohl aber Jesse Brame, der lässig an der Wand lehnte wie ein Posterboy, die blauschwarzen Haare zu einer Schmalztolle frisiert, die Lederjacke lässig in der Hand. Diesmal wurde ich am ganzen Körper rot. Jesse war ganz anders als die fleißigen Jungs aus dem Schachclub, die gewöhnlich meine Aufmerksamkeit erregten, und ich hatte mir erlaubt, ein bisschen für ihn zu schwärmen. Ich kannte Jesse schon mein Leben lang – in Nusstead kannte jeder jeden, und unsere Eltern waren zusammen in Waveney gewesen, als die Schule nagelneu war –, aber ich hatte zuletzt mit ihm gesprochen, als wir noch Kinder waren. Gelegentlich nickten wir einander zu, wenn wir für das kostenlose Schulessen anstanden, aber er ging nicht in meine Klasse. In Waveney war es üblich, die Kids aus Nusstead im ganzen Jahrgang zu verteilen, als wollte man das Gift verdünnen, und Jesse nahm nicht mehr den Schulbus. Er war vor einigen Jahren, als die anderen Jungs noch Star Wars spielten, auf die Überholspur gebogen (ich selbst wartete noch auf diesen Schritt). Er hatte eine Reihe älterer Freundinnen; man erzählte sich, zurzeit sei er mit einer verheirateten Frau aus Ipswich zusammen.

Als er mich sah, zuckte er zusammen.

»Du wartest auch auf Harker?«

Seine Überraschung schmeichelte mir. »Na ja. Meine Mum ist ja allein mit Colette und mir.«

»Immerhin hat sie Arbeit. Mein Vater geht seit sechs Monaten stempeln.« Ich wusste von meiner Mutter, dass es Mark Brame sehr schwergefallen war, zum Arbeitsamt zu gehen. Er war Pflegeleiter im Nazareth-Hospital gewesen und Gewerkschaftsmitglied. Er war stolz und moralisch und einer der Ersten, die nach einem Skandal um Unterschlagungen rehabilitiert worden waren.

»Das ist scheiße.« Mehr fiel mir nicht ein. Jesse hatte schon um halb vier nachmittags einen Bartschatten. Der letzte Junge, den ich geküsst hatte, hatte gerade erst angefangen, sich zu rasieren. Mir fiel auf, wie nah beieinander wir standen, und ich wich zurück. Er ließ die rebellische Pose sein und richtete sich auf. Seine Hose war einige Zentimeter zu kurz, aber er trug sie so selbstbewusst, als wären weite Säume auf Schienbeinhöhe ein gewagter neuer Trend und die Jungs, deren Hosen bis auf die Schuhe reichten, einfach lächerlich.

»Es ist ungerecht. Scheiß auf Greenlaw.« Ich nickte automatisch. Helen Greenlaw war für Nusstead, was Margaret Thatcher für die Bergleute war. Man hasste sie von Geburt an. Bei uns zu Hause weckte sie lediglich passive Antipathie, aber ich wusste, dass die Brames ihren Abscheu pflegten.

Jesse trat mit wehender Hose gegen die Sockelleiste. »Wenn mein Dad bis zum Sommer keine Arbeit findet, kann ich nicht hierbleiben und mein Fachabitur machen.« Der Abschluss war für ihn offensichtlich eine Quelle des Stolzes, und mit gutem Grund: Jesses noch lebende Brüder Wyatt und Clay hatten beide mit sechzehn die Schule verlassen. Wyatt sang jetzt Schlager für Rentner auf Mittelmeerkreuzfahrten, und Clay hatte als Pförtner im Nazareth-Hospital gearbeitet, war aber schon vor der Schließung der Klinik unehrenhaft entlassen worden. Sein kleinster Bruder Butch, vom Alter her zwischen mir und Colette, war mit sieben Jahren an Hirnhautentzündung gestorben.

»Ich bin mir sicher, er findet was«, sagte ich, aber so viele Eltern in Nusstead waren arbeitslos.

»Klar.« Wir betrachteten unsere Schuhe, bis uns klirrende Schlüssel verrieten, dass Miss Harker unterwegs war.

»Danke, dass ihr gewartet habt.« Sie steckte den Schlüssel ins Schloss. »Ich vergesse immer, wie weit man bis hierher, ans andere Ende der Schule, läuft. Also, ich weiß, es ist nicht ideal, aber das Schuljahr ist fast zu Ende, und die Sachen werden danach sowieso weggeworfen. Marianne, wie ist deine Taillenweite, fünfundsechzig Zentimeter?«

Als sie den Schrank öffnete, rümpften wir alle drei die Nase. Ich hielt den Rock, den sie mir reichte, in die Höhe und inspizierte ihn auf Flecken oder Löcher, fand aber keine.

»Danke.«

»Der ist echt gut«, sagte Jesse. »Sieht gar nicht secondhand aus.«

»Du solltest bei deinen Prüfungen mit Würde auftreten. Kleider machen Leute.«

»Danke.«

Die Sachen, die sie für Jesse fand, waren abgetragener. »Falls du nicht wiederkommst, kannst du sie immer noch zurückgeben.« Sie sagte es ohne Bosheit, aber die Botschaft war eindeutig. Von jungen Leuten aus Nusstead erwartete man, dass sie durch die Abschlussprüfung fielen und sofort arbeiten gingen oder arbeitslos wurden. Es war mir peinlich für Jesse, aber er hatte die Lippen zusammengepresst: Auf die Beleidigung zu reagieren, hieße, sie zur Kenntnis zu nehmen.

Der Minutenzeiger auf meiner Pseudo-Swatch zuckte weiter. Wenn ich rannte, könnte ich den Bus noch erwischen. »Danke noch mal, Miss Harker, ich muss jetzt los.« Ich rief einen Abschiedsgruß über die Schulter. Meine Schritte hallten im Flur wider. Ich war trotz meiner langen Beine keine elegante Läuferin. Mein Rock rutschte hoch, die Tasche schlug mir gegen die Beine, und die verhasste körperliche Betätigung war auch noch

vergeblich: Ich erreichte den Parkplatz, als der Bus gerade ab-
fuhr. Also richtete ich mich auf vierzig Minuten Wartezeit und
den anschließenden Marsch über die kurvenreiche Nebenstraße
nach Nusstead ein. Ich versuchte, es positiv zu sehen: Mum war
heute zu Hause, also war Colette versorgt. Und ich musste nicht
die Schikanen und Pfiffe im Schulbus ertragen, hatte Licht, bei
dem ich lesen konnte, und – das Beste – es regnete nicht. Wenn
es regnete, bildete sich nämlich eine riesige Pfütze vor der Bushaltestelle, und zwei Drittel aller Autofahrer gaben extra Gas
und fuhren lachend hindurch. Ich hatte Zeit, in Ruhe über das
nachzudenken, was Miss Harker gesagt hatte. Ich war hin- und
hergerissen. Einerseits schmeichelte es mir, dass sie mir Respekt
und vielleicht sogar Anerkennung bezeugt hatte, andererseits
gefiel mir nicht, wie sie Jesse abgekanzelt hatte. Ich ahnte, dass es
nicht nur mit Schulnoten zu tun hatte.

Jesse musste sein Moped über den Parkplatz geschoben haben,
denn ich bemerkte ihn erst, als er vor mir stand. Ich musterte
das rote Moped mit den Rostflecken, und er verstand es falsch.
»Wenn ich unterwegs bin, habe ich ein richtiges Motorrad. Das
hier ist nur für die Schule.« Er öffnete und schloss ein paarmal
den Mund wie ein Goldfisch, was lustig gewesen wäre, hätten
seine Augen nicht so ernst geblickt. »Bitte sag keinem, dass ich
ein Fall für die Wohlfahrt bin. Mein Dad kann ja nichts dafür,
oder?«

»Natürlich nicht.« Nachdem er sich so unerwartet verletzlich
gezeigt hatte, herrschte verlegenes Schweigen. Ich wiederholte
sinngemäß, was Mark bei der letzten nutzlosen Demonstration
gesagt hatte, und zwar nicht, weil ich besonders tief davon überzeugt war, sondern weil ich sehen wollte, wie sich Jesses Lippen
wieder kräuselten. »Keiner von uns kann etwas dafür, oder?
Niemand in Nusstead ist schuld daran, dass das Hospital schließen musste.« Es waren die richtigen Worte: Er nickte, überlegte

einen Moment und reichte mir den Helm, den er in der Hand hielt.

»Setz ihn auf. Ich fahre dich nach Hause.« Es war ein Deal: eine Fahrt auf dem Moped des coolen Jungen gegen mein Schweigen. Aber ich wusste auch, dass ich nie wieder die Gelegenheit dazu bekommen würde.

»Was ist mit dir?« Ich deutete auf seinen Kopf.

»Ach, das geht schon.« Er fuhr sich durch die Haare. »Ich fahre, seit ich zwölf bin. Na los.«

Von innen roch der Helm nach Lynx-Deo. Ich versuchte, mich seitlich am Sitz festzuhalten. »Nicht so schüchtern«, sagte Jesse, griff nach hinten und schlang meine Arme fest um seine Taille.

Ich wünschte, die Fahrt würde nie zu Ende gehen. Als ich mich an Jesses Schulterblätter drückte und der Wind an meinen Kleidern zerrte, erschien mir die vertraute Landschaft von Suffolk so glanzvoll wie ein fremdes Land, ein römischer Sommer oder der Frühling in Paris. Wir segelten durch Stradbroke und holperten über den Bahnübergang bei Hoxne. Jesse nahm die Nebenstraßen, auf denen der Bus nicht fahren konnte. Das alte Krankenhaus schien uns zu verfolgen, der Uhrturm reckte sich empor wie eine Nadel, um die sich der ganze Horizont zu drehen schien. Als wir den Schulbus überholten, hoffte ich, dass die Mädchen die klobige Tasche auf meinem Rücken erkannten, über die sie sich jeden Tag lustig machten. Allzu schnell tauchten Nusstead und der Parkplatz vom Crown auf. Als ich den Helm abnahm, fühlte sich mein Kopf leicht an wie Helium, und meine Oberschenkel zitterten. Bevor ich mich beherrschen konnte, stieg begeistertes Gelächter aus meiner Kehle hoch.

»Das war unglaublich«, sagte ich, als ich wieder zu Atem gekommen war. Mein völliger Mangel an Coolness war wohl ansteckend, Jesses Gesicht spiegelte meine Begeisterung.

»Du siehst ganz verändert aus.«

141

So fühlte ich mich auch, aber das würde ich ihm nicht verraten. Ich nickte zu meiner Haustür auf der anderen Straßenseite. »Den Rest schaffe ich allein. Vielen Dank fürs Mitnehmen.«

»Und danke für … du weißt schon.« Er tat, als schlösse er den Mund mit einem Reißverschluss. Es war unser erstes Geheimnis, und er konnte mir dabei nicht in die Augen sehen.

»Keine Ursache.« Ich hievte mir den Rucksack auf die Schulter und strich meinen Rock glatt, tat, als würde ich nach links und rechts schauen, fragte mich aber in Wahrheit, wie ich den Augenblick ausdehnen konnte, bis der Schulbus an uns vorbeifuhr und alle mich sehen konnten.

Jesse räusperte sich. »Hast du Lust, später was zu unternehmen?«

Ich war so schockiert, dass ich mit einer Gegenfrage antwortete. »Wo, hier in der Gegend? Alle guten Sachen kosten Geld.«

Zum ersten Mal richtete er sein strahlendes Lächeln auf mich. »Ich kann dir was zeigen, das umsonst ist.«

22

Abends um sieben war Jesse am Kriegerdenkmal, nicht mit dem Moped, sondern auf einer verbeulten Suzuki, die Mark gehörte; er selbst war noch nicht alt genug, um offiziell damit zu fahren. Der Ersatzhelm roch anders: blumig, feminin. Ich wollte nicht daran denken, wer ihn vor mir getragen hatte.

»Wohin bringst du mich?«, fragte ich, doch meine Worte ließen nur das Visier beschlagen. Er nahm die Doppelkurve auf der Asylum Road so schnell, dass mein Bein den Boden streifte. Wir bretterten durch die von Zedern gesäumte Allee, wichen Kratern und Steinbrocken aus. Ein Kribbeln stieg in mir auf. Die Atmosphäre war wie in einem Horrorfilm: Spukhäuser, Initiationsriten, Hexenbretter und heraufbeschworene Geister. Doch nichts davon war annähernd so aufregend und furchteinflößend wie die Vorstellung, einen Abend allein mit Jesse Brame zu verbringen. Ich hatte beschlossen, mein Glück nicht herauszufordern, sondern mich mit dem zu begnügen, was er mir zu geben hatte. Hoffnung hatte mir noch nie geholfen, und so rechnete ich damit, eher nicht geküsst zu werden.

»Wow«, sagte ich, als wir abstiegen. Das Hospital war hinter dem über zwei Meter hohen Wellblechzaun verborgen, der sich endlos zu erstrecken schien. Neben dem Klinikgelände war das Dorf schon immer zwergenhaft erschienen. In regelmäßigen Abständen warnten Schilder vor Wachhunden und wiesen darauf hin, dass das Gelände rund um die Uhr bewacht wurde.

»Wir können da nicht rein«, sagte ich, als Jesse das Motorrad und die Helme in einem brusthohen Gebüsch versteckte und eine alte Reisetasche aus Armeebeständen heranschleppte.

»Hier gibt es keine Hunde. Gab es nie. Die Schilder sind nur Show. Ich habe noch nie einen Wachmann gesehen. Es gab welche vor dem Mord, aber seitdem nicht mehr. Dad vermutet, dass Larry Lawrence, der Typ, der das alles hier gekauft hat, das Hospital absichtlich verfallen lässt. Ein Wunder, dass er es noch nicht abgefackelt und die Versicherung kassiert hat.« Er tippte sich an die Nase. »Die planen langfristig.«

Der Zaun erschien mir undurchdringlich, doch Jesse wusste es besser: ein Tritt an der richtigen Stelle, und eine ganze Blechplatte schwang wie eine Katzentür nach hinten.

»Ach du Scheiße.« Die großen Fenster im Erdgeschoss waren mit Brettern vernagelt, aber im Obergeschoss wuchs Efeu in den Fensteröffnungen, und aus Regenrinnen und Schornsteinen wucherte Schmetterlingsflieder. Die Dachziegel waren zusammengerutscht, so dass Dachsparren und Balken frei lagen, und die Zeiger der Uhr waren auf halb sieben stehengeblieben. Die untergehende Sonne leuchtete pfirsichfarben durch das filigrane Gitterwerk aus Eisen und Stahl. Das schwere Unwetter letztes Jahr, das uralte Bäume wie Streichhölzer umgeknickt und die flache Landschaft bloßgelegt hatte, hatte auch hier Spuren hinterlassen.

»Ich weiß«, sagte Jesse. »Das Gebäude war ohnehin schon halb verfallen, aber durch das Unwetter gab es an einem Tag mehr Schaden als in fünfzig Jahren. Es wird Millionen kosten, es zu restaurieren. Nachdem das Hospital geschlossen wurde, ist Clay oft mit mir hergekommen. Es war der einzige Ort, an dem er jemals respektiert wurde, weißt du?« Ich nickte, auch wenn es nicht ganz der Wahrheit entsprach. Clay war Krankenpfleger gewesen – den Job hatte sein Vater ihm besorgt – und dabei erwischt worden, wie er die halbe Krankenhausapotheke weiterverkaufte. Wenn seine blutrote Harley-Davidson vor dem Crown oder dem Social parkte, wusste man, dass er wieder mal aus dem Gefängnis zurück war.

Wir blieben vor einer gewaltigen zweiflügeligen Tür stehen. Das Holz war verzogen, die Türen passten nicht mehr in den steinernen Spitzbogen, und durch den Spalt in der Mitte konnte man die Reste eines rostigen Riegels erkennen. Jesse holte einen Ring mit zwei riesigen Schlüsseln aus der Jeanstasche. »Clay hat mir einen Schlüssel nachmachen lassen, natürlich von einem Kumpel. Man kann ja schlecht damit zum Schlosser gehen. Den zeige ich dir nur, um dich zu beeindrucken. Clays Schlüssel funktioniert, aber der hier ist scheiße, mit dem fummelt man ewig lange rum. Wir gehen besser an der Seite rein.«

Es hatte mich schon erregt, bei Jesse auf dem Sozius zu fahren, aber jetzt ergriff er auch noch meine Hand. Alle paar Schritte drehte er sich um und lächelte mir zu, vergewisserte sich, ob es mir gut ging, und ja, es ging mir mehr als gut, ich hüpfte innerlich vor Freude. Ich spürte ein perverses Kribbeln, weil ich wusste, dass Julia Solomon hier ihre letzten Schritte gemacht hatte.

»Da gehen wir nie rein«, sagte er und deutete auf die niedrigen Häuser mit vergitterten Fenstern, die verstreut auf dem Gelände standen. »Sind voller Asbest. Wer will die schon, wenn wir das hier haben.«

Ganz am Ende des Gebäudes drückte Jesse gegen eine Seitentür, die mühelos nachgab, und wir traten in einen Flur, der so lang war, dass weit hinten bloß ein Fluchtpunkt zu sehen war. Dämmerlicht fiel durch winzige Fenster hoch oben in den Wänden. In der Mitte der konkaven Decke verliefen Neonröhren. Ich streckte instinktiv die Hand nach dem Schalter aus und kam mir dann dumm vor, weil ich erwartet hatte, dass sie flackernd zum Leben erwachten. Jesse lachte und tastete auf dem breiten Türsturz nach einer kleinen gelben Taschenlampe.

145

»Das war der Personalflur. Aber auch die Patienten mussten arbeiten, hier liefen nicht nur Wächter, Schwestern und Pfleger herum. Wenn man Wäschereidienst hatte, schob man den ganzen Tag riesige Wäschewagen hin und her. Die richtigen Stationen sind eine Etage über uns, da hat deine Mum gearbeitet und deine Nan. Und meine Großeltern. Ganze Generationen, bis Greenlaw ihren beschissenen Willen durchgesetzt hat.« Ich folgte ihm, vorbei an alten Brandschutztüren, die weit offen standen und an der Wand festgehakt waren. Ich spähte in dämmrige Räume mit seltsamen Schaltern und Wählscheiben an den Wänden. Es war geradezu unheimlich, wie sich alles in diesem Flur wiederholte. Es erinnerte mich an die Zeichentrickfilme, in denen bei einer Verfolgungsjagd immer der gleiche Hintergrund abläuft: schmutziges Fenster, kaputte Lampe, Metalltür, wieder von vorn. Nur dann und wann unterbrach ein Feuerlöscher das immer gleiche Muster.

Wir brauchten drei Minuten, um ans Ende des Flurs zu gelangen. Schließlich standen wir in der Eingangshalle, die mir trotz Halbdunkel und Schmutz den Atem raubte. In Suffolk ist man es gewohnt, viel Platz zu haben, aber nur draußen. Zum ersten Mal begriff ich, wie schön und inspirierend ein großzügiger Innenraum sein kann. Gewaltige rechteckige Narben zeugten von längst verschwundenen Gemälden. Eine ausladende zweiläufige Treppenanlage erinnerte an einen gefalteten Flügel. Die Geländer fehlten, die Galerie war stellenweise eingebrochen, so dass die Türen wie bei einem gigantischen Adventskalender in der Luft zu schweben schienen.

Ich zitterte beinahe, so sehr bemühte ich mich, lässig zu erscheinen.

Jesse wusste genau, was sich hinter jeder Tür befand. »Das da oben sind die alten Büros. Da kommen wir von hinten rein. Der Blick vom Uhrturm ist brillant, aber die Treppe ist im Eimer

146

und hat kein Geländer mehr. Selbst ich würde da nicht raufgehen. Hinter der Tür dahinten ist ein kleiner Flur, der zur Kapelle führt, aber die war so baufällig, dass sie sie noch vor der Klinik geschlossen haben. Komm, wir gehen nach oben.«

Wir öffneten die Tür mit der Aufschrift FRAUEN und stiegen eine schmale Steintreppe hinauf. Dies waren die eigentlichen Stationen: vergitterte Fenster, Betten mit plastikbezogenen Matratzen. Unter einem Bett standen lila Pantoffeln von Stead & Simpson ordentlich nebeneinander, auf einem Nachttisch lag eine Brille, die Gläser blind vor Staub, daneben ein Roman von Catherine Cookson, in dem sogar noch ein Lesezeichen steckte. Verschlissene gelbe Wandschirme wogten im Luftzug, der durch die zerbrochenen Fenster drang. Der Ort sah aus, als hätte man ihn nach einer Atombombenwarnung überstürzt verlassen. Jesse hatte mir praktisch eine Zeitmaschine geschenkt. Ich war so aufgeregt, dass ich meine Nervosität vergaß.

»Ich bin noch nie an so einem Ort gewesen.« In einem Einbauschrank fanden wir einen Karton, in dem eine Art riesiges Reagenzröhrchen mit einem Knick in der Mitte lag. Ich faltete die Bedienungsanleitung auseinander und kam bis zu dem Begriff »tragbare Klistierspritze«, worauf ich es fallen ließ, dass die Scherben in alle Richtungen spritzten.

»Tut mir leid!« Ich verzog das Gesicht.

»Schon gut«, sagte Jesse. »Die Ausrüstung werden sie ersetzen, wenn die Klinik wieder öffnet.« Das ergab keinen Sinn – die neue psychiatrische Einrichtung in Ipswich war supermodern –, aber ich tat es mit einem Achselzucken ab.

Laut meiner Mum sollte hier das teuerste Hotel in Suffolk entstehen, wo reiche Damen ein Vermögen zahlen würden, um sich die Cellulitis mit Zweigen wegpeitschen zu lassen. Colette wäre bis dahin mit der Schule fertig und könnte sich hier einen der begehrtesten Jobs in der Gegend schnappen. Ich hoffte, sie würden einen Winkel für die Geschichte des Gebäudes reservieren, ein Miniaturmuseum für neugierige Gäste einrichten. Vielleicht könnte ich mich sogar darum kümmern. Das wäre ein Job, für den ich in Nusstead bleiben würde. Auf diese Weise könnte ich etwas tun, das ich liebte, ohne die Menschen zu verlassen, die ich liebte.

»Hast du Durst?«, fragte Jesse, als ich mir Staub von den Lippen leckte. »Hier.« Er holte eine Thermosflasche aus Zinn aus der Tasche und goss mir sorgfältig eine winzige Tasse Tee ein. Alle Nervosität, die ich je bei Jesse Brame empfunden hatte, verflüchtigte sich. Wie uncool war bitte eine Thermosflasche?

Wir kamen an einer dicken Stahltür vorbei, auf der BE-SCHÄFTIGUNGSTHERAPIE stand. Ein Schlüssel steckte im Schloss. »Der gehört nicht hierher.« Jesse runzelte die Stirn und steckte ihn ein. »Passt gar nicht zu mir, so was zu vergessen.«

Im Ballsaal überwölbte eine kunstvoll verzierte Decke die Sportmarkierungen auf dem Parkettboden. Das Licht des Mittsommerabends strömte durch die Fenster. Ich versuchte zu überschlagen, wie oft unser Haus hier hineinpassen würde, und gab bei dreißigmal auf. Neben einem zugemauerten Kamin stand ein alter Rollstuhl, der Ledersitz rissig und eingesunken. Ich stellte mich auf die rostige Fußstütze und fuhr damit durch den Raum, ein Bein hinter mir ausgestreckt, als wäre ich eine Ballerina, während die Räder Kreise in den Staub malten.

»Was sagst du dazu?«, fragte Jesse. Ich ahnte nicht, dass er mich einem Test unterzog. Andere Mädchen waren beim ersten Besuch daran gescheitert, weil sie sich vor dem Gestank in den Fluren ekelten oder sich nicht einmal trauten, vom Motorrad zu steigen, weil sie an Julia Solomon denken mussten.

»Es ist wunderschön.« Ich breitete die Arme aus und wirbelte umher, ein bisschen verlegen, weil ich mich meiner kindlichen

Begeisterung hingab. Doch als ich sah, dass Jesse aufrichtig lächelte, flog ich förmlich davon.

»Du bist viel cooler, als ich dachte.«

Er klapperte mit seinen Schlüsseln wie ein Hausmeister, und ich dachte, dass er ganz anders war als sein Image vom Hausfrauenbeglücker, das er zur Schau trug. »Und du bist viel weniger cool, als ich dachte.« Ich schmeckte meinen eigenen Wagemut wie Salz auf der Zunge

»Klar, aber verrate es keinem.« Er legte sich den Finger an die Lippen und lächelte.

Wir kletterten auf die Bühne, deren Bretter mit Taubenkacke zugeschneit waren. Ich strich über den grauen Samtvorhang und hinterließ blaue Spuren in der Staubschicht. Ein halbes Dutzend Tauben flatterte aus den Falten empor. Jesse kreischte auf und ergriff meine Hand.

»Tut mir leid«, sagte er, und seine Handfläche pulsierte schnell. »Ich hasse diese beschissenen Tauben.«

»Die sind dämlich«, sagte ich, als ein Vogel sich wiederholt gegen ein intaktes Fenster warf, ohne das gähnende Loch daneben zu bemerken.

»Die sind dämlich, haben Perlenaugen und scheißen dir bei jeder Gelegenheit in die Haare. Mein Gott, die da hat nur einen Fuß. Mal sehen, ob die Kunststudenten hier sind.«

»Studenten?« Ich hatte niemanden gesehen und war überrascht, wie besitzergreifend ich mich schon fühlte. Er will nicht mit mir allein sein, dachte ich. Erst als sich meine Hoffnung in Luft auflöste, wurde sie mir bewusst.

»Ich weiß, das sind Idioten, aber es ist besser, wenn jemand das Haus im Auge behält.«

Als wir wieder in der Eingangshalle standen, stieß Jesse sanft gegen die Tür zum Männerflügel. Sie schlug wie eine Zugbrücke auf den Boden, dass das Gebäude erzitterte.

»Jesse?«, fragte eine Männerstimme weiter hinten im Flur. »Alles klar?«

Der Männerflügel war ein Spiegelbild des Frauenflügels, nur hatte man hier die Wände bearbeitet und bemalt. Ein gewaltiger Greif mit ausgebreiteten goldenen Schwingen erstreckte sich über eine ganze Station. Ein Nebenzimmer war in grellem Gelb mit schwarzen Streifen gestrichen und mit dem Symbol für Giftmüll versehen. In einem Badezimmer hatte man eine Reihe Schaufensterpuppen mit glänzenden Glatzen und schimmernd rostbraun geschminkten Wangenknochen in Zwangsjacken gesteckt, und eine Badewanne quoll über von eleganten Plastikarmen. Die Studenten tapezierten in einem kleinen Isolationszimmer gerade die Wände mit Silberfolie. Sie waren zu dritt, zwei junge Männer in Overalls und ein Mädchen mit stacheligen rosafarbenen Haaren, das mich so verächtlich musterte, dass ich an mir heruntersah, um mich zu vergewissern, dass ich keine Schuluniform trug.

»Hi, Alex«, sagte Jesse zu dem größeren Mann.

»Wie läuft's, Jesse?«

»Hab nicht viel Zeit. Ich mache eine Führung für Marianne.«

»Keine Sorge, wir bleiben heute auf unserer Seite«, sagte Alex und zog eine Augenbraue hoch.

Wir gingen zurück durch den widerhallenden Flur. Ich wollte nicht, dass der Abend endete, und sehnte mich zugleich danach, allein zu sein und ernsthaft über alles nachzudenken.

Unsere Tour endete, wo sie begonnen hatte. Das Hospital lag im Dunkeln bis auf ein schwaches Licht, das aus dem Männerflügel drang. Über uns war der weite Himmel von Suffolk mit Sternen übersät; Jesse nahm mein Kinn und drehte meinen Kopf, um mir den Gürtel des Orion zu zeigen. Dann neigte er sich zu mir. Sein Kuss war ein Geheimnis und ein Versprechen.

Ich wich zuerst zurück. »Meine Mum sagt, ich muss an Schul-

tagen um zehn zu Hause sein.« Ich rechnete damit, dass er die
Geduld verlieren und zu seiner verheirateten Frau zurückkehren
würde, die vermutlich all das beherrschte, worüber ich in der
Cosmopolitan nur gelesen hatte.

»Und mit Debbie Smy sollte man es sich nicht verderben«,
sagte er spöttisch. »Mach dir keine Sorgen. Wir haben ja die
Ewigkeit. Wir kommen nach den Prüfungen wieder her, okay?«

Ich war fast enttäuscht, weil es so einfach gewesen war, seine
Freundin zu werden. Ich nahm nie wieder den Schulbus; binnen
einer Woche roch Jesses Ersatzhelm nach meinem Shampoo,
aber weiter gingen wir nicht. Die Gerüchte, die in der Schule
über mich kursierten, waren sehr viel wilder als alles, was wir
wirklich taten.

Jesse hielt Wort. Am Nachmittag nach meiner letzten Prüfung
holte er mich ab. Er hatte eine alte, aber saubere Bettdecke dabei, die er weit hinten im Wäscheschrank gefunden hatte und die
Trish nie vermissen würde. Ich war nicht mehr nervös. Es erregte
mich, dass ich eine weiche geheime Seite an ihm entdeckt hatte,
die nicht zu dem wütenden Außenseiter passte, von dem die Le-
gende erzählte. Er war still, respektvoll, ebenso interessiert wie
interessant, ein Junge, der beim ersten Date von Ewigkeit sprach.

23

In jenem Sommer fuhr Colette ins Feriencamp, und ich hatte zum ersten Mal, seit sie auf der Welt war, Zeit nur für mich. Jesse und ich jobbten – er räumte Regale in unserem kleinen Co-op ein, ein sehr begehrter Job, ich war Babysitterin –, und unsere gesamte Freizeit verbrachten wir beim alten Nazareth-Hospital. Die Kunststudenten packten ihre Sachen und gingen auf Interrailtour, so dass wir die zweieinhalb Quadratkilometer des Geländes ganz für uns allein hatten. Gelegentlich übernachteten Camper oder Obdachlose dort, sie störten uns aber nie. Wir breiteten die Bettdecke im Gras aus; Jesses Rücken wurde schön braun, genau wie meine Schienbeine. Ich probierte die Tricks aus der *Cosmopolitan*, schien aber etwas übersehen zu haben, denn Jesse kam weit mehr auf seine Kosten als ich. Manchmal quetschten wir die Suzuki durch den Spalt im Zaun und bretterten ohne Helm, mit fliegenden Haaren und unter lautem Geschrei den achthundert Meter langen Pfad entlang. Er brachte mir das Motorradfahren bei, und obwohl ich mich nicht traute, schneller als fünfzig zu fahren, konnte ich nach Stunden geduldigen Unterrichts dosiert Gas geben, schalten und eine wacklige Runde auf der Zedernallee drehen.

Von den anderen Frauen, mit denen er hier gewesen war, sprach Jesse nur abstrakt. »Du bist das einzige Mädchen, das diesen Ort versteht«, sagte er. Das stimmte, ich liebte die geheimnisvolle Ruine jetzt ebenso sehr wie er. Die alte Eifersucht erlosch. Falls es die Hausfrau aus Ipswich je gegeben hatte, war sie längst passé. Jesse hatte gar keine Zeit, mit jemand anderem zusammen zu sein. Falls ich überhaupt auf etwas eifersüchtig war, dann auf die Aufmerksamkeit, die er diesem Ort schenkte. Ich wäre nicht überrascht gewesen, wenn er das Nazareth »sie« genannt hätte, wie Clay es mit seinem roten Motorrad tat. Jesse war geradezu paranoid, wenn es um Vandalismus und Verfall ging, patrouillierte täglich über das Gelände und konstatierte jeden neuen Mangel. War ein Bett nicht so, wie er es in Erinnerung hatte, klebte er ein langes Haar von mir vor die Tür, um zu prüfen, ob jemand den Raum betrat (was nie der Fall war). Er maß einen Riss in der Mauer des Uhrturms, um zu sehen, ob er wirklich täglich breiter wurde (was sehr wohl der Fall war).

Es machte mir nichts aus, ihm hinterherzulaufen. Es war so eindeutig, dass er mich mit seiner kompetenten, erwachsenen Männlichkeit beeindrucken wollte, dass ich mich nur geschmeichelt fühlte. Außerdem war ich von dem alten Gebäude ähnlich fasziniert wie er, in mancher Hinsicht vielleicht sogar noch mehr. Es gab immer etwas Neues zu entdecken. In einem bislang unerforschten Nebenzimmer entdeckten wir ein Bett mit Lederriemen, einen rostigen Rollwagen und eine Wanne aus cremeweißer Emaille, die in Größe und Form der Wäscheschleuder ähnelte, die bei uns zu Hause in der Küche stand, nur war sie mit Schaltern und Wählscheiben versehen.

»Ob das vom Zahnarzt ist?«, fragte Jesse. Er fummelte an den Wählscheiben herum und hielt sich den Schlauch an die Zähne.

»Nein«, sagte ich. *Die Glasglocke* von Sylvia Plath war Schullektüre gewesen. »Das ist ein EKT, ein Elektrokonvulsionsgerät.«

»Ein was?«

»Für Elektroschocktherapie. Das haben sie mit Selbstmordgefährdeten gemacht, wenn die Medikamente nicht anschlugen. Sie haben dein Gehirn gegrillt, und der Schock hat dich aus deiner Depression gerissen.« Ich wühlte hinter dem Gerät und holte zwei riesige Metallzangen mit gepolsterten Platten an den Enden hervor. »Das setzen sie dir auf den Kopf. So haben sie es bei Sylvia Plath gemacht.«

»Weiß ich doch«, sagte Jesse selbstbewusst, und ich merkte, dass er noch nie von ihr gehört hatte.

Auf dem Rollwagen lag ein leeres Behandlungsformular. Die Spalten waren mit *Datum, Uhrzeit, Anzahl der Schocks, Glissando* – das wunderbare Wort erinnerte eher an eine Partitur als an ein medizinisches Dokument –, *Widerstand, Spannung, Dauer (Sekunden), Reaktion, bisherige Grand Mals, Medikation* und *klinische Anmerkungen* überschrieben. Ich faltete es zusammen und steckte es in die Tasche.

»Warum nimmst du das mit, Babe?« Ließ Jesses Lächeln sein Gesicht leuchten, so wurde es ganz dunkel, wenn er die Stirn runzelte. »Es hat mir gereicht, als Clay versucht hat, die Kamine herauszureißen.«

Ich lachte. »Ich interessiere mich einfach für alte Sachen, das ist alles.«

»Ja, aber …« Er schob die Hand in meine Tasche, holte das Blatt heraus, legte es auf die Metallablage und klopfte darauf. »Wir lassen es besser hier. Falls sie es brauchen, um das Gerät zu bedienen.«

Ich kapierte es noch immer nicht. »Die werden das Zeug nicht mehr verkaufen.« Ich deutete auf das Elektroschockgerät, den Rollwagen und die schmutzigen Betten. »Zum einen ist das völlig veraltet, und außerdem, wer sollte sich das hier abholen?«

Ich merkte, dass er sich um Geduld bemühte. »Nicht um es zu verkaufen. Wenn das Hospital wieder öffnet. Man weiß ja nie, was die dann brauchen.«

Ich sah ihn forschend an, ob er scherzte, hatte ihn aber noch nie so ernst gesehen. Ein weiches Gewicht senkte sich auf mich herab, als mir klarwurde, dass er wirklich hoffte – nein, glaubte –, dass aus diesem verrotteten veralteten Gebäude wieder eine funktionierende Klinik werden könnte. »Dafür setzt sich mein Dad doch ein.« Es klang bemüht, als spräche er mit einem Idioten. »Dass sie Greenlaws Entscheidung rückgängig machen und alle Leute wieder einstellen.« Ich hatte angenommen, Marks Kampagne beschränke sich darauf, im Social herumzujammern.

»Aber, Jesse«, sagte ich, unsicher, wie ich beginnen sollte. »Die Patienten sind doch jetzt woanders untergebracht.«

Er schüttelte den Kopf. »Du verstehst das nicht, Babe.« Er genoss den seltenen Augenblick, in dem er mir überlegen war. »Nusstead muss wieder so werden wie in unserer Kindheit.« Er deutete aus dem Fenster aufs Moor, hinter dem das Dorf lag. »Alle hatten Arbeit, verbrachten die Wochenenden im Club, wussten, dass ein Job auf sie wartete, wenn sie mit der Schule fertig waren. Eine richtige Gemeinschaft, in der nicht die Hälfte der Männer arbeitslos und die andere überall verstreut ist. Wo sich deine Mum nicht den Arsch abfriert, weil sie mit zwei Bussen durch halb Suffolk fahren muss.«

Ich korrigierte Jesse nicht. Was ich zu sagen hatte, wusste er bereits. Außerdem wollte ich ihn mit meinem Mitleid nicht demütigen. Seine fehlgeleiteten Überzeugungen bewiesen, wie verletzlich er hinter seiner Machofassade war. Dies war ein Teil von ihm, der nur mir gehörte.

* * *

Wenn Jesse der Hausmeister vom Nazareth war, so wurde ich die Kuratorin. Ich durchsuchte Schränke und Regale nach dem, was ich heimlich als »Indizien« bezeichnete, während er über verrottete Fensterrahmen lamentierte. Die Klinik quoll über vor Geschichten: Ich las sie in den Graffiti (die verdächtig an die Spinde in der Schule erinnerten und wohl Teil einer langen volkskunstlichen Tradition waren) und den Kratzspuren, mit denen die Wände der Isolationsräume übersät waren. In der Beschäftigungstherapie jammerte Jesse wegen der verzogenen Dielenbretter, während ich gerührt die brüchigen verblassenden Bilder betrachtete, die in flachen Schubladen aufbewahrt wurden. Eine Patientin hatte wieder und wieder den Uhrturm in unglaublich feinen Details gezeichnet. Auf einem Tisch stand eine Schreibmaschine mit eingetrocknetem Farbband, in der Schublade daneben stapelten sich mit Kurz- und Maschinenschrift bedeckte Blätter. Jemand hatte auf zahllosen Seiten die Worte »Der Salat schmeckt fad« getippt, was ich zunächst für ein Symptom von Geisteskrankheit hielt, bis mir klarwurde, dass es Schreibübungen gewesen waren. Auf der dritten Seite, mitten im perfekten Text, stand: *Ich tippe jetzt mal diesen Satz hier rein um zu sehen ob die fette Schlampe ihn überhaupt liest ich wette zehn Mäuse sie tut es nicht.* Danach hatte die Patientin die Übung fortgesetzt: *der Salat schmeckt fad, der Salat schmeckt fad, der Salat schmeckt fad.*

Ich schmuggelte meine Indizien an Jesse vorbei, weil ich mir sicher war, dass ich nur genügend Fragmente sammeln musste, um die menschlichen Geschichten, die sich dahinter verbargen und nach denen ich mich sehnte, zu enthüllen. Das Archiv, ein hallender Hangar im obersten Stock gleich hinter den alten Verwaltungsbüros, versprach reiche Beute, doch man hatte das Labyrinth mit seinen deckenhohen Regalen ausgeräumt, als die Klinik geschlossen wurde. Nur einzelne Ordner und Blätter waren übrig. Meine Hände zitterten, wenn ich danach griff. Das meiste war enttäuschend. Endlose Seiten mit Geldbeträgen, Finanzunterlagen, bedeutungslose Zahlen in verblasster Handschrift auf Papier, das weich wie Fensterleder war. Manches war noch lesbar, doch die Tinte war verblasst, die Handschrift zum Geist ihres Verfassers geworden, die Maschinenschrift verwischt und vom Papier aufgesogen. In einem Apothekenregister von 1963 waren Medikamente aufgelistet, die mir nichts sagten: Largactil, Somnifen, Paraldehyd, Phenobarbiton.

Die Regale standen dicht an dicht, und man konnte die weiter hinten nur erreichen, wenn man ein Rad drehte, das in die Wand eingelassen war. Ich drehte es nach links und kam mir dabei vor wie ein Schiffskapitän. Die Regale glitten auseinander und gaben den Blick auf meterlange leere Bretter frei, in denen nur hier und da herabgefallene Blätter lagen. Immerhin fanden sich Bruchstücke von Krankenakten, leider ohne die dazugehörigen Namen:

Die Patientin verbleibt hartnäckig in ihrer großspurigen Wahnvorstellung, sie sei Anastasia Romanow, die entflohene Tochter des letzten Zaren. Dass sie eine 25-jährige Näherin ist, die Suffolk nie verlassen hat, dringt nicht zu ihr durch.

Eine andere Notiz lautete:

Sie besteht darauf, sie sei bereits tot, und schläft mit Pennymünzen auf den Augen, um den Fährmann zu bezahlen, der sie in die Unterwelt bringt. Eine Mitpatientin bemerkte mitten in der Nacht die Münzen und aß sie auf.

Ich fand ein altes Aufnahmeregister, doch leider war eine Hälfte irgendwann nass geworden, und die meisten Vornamen waren ausgelöscht. Nur bei den langen Vornamen konnte man erahnen, wie die Frauen hießen: das »ine« von Josephine oder Christine. Das »tte« einer irren Charlotte, das »dra« einer gepeinigten Alexandra. Ansonsten waren nur die Nachnamen geblieben: Lummis, Morris und Matthews, ein halbes Dutzend Smiths. Keine Brames, aber hier und da der Name Smy. Dieselben Namen, die sich auch auf dem Kriegerdenkmal in Nusstead fanden. Das Personal hatte seine eigenen Angehörigen betreut.

Diese Indizien, diese Schnappschüsse des Wahnsinns, waren die wichtigsten Ausstellungsstücke meines sogenannten Archivs geworden. Ich besaß nur einen halben Meter Privatsphäre auf dieser Welt, das Regal über dem Bett, in dem ich mit Colette schlief und das für eine kleine Schwester zu weit oben hing. Hier bewahrte ich meine Schulbücher und Notizen auf. Wie ein Eichhörnchen hortete ich die Fundstücke in einer einfachen Ablagebox mit der Aufschrift *James I.: Außenpolitik*. Ich redete mir ein, ich würde das alles mit der reifen Distanz einer Historikerin betrachten, dabei war ich ein gelangweiltes Kind, das auf Geschichten aus war. Die Frauen aus diesen Notizen waren nur Puzzleteile, Rätselfragen, kaum menschlich.

24

Es war August, der heißeste August, an den wir uns erinnern konnten. Kein bisschen Wind, doch die Luft um die Klinik schien ständig in Bewegung, sie wimmelte nur so von umherschwirrenden Bienen.

»Schau mal.« Jesse hielt einen toten Schmetterling in der Hand, das lilafarbene Gewebe der Flügel war an den Rändern zerrissen. »Sie wird begeistert sein.« Er hatte Colette ein gebrauchtes Kindermikroskop gekauft – eine Plastiklupe, die oben auf einer Kunststoffpyramide angebracht war – und hatte Spaß daran, Dinge für sie zu sammeln.

»Sehr hübsch«, sagte ich und drehte meine Haare zu einem Knoten; es fühlte sich an, als würde ich eine Schicht Kleidung abstreifen. »Mein Gott, ich muss mal aus der Sonne.«

Jesse wedelte mit der Hand über meinen Nacken, was überhaupt nichts brachte. »Es gibt nur einen Ort, der kühl genug ist.«

»Ich dachte, ich kenne schon alles.« Er führte mich an der Nordseite der Klinik ein paar eingesunkene Stufen hinunter. Ich hatte nicht gewusst, dass es einen Keller gab. »Was ist das hier?« Er nickte nach oben, wo ein Schild mit der Aufschrift LEICHEN-HALLE hing. »Ist das dein Ernst?«, fragte ich. Mit jedem Schritt wurde die Luft ein wenig kühler. Efeu und schmutziges Glas filterten das Licht und überzogen unsere Haut mit einem alienhaften grünen Schimmer, der die Sonnenröte verschwinden ließ.

»Was ist das?«, fragte ich Jesse. Auf den ersten Blick sahen die Fächer, die in die weiß geflieste Wände eingelassen waren, wie

Backöfen mit rollenden Blechen aus. Er verschränkte die Arme und wartete, dass bei mir der Groschen fiel.

»Oh, Jesus«, sagte ich und wich abrupt zurück.

Heute hatte Jesse einen Topfschwamm und Scheuermilch dabei, mit denen er den Seziertisch aus Kalkstein schrubbte. Ich nahm an, dass es eines seiner üblichen Hausmeisterrituale war, bis er die Decke ausbreitete.

»Oh, Jesse, das geht nicht.«

Er grinste wölfisch. »Und ob.«

Ich lieferte die Vorstellung, die ich mir antrainiert hatte, weil echte Hingabe für mich schwer zu erreichen war. Dennoch überhörte ich die Schritte im Flur, und als die Tür zuschlug, erstarrten wir beide. Der Schlüssel wurde umgedreht, ein Geräusch, das man aus tausend schlechten Videohorrorfilmen kannte, dem der Schrei eines Mädchens folgte.

»Wer kann das sein?«, fragte ich Jesse und hoffte, er würde mich beruhigen. »Alex, der uns auf den Arm nehmen will?«

»Die sind alle unterwegs. Und so was würden sie auch nicht machen.« Ich griff nach seiner Hand, doch er war schon aufgestanden und zog sich unbeholfen die abgeschnittene Jeans über die Hüften. Mir kam ein naheliegender Gedanke, während ich hektisch mein Kleid überstreifte: Darius Cunniffe war lebenslänglich eingesperrt, aber es gab Hunderte wie ihn. »Bleib hier«, sagte Jesse. Auf dem staubbedeckten Boden lagen alte Leitungsrohre, die man aus den Wänden gerissen hatte. Er nahm eins davon, bevor er sich der Tür näherte und das darin eingelassene Fenster öffnete.

»Wer ist da?« Seine Stimme hallte im Flur wider.

»Du kleiner Perversling.« Sie klang hoch, mit starkem Akzent. »Du Drecksau.« Jesses Schultern sackten herunter, er lehnte das Rohr an die Wand.

»Verdammte Scheiße, Michelle.« Er schaute mich entsetzt und

entschuldigend an, seine anfängliche Panik war einer anderen Angst gewichen. Er fürchtete sich vor meiner Reaktion. »Mach die Tür auf, Babe.«

Er benutzte mein Kosewort für sie. Ich wusste sofort, er war mit ihr hier gewesen. Die Eifersucht, die ich besiegt geglaubt hatte, regte sich aufs Neue.

»Einen Scheiß werde ich.« Wer immer Michelle war, sie tobte. Ich sah mich im Raum um; vielleicht führte die gewaltige Tür, hinter der ich einen weiteren Kühlraum vermutet hatte, auch zu einer Treppe. Die Viktorianer hatten sicher schon Notausgänge gehabt, oder? Ich versuchte, ruhig zu atmen.

»Süße«, sagte er. »Komm zurück. Gib mir den Schlüssel. Na los, Babe.«

Über die Schulter konnte ich das Mädchen – die Frau – in dem finsteren Flur sehen: eine Hand in die Hüfte gestützt, in der anderen einen überdimensionalen Schlüssel. Sie hatte strähnige rote Haare, trug Jeans-Hotpants und ein rosa Bikini-Oberteil, ihr goldener Nagellack blätterte ab. Um den breiten Mund mit den vollen Lippen blühten Pickel. Meine Eifersucht verwandelte sich in Empörung. Das sollte meine Konkurrentin sein?

Michelle trat an das Fenster und musterte mich, so wie ich sie gemustert hatte. »Das ist sie also?« Sie wollte verächtlich klingen, schaffte es aber nicht ganz.

»Na, komm schon, Babe, lass mich raus«, beschwatzte Jesse sie. »Das hier bringt doch nichts. Na los, ist doch alles Schnee von gestern, oder? Schwamm drüber, haben wir gesagt. Na los, du willst das doch auch nicht, ich hab nichts getan. Braves Mädchen, braves Mädchen.« Den Rest des Gesprächs konnte ich nicht verstehen, weil Jesse mit jedem Satz leiser wurde, als wollte er ein Tier oder ein kleines Kind beschwichtigen. Was immer er zu ihr sagte, schien zu wirken, denn der Schlüssel wurde durchs Fenster gereicht, und Jesse drehte ihn quietschend herum. Dann

161

steckte er ihn in die Tasche, ging zu Michelle raus und tröstete sie, strich ihr über die Haare und murmelte leise Worte. Plötzlich versuchte sie, ihn zu küssen; als er zurückwich und zu mir nickte, schlug sie ihm ins Gesicht und kreischte: »Fick dich, Jesse Brame!«

Wir sahen ihre Fersen auf der Treppe verschwinden und zuckten beide zusammen, als in der Ferne eine Tür zuschlug, eine Art Nachsatz zu ihrem Tobsuchtsanfall. Wir blieben still und schweigsam, bis man ganz schwach einen Motor aufheulen hörte. Sie war weg. Ich wartete, dass Jesse die Stille durchbrach. Er drückte die Handflächen auf die Augen, bevor er etwas sagte.

»Eine alte Flamme, die es noch nicht kapiert hat. Sie wohnt in Diss. Babe, sie hat mir nichts bedeutet, okay? Ich hab sie nur gebumst. Dich liebe ich.«

»Oh, der Traum eines jeden Mädchens. Wie alt ist sie eigentlich?«

Sah er beschämt aus, oder bildete ich mir das nur ein? »Sie war bei Wyatt in der Klasse.« Ich war mir nicht sicher, wie alt Wyatt war, wusste aber, dass er die Waveney Secondary verlassen hatte, bevor wir dort angefangen hatten. Also war Michelle mindestens zweiundzwanzig. »Ich war nur mit ihr zusammen, weil sie ein Auto hatte – da gab es das Motorrad noch nicht – und wir damit hierherfahren konnten. Wir waren bloß ein paarmal hier, es gefiel ihr nicht. Sie ist verrückt, aber das habe ich zu spät gemerkt. Trinkt zu viel, ist eifersüchtig, bekommt Tobsuchtsanfälle. Ich glaube, sie kann nichts dafür, sie ist nicht richtig im Kopf. Ironischerweise war sie hier genau am richtigen Ort.« Ich schaute entsetzt zum Seziertisch, und Jesse erschauerte. »Ich meine das Hospital, nicht die Leichenhalle.«

»Nicht zu fassen, dass das deine berühmte ältere Frau sein soll.«

Jesse verwechselte meinen Zorn mit Eifersucht und schüttelte heftig den Kopf. »Weißt du, was mir gerade klargeworden ist? Als ich mit den Freundinnen meines Bruders rumgemacht habe, war ich auf dem Holzweg. Ich muss eine Frau bewundern, verstehst du, und ich dachte einfach – Mädchen meines Alters, weißt du, ich dachte, man muss für so was älter sein, jemanden mit Erfahrung finden, aber darum geht es gar nicht, oder? Das, was du hast, das kommt von innen. Du bist clever, du hast Stil, du bist schön.« Während er das sagte, legte er die Hände um mein Gesicht und schaute mich forschend an. »Ich liebe dich, Babe, ich vergöttere dich und sorge dafür, dass das Hospital wieder aufmacht, und dann wird es wie früher, bevor Greenlaw alles zerstört hat. Wir können das Leben führen, das man unseren Eltern verweigert hat.«

Ich zitterte trotz der Hitze. Erst jetzt, da Jesse seine Träume offen aussprach, wurde mir klar, wie sehr sie sich von meinen unterschieden. Warum musste er alles verderben, indem er über die Zukunft sprach? War das Hier und Jetzt nicht genug? Jesse und das Nazareth-Hospital gehörten für mich zusammen. Dies war unser Ort, hier gehörten wir zusammen. Ich konnte mir nicht vorstellen, dass wir außerhalb dieser Blase existierten. Ich begegnete seinem Blick, der vor Aufrichtigkeit und Hoffnung nur so strahlte. Da wurde mir klar, dass ich mir nur eins noch weniger vorstellen konnte, als bei ihm zu bleiben: ihm weh zu tun.

25

»Eine Rede!« Der Schrei erhob sich gegen neun Uhr abends, und
Mark war hocherfreut, seine Familie auf der Bühne des alten Social Club versammelt zu sehen. Der Glitzervorhang war geöffnet, und Trish hatte »Herzlichen Glückwunsch zum 50., Mark!«
auf ein altes Bettlaken geschrieben, auf dessen Rückseite »Nazareth muss bleiben« stand.

Mark nahm den gewaltigen Hut ab und nuschelte: »Das erste
Mal seit zwei Jahren, dass wir fünf zusammen sind.« Er trug
ein komplettes Cowboy-Outfit und hatte die Arme um seine
Jungs gelegt. Neben Wyatt, der seinen Vokuhila mit Strähnchen aufgehübscht hatte, und Clay, der erst Mitte zwanzig war,
aber doppelt so alt aussah, wirkte Jesse plötzlich sehr jung. »Ich
danke euch allen sehr, dass ihr gekommen seid. Ich widme diesen Abend meiner Trish, meinem wunderbaren Mädchen« –
Trish hob ihr Glas und stach sich dabei beinahe das türkisfar-
bene Cocktailschirmchen ins Auge – »und meinen tollen Jungs,
die inzwischen alle gestandene Männer sind, obwohl wir immer
noch Butch vermissen, jeden Tag, ist doch so, Trish.« Trish al-
terte von einer Sekunde auf die andere um zwei Jahrzehnte
und vergrub den Kopf an Wyatts Schulter. Mark, der den Stim-
mungsumschwung spürte, reagierte sofort. »Jetzt brauche ich
nur noch ein Enkelkind, was, Jungs?« Mark schaute zu Clay,
als er das sagte, doch es war Jesse, der mir über die Tanzfläche
hinweg zuzwinkerte. »Und jetzt alle aufstehen. Keine Entschuldigung.«

Wyatt griff zum Mikro und stimmte »Come on Eileen« an.

»Babe«, sagte Jesse. »Was trinkst du? Ich liebe dich.« Ich hatte ihn noch nie richtig betrunken gesehen, und er war geradezu charmant. Er wedelte dem Barkeeper mit einem Zwanziger vor der Nase herum. Wenn die Brames zu Geld kamen, ließen sie es gerne alle wissen. Zu meiner Überraschung hatte Clay Jesse zu einem Sakrileg überredet. Um die Party zu bezahlen – die Band, den DJ und die Leute hinter der Theke –, hatten die drei Brüder einen Tag lang unter großen Mühen in einigen Räumen in Nazareth, die man gefahrlos betreten konnte, die viktorianischen Kamine ausgebaut und an Antiquitätenhändler in Essex verkauft. Mark hatten sie erzählt, sie hätten die Party von Wyatts Trinkgeldern bezahlt, und er hatte ihnen geglaubt. Oder so getan.

»Du bist wunderschön«, sagte Jesse und reichte mir einen Sekt. »Du siehst aus wie einundzwanzig.« Zum ersten Mal im Leben hatte ich mich richtig in Schale geworfen, ich trug ein Bandeau-Kleid und rote Stöckelschuhe aus dem Littlewoods-Katalog, die mich eine Woche Babysitterhonorar gekostet hatten. Ich konnte weder richtig laufen noch irgendetwas essen. Man muss erst lernen, wie es sich anfühlt, angestarrt zu werden, und ich lernte schnell, geradezu schwindelerregend schnell. »Ich bin so verdammt stolz.« Das erinnerte mich daran, dass nicht ich mich hier zur Schau stellte, sondern als seine Freundin vorgeführt wurde. Bisher hatten wir unsere Beziehung auf die heimlichen Besuche im Nazareth-Hospital beschränkt, doch in einer Kleinstadt kennt jeder jeden, und nun, da wir es öffentlich gemacht hatten, gratulierten sie uns alle. Die Leute hätten nicht herzlicher sein können, wenn dies unsere Hochzeit gewesen wäre. Und ich fühlte mich nicht länger wie ein Alien: Jesse hatte mich eingebürgert.

»Was sollte denn das Zwinkern vorhin?«

»Keine Sorge, dafür haben wir noch eine Menge Zeit. Du

musst erst Abitur machen. Ich will ja nicht, dass unsere Kinder auch noch eine blöde Mutter haben.« Er spielte seinen durchaus respektablen GCSE-Abschluss herunter, wohl wissend, dass die Bedürfnisse seiner Familie jederzeit ihren Stolz besiegen und es erforderlich machen könnten, dass er die Schule verlassen und Vollzeit arbeiten musste. »Du gehst vielleicht sogar aufs College in Ipswich.«

Ich biss mir auf die Lippe. Neben meinem Klinikarchiv stapelten sich die Prospekte mehrerer Universitäten. Wenn ich vorankommen wollte, musste ich manches hinter mir lassen, und ich fragte mich, ob ich hart genug dafür wäre.

»Ja.« Ich schaute zur Theke, wo jemand Päckchen mit gerösteten Erdnüssen auf dem Foto eines Topmodels befestigt hatte. Wann immer jemand ein Päckchen kaufte, trat mehr nacktes Fleisch zutage.

»Wir könnten hier unseren Hochzeitsempfang veranstalten«, sagte Jesse. »Ist praktisch für die Kirche.«

»Ich wusste nicht, dass du auf Kirche stehst. Hab dich noch nie dort gesehen.« Es klang barscher als beabsichtigt, doch ich fand es einfacher, seine Heuchelei zu kritisieren, als die Sache mit der Hochzeit klarzustellen.

»O doch«, sagte er gekränkt. »Himmel und Hölle, Gut und Böse. An all das glaube ich. Man muss nicht in die Kirche gehen, um ein guter Mensch zu sein.«

Clay tauchte neben mir auf und hielt dem Barkeeper ein leeres Bierglas hin. Er war größer und dicker als Jesse, mit kurz geschorenen Haaren und einer gebrochenen Nase, aber sie ähnelten einander, was die rote Gesichtsfarbe, die breite Stirn und den Geruch nach Motoröl und Leder anging. Clay vibrierte geradezu vor bedrohlicher Energie, genau wie die Hochspannungsmasten, die sich draußen in den Sonnenuntergang bohrten. Er folgte meinem Blick zu den Erdnüssen und sagte: »Ich nehme alle.« Dann lachte er dröhnend und bierselig über seinen eigenen Witz. Ich lächelte schwach, wandte mich ab und schaute mich im Raum um. In einer Ecke hing eine Dartscheibe. Jemand hatte ein Foto von Helen Greenlaw aufgehängt und die rechte Pupille mit einem Pfeil durchbohrt, was aussah, als hätte die Spitze das Schwarz aus ihrer Iris gesogen. An die Wand war mit Filzstift »Auf dass wir nie vergessen« gekritzelt. Schön wär's, dachte ich frustriert. Ich mochte Helen Greenlaw ebenso wenig wie alle anderen in Nusstead, aber die Brames waren geradezu von ihr besessen.

»Hast du gehört, dass sie mit Kamerateams in dem alten Kasten sind?«, fragte Clay. »Die drehen eine Doku.«

Das war mir neu. Wir hatten niemanden gesehen. »Über den Mord?«

»Nee. Über Einrichtungen überhaupt. Privatschulen. Gefängnisse.« Seine Lippen kräuselten sich, und er sah genauso aus wie Jesse. »Greenlaws Sohn steckt dahinter. Er meint, seine teure Schule hätte ihn versaut. Redet nicht mit seiner Mum. Kann ich ihm nicht verdenken.«

Ich sollte Clay besser nicht erzählen, dass ich vergeblich versucht hatte, von einer teuren Schule versaut zu werden. Eine Rückkopplung kreischte auf, alle schauten zur Bühne.

»Upsi, tut mir leid«, sagte Wyatt und verfiel in einen aufgesetzten amerikanischen Akzent. »Jetzt gehen wir es mal ein bisschen langsamer an. Hier ist ein Song für alle Liebenden da draußen.« Als er »Always on My Mind« anstimmte, bildeten sich auf der Tanzfläche Paare, die einander eng umschlangen. Mark und Trish Brame bewegten sich fließend. Als Jesse mich mitten auf die Tanzfläche führte, bemerkte ich aus den Augenwinkeln Michelle, den Geist unter der Discokugel. Eigentlich schloss man die Augen, wenn man Wange an Wange tanzte, doch immer wenn ich einen Blick riskierte, war sie da, als glitte sie auf Rädern um uns herum. Als Wyatt fertig war, klatschten alle. Michelle war verschwunden, dafür starrte meine Mutter uns an.

Nachdem Wyatt an den DJ übergeben hatte, lockte die Chartmusik mehr Leute auf die Tanzfläche. Jesse ließ sich von Colette die »YMCA«-Choreographie beibringen. *Wie gut er mit Kindern umgehen kann*, dachte ich, und Sekunden später: *Was war das nun für ein Gedanke?*

Ich erwischte Wyatt an der Theke. »Du hast schön gesungen.«

Er hob eine gezupfte Augenbraue. »Das ist eigentlich nicht meine Musik, ich habe nur meinem Dad einen Gefallen getan. Ich bin eher die Schmalzröhre. Für Schnulzen und Musicals.« Wyatt war der erste tuntenhafte Mann, dem ich je begegnet war, so verweiblicht, wie Clay machohaft war. »Aber mein Dad wollte Country an seinem Geburtstag, also soll er Country haben.«

»Wie lange bleibst du?«

»Bis ich losziehen kann, ohne dass der alte Herr beleidigt ist. Mich hält es nirgendwo lange. Das brauche ich dir nicht zu erklären. Du kennst das auch.«

»Was kenne ich?«

Wyatt wedelte theatralisch mit den Händen. »Wanderlust, Ehrgeiz, wie immer du es nennen willst. Wenn ich fünf Minuten hier bin, will ich wieder abhauen. Willst du etwa dein ganzes Leben in Nusstead verbringen?«

Mir war schlecht. Wyatt hatte in Sekunden erkannt, was sein Bruder nie begreifen würde. »Mein Ziel ist Vegas. Clay ist genauso, den hält es auch nicht an einem Ort. Eigentlich ironisch, da er sein halbes Leben in Gefangenschaft verbringt. Aber Jesse ist wie mein Dad, ein häuslicher Typ. Er hat hier alles, was er sich wünscht.« Wyatt wusste genau, wie seine Worte auf mich wirken mussten, auch wenn er es nicht offen aussprach. Die Lichtdiamanten der Discokugel zuckten über die Tanzfläche und flossen an den Wänden empor. Jesse, Trish und Clay sangen Arm in

Arm den Refrain von »Hi Ho Silver Lining«, und Mark war wie das Spiegelbild von Jesse, für beide gab es nichts Schöneres als einen solchen Abend. Ich zwang mich, es ebenso sehr zu wollen wie er.

An diesem Abend fuhr ich nicht mit Jesse nach Hause. Wir hatten noch immer nicht beieinander übernachtet. Warum auch, wir hatten ja Nazareth. Doch der Herbst wurde allmählich kühl, und ich fragte mich, was der Winter bringen würde.

Colette, die ganz high war von Cola und Partyessen, rannte vor uns her die Main Street entlang. Mums Beine waren von der Arbeit durchtrainiert, sie lief auch noch sicher, wenn sie Stöckelschuhe trug und einen in der Krone hatte. »Trefft ihr Vorkehrungen?«, fragte sie vollkommen unvermittelt.

Ich hatte nicht gewusst, dass Rotwerden weh tun kann. »Ja. Ich nehme die Pille.«

»Gut gemacht. Wir hätten schon früher drüber reden sollen, aber mir ist erst heute Abend klargeworden, wie ernst es ist.«

»Das machen alle in meinem Alter.«

»Ach, Marianne, ich rede nicht von Sex. Ich weiß nicht, ob dir das klar ist, aber du bist Jesses große Liebe. Er schaut dich genauso an wie Mark Trish, als sie sich damals kennengelernt haben. Du könntest ihm sehr weh tun.«

»Moment, sollte das nicht eigentlich umgekehrt laufen?«

»Ich sage nur, ich weiß, woher der Wind weht. Wenn du erst auf dem College bist, war's das. Welche Jobaussichten hat ein Mädchen wie du denn hier? Ich bin doch nicht blöd.«

Mums Stimme wehte über ihre Schulter, und ich spürte, dass sie mir nicht ins Gesicht sehen konnte, dass dies kein Gespräch war, sondern eine einstudierte Rede. »Wo trefft ihr euch eigentlich? Trish sagt, du wärst nie bei ihnen, und bei uns seid ihr auch nicht. Ich weiß, es ist nicht ideal, kein eigenes Zimmer zu haben, aber du kannst ihn jederzeit mitbringen.«

»Wir gehen einfach raus. Hier und da.«

»Nun ja, man hat den Sex vor den Betten erfunden. Als ich in deinem Alter war, haben wir gewartet, bis die Felder voller Heuhaufen waren, und …«

»Jesus, Mum, das reicht!«

Sie lachte und suchte in ihrer Manteltasche nach den Schlüsseln. »Wenn du dich in Schwierigkeiten bringst, komm zuerst zu mir, sofort – dann regeln wir das.«

»Schon gut. Können wir jetzt bitte das Thema wechseln?«

Drinnen streifte Mum die Schuhe ab und war plötzlich einen halben Kopf kleiner als ich. »Ab ins Bett, Süße«, sagte sie zu Colette, die ungewöhnlich gehorsam nach oben verschwand. »Lass mich ausreden, dann ist die Sache erledigt. Babys und Krankenpflege waren alles, was ich wollte, aber für dich will ich was Besseres. Das ist der Unterschied zwischen mir und Mark. Er will, dass seine Jungs bei ihm bleiben und genauso werden wie er. Während ich mir mehr für dich wünsche, als ich selbst gehabt habe. Mehr, als ich dir geben kann. Du bist clever, und das hast du nicht von mir.« Sie zog ihre Creolen aus und legte sie gelassen auf den Kaminsims, so als ob es nichts Besonderes wäre, über meinen Vater zu sprechen. »Mach uns einen Tee, Liebes.«

Ich hätte nachhaken sollen, aber der Schock hatte mein Gehirn praktisch eingefroren. Stattdessen fragte ich nur: »Mit Zucker?«

»Ja, bitte.« Sie schloss die Augen. Ich wartete, bis das Wasser kochte, und sammelte Mut, um ihr weitere Fragen zu stellen. Doch als ich den Becher ins Wohnzimmer trug, war sie mit offenem Mund auf dem Sofa eingeschlafen. Erleichtert breitete ich eine alte Krankenhausdecke über sie.

Oben trank ich ihren Tee und war meilenweit von jedem Schlaf entfernt. An diesem Abend hatte man mich zweimal durchschaut, und ich konnte nicht länger abstreiten, dass Jesse und ich keine Zukunft hatten. Ich ging nach unten, um mir

Wasser zu holen, und schlich auf Zehenspitzen an meiner leise schnarchenden Mutter vorbei. Als ich die Vorhänge im Wohnzimmer schloss, bemerkte ich zwei Gestalten, die sich im Licht einer flackernden Straßenlaterne vor dem Kriegerdenkmal umschlangen. Keine Teenager, sondern ein Mann und eine Frau: Clay Brame, stämmig und mit Jeans und Jeansweste bekleidet. Ein langes weißes Bein hatte sich um seinen Rücken gehakt, und seine Hand grub sich in dünne rote Haare.

26

Später in jenem Jahr, als Jesse aus seiner Motorradkleidung herausgewachsen war, schenkte er sie mir, und er erbte eine alte Lederkombi von Clay. Wir wurden immer größer damals und hatten kaum Fleisch auf den Knochen. In Suffolk gibt es eine alte Redensart, nach der zwischen uns und Sibirien kein einziger Hügel liegt und der Wind deshalb so kalt bläst. In jenem Winter glaubte ich das gern.

Unablässig fiel eisiger Regen. Das Moor fror ein, und das schwarze Eis auf der Asylum Road verwandelte das Hospital in eine Insel. Wir verbrachten wieder mehr Zeit zu Hause, wo es kaum gemütlicher war als in dem alten Kasten. Bei den Brames platzten die Rohre, und der Heizkessel gab den Geist auf. Bei mir war es nur erträglich, weil Jesse unsere viktorianischen einfach verglasten Fensterscheiben mit Blasenfolie verkleidet hatte. Trishs Arthritis verschlimmerte sich mit dem Frost, und sie musste die Samstage in der Wäscherei aufgeben. Den Job übernahm ich. Wenn sie und Mark wie üblich Hand in Hand die Straße entlanggingen, sah sie mehr aus wie seine Mutter als wie seine Ehefrau. Sie bestanden darauf, dass Jesse auf der Schule blieb, doch abends musste er im kleinen Co-op die Regale auffüllen. Der Haushalt verschlang bei uns beiden den Lohn. Meine Mum verlor alle Überstunden und erkannte schmerzhaft, wie schwer es war, zwei Kinder mit dem normalen Gehalt einer Krankenschwester durchzubringen. Wir lebten von abgelaufenen Lebensmitteln, die Jesse im Müll hinter dem Co-op aufstö-

berte. Hätte nicht sein Chef, der ehemalige Verwalter vom Nazareth-Hospital und vierfache Vater, das Gleiche getan, Jesse hätte
seinen Job verloren.

Ende November konnten wir wieder rausfahren zum Nazareth-Hospital. Es war am späten Nachmittag, und die schwache
Sonne schien auf ein Land, das einfach nicht trocken werden
wollte. Jesse hatte vorsichtshalber Clays alte Werkzeugtasche
mitgebracht, falls etwas repariert werden musste.

»Wird er die nicht vermissen?«, hatte ich gefragt, als er sie
vom Haken im Schuppen genommen hatte. Mit Clay wollte man
es sich lieber nicht verscherzen.

»Er ist wieder im Knast«, sagte Jesse und deutete auf die rote
Harley-Davidson, die in der Ecke stand, als erklärte das seine
Abwesenheit. »Hehlerei.« Er wurde rot vor Scham. Ein Bruder
tot, einer ständig auf See und der dritte in Schimpf und Schande
hinter Gittern. Kein Wunder, dass Jesse glaubte, er müsse die
zum Scheitern verurteilte Kampagne seines Vaters zur Rettung
vom Nazareth im Alleingang weiterführen. »Ich mache mir ja
nicht vor, ich wäre ein Profi«, hatte er gesagt und die Tasche
übers Motorrad gehängt, »aber ich kann es wieder hinkriegen.«

Es war eine Illusion, das war mir inzwischen klar. Ihm hingegen nicht, und wenn ich mich verstellen musste, war das eben
der Preis, den ich für die Rückkehr auf unseren Spielplatz bezahlte. Meine scheue Ehrfurcht war jedoch verschwunden, und
ich wurde zunehmend gereizt. Ich wusste noch nicht, dass der
Weg von zähneknirschender Toleranz zu Verachtung eine Ein-
bahnstraße ist.

Der Zaun war umgetreten. Vandalen waren über das Gelände
hergefallen, als hätten sie gewusst, dass der inoffizielle Kurator
in Zwangsurlaub war. Ein verbeulter Ford Escort ohne Num-
mernschilder stand verlassen neben der Kapelle. »Spritztour mit
geklautem Auto«, sagte Jesse. »Kein Respekt.« Der Ort hatte

sich bis zur Unkenntlichkeit verändert, aber diesmal hatten Menschen die Hand im Spiel gehabt. Alles, was Jesse instand zu halten versucht hatte, war zerstört. Er streichelte über Löcher im Putz und versuchte, es positiv zu sehen. »Der Kasten muss ohnehin neu verkabelt werden.« Ich redete mir erfolgreich ein, auch fehlgeleitete Leidenschaft sei attraktiv. Ich war siebzehn.

Die tragende Wand am Fuß des Uhrturms war mit einem gewaltigen Hammer eingeschlagen worden, der noch im Schutt lag. Ein Brand hatte die Angestelltentreppe im Männerflügel ausgehöhlt, die Wandgemälde der Kunststudenten waren mit schwarzem Ruß bedeckt. Es brach mir das Herz, dass ein so wunderbares Gebäude unrettbar verloren schien und es für meine eigene kleine Vision von diesem Ort, halb Hotel, halb Museum, zu spät war.

»Warum zum Teufel kümmert sich der Eigentümer nicht darum?«, fragte ich Jesse.

»Es würde mich nicht wundern, wenn Lawrence selbst dahintersteckte. Diesen Flügel kann man nur noch abreißen.« Er öffnete die Tür zum Uhrturm. Wasser ergoss sich über die Treppe wie über kleine vermooste Staustufen. Die Treppe führte hinunter bis zur Leichenhalle, doch im Keller stand das schwarze Wasser eineinhalb Meter hoch. Darin spiegelte sich das Zickzackmuster der Eisenstäbe, die Selbstmörder abhalten sollten. Sie allein schienen den Bau noch zu stützen. Jesse hob zwei herabgefallene Geländerstücke auf und klemmte sie über Kreuz in die Tür.

Im Ballsaal stand ein See, die prachtvolle Deckenrosette spiegelte sich im Boden. Als Jesse die schimmernde Wasserfläche mit einer Vorhangstange aufstörte, offenbarte sich das faulige Wasser. Er schloss die Tür hinter uns. »Bis zum Sommer wird hier nichts mehr für uns übrig sein.«

Mein geliebtes Gebäude lag im Sterben, Stein um Stein.

Wir beendeten den Tag im Archiv. Wie um den besonderen Anlass zu feiern, hatte Jesse die stärkste Taschenlampe mitgebracht, die die Brames besaßen und die verboten teure Batterien benötigte. Er hakte sie in eine Lampenfassung. Dann überprüfte er, ob sich ein Riss unten in der Wand durch den Vandalismus verschlimmert hatte. Als er anfing, Reparaturmasse anzurühren, um den Riss zu füllen, konnte ich es nicht mehr mit ansehen.

Ich ging durch den Raum, sammelte alle verbliebenen Papiere auf, wischte Staub und Schutt aus leeren Regalen und von Möbelstücken, ertastete mir den Abschied. Ein stählerner Aktenschrank, der eigentlich an der Wand befestigt sein sollte, wackelte unter meiner Hand. Er war mehrere Zentimeter nach links gerutscht. Ich schob ihn sanft beiseite und hörte, wie Papier raschelnd zu Boden fiel. Ich spähte in den Spalt dahinter und entdeckte ein blasses Rechteck. Ich konnte mir vorstellen, wie chaotisch die Schließung abgelaufen war, wie ein aufgebrachter Mitarbeiter eilig alte Akten verstaute, eine einzelne Mappe vom Stapel rutschen sah und einfach dachte, *Scheiß drauf.* Ich schürfte mir die Knöchel auf, als ich die beigefarbene Mappe herauszog, deren schmutzig weißes Band lose herunterhing. Dann trat ich in den Lichtschein der Taschenlampe, um den Inhalt zu betrachten.

Statt der üblichen unverständlichen Zahlen fand ich umfangreiche Notizen. Eine verschlungene Ärztehandschrift, ganz anders als mein modernes Gekritzel mit dem Kugelschreiber. Adressen. Daten. Namen! A. P. Preston, C. Wilson und H. Morris. Mein Herz stolperte vor Aufregung, dann rutschte mir der ganze Schatz aus den Händen. Fotos! Mehr als ein Dutzend einzelne Blätter und drei postkartengroße Schwarz-Weiß-Porträts, ohne Namen, mit Fallnummern auf der Rückseite, die bis zur Unkenntlichkeit zerlaufen waren. Ich sah ein Mädchen mit langen dunklen Zöpfen, eine rundliche Frau mit krisseligem Haar und eine, deren glamouröses Porträt an eine Schauspielerin erinnerte. Wie bei allen alten Fotos machten es der Mangel an Farbe, die Kleidung und die Frisuren, die ich mit »alten Frauen« assoziierte, nahezu unmöglich, ihr Alter zu schätzen. Das Mädchen mit den Zöpfen war eindeutig jünger als die beiden anderen, die ich irgendwo zwischen zwanzig und fünfzig angesiedelt hätte. Ich hatte die Töchter von Nazareth gefunden, die Patientinnen, deren Geschichten die Vergangenheit zum Leben erwecken würden.

»Jesse, das glaubst du nicht.«

Er schaute nicht einmal hoch. »Später.« Er strich den Riss glatt, der sich die halbe Wand hinaufschlängelte und wie eine imaginäre Küstenlinie aussah. »Ich will das hier zuerst erledigen.«

Ich zeigte ihm hinter seinem Rücken den Stinkefinger und las weiter. Es war nicht zu erkennen, ob sich die Notizen auf ein und dieselbe Patientin oder verschiedene Frauen bezogen und ob dies die Frauen waren, deren Namen und Adressen ich gefunden hatte.

Die Patientin kommt aus besseren Verhältnissen, befindet sich aber in einem äußerst aggressiven Zustand und gibt eine Sturzflut übler Ausdrücke von sich. Nach einem heftigen Ausbruch bei der Einlieferung verbrachte die Patientin sechs der letzten sieben Tage in Isolation, nachdem sie dem weiblichen Pflegepersonal gegenüber mehrfach gewalttätig geworden war. Wir empfehlen eine präfrontale Leukotomie, um sie von den heftigen Impulsen zu befreien, und haben an den Neurochirurgen in Ipswich geschrieben, um die Dringlichkeit des Verfahrens zu betonen. Ohne diese Behandlung muss die Patientin in eine geschlossene Anstalt verlegt werden. Nach der Behandlung besteht für sie hingegen gute Hoffnung, wieder ein normales Leben zu führen.

Was bedeutete »bessere Verhältnisse«? Ging es um die Frau mit den krisseligen Haaren, das Mädchen oder die Diva? Nach meiner Erfahrung waren feine Leute viel ungepflegter als die Frauen, die ich kannte. Miss Harker trug beispielsweise nie Make-up.

Auf der nächsten Seite stand eine andere Fallnummer, es ging also um eine andere Patientin.

Sie wurde zum siebten Mal ins Nazareth-Hospital eingewiesen und gehört zu den schwierigsten Fällen, die wir bisher hier gesehen haben. Es sollte festgehalten werden, dass die Reaktionen auf frühere Insulintherapien sehr enttäuschend ausfielen. Mit den neueren Behandlungsmethoden scheint die Prognose jedoch vielversprechend, ihre Stimmung ist jetzt stabil.

Ich blätterte um und entdeckte einen Eintrag vom folgenden Tag: PATIENTIN VERSTORBEN.

Es raubte mir den Atem.

Ich stopfte die Notizen in meine Lederjacke. Was, wenn es noch mehr davon gab? Von der Gier nach weiteren Schätzen getrieben, ergriff ich Jesses großen Hammer und schlug damit gegen den Stahlschrank. Beim ersten Aufprall erwachten Muskeln in meinen Armen, von denen ich nichts gewusst hatte, doch der Schlag hinterließ nur eine Delle im Metall.

»Marianne, ich versuche, mich zu konzentrieren. Hey!«, rief Jesse, doch schon wieder hatte ich mit dem Hammer ausgeholt. Beim zweiten Schlag löste sich der Schrank komplett von der Wand, es knallte laut wie ein Feuerwerk. Ein langer Metallwinkel und die Hälfte der Ziegel brachen mit heraus. Aus der blassblauen Wand stiegen weiße Schaumkronen aus Füllmasse. Zuerst dachte ich, der Boden habe nur deshalb unter meinen Füßen gewackelt, weil der Schlag so heftig gewesen war, aber eine Sekunde später begriff ich, dass sich tief im Gebäude etwas regte und die Regale sich zu uns herüberneigten. Jesse war aschfahl geworden, wie mit Staub überzogen.

»Scheiße, Marianne. Was machst du da?«

Er nahm die Taschenlampe herunter, ohne sie auszuschalten, packte mich am Handgelenk und zog mich so rasch aus dem Archiv und die Treppe hinunter, dass ich die Schwerkraft nicht mehr spürte. In der Eingangshalle versperrte uns die hohe Doppeltür den Weg.

»Versuch es mit dem Schlüssel«, sagte ich.

»Das will ich lieber nicht riskieren. Komm mit.«

Wir rannten den endlosen Flur entlang und hielten erst inne, als wir auf dem Motorrad saßen. Jesse raste bis zum Ende der zedernbestandenen Auffahrt, als wäre der Teufel hinter uns her. Erst dann kamen wir zu Atem. Ich wusste nicht, ob er vor Zorn oder Erschöpfung zitterte.

»Wir hätten da drinnen sterben können. Was hast du dir bloß dabei gedacht?«

»Tut mir leid, ich war neugierig. Ich konnte doch nicht ahnen, dass ein kleiner Schlag so viel Schaden anrichtet. Was ist denn überhaupt hinter dieser Wand? Die Kapelle?«

Jesse blinzelte, während er seinen inneren Bauplan aufrief. »Nein, das Archiv ist über dem Ballsaal, also grenzt die Wand, die du beschädigt hast, an den Turm. An der Stelle, wo die Treppe ist. Verdammte Scheiße, Marianne! Jetzt ist das ganze Ding verbotenes Terrain.«

»Was? Wir können doch trotzdem wieder rein.«

»Nicht ins Hauptgebäude.«

Wo alle interessanten Sachen waren. Am liebsten hätte ich geheult.

Der Mond kam hinter einer Wolke hervor und tauchte das ganze Areal flüchtig in silbernes Licht.

»Ich finde, der Uhrturm sieht irgendwie schief aus«, sagte ich.

»Die Feuertreppe hat sich gelöst.« Es stimmte: Die kleine Leiter schien lose von der Mauer zu baumeln.

Jesse schüttelte den Kopf. »Nein. Das ist nur die Bewegung der Wolken.« Für mich sah es nicht wie eine optische Täuschung aus. Er drehte den Gasgriff und ließ den Motor aufheulen, dass Fledermäuse aus den Bäumen stoben. »Jesus, Babe. Für ein so kluges Mädchen kannst du manchmal ganz schön dämlich sein.«

Zum ersten Mal, seit wir uns nahegekommen waren, fühlte ich mich Jesse unterlegen. Sein Zorn tröstete mich, denn auf einmal konnte ich ihn respektieren.

27

Am Tag nach unserem katastrophalen letzten Besuch im Nazareth änderte sich Mums Dienstplan ohne Vorwarnung. Plötzlich
gab es für mich nur noch Schule, Hausarbeit, Colette und die
Wäscherei, so dass mir keine Zeit für Jesse blieb, geschweige
denn für mein kleines Museum. Erst zehn Tage später hatte ich
wieder einen Nachmittag für mich. Ich parkte Colette mit einem
halben Twix-Riegel vor dem Fernseher und versprach ihr auch
meine Hälfte, wenn sie mich oben in Ruhe »üben« ließ.

Ich strich die Tagesdecke glatt und breitete mein Archiv aus,
das nun wohl nicht weiter anwachsen würde: die Broschüren, die
angeschlagenen Schalen und Gläser, die maschinengeschriebe-
nen Seiten, die Unterlagen zur EKT, die Aquarelle und die Fotos der Patientinnen mit ihren halb vertrauten Gesichtern. Ich
arrangierte alles so, als sollte es in einer Vitrine ausgestellt werden. Zuletzt entfaltete ich ehrfürchtig die psychiatrischen Notizen. Ich hatte sie wieder und wieder gelesen, doch heute wollte
ich sie chronologisch ordnen und die Worte des Arztes mit den
Namen auf der Liste abgleichen. Alles schien willkürlich wie ein
gemischtes Kartenspiel, lauter unnummerierte Seiten, die zwischen Behandlung und Diagnose hin und her sprangen. Da waren die Namen: H. Morris, 19, aus Sizewell; P. Preston, 32, aus
Wangford; C. Wilson, 40, aus Lowestoft.

Wer von ihnen war gestorben und wie und warum? War es die
gewalttätige Frau gewesen, die sie operieren wollten, und war sie
womöglich auf dem OP-Tisch gestorben? War es die Patientin,

die schon ein halbes Dutzend Mal im Hospital gewesen war? Natürlich musste es keine von beiden gewesen sein: Meine Annahme, dass die drei Namen zu den Notizen gehörten, entbehrte jeder Grundlage. Meine Fundstücke waren vor allem ein Beweis für die bekanntermaßen ineffiziente Verwaltung des Hospitals. Als es geschlossen wurde, hatte man viel Aufhebens um den laschen Datenschutz gemacht.

Ich benutzte Colettes Insektenlupe, um die verwischten Zahlen auf den Rückseiten der Fotos zu untersuchen. Verschiedene Patientinnen oder nur verschiedene Sitzungen? Ich ordnete die Notizen, so gut ich konnte. Falls die verschwommenen Ovale am Ende der Fallnummern Sechsen waren, konnte ich einigermaßen sicher sein, dass es sich um Morris handelte.

Sie hat sich selbst verletzt und wird in der Aufnahmestation bleiben, bis Dr. Bures am Mittwoch kommt und eine Klassifizierung vornimmt. Nach meiner ersten Einschätzung, basierend auf dem begangenen Verbrechen, dem Gespräch heute Abend und der Vorgeschichte, die uns ihr Vater und ihr Arzt mitteilten, handelt es sich um eine psychopathische Störung. Es ist das erste bekannt gewordene Beispiel für kriminelles Verhalten der Patientin, fügt sich aber in ein langjähriges Muster aus Widerstand und unweiblichem Verhalten, das in der Pubertät begann und seit kurzem auch beharrliches Lügen und Arglist, Exhibitionismus und Zungenreden umfasst.

Es war nicht ganz so gut wie die Geschichte mit den Pennymünzen auf den Augen, aber Zungenreden war auch ziemlich krass.

Ein so konsistent unnatürliches Verhalten lässt eher an eine psychopathische Störung als an eine einzelne manische Episode denken, so dass unsere Behandlung mehr in der Kontrolle als einer »Heilung« zu sehen ist, die in diesem Fall natürlich ausgeschlossen ist. Ihre

Eltern, die sie unterstützen, sind mit ihrem Latein am Ende und ha-
ben als letztes Mittel – und auch, um eine Strafanzeige zu vermei-
den – der Einweisung zugestimmt. Doch die Familie möchte einen
Skandal vermeiden, und die Patientin war bereit, sich freiwillig in
die Klinik zu begeben. In ihrer Zeit hier hat sie Arglist gezeigt und
andere Patientinnen für ihre Zwecke eingespannt. Sie scheint andere
Menschen zu instrumentalisieren und weist fraglos jenen nahezu
vollständigen Mangel an Empathie auf, der ein Anzeichen solcher
Störung ist.

Was hatte sie *getan?* Ich blätterte zurück, um den Einweisungsbe-
scheid zu lesen, aber die Seiten fehlten, und die nachfolgenden
setzten eine Kenntnis des Verbrechens voraus.

Aus unseren frühen Beobachtungen ist ersichtlich, dass sie sich nicht
für eine berufliche »Karriere« eignet, von der sie so besessen ist. Es
wäre ein schwerwiegender Fehler, dieser jungen Frau eine verant-
wortliche Stellung zu übertragen, und würde andere nur gefährden.
Jegliche Art von beruflichem Stress würde einen weiteren Ausbruch
hervorrufen. Sie ist schwer geisteskrank, wie wir aus ihren verhee-
renden Ambitionen ersehen können. Sie zeigt keinerlei Reue.

Die nächste Seite fehlte. Ich hätte am liebsten vor Enttäuschung
geschrien. Die anderen hatten sich verrückt angehört, aber diese
hier klang geradezu bösartig, und die Warnungen des Arztes
waren schonungslos: keine Heilung, keine Empathie. Ich fragte
mich, für welches Verbrechen man nicht ins Gefängnis, sondern
in eine Anstalt käme, und wie ich es herausfinden könnte. Sicher
wäre es einfacher, Sterbeurkunden zu durchsuchen, aber ich
hatte keine Ahnung, wo ich anfangen sollte. Miss Harker würde
es wissen, aber ich konnte sie schlecht danach fragen, ohne zu
verraten, wo ich gewesen war und was ich getan hatte. Unbefug-

tes Betreten war illegal, dass ich die Papiere mitgenommen hatte, Diebstahl. Wenn das nun in meine Schulunterlagen gelangte? Welche Universität würde mich dann noch aufnehmen?

Ich fuhr mit dem Finger über das Datum: 1958. Die jüngeren Frauen könnten noch am Leben sein. Als Nazareth geschlossen wurde, war es voller alter Frauen gewesen. Man hatte eine ganze Station in eine betreute Wohneinrichtung in Framlingham verfrachtet. Alle ganz harmlos, aber das hatte man auch von Darius Cunniffe behauptet.

»Mariaaaanne?« Colettes Stimme erhob sich über den Abspann von *Neighbours*.

»Komme.« Ich räumte mein kleines Archiv weg. Dann fiel mir auf, dass Colettes Lupe auf dem Foto des Mädchens mit den langen dunklen Zöpfen liegen geblieben war, die Linse lag genau über einem Auge. Und ich entdeckte, was ohne Vergrößerung nicht zu sehen gewesen war: einen zickzackförmigen Fleck in ihrer rechten Iris.

Ich sprang vom Bett auf, als hätte man mir einen Stromschlag versetzt.

H. Morris.

Helen.

Es schien etwas zu bestätigen, das ich seit einer Ewigkeit geahnt hatte. Ich überprüfte es noch einmal, doch es war überflüssig: Wenn man einmal wusste, dass es da war, sah man nichts anderes mehr. Selbst mit langen dunklen Zöpfen statt des platinblonden Helms war es das Gesicht, das ich als Kreidezeichnung aus den Nachrichten kannte, von den Titelseiten der Zeitungen und einer Dartscheibe, das auffällige Auge von einem Pfeil durchbohrt.

Helen Morris, das Mädchen, das so unmenschlich gewesen war, dass ein Psychiater sie niemals arbeiten lassen und für immer in die Klinik sperren wollte, war Patientin im Nazareth gewesen und allem Anschein nach geisteskrank und kriminell. Irgendwie war sie rausgekommen, hatte sich in Helen Greenlaw verwandelt und war – aus jenem egoistischen Impuls, den die Ärzte beschrieben hatten – Jahrzehnte später zurückgekehrt, hatte das Hospital geschlossen und eine ganze Gemeinde vernichtet. Sie hätten den Schlüssel wegwerfen sollen. Nazareth hatte das Ungeheuer nicht beherrschen können.

28

»Meinst du, der Warmwasserspeicher ist schon voll?«, fragte Jesse.

Unser Badezimmer befand sich in einem Anbau. Jesse hatte ein verschlissenes Krankenhaushandtuch über dem Arm und beäugte schon das Badedas meiner Mutter. Er wusch sich seit Wochen bei uns zu Hause; es war Februar, doch der Heizkessel der Brames war noch immer nicht repariert. Dass ich uns aus dem Nazareth-Hospital ausgesperrt hatte, hatte er mir sehr viel schneller verziehen als ich mir selbst.

»Keine Ahnung. Ich habe ihn vor einer Stunde eingeschaltet.«

»Ich bade jetzt trotzdem. Ich will sie nicht verpassen.«

»Sie« war die Doku, die Damian Greenlaw auf dem Gelände von Nazareth gedreht hatte. Meine Entdeckung hatte ich für mich behalten, um erst mal meine Hausaufgaben zu machen. Ich wollte Jesse den fertigen Fall präsentieren, doch bis jetzt war mein einziger Beweis die Heiratsurkunde, nach der Helen Greenlaw früher Morris geheißen hatte. Ich hatte in der Ipswich Central Library gesessen und dreißig Jahre alte Ausgaben der *East Anglian Daily Times* auf Mikrofiche betrachtet, bis mir die Augen weh taten. Ich hatte bis zur Erschöpfung gelesen, um weitere Beweise zu finden. Doch irgendwann hatte ich begriffen, dass es keine Spuren gab, falls man sie tatsächlich eingewiesen hatte, um ein Verbrechen zu vertuschen. Ich hatte meine Entdeckung solange geheim gehalten und dadurch die große Ankündigung ein bisschen verdorben. Jesse konnte es nicht leiden, wenn man Geheimnisse vor ihm hatte, und ich wusste nur zu gut, wie heftig er auf Helen Greenlaw reagierte. Manchmal fragte ich mich, ob ich es ihm überhaupt erzählen sollte.

Nach einer Stunde tauchte er dampfend aus dem Badezimmer auf, seine Haut hob sich rosig von dem grauweißen Badetuch ab. »Die haben meinen Eltern gesagt, dass es noch mal zwei beschissene Monate dauert, bis wir wieder heißes Wasser haben. Ich würde Helen Greenlaw mal gern zum Essen einladen.« Er ließ das Handtuch auseinanderfallen und begann, sich den Rücken abzutrocknen.

»Würdest du das bitte wieder umlegen?«

»Hier kann doch keiner reinsehen.« Er nickte zu dem mit Blasenfolie verkleideten Fenster.

»Colette kann jeden Moment runterkommen. Ich will nicht, dass dein Pimmel sie traumatisiert.«

Er schnalzte mit der Zunge, ging aber von der Treppe weg und begann, sich anzuziehen. »Greenlaw sollte mal herkommen und sich anschauen, wie normale Leute leben, was passiert, wenn man einem Mann den Job wegnimmt. Nein, noch besser, sie sollte selbst mal so leben. Ich würde ihr die ganzen bekackten Spesen und den Luxus und alles wegnehmen. Mal sehen, wie es ihr gefällt, von der Hand in den Mund zu leben.« Als er den Pullover überzog, klang seine Stimme gedämpft. Dann tauchte sein Kopf wieder auf, die nassen Haare fielen ihm in die Augen. »Ich meine, du brauchst sie doch nur anzusehen, um zu wissen, dass sie völlig die Bodenhaftung verloren hat. Die hat es noch keinen Tag im Leben unbequem gehabt.«

»Bist du jetzt fertig? Wenn du so weitermachst, verstehen wir nämlich nichts.«

»Tschuldigung.« Er küsste mich auf den Mund. »Es ist nur – seit ich weiß, dass es im Fernsehen läuft, kommt alles wieder hoch.« Er setzte sich hin, die Füße auf dem Couchtisch, und legte mir mit einer fließenden Bewegung den Arm um die Schultern.

»Nun folgt eine persönliche und provokante Betrachtung englischer Institutionen«, verkündete der Fernseher.

»Du weißt, dass es nicht nur um Nazareth geht, oder?«, fragte ich, als das Logo von Channel 4 in Primärfarben zerstob.

»Klar doch«, fauchte er. Ich wusste, warum Jesse so nervös war. Er hoffte auf eine Liebeserklärung an die alte Klinik, einen Appell, sie wieder zu eröffnen, und obwohl ich ihm seit Wochen gesagt hatte, dass das Nazareth-Hospital eine bloße Fußnote in der Doku sei, hoffte er insgeheim noch immer. Und auch in mir brannte ein ähnlicher kleiner Funke: Vielleicht würde Helen sich in dieser Sendung outen, so dass ich nicht länger ein Geheimnis hüten musste. Jesse zog mich an sich. Ich liebte noch immer seinen Geruch und dass seine Arme wie für mich geschaffen waren. Als ich mich an seine Brust kuschelte und seinen Herzschlag an der Wange spürte, zog sich mein Herz betrübt zusammen. Wie einfach es doch wäre, wenn alles die nächsten fünfzig Jahre so bliebe.

»Auf geht's«, sagte Jesse, als die Kamera an den Royal Courts hinaufwanderte, von den berühmten Stufen vor dem Eingang bis zur Statue auf dem Dach, Justitia mit ihrer Waage. Damit begann eine Polemik gegen das englische System, in dem man kleine Jungen aus ihren Familien riss und in Internate steckte. Dort ermutigte man sie, wie Damian Greenlaw verbittert erklärte, ihre ganze Zuneigung und Anhänglichkeit, die eigentlich ihren Müttern gelten sollten, auf irgendwelche Institutionen zu übertragen. Darum seien ihnen als Politiker dann Institutionen immer wichtiger als Menschen. Es war ein überzeugender Film, mit wunderschönen Aufnahmen hinreißender Gebäude, die so gar nicht zu den brutalen Geschehnissen passten, die sich hinter

ihren Mauern abspielten. Es überraschte mich nicht, dass Greenlaw später einen Preis für seinen Film gewann.

Um das Nazareth ging es gegen Ende des Films für wenige Minuten. Jesse beugte sich gespannt vor, doch das Hospital war nur
als verschwommener grauer Monolith zu sehen. Er bildete den
Hintergrund für Damian Greenlaw und Adam Solomon, zwei
Männer aus der Mittelklasse, die das Gelände abschritten und
sich einfühlsam miteinander unterhielten.

»Es wäre wohl zu viel verlangt, dass sie selbst es rechtfertigt.
Feige Sau«, sagte Jesse.

»Scht.«

Die Männer überlegten, wodurch man die alten Anstalten
ersetzen könne und ob dem Individuum mit häuslicher Pflege
tatsächlich geholfen wäre. Beide waren entschiedene Gegner
der Anstalten aus viktorianischer Zeit; ihre Meinung war ganz
und gar nicht das, was Jesse gerne hören wollte. Adam Solomon
war ein lautstarker Aktivist, aber sehr auf die Rechte psychisch
Kranker bedacht; sein Großmut gegenüber Cunniffe hatte der
Kampagne viel Respekt eingetragen. Solomon hatte ihm nie die
Schuld gegeben; für ihn waren das System und dessen Vertre-
ter verantwortlich für das, was seiner Familie zugestoßen war.
Die letzte Einstellung zeigte eine käsige kleine Frau, die zwanzig
Jahre im Nazareth-Hospital gewesen war und nun in einer blitz-
sauberen Einzimmerwohnung ihr eigenes Essen kochte. Eine
glückliche Geschichte.

Als der Film begann, hielt Jesse mich im Arm. Als er endete,
hielt ich ihn, seinen Kopf an meiner Schulter. Ich stellte den Ton
ab. Wir saßen lange schweigend da, während die *News at Ten*
über unsere Körper flackerten.

»Alles gut, Jess?«

Ihm kamen die Tränen. »Die werden das Nazareth nie wieder
eröffnen, oder?«

Es wäre grausam gewesen, sich über den Tod seines Traums zu freuen. Ich fragte mich, wie ich jemals etwas anderes als Zärtlichkeit für ihn hatte empfinden können. »Es wäre zu riskant«, flüsterte ich. »Es würde Millionen Pfund verschlingen und viele Jahre dauern. Es wäre nicht fair, das vom National Health Service zu verlangen, wo die neue Klinik schon so teuer war.«

Ich hatte früher schon versucht, ihm all das zu erklären, doch nun war er endlich bereit, es anzuhören.

»Ich kann bloß nicht ertragen, dass Helen Greenlaw mit dem durchkommt, was sie Nusstead angetan hat. Weißt du, was ich meine? Mein Dad ist schon zwei Jahre arbeitslos.« Ihm brach die Stimme, und er fing an zu weinen. Es waren meine ersten Männertränen seit der Grundschule, und mich überkam ein Flucht- oder-Kampf-Reflex. Wenn man nur mit Frauen aufwächst, hat man verzerrte Erwartungen und unmögliche Maßstäbe, was Männer angeht.

Mit anderen Worten, ich zerstörte vier Leben, weil ich meinen Freund nicht weinen sehen konnte.

»Warte mal«, sagte ich, als könnte er weglaufen. »Ich habe was, das dich aufmuntern könnte.«

Er knurrte etwas, und ich merkte, dass ihn selbst das Mühe kostete. In meinem Zimmer stieg ich auf die Kante des Etagenbettes und griff hoch über Colettes Kopf. Sie versuchte, sich an meinen Fußknöchel zu kuscheln. Eine halbe Geschichte wäre besser als gar keine. Ich würde ohnehin niemandem außer Jesse davon erzählen. Die Vorstellung, die Frau zu demütigen, die in seinen Augen so große Macht über seine Familie besaß, würde ihm helfen, endlich loszulassen.

Statt mich von seinen Tränen rühren zu lassen, hätte ich lieber daran denken sollen, welcher Selbsttäuschung sie entsprangen.

Jesse hatte umgeschaltet auf Billard. Seine Augen waren rot, aber nicht mehr feucht. Die Aktenmappe war sauber, aber ich blies dennoch dramatisch den imaginären Staub herunter.

»Was ist das?«, fragte er und runzelte die Stirn. »Hast du die in Nazareth gestohlen?« Er richtete sich auf, als wollte er mich zurechtweisen, erinnerte sich dann, dass jetzt alles anders war, und sackte tief in die Kissen. »Es spielt wohl keine Rolle mehr. Nazareth ist das Letzte, woran ich jetzt denken will.«

Ich war empört, dass er die Früchte meiner Anstrengungen nicht sehen wollte.

»Lies das mal. Es wird dich aufmuntern.«

Jesses Augen huschten über die Seite, er wollte mir nur einen Gefallen tun.

»Lies den Namen.«

»H. Morris. Na und?«

Ich legte das Foto darauf. »Ich habe ein Bild von ihr gefunden. Schau dir ihr Gesicht an.«

»Irgendein armes Schwein. Mein Gott, du musst wirklich noch Salz in die Wunde reiben. Kann ich nicht einfach in Ruhe Billard schauen?«

»Vertrau mir, Jesse. Du kennst die Frau.« Endlich hatte ich seine Neugier geweckt und war froh, dass ich das Spielchen arrangiert hatte. Ich konnte sehen, wie es in ihm arbeitete, wie er vermutlich in den gleichen Bahnen dachte wie ich, ihr Alter schätzte, nach einer Familienähnlichkeit suchte.

»Nein.«

»Schau ihr in die Augen.«

»Wieso, soll sie mich hypnotisieren?«

»Tu es einfach.« Ich platzierte Colettes Spielzeugmikroskop auf dem Foto und redete weiter, während Jesse sich darüber beugte. »Helen Morris wurde 1958 wegen einer psychopathischen Störung eingewiesen. Sie hatte etwas so Schlimmes getan, dass sie sonst ins Gefängnis gemusst hätte.« Ich sprach schnell, damit er nicht merkte, wie viele Fakten mir fehlten. »Sie ist eine Psychopathin. Man hatte empfohlen, sie nie wieder freizulassen. Man setzte Elektroschocktherapie ein, um sie zu heilen. Es hat nicht geholfen, aber sie ist irgendwie rausgekommen und hat geheiratet.« Am liebsten hätte ich einen Trommelwirbel auf meinen Knien vollführt. »Einen Mann namens Robin Greenlaw.«

Jesse hob in Zeitlupe den Kopf. Ich schäme mich noch heute, wie schadenfroh ich war, als es ihm dämmerte.

»Helen ... Greenlaw?«

Er stand auf. Sein Gesichtsausdruck erschreckte mich: Er war auf einmal zwanzig Jahre älter, ein Mann in mittleren Jahren. Ich hatte wohl erwartet, er würde mich loben, wie clever ich sei. Stattdessen verwandelte sich sein Unverständnis in Zorn. »Sie ...« Er geriet ins Stottern. »Du willst mir also sagen, dass irgendeine Bekloppte für das ganze ... Dass irgendeine irre Schlampe all diese Entscheidungen getroffen hat?«

»Nicht knicken!« Ich zog die Blätter aus seiner Faust, doch seine Finger blieben gekrümmt.

»Das ist ein ... Scheiße, das ist ein Skandal. Das muss doch illegal sein. Ich kann nicht glauben, dass sie diesen Job bekommen hat.«

In unseren Augen galt »einmal verrückt, immer verrückt«.

»Ich nehme mal an, sie haben es nicht gewusst.«

»Gott im Himmel, das muss ich erst mal verdauen.« Er lief im winzigen Wohnzimmer auf und ab und blieb dann vor mir stehen. »Ich muss dich was fragen, und du musst ehrlich antworten.« Einen Moment lang überkam mich weiß glühende Panik, ich fürchtete einen Heiratsantrag. »Babe, sind die echt?« Das kam so unerwartet, dass es mir die Sprache verschlug. »Ich meine, es ist ein großer Zufall, dass du gerade diese Notizen gefunden hast. Die unsere schlimmste Feindin als Psycho entlarven. Und du bist so clever, du weißt so viel über Geschichte und so, und ich frage mich – ob du das erfunden hast, damit ich mich besser fühle. Ich weiß, wie sehr du mich liebst. Ich könnte verstehen, wenn du das getan hättest.«

»Das würde ich nicht machen.« Dann wäre ich nämlich so verrückt, dass ich mich gleich selbst einliefern könnte. Aber das sagte ich nicht.

»Wenn es keine Fälschung ist, ist es Schicksal.« Ein Windstoß wölbte die Blasenfolie vor dem Fenster wie ein Segel. »Hätten wir das nur gewusst, bevor sie Nazareth geschlossen haben. Wir hätten es verhindern können. Das geht mir nicht aus dem Kopf.«

»Wenn sie die Klinik nicht geschlossen hätten, hätten wir die Akten nicht gefunden.«

Doch er war schon nicht mehr in der Lage, sich von einem so entscheidenden Detail beirren zu lassen. Er lehnte sich zurück und schloss die Augen. Sein Mund zuckte, und ich wusste, dass sein Verstand auf Hochtouren lief.

»Unglaublich, dass du mir das bis jetzt vorenthalten hast. Wir hätten an Weihnachten schon Heizung haben können.«

Die Bemerkung war so zusammenhanglos, dass es mir einen Moment die Sprache verschlug. »Babe.« Er öffnete die Augen. »Jetzt geht es nicht mehr nur um Nusstead. Wir können davon profitieren. Wir bekommen unsere öffentliche Entschuldigung und lösen gleichzeitig unsere Geldsorgen. Wir können Tausende aus ihr rausholen.«

29

»*News of the World*«, sagte er aus dem Mundwinkel. Wir standen für das kostenlose Mittagessen an und rückten mit den Gutscheinen in der Hand auf eine Shepherd's Pie zu. Zu Hause hatte es eine Woche lang nur Bohnen mit Toast gegeben, und mein Nabel schrumpfte täglich näher an die Wirbelsäule. »Sonntagszeitungen, das sind die mit dem Geld. Eigentlich dürfte sie gar nicht mehr arbeiten! Wegen ihr sind Menschen gestorben!«

Jesse war anders als ich der Ansicht, dass mein Archiv nicht nur für unsere Augen bestimmt sei. Sein Plan erschien mir geradezu schwindelerregend naiv: der schnelle Reichtum, von dem ganz Nusstead träumte, und die Rache an dem meistgehassten Menschen in diesem Ort, fein säuberlich zu einem Paket verschnürt.

»Das weiß ich doch«, fauchte ich. Das Essen, ein leuchtend gelber Klumpen Stärke auf einer dünnen Fleischpampe, tauchte vor uns auf. Trotz des Anblicks lief mir das Wasser im Mund zusammen.

»Warum zögerst du dann?«

In Wahrheit erschien mir sein Plan durchaus verlockend. Unser Leben war eintönig geworden, mittlerweile verbrachten wir die Samstagabende mit Mark und Trish im Social. Wenn wir die Story verkauften, könnten wir das Gefühl gemeinsamer Abenteuer zurückgewinnen, das verlorengegangen war, als ich uns aus Nazareth vertrieben hatte. Dass wir es als Spiel betrachteten, erschien mir gerechtfertigt, denn genau so hatte Greenlaw andere behandelt: als Schachfiguren im Spiel ihrer eigenen Karriere. Der Plan war so absonderlich, so untypisch für mich, dass er mir wie ein bloßes Spiel vorkam, solange ich nicht über die realen Folgen nachdachte und dass wir gegen das Gesetz verstießen. Jesse redete vom Informantenschutz der Zeitungen, doch er war ebenso ahnungslos wie ich und raste ohne die Bremsschwellen der Vorsicht dahin. »Sie trifft noch immer Entscheidungen, die das Leben vieler Menschen beeinflussen«, drängte Jesse, während man uns das Essen auf den Teller klatschte. »Es ist unsere Bürgerpflicht.« Jesse hielt es für gerechtfertigt, Greenlaw zu entlarven, und ich stimmte ihm teilweise zu, doch in seinem Plan steckte ein Element der Demütigung, das mir nicht gefiel.

»Nichts für ungut, aber du weißt wirklich nicht, was du tust, Babe. Wir könnten sie hundertprozentig ihrer gerechten Strafe zuführen. Ein Journalist könnte das eigentliche Verbrechen aufdecken.«

Dies weckte in mir einen weiteren Vorbehalt, da ich mein Archiv geradezu eifersüchtig hütete. Ich wollte nicht, dass irgendein Boulevardschreiberling in meiner Story herumpfuschte; ich wollte meine kostbaren Beweise nicht einem Mann mit roten Hosenträgern und Textverarbeitungsprogramm überlassen. Ich wünschte, ich könnte behaupten, dass es mir um das Forschungsprojekt ging, aber es war einfach nur kindliche Besitzgier.

»Es kommt mir einfach nicht richtig vor«, sagte ich, während die Magensäure in meinem Bauch brodelte. Ich hatte das halbe Essen binnen dreißig Sekunden verschlungen, und Jesse hatte es bemerkt.

»Aber du könntest das Geld gut gebrauchen.«

»Natürlich könnte ich das.« Ich mochte zwar aus meinem Traum vom Internat herausgewachsen sein, hatte aber noch immer eine Wunschliste: meiner Mum ein Auto kaufen, mir einen richtig gut sitzenden BH in einem Kaufhaus anpassen lassen,

Make-up benutzen, das zu mir passte und nicht vom Wühltisch bei Co-op war. Mit der geringeren Sünde, die ich im Sinn hatte, könnte ich Jesse zufriedenstellen und gleichzeitig Aufmerksamkeit und Risiko vermeiden.

»Wenn wir nun privat an sie herantreten«, sagte ich. »Wenn wir direkt zu Greenlaw gehen?« Ich präsentierte die Idee, wie man eine Münze in einen Brunnen wirft, um die Tiefe zu prüfen. Jesses Haartolle zitterte, als hätte sie ein wichtiges Signal aufgefangen.

»Erpressung?« Laut ausgesprochen, klang es hässlich. Und ich hatte es ihm in den Mund gelegt.

»Sie hat doch Geld. Vielleicht sogar mehr als die Zeitungen.« Jesse schüttelte den Kopf. »Wenn wir zur Zeitung gehen, können wir sie fertigmachen und das Geld kassieren.«

»Aber nur ein Mal. Mit meiner Methode können wir das jahrelang durchziehen.«

»Nein! Dann gäbe es keine Gerechtigkeit.«

»Wir könnten beides tun«, schlug ich vor. »Zuerst das Geld, dann die Story. Man hat sie gerade erst ins Parlament gewählt. Wenn sie noch mächtiger wird, vielleicht ein hohes Amt bekommt, könnten wir richtig aufräumen.«

Meinte ich das wirklich ernst? Ich weiß es nicht. Ich hätte alles gesagt, um ihm den unumkehrbaren Sprung in die Öffentlichkeit auszureden. Ich sah, wie er zu einer Entscheidung gelangte. »Wir machen es zusammen«, sagte er. Natürlich. Ein richtiges Paar machte alles zusammen.

Colette war im Bett, und ich hatte zum ersten Mal seit Wochen den Abend für mich. Meine Augen wanderten blind über die Seiten von Nancy Mitfords Buch *Der Sonnenkönig*. Ich registrierte kein einziges Detail der Beziehung von Ludwig XIV. zu seiner Mutter; unser Gespräch vom Mittagessen beherrschte meine Gedanken. Ich klappte das Buch zu und schlug es wieder auf, als könnte ich so mein Gehirn neu starten. Wenn meine Konzentration schon jetzt so beeinträchtigt war, dass ich nicht einmal ein gutes Buch über ein Thema lesen konnte, dass mich interessierte, wie sollte ich dann an der Universität zurechtkommen? Ich glitt in einen neuen Tagtraum, sah mich durch einen imaginären Innenhof schlendern, dessen Architektur eine krude Mischung aus dem Oxford von *Wiedersehen mit Brideshead* und dem Hof von Versailles war, wie Mitford ihn beschrieb. In meiner Vision trug ich Barett und Talar und hatte einen Bücherstapel unter dem Arm. Das Bild war so rein, so einfach, so richtig, dass ich mit eisiger Klarheit erkannte, was ich seit Monaten unterschwellig gespürt hatte.

Ich würde Jesse verlassen.

Es hatte nichts damit zu tun, ob ich ihn liebte oder nicht. Es ging um das Leben, das mir bestimmt war, und die absolute Unmöglichkeit, es mit ihm zu teilen. Ich würde ihm das Herz brechen.

Nun wurde mir auch klar, weshalb ich die Erpressung vorgeschlagen hatte: Damit hatte ich ihm unbewusst einen Trostpreis angeboten. Nicht das Geld – falls es überhaupt funktionierte –, sondern das Geheimnis, das Vertrauen, die gemeinsame Unternehmung. Jesse würde an einem Tag in ferner Zukunft hoffentlich verstehen, dass ich gegangen war, weil ich gehen musste, ihn aber immer lieben würde.

30

Im hochmodernen Schreibraum der Waveney Secondary School standen Reihen elektrischer Schreibmaschinen unter makellosen Schutzhauben. Die mechanischen Schreibmaschinen hatte man auf einen Schreibtisch in der Ecke verbannt, wo sie auf ihren wohlverdienten Ruhestand warteten. Im dritten Jahr machten die Jungen Holzarbeit, und die Mädchen lernten natürlich Maschineschreiben. Ich schaffte etwa fünfzig Wörter pro Minute.

»Ich glaube nach wie vor, dass es besser gewesen wäre, Buchstaben aus Zeitungen auszuschneiden«, sagte Jesse. Eigentlich durften wir gar nicht hier sein. Wir hatten das Licht ausgeschaltet und horchten auf Schritte aus dem Flur. Wir waren inzwischen Profis in Sachen Hausfriedensbruch.

»Das hier sieht aber professioneller aus.« Ich spannte ein leeres DIN-A4-Blatt ein und tippte drauflos: *der Salat schmeckt fad der Salat schmeckt fad der Salat schmeckt fad.* Ich tippte das Alphabet in Klein- und dann in Großbuchstaben und suchte den Text nach beschädigten Buchstaben ab – ein E, bei dem der Mittelstrich fehlte, oder eine auffällige Lücke an der Schleife eines kleinen g –, weil sich die Täter im Fernsehen mit solchen Fehlern verrieten.

»Gleiches Recht für alle«, sagte Jesse und zog einige handschriftliche Notizen aus der Tasche. »Lass uns das hier noch mal durchgehen.«

Jeder wusste, dass die Post für das Unterhaus auf Briefbomben geprüft wurde, mit anderen Worten, dass man unsere Forderung abfangen würde. Dank Marks gescheiterter Kampagne wussten wir, wie die Regierung funktionierte. Er hatte Jesse regelmäßig in die wöchentlichen Sprechstunden unseres Abgeordneten mitgeschleppt. Helen Greenlaws Wahlkreis Dunwich Heath lag auf der anderen Seite der Grafschaft an der Küste. Wir hatten beschlossen, selbst nach Dunwich zu fahren und den Brief zuzustellen.

Schritte kamen und entfernten sich. Wir erstarrten, und eine Sekunde lang glaubte ich schon, wir hätten es geschafft, als Miss Harker plötzlich durch die Tür spähte.

»Was glaubt ihr eigentlich … oh, Marianne, du bist es.« Sie schaute überrascht und entsetzt von mir zu Jesse.

»Ich übe nur ein bisschen«, sagte ich und tat, als würde ich blind tippen.

Sie runzelte die Stirn. »Ich hoffe, dein Ehrgeiz endet nicht in einem Vorzimmer.« Subtext: Ich hoffe, dein Ehrgeiz endet nicht bei Jesse Brame. Als ich Miss Harkers Reaktion bemerkte, veränderte sich etwas in mir. Früher war ich stolz darauf gewesen, mit ihm gesehen zu werden, doch nun loderte Scham in mir empor, für die ich mich wiederum schämte. »Na gut, noch zwanzig Minuten, dann kommt der Putzdienst.«

»Arrogante Kuh«, sagte Jesse, nachdem sie gegangen war. Er breitete sein zerknittertes Blatt vor mir aus. »Bis da bin ich gekommen.«

An Helen Greenlaw, oder sollte ich besser sagen Morris?
Wir sind zwei Bewohner von Nusstead und haben Ihr kleines schmutziges Geheimnis entdeckt. Es wird Zeit, dass Sie für Ihr Verbrechen bestraft werden und es ans Licht kommt. Es ist abscheulich, dass jemand mit Ihrer Vergangenheit überhaupt Macht bekommen durfte. Nazareth wäre ohne Sie noch eine funktionierende Klinik, und wenn die Zeitungen wüssten, was Sie getan haben und wie Sie

*wirklich sind, dann wäre Ihre kostbare Karriere im Eimer. Wenn
Sie wollen, dass wir den Mund halten, legen Sie das Geld in einer
Papiertüte ab.*

»Was meinst du? Ich habe fünf Anläufe gebraucht, bis es perfekt
war.«

»Es klingt sehr … selbstbewusst. Wenn du einverstanden bist,
mildere ich es ein bisschen ab.«

»Klar, dafür bist du zuständig.« Er setzte sich neben mich, die
rechte Hand von innen an meinem Oberschenkel.

*Sehr geehrte Mrs. Greenlaw,
wir sind zwei besorgte Bewohner von Nusstead. Kürzlich gelangten
wir in den Besitz von Dokumenten, die von großem Interesse für
uns sind.*

»Wo hast du gelernt, so zu schreiben?«, fragte Jesse, als wäre ich
Nabokov.

Sie beziehen sich auf Ihre Zeit als Patientin im Nazareth-Hospital.

»Warum lässt du die ganzen Einzelheiten weg? Du hast nicht mal
erwähnt, dass sie sich ums Gefängnis gedrückt hat.«

»Für den Fall, dass jemand anders das hier liest, dürfen wir
nicht zu viel verraten. Außerdem soll sie sich fragen, wie viel wir
tatsächlich wissen.«

»Ja, das ist gut«, sagte er. »Das ist clever.«

*Es ist nicht wichtig, wie wir darangekommen sind, doch Ihre Heu-
chelei muss aufgedeckt werden. Wie würde sich Ihre Premierminis-
terin wohl fühlen oder Ihre Familie, wenn sie von Ihrer kriminellen
Vergangenheit wüssten?*

*Sie werden sicher anerkennen, dass unsere Familien, wie viele an-
dere in Nusstead, von der Schließung des Hospitals stark betroffen
sind, vor allem seit der Tragödie, die sich danach abgespielt hat.*

Der letzte Satz gefiel mir besonders gut. »Es hört sich an, als wären wir Erwachsene, die Familien zu versorgen haben.«

»Sind wir *doch*«, sagte Jesse.

*Wir müssen tagtäglich mit den Folgen der Schließung leben, und
daher erscheint es uns nur angemessen, wenn Sie im Gegenzug für
unser fortgesetztes Schweigen*

»Wie viel sollen wir verlangen?«, fragte ich, die Finger auf den
Tasten.

»Eine Million Pfund.«

Ich zählte im Kopf bis drei. »Jess, nein – viel, viel weniger.«

»Dann eben eine halbe Million. Die schwimmt doch im Geld.«

»Verlangen wir eine Summe, die sie nicht bemerkt, okay? Etwas wie …« Ich hatte keine Ahnung. Für mich waren hundert
Pfund schon ein Vermögen.

»Vierzigtausend?«, fragte ich vorsichtig.

»Sagen wir hundert. Es geht um ihr Leben.«

Mir erschien es zu viel. »Wir wollen es doch mehr als einmal
machen. Sagen wir sechzig – das sind dreißig für jeden, Jesse!
Damit können wir unser ganzes Leben verändern.«

»Davon könnten wir ein Haus kaufen«, sagte er zustimmend.
»Und es wäre immer noch was übrig für Mum und Dad und
Debbie.«

Ich tippte weiter und versuchte, die Vorstellung von Back-
steinen, die um mich herum aufgeschichtet würden, zu verdrängen.

60 000 Pfund als Entschädigung zahlen. Dies ist letztlich ein geringer Preis für die beiden Familien, die wir als direkte Folge der Schließung des Nazareth-Hospitals unterstützen müssen.
Wir geben Ihnen genügend Zeit, um das Geld zu besorgen. Wir treffen uns

»Wann und wo? Wir sollten ihr sieben Tage ab Erhalt des Briefes geben.«

»Dann sagen wir Samstag in einer Woche. Abends, damit uns keiner sieht.«

»Klingt vernünftig. Aber wo? Es muss ruhig und abgelegen sein. Wir müssen das Geld zählen können, und sie wird auch sehen wollen, was wir haben.«

»Beim Nazareth, wo sonst?« Ich war spontan begeistert, dorthin zurückzukehren – bis mir einfiel, was ich getan hatte. »Wir können draußen warten oder uns unterstellen, falls es regnet. Wir müssen ja nicht in den kaputten Teil gehen.«

Enttäuschung machte sich in mir breit, und mein Gewissen gewann die Oberhand. »Ist es nicht ein bisschen viel verlangt, sie dorthin zu bestellen?«

»Wieso nicht? Sie soll ruhig sehen, was aus der Klinik geworden ist, die sie zerstört hat.«

»Und wenn sie ausflippt? Ich meine, sie könnte den Cunniffe machen.«

Jesse zögerte. »Nein, wird sie nicht. Außerdem sind wir zu zweit, und sie ist allein. Ich hebe jeden Tag Kartons, die schwerer sind als sie.« Er trommelte mit den Fingern auf meinen Oberschenkel. »Schreib doch einfach: Kommen Sie zum Licht. Dann können wir immer noch schauen, wo wir uns am besten postieren.«

»Kommen Sie zum Licht? Das klingt, als wäre sie tot und sollte von Engeln abgeholt werden.«

»Für Helen Greenlaw kommen keine Engel.«
»Na schön. Wie wär's damit?«

Das Hospital ist inzwischen baufällig, niemand wird uns dort be-obachten. Bitte treffen Sie uns am 20. Februar um 23.30 Uhr auf dem Gelände. Sie brauchen die Warnschilder nicht zu beachten, es ist nie jemand dort. Halten Sie Ausschau nach dem Strahl einer Ta-schenlampe. Wir erwarten Sie.

Dann kam mir ein Gedanke, den ich schon viel früher hätte ha-ben sollen. »Was machen wir, wenn sie nicht allein kommt?«
Jesse schnaubte. »Wen sollte sie denn mitbringen?«
»Die Bullen zum Beispiel. Erpressung ist verboten.«
»Ach was.« Jesse kaute auf seiner Lippe. »Schreib es vorsichts-halber rein.«

Kommen sie allein. Sonst gehen wir zu den News of the World.
Mit freundlichen Grüßen
M und J aus Nusstead

Ich las es durch und bemerkte das kleingeschriebene »Sie«. Der Schrank mit dem Tipp-Ex war abgeschlossen, also musste ich das Blatt herausziehen und alles neu schreiben. Diesmal ließ ich Absätze und achtete auf einen ordentlichen Rand. Jesse zerknüll-te das alte Blatt und warf es quer durch den Raum, wo es im Pa-pierkorb landete, ohne die Seiten zu berühren. »Tor!«
»Trottel. Da kann es jeder finden. Wenn Miss Harker es nun entdeckt? Dann weiß sie, dass wir es waren. Wirf es irgendwo weg, wo keiner es findet.« Er wurde rot, holte das Papier heraus und stopfte es in seine Gesäßtasche.

31

In Suffolk ist die Küste anders als in Cornwall oder Devon, wo das Meer schon von weitem verlockend durch Lücken in den Hügeln schimmert. Die Aussicht ist schlecht für ein so flaches Land, der Küstenverlauf wurde zu Verteidigungszwecken eingedeicht, und man sieht das Wasser erst, wenn man fast drin steht.

Jesse hatte zwei Stunden für die Fahrt nach Sizewell veranschlagt, aber wir brauchten nur die Hälfte. Da wir fünfzig Minuten totschlagen mussten, bis Helen Greenlaws Sprechstunde begann, gingen wir an den Strand. Neben uns pochte das von Hochspannungsmasten umgebene Atomkraftwerk, das Dach sah wie ein riesiger Golfball aus.

Das Café war im Winter zu, doch Jesse hatte eine Thermosflasche mit Tee und ein Kitkat in seiner Gepäcktasche. Wir setzten uns auf den Kies und ließen den Becher hin und her gehen, während er den Plan noch einmal durchsprach.

»Also. Ich gehe rein, du wartest am Motorrad, und wenn ich rausrenne, springen wir auf und fahren sofort los.« Er wollte mit den Fingern schnippen, doch die Lederhandschuhe dämpften das Geräusch. Eigentlich musste ich nicht dabei sein; im Grunde war ich nur ein Klotz am Bein. Ich fragte mich, ob ihm wohl klar war, was in der Luft lag, ob er meine wachsende Distanz spürte. Vielleicht wollte er nicht nur unsere Bindung stärken, indem er mich mitnahm, sondern auch, dass ich in seiner Schuld stand.

Die Sprechstunde fand im Versammlungshaus der Quäker

in Leiston statt. Vor der Tür stand ein Mann in Anzug und Krawatte, mit einem Kaffeebecher neben sich. Auf der Straße parkte ein eleganter dunkelblauer Jaguar.

»Das ist ihr Auto«, sagte Jesse. »Da hat sie drin gesessen, als mein Bruder so richtig losgelegt hat.« Clays Rolle beim ersten Protest war zu einer Familienlegende geworden. »Ich frage mich, wie viel sie das damals gekostet hat. Wie viele Jahresgehälter eines Arbeiters.« Er wippte auf den Fußballen. »Auf geht's. Du hältst dich bereit, okay?«

Ich atmete hörbar, und mein Visier beschlug. Der Mann an der Tür stand jetzt mit verschränkten Armen und gespreizten Beinen da und wollte Jesse offensichtlich nicht hineinlassen. Unser eigener Abgeordneter Paul Lawshall hielt seine Sprechstunde immer im Gemeindesaal von Nusstead ab, ohne Sicherheitsmaßnahmen, nur mit einer Ehrenamtlichen, die hinter einem Tapeziertisch saß. Andererseits hatte auch noch nie jemand versucht, mit einem Motorradhelm in seine Sprechstunde zu kommen. Jesse bog den Brief in seinen Händen hin und her, dann machte er kehrt und kam so schnell auf mich zugerannt, dass ich schon dachte, er hätte ihn abgegeben. Aber nein, er hielt ihn fest umklammert. Ich sprang hinter ihm auf den Sitz und hielt mich an ihm fest, als wir vom Parkplatz donnerten. Ein Stück weiter hielt er neben einer Reihe von Geschäften und warf den Helm auf den Boden.

»Scheiße, ich hab's versaut!« Er trat gegen den Vorderreifen.

Ich klappte das Visier hoch. »Was machen wir jetzt?«

»Keine Ahnung, okay? Ich konnte doch nicht ahnen, dass sie einen beschissenen Rausschmeißer hat. Jetzt hat er mich gesehen, ganz verdächtig in Lederkleidung und so. Ich bin so ein Arschloch. Ich hab's versaut.« Er trat erneut gegen den Reifen, dass die Maschine beinahe umfiel.

Ich hätte die Sache so oft beenden können. Wenn ich heute an diese Momente denke, kommen sie mir vor wie lauter Türen in einem endlosen Flur, die ich alle hinter mir zugeschlagen hatte, statt mich Jesses Gefühlen zu stellen.

»Der Typ hatte einen Kaffee und wird sich sicher irgendwann noch einen holen. Wir fahren zurück und warten auf den richtigen Moment, dann klemmst du den Brief unter den Scheibenwischer. Schade, dass wir ihn nicht auf den Fahrersitz legen können.«

Er drehte sich begeistert zu mir. »Babe, du bist ein Genie.«

»Sag ich doch.« Doch Jesse stürzte schon zu einem kleinen Zeitschriftenladen, vor dem ein Stapel mit der gestrigen Ausgabe der *East Anglian Daily Times* lag. Er griff nach dem Teppichmesser, das er immer bei sich trug, und begann, das Plastikband aufzuschneiden, mit dem die Zeitungen verschnürt waren.

»Wofür brauchst du die Zeitung?«, wollte ich wissen, doch es ging ihm um das Band.

»Manchmal ist es super, einen Bruder wie Clay zu haben.«

Dann legten wir uns wieder vor dem Quäkerhaus auf die Lauer. Wir mussten eine Stunde warten, bis die Eingangstür unbewacht war. Jesse hatte aus dem steifen Plastikband einen Haken gebastelt, den er nun in den Spalt zwischen Autotür und Karosserie schob, dann wackelte er damit herum, bis das Schloss aufsprang. Auf dem Beifahrersitz lag eine Zeitung mit einem Foto von Salman Rushdie auf der Titelseite. Ich legte den Brief auf sein Gesicht, damit sie ihn nicht übersah.

Mit dem Wind im Rücken fuhren wir nach Hause. Jesse überschritt nie die neunzig Stundenkilometer, doch der Wind verlieh uns das Gefühl, unkontrolliert dahinzufliegen.

Die neuen Häuser in Nusstead hatten dünne Wände, und in Jesses Zimmer konnte man den Fernseher hören. Mark und Trish schauten *Bullseye*, sie saßen unter einer elektrischen Heizdecke und lachten gelegentlich laut und einstimmig. In Jesses

Zimmer glühten alle drei Stäbe der Elektroheizung in leuchtendem Orange. Seine wenigen Kleidungsstücke hingen auf einer Stange: das Holzfällerhemd und die Jeans, die er trug, wenn er mit mir zusammen war; die gebrauchte Schuluniform; der Overall, in dem er bei Co-op Regale einräumte, und die Ledermontur, in der er sich der Welt präsentierte.

Vor fünf Tagen hatten wir Helen Greenlaw den Brief gebracht, und unsere Euphorie war schnell verflogen. Längst kam es uns nicht mehr wie ein Spiel vor. Jesse fummelte nervös an den Kopien von Helens Unterlagen und dem Foto herum. Ich hatte mein Archiv kopieren müssen, um ihn davon zu überzeugen, dass wir zur Zeitung gehen würden, selbst wenn Greenlaw zu dem Treffen kam. Ich hatte es selbst gemacht, um sicherzugehen, dass es nur einen Satz Duplikate gab, den wir vernichten mussten. Nicht dass ich Jesse misstraut hätte – er selbst vertraute mir erstickend grenzenlos –, aber ich war mir nicht sicher, ob er seine Begeisterung im Zaum halten konnte. Die ganze Energie und Leidenschaft, mit der an die Wiedereröffnung des Hospitals geglaubt hatte, floss jetzt in diese neuerliche Vendetta. Es kam mir vor, als wäre er schon jahrelang davon besessen.

»Sie könnte uns die Polizei auf den Hals schicken.« Wenn er im Zimmer auf und ab lief, klirrten die Drahtkleiderbügel aneinander, und ich wusste, dass unter uns die Glühbirnenfassung vibrierte. »Nur weil wir moralisch im Recht sind, ist das, was wir tun, noch lange nicht legal. Sie könnte gegen uns vorgehen, aber sie würde riskieren, dass man sie entlarvt.«

»Und wenn niemand auftaucht?« Ich zog ihn aufs Bett – nicht so sehr, um ihm nah zu sein, sondern damit das Herumlaufen aufhörte. »Gehen wir dann wirklich zur Zeitung?«

»Natürlich«, erwiderte er verblüfft – gekränkt –, weil ich es überhaupt in Frage stellte.

»Ich meine nur, wir sollten in Betracht ziehen, dass sie den

Brief womöglich nicht gefunden hat. Vielleicht hat sie die Aktentasche draufgelegt oder ihn ungelesen weggeworfen.«

Jesse runzelte die Stirn. »Zur Zeitung zu gehen, war immer unser Plan A. Wir greifen nur darauf zurück.«

Ich ließ mich aufs Bett fallen, als könnte ich im entspannten Zustand den magischen Satz finden, der seine Meinung ändern und uns beide von diesem dummen Plan erlösen würde. Doch wie immer nahm Jesse es als Aufforderung und legte sich mit strahlendem Gesicht auf mich.

»Neben deiner Mum ist ein Haus zu verkaufen«, sagte er. »Muss renoviert werden, aber dann hätten wir unser eigenes Zuhause, Babe.«

Die Gelegenheit, ehrlich zu sein, ergab sich ausgerechnet immer dann, wenn es ihn am meisten verletzt hätte. »Ja«, sagte ich unglücklich, »darüber sollten wir mal nachdenken.«

32

Mittags waren wir da und sondierten das Gebäude, über dem schwere graue Wolken hingen.

»Falls da Bullen sind«, sagte Jesse, »ich meine, es werden keine da sein, aber falls doch, kennen sie das Terrain nicht so gut wie wir. Das ist unser Vorteil. Wenn wir das Gelände gründlich durchkämmen, können wir sichergehen, dass uns niemand auflauert.«

»Und wenn sie uns wegen Einbruch verhaften?«

»Sei nicht dumm, Babe. Dir passiert nichts. Ich übernehme die volle Verantwortung.«

»Das würden deine Eltern nicht ertragen. Zwei von drei Söhnen vorbestraft?«

»Vier.« Sein Kinn bebte. »Zwei von vier Söhnen.«

Ich nickte niedergeschlagen. Ich hatte in den letzten Tagen so stark abgenommen, dass ich sogar anders ging; meine Oberschenkel schrumpften, der Schwerpunkt hatte sich auf meine Hüftknochen verlagert. Jesse die Unterlagen zu zeigen, war das Dümmste gewesen, was ich je getan hatte, und die Erpressung die schlechteste Idee aller Zeiten. Immerhin hatte mir die Angst den Mut verliehen, ihn endlich zu verlassen. Ich schwor mir, seine verfluchten Kopien beim nächsten Besuch zu zerstören. Der auch mein letzter Besuch sein würde.

Wir durchsuchten jeden Quadratzentimeter des Geländes, auch die alten Villen und den Garten, bis Jesse sich vergewissert hatte, dass außer uns niemand unbefugt eingedrungen war. Wir wollten eigentlich am Tor auf Greenlaw warten, aber mit der Dämmerung begann es zu regnen. Die ersten Tropfen lagen wie Murmeln auf Jesses schwarzer Lederkleidung, doch binnen einer Minute ging ein Platzregen nieder, der auch die Reifenspuren des Motorrads wegspülte.

»Wir stellen uns in den Eingang zum Frauenflügel.« Jesse hatte zwei Stirnlampen besorgt: In ihrem wackligen Strahl entdeckten wir neue Trümmer in dem alten Schutt, Glas und Dachziegel. Drinnen holte er die große Taschenlampe aus Clays Werkzeugtasche und leuchtete in den Personalflur. Uns blieb die Luft weg. »Sieh dir das an.« Jesse berührte die feuchte Wand so sanft, als wäre sie meine Wange. Der Boden war dick mit Schmutz überzogen, das Terrazzomuster unter Schlamm und toten Tieren verborgen – Tauben, vor denen Jesse zurückschreckte, und Ratten in unterschiedlichen Stadien der Verwesung. Wir zogen unsere T-Shirts als Masken vors Gesicht. Wie hatte ich mich hier jemals ausziehen und hinlegen können? Ich dachte daran, wie widerlich erst der Keller sein musste und dass sich in der alten Leichenhalle schwarze Aale aus dem Sumpf breitgemacht hatten.

Wir stellten die Taschenlampe an die Tür, wo sie nicht zu übersehen war und den Regen draußen in schimmernde Platinfunken verwandelte. »Wir sollten Batterien sparen.« Jesse schaltete seine Stirnlampe aus und tastete auf dem Türsturz nach der kleinen gelben Taschenlampe. »Ich hatte sie doch hiergelassen.«

»Ich habe sie zuletzt im Archiv gesehen«, sagte ich.

Er zuckte bei der Erinnerung an das, was dort geschehen war, zusammen und tastete weiter. »Na schön, dann eben altmodisch. Scheiße!« Ein Bündel Kerzen landete in einer schwarzen Pfütze. Ich rettete, was zu retten war, schmolz die Enden und klebte die Kerzen auf die Fensterbank.

209

Uns blieben noch Stunden bis zur vereinbarten Zeit. In der alten Wäscherei setzten wir uns im Schneidersitz auf einen der riesigen Kessel und horchten auf die Musik des Sturms.

»Weißt du noch, der erste Abend, an dem wir hier waren, Babe?« Ich lächelte und wünschte, es gäbe eine Zauberpille, mit der ich die Gefühle von damals heraufbeschwören könnte. Was auch immer geschah, Jesse hatte mir diesen Ort geschenkt und mir gezeigt, was ich aus meinem Leben machen wollte. »Wie du gestrahlt hast, als du hereingekommen bist. An dem Abend habe ich mich in dich verliebt, es hat nur lange gedauert, bis ich es auch sagen konnte. Was immer geschieht, für uns wird das hier immer was Besonderes sein. Ich freunde mich allmählich mit dem Gedanken an, beim Umbau mitzuarbeiten. Und du könntest ohne weiteres einen Job in einem schicken Hotel bekommen.« Seine Worte legten sich wie Handschellen um meine Gelenke; hätte es die Zauberpille gegeben, ich hätte sie ausgespuckt.

»Angenommen, sie bezahlt«, wechselte ich das Thema, »was fangen wir mit dem Geld an? Wo sollen wir es verstecken? Du kannst nicht einfach herumlaufen und mit Bargeld um dich werfen.«

Jesse zuckte mit den Schultern. Schwer zu sagen, ob er nicht so weit in die Zukunft planen wollte oder einfach nicht daran gedacht hatte. »Nach und nach aufs Konto einzuzahlen. Sag einfach, du hättest deinen Lohn gespart. Machst du dir Sorgen ums Finanzamt?«

»Mein Gott, Jess, das Finanzamt dürfte unsere geringste Sorge sein.« Ich lachte und bereute es sofort, weil es gemein klang. »Ich meine, Geld unter der Matratze funktioniert nicht. Deine Mum bezieht die Betten – sie wird glauben, du hättest eine Bank überfallen.« Die Vorstellung ernüchterte ihn; ich wusste, wie stolz er darauf war, der »gute« Sohn zu sein.

»Jetzt mal doch nicht den Teufel an die Wand!« Er hatte mich noch nie angeblafft.

»Tut mir leid.« Ich betrachtete meine Fingernägel, die schon nach wenigen Stunden hier schmutzig waren. Eins musste ich vor Mitternacht noch loswerden.

»Und wenn sie es nun drauf ankommen lässt? Letztlich wissen wir ja gar nicht, was sie getan hat. Hast du das vergessen?«

Seine Augen blitzten. »Könntest du mal aufhören, so verdammt negativ zu sein?«

Ich beschloss, nichts mehr zu sagen.

Eine halbe Stunde vor Mitternacht bezogen wir unseren Posten an der Tür mitsamt Stirnlampen. Jesse wollte mich küssen, ein großes romantisches Abenteuer daraus machen, aber das Plastik an der Stirn verdarb die Stimmung, und ich war erleichtert.

Um fünf vor zwölf sahen wir Licht auf der Asylum Road.

»Nur zwei Scheinwerfer«, erklärte Jesse, der in den Regen blinzelte.

»Ist sie allein?«

»Kann ich von hier aus nicht sehen.« Er blies in seine Hände und leuchtete mit Clays großer Taschenlampe, als der dunkelblaue Jaguar holpernd näher kam. »Scheiße. Scheiße, Scheiße, Scheiße, es ist so weit.«

Helen Greenlaws schmale Gestalt unterm Regenschirm, in schicker Cabanjacke, schmaler grauer Hose, flachen Schuhen. Im strömenden Regen tastete sie sich vorsichtig durch den Schutt. Ich hatte erwartet, dass sie, nach allem, was sie getan hatte, zu gewaltiger Größe angeschwollen war, doch sie war winzig.

Sie rümpfte die Nase. »Nehmen Sie das Licht weg, damit ich Sie sehen kann.« Eine Stimme, die Gehorsam forderte, und zu meiner Überraschung senkte Jesse widerspruchslos die Taschenlampe.

»Kommen Sie aus dem Regen«, sagte er so leise, dass ich die Ohren spitzen musste, obwohl ich neben ihm stand.

Sie schüttelte den Schirm aus und lehnte ihn ordentlich in eine Ecke. Ihre Haltung war perfekt. Die Hände, die den Stift gehalten hatten, mit dem sie die Schließung unterzeichnet und so viele Leben zerstört hatte und die auch getan hatten, wofür man sie hier eingesperrt hatte, waren nicht die blutbefleckten Klauen meiner Phantasie, sondern zierlich, blassrosa, maniküRT und beringt. Schmutziges Wasser war wie Öl an ihren Knöcheln hochgespritzt. Ich fragte mich, wie es sich wohl anfühlte, ein Paar Schuhe zu ruinieren und sich keine Gedanken machen zu müssen, wie man sie ersetzte.

Sie benötigte keine Verstärkung, nicht den Widerschein einer Leinwand oder die Höhe eines Rednerpults, um Autorität auszustrahlen. Jesse schien das zu begreifen und hasste sich dafür. Ein Windstoß peitschte eine horizontale Flutwelle herein und trieb uns tiefer in den Flur. Sie zuckte kaum mit der Wimper. *Es ist ihr egal*, dachte ich. *Man könnte denken, sie sei aus Angst gekommen, aber sie wirkt völlig gefühllos.* Der Schraubstock meines schlechten Gewissens lockerte sich ein wenig. Ich hatte noch nie einem Menschen gegenübergestanden, von dem ich wusste, dass er ein Psychopath war, und konnte mich eines makabren Kribbelns nicht erwehren.

»Nun«, sagte sie in einem Ton, der uns bewies, dass Helen Greenlaw ihre Erpressung selbst in die Hand nehmen würde. Jesse schaute sich nervös um, hielt Ausschau nach Polizei, Scheinwerfern oder Taschenlampen, nach einem Hinweis, dass wir nicht allein waren. Dass Greenlaw hier war, hieß noch lange nicht, dass sie auch bezahlen würde. Seine Paranoia war ansteckend: Auch ich meinte jetzt Schritte zu hören, Türenschlagen, Schlüssel, die sich im Schloss drehten, und einmal schien mir sogar, ein EKT-Gerät werde eingeschaltet – ein Geräusch, das mir völlig unbekannt war. Meine Phantasie lief Amok, als wäre mein Gewissen eine Person, die draußen herumschlich und herabgefallene Fliesen zertrat.

»Ich will zuerst die Unterlagen sehen«, sagte sie mit der vertrauten monotonen Stimme.

»Erst wenn ich das Geld gesehen habe.« Jesse wirkte eher wie ein Elvis-Imitator als wie ein harter Gangster, und Scham durchbohrte mich wie ein spitzer Pfeil, obwohl ich mich fürchtete.

Greenlaw öffnete ihre Handtasche: Portemonnaie, Autoschlüssel, Handschuhe, Streichholzschachtel, eine schmale Taschenlampe und sechs kompakte Geldbündel. Selbst große Summen brauchen wenig Platz, wenn die Zählung stimmt. Erst zum zweiten oder dritten Mal im Leben sah ich einen Fünfzig-Pfund-Schein. Aus irgendeinem Grund hatte ich mit Zwanzigern gerechnet. Schon ein einziger Fünfziger im Haus wäre verdächtig.

Greenlaw zog einen Schein mitten aus einem Bündel und reichte ihn Jesse, der ihn ans Licht hielt, so dass man das Wasserzeichen mit der Königin sah. Dann riss er den silbernen Streifen ein. Helen wirkte so gelangweilt und herablassend, als wäre er der Kassierer im Supermarkt.

»Ich würde gern meine Unterlagen sehen, bevor der Austausch stattfindet.« Ich hatte die Originale in der Mappe dabei. Draußen huschte etwas herum; ich zuckte zusammen, doch Helen blieb ganz ruhig.

Sie warf einen flüchtigen Blick auf das Foto und überflog die Unterlagen, als wäre es eine Gasrechnung. Aber nicht einmal die wurden bei uns daheim so gleichgültig gelesen.

»Von wem haben Sie die?«

Jesse hob stolz das Kinn. »Niemand. Wir haben sie mit unseren … investigativen Kräften gefunden. Man hat sie hier zurückgelassen, im Archiv. Das passiert, wenn man Sachen halbherzig macht. Na ja, ist ja offensichtlich nicht das Schlechteste.«

Sein höhnisches Grinsen war so unnötig, so wenig überzeugend. Er hatte nichts von Bonnie und Clyde. Wir waren nichts als billige kleine Gauner aus der Pampa.

Ich wartete auf das Blaulicht. Wann fand die Übergabe statt, wann wäre das Verbrechen vollzogen? War es Erpressung, sobald wir das Geld angenommen, oder erst, nachdem wir die Dokumente ausgehändigt hatten? Oder hatten wir die Grenze schon vor Tagen überschritten, mit einem Stück Plastikband und einer Autotür?

»Alles da, schwarz auf weiß. Beweise für das, was Sie sind. Was Sie getan haben.«

Ich ahnte, was er vorhatte, er wollte ein Geständnis erzwingen. Ich hielt die Luft an.

»Ja«, sagte sie. »Da kann ich Ihnen nicht widersprechen.« Die Arroganz dieser Frau brachte mein Blut in Wallung. Selbst jetzt, mit den Beweisen in Händen, konnte sie es weder eingestehen noch sich entschuldigen. Sie blickte auf. »Woher soll ich wissen, dass es keine Kopien gibt?«

»Da müssen Sie uns wohl vertrauen«, sagte ich.

Ich fragte mich, ob die Krankheit es ihr leichter machte, Menschen zu durchschauen und sie auszunutzen, oder ob ihr Mangel an Einfühlungsvermögen eher hinderlich war. Ihre Miene verriet es nicht.

Helen steckte ihre Geschichte in die Handtasche und überreichte nicht Jesse, sondern mir die Geldbündel. Ihm stand der Mund offen, aber ich funkelte ihn warnend an: Wir bringen das jetzt hinter uns. Ich stopfte so viel wie möglich in meine Ledermontur und gab das übrige Geld Jesse, der es in Clays Werkzeugtasche verstaute und sie über die Schulter hängte.

»Sie werden nicht wieder von uns hören.« Ich schaute Helen an, doch meine Worte waren für Jesse bestimmt.

Der nächste Windstoß war anders: ein Sog und ein Ziehen,

eher Vakuum als Wind, so als hätte jemand irgendwo in der Klinik einen tiefen Schornstein aufgebrochen. Die Hintertür schlug zu; der wacklige Türsturz löste sich und riss mit einem gewaltigen Knall die halbe Ziegelmauer mit sich.

»Scheiße«, sagte Jesse.

Eine Lawine aus Fliesen, Ziegelsteinen und durchweichtem Putz ergoss sich zusammen mit literweise schmutzigem Wasser ins Gebäude. Binnen einer halben Minute standen wir bis zu den Hüften im Schutt, und der einzige Ausgang war versperrt.

»Fuck«, sagte Jesse, schaltete die Stirnlampe ein und bewegte sich auf die Lawine zu. Ein Balken stürzte vom Gewölbe herab und verfehlte seinen Kopf nur knapp. Draußen verrutschte etwas – ein Dachziegel, ein Stein – und prallte dumpf auf den Boden.

»Jesse!«, schrie ich. Er schoss herum. Das grelle Licht der Stirnlampe verbarg seinen Gesichtsausdruck, aber ich konnte mir vorstellen, wie wütend er war. Ich hatte seinen Namen ausgesprochen.

»Wir müssen vorne raus«, sagte er.

»Hast du deinen Schlüssel dabei?«, fragte ich. Selbst ein Schlüssel, mit dem man zwanzig Minuten herumfummeln musste, war besser als nichts. Er klopfte seinen Körper ab und machte ein langes Gesicht. »Der ist im Motorrad. Ich kann ein Brett von den Fenstern hebeln, dann klettern wir raus.« Er schaute Helen an. »Ich klettere durch und lasse euch beide raus. Irgendwie.«

Die Sache geriet zur Farce, das wusste er genau. Sein Stolz war verletzt, und nicht nur ich hatte es miterlebt, sondern auch Helen, die unserem Gespräch reglos gefolgt war. Selbst in dieser heiklen Lage spürte ich, wie sehr sie uns für unsere Unfähigkeit verachtete. Ihr Blick sagte: Also ich hätte eine Erpressung anders angestellt.

Die Stirnlampen reichten nur ein, zwei Meter weit, und wir machten kleine Schritte. »Pfütze!«, rief Jesse, als seine Stiefel bis zu den Knöcheln in einem unsichtbaren Loch verschwanden. Ich konnte mit etwas Mühe hinüberspringen, war aber auch zwei Generationen jünger als Helen, die unsere Hilfe brauchte. Ein angeborener Sinn für Ritterlichkeit veranlasste Jesse, ihr die Hand zu reichen. Sie ergriff sie, um über die Pfütze zu steigen, wischte sich die Hand dann aber an der Jacke ab, als wäre Jesse schmutzig und kontaminiert. Ich bemerkte seine Miene im Schein der Stirnlampe, er konnte sich nur mühsam beherrschen. Ich dürfte mir später noch einiges anhören.

Ich fragte mich, was Helen noch von ihrer Zeit hier im Hospital wusste. In den kurzen Augenblicken, in denen das Licht unserer Stirnlampen auf ihr Gesicht fiel, wirkte es völlig ausdruckslos.

Ich konzentrierte mich ganz auf das Ende des Flurs, wo unser Licht von einem Fenster oder einer Pfütze reflektiert wurde. Als wir uns der Eingangshalle näherten, wurde das Licht heller, aber auch diffuser, und ich begriff, dass es keine Reflexion war: Es gab eine andere Lichtquelle. Denn dort saß Clay Brame mit gespreizten Beinen auf einem alten Stuhl, unsere kleine gelbe Taschenlampe wie eine Butterblume unters Kinn geklemmt.

33

Die Wände hinter Clay weinten, Blätter wirbelten in dunklen Ecken. Ich konnte nicht erkennen, ob es sich bei dem riesigen Schlüssel, der von seinem Gürtel baumelte, um das Original oder die schlechte Kopie handelte, die Jesse in seinem Motorrad aufbewahrte. Ich schaute zu der Flügeltür am Eingang; Clay folgte meinem Blick und klopfte auf den Schlüssel.

»Komm bloß nicht auf dumme Gedanken.«

Ich wandte mich zu Jesse um, doch sein Gesicht lag im Schatten. Hatte er mich hintergangen, seinen großen Bruder als Verstärkung herbestellt?

»Fuck, was soll das?« Jesses Überraschung war ebenso echt wie sein Zorn.

»Du hast mit der Tür dahinten richtig Scheiße gebaut.«

Ich sah Jesse in die Augen; Clay hatte alles mitbekommen. Er wusste Bescheid.

»Ich bin wegen guter Führung draußen«, sagte Clay, was zwar erklärte, weshalb er auf freiem Fuß war, nicht aber, weshalb er hier saß. »War ein paar Tage bei einer Braut in Diss. Hatte blaue Eier.« Er schob die Hand zwischen die Beine. Helen erschauerte und spiegelte damit meinen eigenen Ekel.

»Verdammte Scheiße.« Jesse war schockiert, sein cooles Gehabe verschwunden. »Wissen Mum und Dad Bescheid?«

»Glaub nicht. Die waren nicht da, als ich nach Hause kam.«

»Aber was machst du hier?«

»Ich habe in der Sofaritze nach Kleingeld gesucht. Und als ich nichts gefunden habe, bin ich deine Taschen durchgegangen. Du hättest sie wirklich gründlicher ausleeren sollen.«

Er zog ein Bündel Papier aus der Tasche. Zuoberst lag unser erster Entwurf für den Drohbrief, der mit dem Tippfehler. Jesse schwankte, der Lichtstrahl zuckte über die Wände. »Hab eine Schatzsuche gestartet«, sagte Clay und fächerte Jesses kleine Sammlung verschwommener Fotokopien auf. Ich verschluckte einen wütenden Fluch. Hätte Jesse den Brief ordnungsgemäß entsorgt, wäre Clay jetzt nicht hier. So aber standen wir vor Greenlaw als Lügner da.

Sie trat vor. »Was haben Sie da?« Zum ersten Mal schwang Gefühl in ihrer Stimme mit. Darüber hatte ich gelesen: dass eine Psychopathin nur einen einzigen Menschen wahrhaft liebt und beschützt, nämlich sich selbst.

Clay richtete den Strahl der Taschenlampe auf sie. »Sieh da, eine Audienz mit der ehrenwerten Abgeordneten Helen Greenlaw. Unser alter Herr hätte alles dafür gegeben, Ihnen von Angesicht zu Angesicht gegenüberzustehen, aber das wollten Sie ja nicht, was? Trotzdem bin ich froh, dass letztlich was Gutes dabei herausgekommen ist.« Er richtete das Licht auf Jesse. »Ich nehme an, sie hat bezahlt, sonst wäre sie nicht hier.« Jesses Augen wanderten unwillkürlich zu der Werkzeugtasche. »Okay. Alles?« Jesse nickte. Clay streckte die Hand aus. »Dann nehme ich meinen Anteil. Nennen wir es Rückerstattung.«

Jesse begriff noch vor mir, was Clay verlangte.

»Aber du hast es nicht verdient. Das gehört uns. Mir und – ihr.«

Die Luft zwischen den Brüdern vibrierte förmlich. Beide waren zutiefst davon überzeugt, dass ihnen das schmutzige Geld moralisch zustand. Wären Helen und ich verschwunden, hätten sie es gar nicht bemerkt.

Clay war schnell für einen so kräftigen Mann. Er schoss vom

Stuhl hoch und stieß seinen Bruder vor die Brust. Ich zuckte zusammen, als Jesse mit dem Steißbein auf die Fliesen prallte. Er stöhnte vor Schmerz, und Clay schnappte ihm die Tasche weg. Die kleine Taschenlampe fiel zu Boden. Im Licht der großen stopfte Clay die Fotokopien zu den klappernden Werkzeugen und den gebündelten Fünfzig-Pfund-Scheinen.

Helen wollte auf ihn losgehen und griff nach der Tasche. »O nein, das tun Sie nicht«, sagte Clay und riss die Tasche weg. »Die hebe ich mir auf.«

Sie wurde wieder still; ich fragte mich, was in ihrem verrückten Gehirn gerade vorgehen mochte.

Jesse rappelte sich mühsam auf, stellte sich vor die Flügeltür und zog mich grob vor sich, als wäre ich eine Geisel. Ich spürte das Geld unter meiner Lederkluft und verschränkte schützend die Arme vor der Brust.

»Zuerst musst du an uns vorbei.«

»Sei kein Arsch«, sagte Clay. »Wer hat dir das hier denn gezeigt? Wer hat denn hier gearbeitet? Ich kenne mich besser aus als du.« Er wandte sich zur Tür des Uhrturms, und mir wurde klar, welchen Fluchtweg er sich überlegt hatte: hinauf zur Uhr, die Feuerleiter hinunter. Doch Sturm und Vandalen hatten diesen Weg versperrt.

»Nein!«, riefen wir wie aus einem Mund, als er Jesses improvisierte Absperrung zerschlug und mitsamt dem Taschenlampenlicht verschwand.

»Hey, es ist nicht wie früher, du brichst dir den Hals.«

Wir ignorierten unsere eigenen Warnungen und folgten ihm. Im Uhrturm strömte der Regen durch die Löcher im Dach und zeichnete konzentrische Kreise im überfluteten Kellergeschoss unter uns. Clays Licht tanzte durch die gekreuzten eisernen Verstrebungen, die den Turm stützten.

Dann trat Helen hinter uns, ihre Minitaschenlampe schien wie ein toter Stern zwischen unseren Sonnen. Weiter oben enthüllte Clays weißes Licht verrottete Spindeln, zerbrochene Fenster und die rostigen Zahnräder des Uhrwerks.

»Ich gehe ihm nach«, sagte Jesse.

»Bist du irre?« Ich hielt die Hand über unsere Taschenlampen, damit wir unsere Gesichter erkennen konnten. Das Licht glühte in blutigem Orange durch meine Hand, ließ Adern und Knochen hervortreten.

»Er hat alles, wofür wir gearbeitet haben. Und ich habe keinen Schlüssel. Also ist er auch der Einzige, der uns hier rausholen kann – oh, verdammte Scheiße.«

Vor uns tauchte eine Gestalt auf, ein kleines blasses Gespenst, das die Treppe hinaufstieg. Während wir uns stritten, war Greenlaw an uns vorbeigeschlüpft. Der Regen ließ ihre Haare wie ein Soufflé zusammenfallen.

»Das mit dem Geld müssen Sie unter sich ausmachen, aber ich bestehe darauf, dass Sie mir die Papiere geben«, rief sie durch den Treppenschacht nach oben.

»Gott im Himmel.« Selbst bei Tageslicht und trockener Witterung konnte man die Treppe nicht benutzen. Das Moos auf den Betonstufen war rutschig, und als ich nach dem eisernen Geländer griff, löste es sich aus der bröckelnden Mauer.

Ich war jetzt im ersten Stock, wo Rauf und Runter gleich riskant erschienen. Die kalte Luft kratzte in meinen Lungen, als wir uns Greenlaw näherten. Clay blieb abrupt auf dem Treppenabsatz stehen, bis zu dem das Uhrwerk reichte. Hier endete die steinerne Treppe, über ihm gab es nur noch wacklige Holzstufen und die gewaltige rostige Guillotine aus Zahnrädern und Ankern. Er schlug mit der Faust die Tür ein und trat durch den Splitterregen draußen auf die Feuerleiter.

»Die hält dich nicht aus!«, schrie Jesse. Ich würde keinen Fuß daraufsetzen, selbst wenn sie ihn aushielt. Über uns ragte das

Uhrwerk empor, Wasser tropfte uns ins Gesicht. Eine große Scherbe blickdichten Glases, die zum Zifferblatt gehörte, baumelte zwischen der Sechs und der Sieben lose im Wind. Man hörte ein nervenzerfetzendes Kreischen wie von einer gigantischen Tür mit rostigem Scharnier. Als die Feuerleiter draußen auf den Boden prallte, erbebte der ganze Turm, und eine weitere Glasscheibe rutschte aus ihrer eisernen Halterung. Wir schlossen die Augen, um uns vor Splittern zu schützen. Knirschende Schritte verrieten uns, dass Clay wieder nach innen auf den Treppenabsatz getreten war. Ich war froh, dass er noch lebte, sah dann aber den Zorn in seiner Miene.

»Hast du mich in die Falle gelockt, du kleiner Scheißer?«

Das war nicht zu fassen. »Du bist doch uns gefolgt! Und Jesse hat dich gewarnt.«

Jesse versuchte, wieder die Kontrolle zu erlangen. »Sehen wir zu, dass wir heil die Treppe runterkommen und es irgendwie nach draußen schaffen, okay?« Er schob die größten Splitter in den Treppenschacht. »Es gibt keinen anderen Weg.«

Wir blieben einen Moment stehen, das zerbrochene Zifferblatt im Rücken, in einer Stille, wie ich sie den ganzen Abend nicht erlebt hatte. Wir mochten eine Sekunde so verharrt haben oder auch zehn. Ich weiß nur, dass ich nach der Tasche griff und im selben Moment alles in Bewegung geriet. Wir vier rauften in der Dunkelheit, das Taschenlampenlicht zuckte über Lücken im Mauerwerk, verrutschende Fliesen, schmiedeeiserne Zahlen und dann und wann über ein erschrockenes Gesicht, wie Standfotos aus einem Horrorfilm. Auf einem Bild sah ich meine eigenen Hände, die nach dunklem Leder griffen, bevor ich mir die Knöchel an rauem Stein aufschürfte. Auf einem anderen rangen Greenlaws winzige Hände mit Jesse – oder war es Clay? – um die Tasche. Ich ertastete den Schlüsselbund an Clays Gürtel und riss daran. Metall landete scheppernd auf Stein. Als ich mich danach bückte, trat mir jemand mit der Gewalt einer Kanonenkugel auf die rechte Hand. Der Schmerz nahm mir den Atem, aber die Finger meiner linken schlossen sich um kaltes Metall, und dann gehörte der Schlüsselbund mir.

In der nächsten Einstellung hatte Clay Jesse am Kragen gepackt und drückte ihn über das Geländer. Helen umklammerte Clay von hinten – ob sie Jesse retten oder Clay hinunterstoßen wollte, konnte ich nicht erkennen.

»Lass ihn los!«, schrie ich. Ich stürzte vor, als Clay sich aufrichtete, um Helen abzuschütteln. Ein Ellbogen traf mich in die Rippen, ein Knie meinen Oberschenkel.

Das Holz gab nach und brach.

Sofort schwand jeder Widerstand; Greenlaw, Jesse und ich kämpften nur noch gegen schwarze Luft und schauten in das leere Treppenhaus. Ein verschwommener Lichtpunkt zeichnete Clays Absturz nach. Es gab drei Aufschläge: zuerst ein lautes Knacken, ein roter Spritzer auf weißen Fliesen, ein unheimlich verdrehter Hals. Dann prallte eine Wirbelsäule gegen einen Eisenträger, der zerbrochene Körper verharrte eine Sekunde unnatürlich zurückgebogen in der Luft. Zuletzt ein Aufklatschen im Wasser.

Danach nichts als unser Atem und das leise Trommeln des Regens.

34

»Nein!«, schrie Jesse ins Treppenhaus hinunter. Das Licht konzentrierte sich an den gefliesten Wänden: Alles, was wir von Clays zerschlagenem Körper sehen konnten, war sein blasses Gesicht, wie Papier in schwarzer Tinte, das einige Sekunden an der Oberfläche schwebte und dann blasenlos versank. »Ich gehe in den Keller und sehe, ob ich zu ihm komme.«

Ich wollte ihn festhalten, doch seine Haut war nass und kalt, und meine Finger rutschten von seinem Handgelenk ab. »Jesse, da unten ist alles überflutet. Du bringst dich um.«

»Er ist mein Bruder.« Aus seinen Wangen war alle Farbe gewichen; Augen und Lippen waren dunkel wie bei einem Stummfilmstar.

Greenlaw trat vor ihn und legte ihre kleine Hand auf seine Brust, worauf er zusammenzuckte. Um an ihr vorbeizukommen, hätte er sie die Treppe hinunterstoßen müssen.

»Er ist tot.« Ihr klinischer Tonfall machte es noch endgültiger. Jesse rutschte an der Wand hinunter und hinterließ einen vertikalen Schmierfleck auf den schmutzigen Fliesen. Ich öffnete die Hand, um ihm Clays Schlüssel zu zeigen – den großen für die Eingangstür vom Nazareth, einen Yale- und einen Harley-Davidson-Schlüssel an einem Anhänger aus Leder und Metall –, und reichte sie ihm. Er drehte sie in seinen Händen und starrte finster hoch zum Uhrwerk, als wünschte er, es würde auf uns herabstürzen.

»Was machen wir jetzt?«, fragte ich Greenlaw wie ein Kind, das bei einer Erwachsenen verzweifelt Hilfe sucht.

Sie legte die Fingerspitzen aneinander und drückte sie an die Stirn. »Offensichtlich ist es zunächst am vordringlichsten, dass wir uns an einen sicheren Ort zurückziehen.«

»Was?«

Sie konnte sich kaum beherrschen, weil ich so blöd war. »Wir müssen die Treppe runtergehen.«

Ich hockte mich vor Jesse hin. »Hast du das gehört? Wir gehen jetzt runter und versuchen, alles in Ordnung zu bringen. Einverstanden? Komm mit.« Diesmal ergriff er meine Hand. Er trug die Tasche, ich nahm die große Lampe. Greenlaw hielt sich aufrecht wie eine Ballerina. Wir stützten uns am alten Mauerwerk ab, um das Gleichgewicht zu halten. Es war ein Wunder, dass wir es überhaupt alle auf den Turm geschafft hatten, denn die Stufen waren steil und tief. Nach unten brauchten wir doppelt oder dreimal so lange wie nach oben. Ein Fehltritt, und wir würden alle abstürzen. Um nicht zu schreien, zählte ich die Stufen. Zehn, elf, vorbei an den Blutspritzern, wo Clay mit dem Kopf auf die Fliesen geschlagen war. Zwanzig, einundzwanzig, vorbei an dem Träger, der ihm das Rückgrat gebrochen hatte. Zweiunddreißig, dreiunddreißig, immer einen Schritt näher zu dem Moment, wenn sie sagen würde, wir müssten die Polizei rufen. Vermutlich hatte sie ein Autotelefon in ihrem Jaguar. Neununddreißig, vierzig. Ich spielte im Kopf noch einmal die Sekunden durch, bevor Clay abgestürzt war. Clay hatte Jesse über das Geländer gedrückt, und wir hatten auf seinen tobenden Zorn reagiert. Ich wusste noch, wie sich meine Hände in seinen Kragen gekrallt hatten, wie ich ihn von Jesse wegreißen wollte. Greenlaw hatte sich hingekauert und versucht, nach der Tasche zu greifen. Siebenundvierzig, achtundvierzig, neunundvierzig, dann standen wir wieder in der Eingangshalle.

Wir schauten einander an, drei Seiten eines Quadrats. Meine und Jesses Hände waren völlig verschmutzt, die Knöchel und

Nägel schwarz umrahmt. Greenlaws hingegen waren immer noch makellos sauber.

»Wer von uns …«, fragte sie. Die Frage brach ab, doch es war offensichtlich, was sie meinte. Menschen lügen ständig, um ihre Spuren zu verwischen, aber nach einem wirklich schrecklichen Ereignis gibt es ein Fenster – sekunden-, vielleicht auch minutenlang –, in dem der Schock jede Täuschung unmöglich macht und es nur schonungslose Ehrlichkeit gibt.

»Ich glaube nicht …« Ich konnte ebenso wenig weitersprechen wie sie. »Wer …«, versuchte ich es noch einmal. Ich musste es wissen, selbst wenn sich herausstellte, dass ich es gewesen war.

»Ich weiß es nicht«, gestand Jesse. »Ich hab einfach um mich geschlagen. Ihr wart dabei. Ich weiß nicht, ob ich es war.«

»Ich auch nicht«, sagte ich. »Das heißt, ich könnte es genauso gut gewesen sein.«

Wir sandten uns pfeilscharfe Blicke zu, voller Entsetzen, und fürchteten doch, einander in die Augen zu sehen. Was machte es schon aus, wer es gewesen war? Wir waren einander verpflichtet.

Eisiges Wasser tropfte mir aus den Haaren auf den lederbekleideten Rücken. Jesses Haare waren von Dreck und Staub verfilzt. Greenlaw berührte ihre kollabierte Frisur und strich regenwasserdunkle Strähnen an den Schläfen nach hinten. Eine kleine Bewegung, und sie hatte sich wieder in der Gewalt. »Es ist eine außerordentliche Situation«, gab sie zu. »Ich vermute, dass sein eigenes Körpergewicht das Holz durchbrochen hat; er war ein kräftiger Mann. Beschwören kann ich es allerdings nicht. Es könnte jeder von uns gewesen sein. Auch ich.« Sie zuckte mit den Schultern, als wollte sie sagen, ja, vielleicht habe ich die letzte Milch ausgetrunken. Sie log nicht; es war ihr schlichtweg egal, wer verantwortlich war. Clay war ein Problem gewesen, das gelöst werden musste.

Ihre Hartherzigkeit war unsere einzige Hoffnung.

»Was machen wir jetzt?«, fragte ich, wartete aber nur auf ihre Antwort. »Mal ehrlich. Was machen wir jetzt?« Beim letzten Wort begannen meine Zähne zu klappern. Greenlaw drückte die Fingerspitzen zwischen ihre geschlossenen Augen. Ich erwartete, sie würde sagen, wir alle seien, jeder auf seine Weise, unschuldig, dass die Polizei es verstehen und das Gesetz uns unterstützen würde. Doch selbst wenn niemand Clays Tod verschuldet hatte, waren Jesse und ich immer noch Erpresser. Sie konnte uns jederzeit verraten, das war klar.

Dann sah ich ihr Gesicht, und es veränderte alles. Sie war zur Kreidezeichnung geworden, aschfahle Haut, wie mit Kohle geätzte Gesichtszüge, und mir kam der Gedanke, dass man solche Zeichnungen nur aus dem Parlament oder dem Gerichtssaal kannte. Im Geiste zeichnete ich Jesse und mich auf der Anklagebank.

»Wie lange, bis man ihn vermisst?«, fragte sie.

Das kam so unerwartet, dass ich sie missverstand. Jesse beugte sich vor, als müsste er sich übergeben, dann sank er auf alle viere und starrte in eine dunkle Ecke. Ich fragte mich, ob er überhaupt merkte, dass wir da waren.

»Ich glaube, Jesse vermisst ihn schon jetzt«, sagte ich. Helen blieb ungerührt, während bei mir der Groschen fiel. Die Kälte drang mir bis in die Knochen. Jetzt erkannte ich, mit welcher Haltung sie ihre Freilassung erreicht und später auf den Tod von Julia Solomon reagiert hatte. Dies war die Unmenschlichkeit, die wir ausgenutzt hatten und die uns jetzt half. Wenn wir uns auf ihren Plan einließen, wären wir nicht besser als sie. Oder sogar schlimmer, weil ohne uns das alles nicht geschehen wäre.

Leise sagte ich: »Wahrscheinlich dauert es eine Weile, bis man ihn vermisst, vielleicht Monate. Er kommt und geht. Seine Eltern wissen gar nicht, dass er draußen ist.«

Das brachte Jesse wieder auf den Plan. »Aber wir können ihn

nicht einfach hierlassen.« Ich bedeutete ihm aufzustehen, und er kam unsicher wie ein neugeborenes Fohlen auf die Füße.

»Ich weiß nicht, wie man ihn bergen sollte«, sagte Greenlaw. »Falls Sie vermeiden möchten, dass Ihr kleines Komplott aufgedeckt wird, müssen wir dies als Unglücksfall verkaufen.« Die Drohung hätte nicht offensichtlicher sein können, doch Jesses benebeltes Gesicht sagte mir, dass ich es ihm genau erklären musste.

»Sie meinen, wir lassen es aussehen, als wäre er allein gewesen?«

Während Jesse langsam den Kopf schüttelte, nickte Greenlaw. Mir wurde mit erschreckender Gewissheit klar, dass sie recht hatte. War dies der Augenblick, in dem ich mich unwiderruflich auf ihre Seite stellte? Denn die Alternative war, dass man einen oder zwei oder uns alle wegen Totschlag und Hausfriedensbruch verurteilte, Jesse und mich auch wegen Erpressung. Wir wollten Macht über Greenlaw gewinnen, hatten nun aber ebenso viel zu verlieren wie sie. Der Gedanke, sie könnte uns vor Gericht bringen, war verrückt.

»Okay, Jess, hör mir zu.« Ich legte die Hände um sein Gesicht. »Es ist schrecklich, es ist furchtbar, und es tut mir so leid, aber ich glaube, wir müssen tun, was sie sagt. Einverstanden?« Als er erneut den Kopf schüttelte, hielt ich ihn umklammert, winzige Muskeln in meinen Armen und Handgelenken stemmten sich gegen die Kraft seines Kiefers. »Sieh mich an. Niemand kommt hierher. Du hast ihm gesagt, er soll nicht die Treppe raufgehen, und er hat es trotzdem getan. Es würde zu ihm passen, so etwas auf eigene Faust zu unternehmen.« Jesses Tränen – die Tränen, die ich mir selbst nicht gestattete – wuschen weiße Deltas in sein schmutziges Gesicht.

»Er ist mein Bruder.«

Trauer konnte ich ihm zugestehen, auch Schuldgefühle, aber

keine brüderliche Loyalität. Hätte Clay uns nicht gestört, wären wir jetzt kurz vor Nusstead. »Vergiss nicht, warum er hier war.«

»Er könnte unentdeckt hier liegen, bis das Gelände erschlossen wird, und das kann Jahre dauern.« Greenlaws Zynismus war geradezu beeindruckend. Es gab wohl keine Situation, in der sie nicht ihr Insiderwissen nutzte. »Sie haben selbst gesagt, dass ein solches Missgeschick nicht untypisch für ihn wäre.«

Jesse stützte den Kopf in die Hände und gestattete sich einen Moment in der Hölle, bevor er Helen die Werkzeugtasche vor die Füße warf. Das Geld war noch drin, obwohl die Scheine jetzt feucht und gewellt waren, nicht mehr die säuberlichen Bündel von vorhin.

»Nehmen Sie, was Sie brauchen; tun Sie, was Sie wollen.« Helen rührte das Geld nicht an, sie nahm nur ihre Unterlagen heraus und steckte sie in die Handtasche. Wir versuchten nicht, sie davon abzuhalten. Unsere Rückversicherung konnten wir ohnehin niemals einlösen.

»Sie sind jung. Sie haben Ihr ganzes Leben vor sich.« Sie sprach ohne Wehmut, konstatierte lediglich eine Tatsache. »Das alles ist sehr bedauerlich. Etwas Schreckliches ist hier geschehen, aber immerhin war der Sturz nicht unsere Schuld.« Eine Sekunde lang schimmerten ihre hellen Augen. »Ich habe gearbeitet, um zu werden, was ich heute bin.« Dass ihre Karriere in Gefahr sein könnte, schien sie deutlich stärker zu berühren als Clays Tod. Sie fasste sich so rasch, dass ich mich fragte, ob ich den Moment der Verletzlichkeit wirklich gesehen hatte. »Es gibt keinen Grund, durch Ihre Einmischung weiteres Aufsehen zu erregen. Wir werden keinen Kontakt mehr haben, ist das klar? Wir alle haben sehr viel zu verlieren.«

»Ja«, sagte ich unglücklich. Helen drehte den Kopf zu Jesse, eine strenge Lehrerin mit ihrem ungezogensten Schüler. Er sah mich Hilfe suchend an, und ich nickte kaum merklich.

»Ja«, sagte er unter Tränen. »Ja, wir … ja.«

Ich reichte ihm Clays Schlüsselbund. Sowie Jesses lederbekleidete Fingerspitzen die Tür berührten, schwang sie knarrend auf. Clay hatte geblufft. Die Tür war die ganze Zeit über offen gewesen.

Helen stakste mit kerzengeradem Rücken durch Schlamm und Schutt zu ihrem Auto. Ihre Haltung war eine Beleidigung für alles, was gerade geschehen war. Ich fühlte mich so kaputt, als könnte ich nie wieder den Kopf heben.

Rote Lichter entschwanden über die Zedernallee.

»Und wenn ich ihn noch retten kann?«, fragte Jesse unvermittelt. »Er könnte versuchen rauszukommen und schafft es nicht allein.« Er fing an, sich auszuziehen, als würden wir tatsächlich in den Keller zurückkehren und nach Clay tauchen.

»Jesse.« Ich hielt ihn am Arm fest, strich die Gänsehaut mit meinem Daumen glatt. »Jesse. Es tut mir leid. Er ist tot. Du hast ihn gesehen.«

Er rannte los, bevor ich ihn bremsen konnte, die Taschenlampe um den Hals. Doch er ging nicht nach unten, sondern hoch, hoch, hoch hinauf in den Turm.

»Komm runter, Jess«, rief ich. »Scheiße, hör auf damit!«

Ich stand in der Tür und schirmte die Augen mit der Hand ab, während er mit irgendeinem langen Gegenstand zwischen den Dachbalken stocherte. Er löste die letzten Dachziegel, bis nur noch eine verschlissene Filzabdeckung übrig war. Das Wasser sammelte sich darin und ergoss sich durch die Decke in einem steten Wasserfall in den Treppenschacht und auf Clay. »Es reicht!« Mein Schrei war schrill genug, um ihn zu erreichen. Er kam die Treppe herunter; der Strahl meiner Taschenlampe fiel auf sein Gesicht, und ich musste wegsehen.

»Was machst du da?«

»Ihn begraben«, sagte er.

Wir standen nebeneinander in der Tür. Greenlaw hatte das Ende der Auffahrt erreicht, der Jaguar bog in die Asylum Road. Die Rücklichter des Jaguars zuckten immer wieder rot im Regen auf. Greenlaw dürfte gegen vier Uhr zu Hause sein, lange vor der Dämmerung. Ich stellte mir vor, wie sie in einem Badezimmer mit goldenen Wasserhähnen die Nacht von sich abwusch, mit teurem Shampoo Staub und Schuttbröckchen aus ihren Haaren spülte. Wie würde sie der Person, die sich um ihre Wäsche kümmerte, die verdreckte Kleidung erklären?

Als die roten Lichter gerade zu Stecknadelköpfen schrumpften, hielt der Wagen an und setzte zurück.

»Jesse!« Ich stieß ihn an und deutete hinüber. »Was macht sie da? Kommt sie zurück? Vielleicht hat sie es sich anders überlegt.«

»Scheiße, was weiß ich? Ist da eine Telefonzelle?« Er wusste ebenso gut wie ich, dass es zwischen hier und Nusstead keinen öffentlichen Fernsprecher gab. Die roten Rücklichter erloschen, an ihre Stelle trat ein winziges gelbes Flackern. Jesse schützte die Hand mit den Augen. »Ist das Feuer?«

»Ich verstehe das nicht. Wie kann bei diesem Regen etwas brennen?«

»Sie ist an der Bushaltestelle.« Natürlich. Greenlaw hatte das verlassene Wartehäuschen entdeckt, zurückgesetzt und auf dem erstbesten Fleckchen trockenen Bodens ihre Unterlagen in Brand gesetzt.

35

Wir versuchten eher halbherzig, die auffälligsten Fußspuren im Flur zu entfernen. Im Grunde hatte es wenig Sinn, denn wir hatten ja überall Fingerabdrücke hinterlassen.

Nachdem wir unser Bestes getan hatten, gingen auch wir wieder durch die Flügeltür hinaus. Dass wir zum ersten Mal den gewaltigen offiziellen Ausgang benutzten, machte die Verbannung endgültig.

Jesses Motorrad stand noch am selben Fleck, wo wir es abgestellt hatten, die Helme waren feucht und kalt.

»Ich komme in die Hölle«, sagte Jesse. »Ist doch so, oder? Ich komme in die Hölle. Scheiße – Feuer, Adler, die mir die Augen auspicken.« Es war erschreckend, wie schnell die Geschichte von »Niemand war schuld« in »Wir haben ihn getötet« umgeschlagen war.

»Jesse, du musst dich beruhigen. Das hilft uns nicht. Wir haben zusammen mit Greenlaw beschlossen, dass es ein schrecklicher Unfall war.«

»Aber er ist trotzdem tot.« Das letzte Wort ging in Schluchzern unter. »Meine Mum«, mehr brachte er nicht heraus. Als ich an Trishs Gesicht dachte, traf mich Clays Tod mit voller Wucht. Mir stieg die Galle hoch, das war mir nicht einmal beim Anblick seiner Leiche passiert. Es war kein Trost, dass man ihm ohnehin kein langes Leben prophezeit hatte. »Ich kann nicht den Rest meines Lebens mit einer so gewaltigen Lüge leben. Das kann ich einfach nicht, Babe. Ich meine, du musst deine Mum auch anlügen und so, aber es geht nicht um jemanden, den sie liebt.«

»Ich weiß.« Die Zellen meiner Schuld teilten sich, und sie wuchs, und ich wusste, dass sie noch nicht annähernd ihren vollen Umfang erreicht hatte. »Na los, Jesse. Fahren wir nach Hause. Dann machen wir uns sauber und gehen schlafen. Es hat keinen Sinn, noch länger hierzubleiben.«

Als wir die zederngesäumte Auffahrt entlangfuhren, fiel Jesses Scheinwerfer auf Clays scharlachrotes chromglänzendes Motorrad, das an einem schwarzen Ginsterbusch lehnte. Er bremste abrupt.

»Was zum Teufel machen wir damit?« Ihm brach wieder die Stimme. Wir klappten das Visier hoch.

»Wir müssen es hier stehenlassen. Je natürlicher es wirkt, desto eher wird man auf einen Unfall schließen.«

Sowie ich es ausgesprochen hatte, bemerkte ich meinen Denkfehler; wir wollten ja gar nicht, dass er gefunden wurde.

»Wenn Dad sieht, dass die Maschine nicht in der Garage steht, weiß er, dass Clay draußen ist. Dann merken sie auch, dass er verschwunden ist. Und wenn jemand sie findet – die fragen sich doch, wo der Fahrer steckt. Niemand vergisst seine Harley irgendwo.« Er schob sich die triefenden Haare aus der Stirn. »Die hat 1690 Kubik, die ist zu schwer für dich. Könntest du meine fahren?«

»Nein.« Ich war noch nie auf einer richtigen Straße mit Jesses Motorrad gefahren, ganz zu schweigen bei Dunkelheit und Regen.

»Sonst muss ich später zurückkommen und sie holen, aber dafür brauche ich die ganze Nacht, und ich kann nicht … Ich kann das nicht allein, Babe.«

232

Ich umklammerte die Griffe so fest, dass Muskeln in meinem Körper, von denen ich gar nichts gewusst hatte, feurig zum Leben erwachten und mich stützten, während ich Jesses roten Rücklichtern langsam bis nach Nusstead folgte. Er gab das Tempo vor, während wir den Weg entlangfuhren zu den Garagen hinter den neuen Häusern. Er öffnete das Tor mit Clays Schlüssel, es schwang mit einem gewaltigen Knarren auf. Ich rechnete damit, dass ein Fenster aufleuchten oder eine Jalousie hochgezogen würde, doch es geschah nichts. Die Batterien der Taschenlampe waren fast leer, und wir wischten die Motorräder in ihrem ersterbenden Licht mit einem Polierleder trocken. Als sie wie neu glänzten, hängten wir die Helme an die Haken.

Jesses Gesicht war förmlich in sich zusammengefallen. »Wie soll ich da reingehen und tun, als wäre alles in Ordnung?« Ich war zu sehr durchtränkt von meinem eigenen Schmerz und meiner Angst, um auch nur einen einzigen Tropfen seiner Gefühle aufzunehmen. Ich wusste, wenn ich mich nicht am Riemen riss, würden wir beide zusammenbrechen. Frierend und schmutzig, mit schmerzenden Muskeln, durchweicht und verängstigt, wollte ich in diesem Moment am liebsten nichts empfinden. Also orientierte mich an dem einzigen Menschen, dem die ganze Geschichte nichts hatte anhaben können. Ich drückte das Rückgrat durch, konzentrierte mich auf die Fakten und beherrschte meine Stimme mit letzter Kraft. »Weil für sie alles in Ordnung ist.«

Er würde wollen, dass ich bei ihm blieb, doch das konnte ich nicht. Seine ehrlichen Berührungen hätten mich umgebracht. »Jess, ich muss in mein eigenes Bett. Ich muss mich in meinem eigenen Badezimmer mit heißem Wasser waschen. Meine ganze Kleidung ist ekelhaft.«

Er fiel auf die Knie und schlang die Arme um meine Taille. »Ich kann ohne dich nicht schlafen.«

Es kam mir vor, als würde ich ihm einen Tritt versetzen: »Wir sehen uns morgen.« Ich vergrub die Hände in seinen schmutzigen Haaren, während er zu meinen Füßen weinte.

»Oh, Gott sei Dank habe ich dich, Babe, Gott sei Dank habe ich dich. Das hält uns für immer zusammen, oder?« Tränen hingen an den Spitzen seiner Wimpern. Glaubte er wirklich, wir könnten jetzt noch zusammenbleiben?

An diesem Abend war ich dankbar für unser schäbiges kleines Häuschen, weil es das Badezimmer im Erdgeschoss hatte. Ich seifte mir dreimal die Haare ein und blieb unter dem heißen Wasser stehen, bis es lauwarm wurde. Mit einem Handtuch um den Kopf und schmerzenden Gliedmaßen und Lungen zog ich einen alten Flanellschlafanzug über und kroch zu Colette ins Bett. Ich suchte bei meiner kleinen Schwester Wärme, so wie sie bei mir Trost suchte. »Hab dich lieb, Marianne«, murmelte sie schlaftrunken, und dann brach der Damm in mir. Ich weinte, bis ihre Haare ebenso feucht wie meine waren.

Mum weckte mich gefühlte dreißig Sekunden später. Jedes Bild von letzter Nacht – Jesse, Greenlaw, Clay – kam wie ein Schlag auf ein Hämatom. Es war schon elf; die Heizung war ausgegangen, und mein Atem dampfte. Mir tat alles weh, verspannte Muskeln, die das Trauma in sich bargen.

»Ärger im Paradies?«

Ich murmelte etwas Unverständliches.

»Jesse hat eben an die Tür geklopft, er schien sich furchtbar leidzutun. Ich habe gehört, dass du spät gekommen bist, musst ganz schön sauer gewesen sein.« Sie zog mir die Decke weg, ein alter Trick, mit dem sie mich aus dem Bett holte, wenn ich nicht zur Schule wollte. Meine Beine verkrampften sich aus Protest.

»Mum!«

»Liebesstreit, das gehört doch zum Drama, in deinem Alter macht das den Reiz aus. Dein Märchenprinz wartet draußen.«

Sie riss die Vorhänge auf. Die Wolken hatten sich verzogen; gelbes Sonnenlicht drang ins Zimmer, ohne es zu wärmen.

»O Mann, vergiss Jesse Brame.« Mum löste die Blasenfolie an einer Ecke von der Fensterscheibe. »Sieh dir das an, das ist doch nicht zu glauben.«

Ich stand auf, sah aber nichts Besonderes; der Regen hatte aufgehört, die Wolken hatten sich verzogen. Da war nur blauer Himmel, der schnurgerade Horizont von Suffolk, nichts höher als ein Baum und …

Mein Gott.

Als ich begriff, was sich verändert hatte, platzte Colette herein und rief: »Der Uhrturm ist heute Nacht umgefallen!«

Sie hatte recht. Das Mauerwerk war unversehrt, aber der Turm hatte größtenteils aus Eisenstreben und Glas bestanden, und die waren eingestürzt. Mum stellte sich auf die Zehenspitzen, um einen besseren Blick zu erhaschen. »Es war in den Nachrichten. Den landesweiten Nachrichten. Letzte Nacht hat es in drei Stunden so viel geregnet wie sonst in einem Monat, das hat dem Turm den Rest gegeben. Das ganze Gebäude ist einsturzgefährdet. Sie sperren es jetzt ab, mit richtigen Sicherheitszäunen. Als ich die Milch geholt habe, habe ich Mark gesehen, er hat jetzt einen Tag Arbeit und hilft bei der Einzäunung. Er vermutet, dass Larry Lawrence jemanden drauf angesetzt hat, Versicherungsbetrug. Wenn du mich fragst, sollten die die ganze Bruchbude abreißen.«

Ich zog einen weichen alten Jogginganzug an, der wie eine Rüstung über meine Haut strich. Jesse wartete mit seinem Motorrad am Kriegerdenkmal.

»Konntest du schlafen?« Seine Augen gaben mir die Antwort, rot umrandet und mit tiefen grauen Schatten darunter. »Unglaublich, er ist in derselben Nacht eingestürzt, in der wir da waren«, sagte ich. »Hätte uns treffen können.«

»Es war meine Schuld, weil ich mit der Eisenstange dagegen geschlagen habe. Ich hätte es lassen sollen. Hat nur Aufmerksamkeit erregt. Egal, fahren wir hin.«

Ich sah ihn ungläubig an. »Zurück zum Nazareth?«

»Ich muss wissen, ob sie was finden.«

Auf dem Vorplatz und in der Zedernallee parkten Dutzende Fahrzeuge. Polizeiautos, ein Bagger, ein Lastwagen, die Reifenspuren hatten sich tief in die Erde gewühlt und unsere verwischt. Aber es gab keine Absperrung wie an einem Tatort. Einige Männer, darunter Mark Brame, hatten sich vor einer Frau mit Schutzhelm und Klemmbrett aufgestellt. Mark schien zu spüren, dass Jesse in der Nähe war, und reckte seinem Sohn den erhobenen Daumen entgegen. Heute Abend hätte er endlich Bargeld in der Tasche.

Jesse konnte nicht die Hände von mir lassen, hatte sie auf meinen Schultern, um meine Taille, an meinem Ärmel. Ich ballte die Fäuste, weil ich ihn am liebsten abgeschüttelt hätte.

»Warum die Polizei?«, fragte ich jemanden, den ich vom Sehen kannte. »War es Vandalismus?«

»Eher kriminelle Fahrlässigkeit. Die wollen doch, dass alles einstürzt. Ich kenne Larry Lawrence, den Bauunternehmer – der lässt das Ding hier vor die Hunde gehen.«

»Nicht wenn der Denkmalschutz ein Wörtchen mitzureden hat«, sagte eine Frau in Barbour-Weste.

Die Menge teilte sich, um einen Lkw durchzulassen, der mit Zaunteilen beladen war. Ich konnte Jesse nicht ansehen. Dies waren die Wände von Clays Grab, und sein eigener Vater würde sie dort aufbauen.

36

In einem Punkt behielten die Verschwörungstheoretiker recht. 1991 verkaufte Larry Lawrence die Klinik mit einem Minus von über drei Millionen Pfund und wurde verklagt, weil er ein denkmalgeschütztes Gebäude hatte verfallen lassen. Die Gutachter des Käufers waren gründlich und drehten jeden Ziegelstein um. Clays Fleisch war in dem feuchten Schutt schon stark verwest, und in der Berichterstattung war meist von menschlichen Überresten statt von einer Leiche die Rede. Man identifizierte ihn anhand der zahnärztlichen Unterlagen aus dem Gefängnis.

Niemand zweifelte ernsthaft daran, dass das Ergebnis auf Tod durch Unglücksfall lauten würde. Der Antiquitätenhändler aus Essex meldete sich, und man vermutete, dass Clay es auf die Ziffern und Zeiger der Uhr abgesehen hatte, die er als Altmetall verkaufen wollte. Normalerweise hätte man über einen solchen Todesfall gar nicht weiter berichtet, doch seit Darius Cunniffe das Hospital in ein Spukhaus verwandelt hatte, propagierten die Boulevardblätter den Fluch von Nazareth. Adam Solomon verlangte bei BBC *Look East*, man solle die Klinik abreißen und das Gelände in ein Naturschutzgebiet umwandeln, zusammen mit dem angrenzenden Moor.

Nach Clays Tod hatte ich es noch sechs Wochen mit Jesse ausgehalten und seine verzweifelten Berührungen ertragen, bevor ich nach Cromer Hall floh, eine ehemals elegante Paukschule in East Sussex, die verzweifelt genug war, um Bargeld anzunehmen.

Mum hatte ich erzählt, man habe mir eines der Stipendien bewilligt, um die ich mich beworben hatte, und sie war unwissend und stolz genug, um mir zu glauben. Cromer Hall war nicht das *Möwenfels* meiner Wunschträume und auch keine Brutstätte für Genies. Die Schule beherbergte dämliche Mädchen aus der Oberschicht und die Töchter von Selfmade-Millionären, die ihr Englisch aufpolieren sollten. Immerhin war sie weit weg von Nusstead.

Ich hatte meiner Mutter verboten, Jesse zu sagen, wohin ich gehen würde.

»Marianne.« Ich war es nicht gewohnt, dass meine Mutter sich für mich schämte, und es tat unerwartet weh. »Er hat es verdient, dass du dich richtig verabschiedest. Bitte. So habe ich dich nicht erzogen.«

»Ein sauberer Schnitt«, sagte ich. »Anders geht es nicht. Manchmal ist Grausamkeit der freundlichere Weg.«

Ihr gegenüber mochte es freundlich sein, da ich ihr die Wahrheit über ihre Tochter ersparen konnte. Jesse erwies ich hingegen keine Freundlichkeit. Zu ihm war ich grausam, um zu überleben. Ich konnte ihm nicht in die Augen sehen. Ich konnte die widerwärtige Intimität unserer Taten nicht ertragen. Ich konnte es nicht ertragen, ihn zu kennen und, schlimmer noch, dass er mich kannte.

Wenn ich mit Mum und Colette telefonierte, betonte ich, dass der saubere Schnitt auch für sie galt. Wenn ihr von Jesse redet, wenn ihr mir erzählt, er habe angefangen zu trinken oder die Schule abgebrochen oder letzte Woche im Social randaliert und eine Nacht im Gefängnis verbracht, hänge ich ein und komme nie wieder nach Hause.

»Wie bist du nur so kalt geworden?«, fragte Mum durch die knisternde Leitung.

»Du hast gesagt, ich soll was aus mir machen«, entgegnete ich und hasste mich, weil ich ihren Ehrgeiz gegen sie verwendete. »Hast du nicht genau das gewollt?«

»Aber doch nicht so, Marianne«, sagte sie. Doch dieser Schmerz bewahrte sie vor einem noch größeren. Besser, sie vergrub den Kopf in den Händen und sagte, so habe sie es nicht gemeint, sie könne nicht glauben, dass sie einen kleinen Snob aufgezogen habe, als wenn sie die schreckliche Wahrheit erfahren hätte.

Wochen wurden zu Halbjahren, und ich fuhr noch immer nicht nach Hause. Die Unterbringung in den Ferien bezahlte ich, indem ich jede verfügbare Schicht im McDonald's an der A23 übernahm. Ich war die Kuriosität in einer Schule, in der andere zum Halbjahresende von Hubschraubern abgeholt wurden, die auf dem Sportplatz landeten. Ich bekam gute Noten und arbeitete an meiner Aussprache, und gegen Ende des ersten Schuljahres mochte ich zwar immer noch falsche Dinge sagen, die aber wenigstens mit dem richtigen Akzent. Ich erhielt einen Studienplatz für Kunstgeschichte an der Glasgow University – mit vollem Stipendium, wegen meiner familiären Umstände. Bei McDonald's hatte ich drei Sterne auf dem Namensschild, so dass der Wechsel in die Jamaica-Street-Filiale an der Glasgow Central Station reibungslos vonstattenging. Tagsüber vertiefte ich mich in die Werke von William Hunter, James McNeill Whistler und Charles Rennie Mackintosh; abends leitete ich ein Team, wischte gelegentlich die Tische ab oder servierte selbst die Pommes, bevor ich mir das Pflanzenöl aus den Haaren spülte, damit ich am nächsten Morgen frisch die Vorlesung besuchen konnte. Mir blieb wenig Zeit, um Freunde zu finden oder unter Leute zu gehen: Ich war Scarlett O'Hara in einer braunen Nylonuniform, fest entschlossen, nie wieder arm zu sein oder zu hungern.

Letztlich holte Nusstead mich ein, das hatte ich immer geahnt. Während der Nachmittagsschicht entdeckte ich unter den Resten eines Happy Meal eine Ausgabe des *Daily Mirror*. Die Schlagzeile lautete EINHEIMISCHER NACH JAHREN TOT AUFGEFUNDEN; darunter prangten zwei Schwarz-Weiß-Fotos, die ein Gesicht und ein Gebäude zeigten. Das Nazareth-Hospital erkannte ich, bevor ich Clay erkannte.

An diesem Abend rief ich Jesse an, im Schlitz eine Telefonkarte über fünf Pfund. Beim ersten Mal meldete sich Trish, beim zweiten Wyatt. Ich hängte sofort ein. Beim dritten Versuch erwischte ich ihn schließlich.

»Ich bin's«, sagte ich mit meiner alten Stimme.

Ein Rascheln, als er das Telefon vom Wohnzimmer in den Flur trug. Ich machte mich auf Vorwürfe gefasst. »Du hast wirklich Nerven«, sagte er leise.

»Ich weiß. Es tut mir leid. Ich hätte nicht anrufen sollen, ich lege auf.«

»Wag es nicht, jetzt aufzulegen.« Ich konnte mir sein Gesicht vorstellen, seinen verzerrten Mund. »Du wirst jetzt ausnahmsweise mal den Tatsachen ins Auge sehen. Du wirst nicht wieder egoistisch sein und dich drücken, während ich hier unten alles regle. Die Beerdigung ist am Donnerstag. Du solltest kommen. Es ist das mindeste, was du tun kannst.«

War das eine Drohung, oder war ich paranoid?

»Warum willst du mich dabeihaben?«

»Will ich ja gar nicht«, sagte er mit gedämpfter Stimme. »Aber du schuldest mir was.«

37

Mein Anschlusszug hatte Verspätung. Daher verpasste ich den Gottesdienst und musste ein Taxi zum Social nehmen. Ich war zweiunddreißig Monate weg gewesen und der Club noch schäbiger geworden. Die Dachteerpappe rollte sich bedrohlich hoch von den Außenwänden. Drinnen herrschte viel Betrieb; ich suchte nach dem Gesicht, das ich am besten kannte, konnte es aber nicht entdecken, und mein Magen zog sich zusammen, als ich mir vorstellte, allein dort hineinzumarschieren.

Am Ende rettete mich Wyatt, der mit einem Beutel Eis aus dem Auto stieg. Wir brauchten ein paar Sekunden, um einander zu erkennen. Er hatte die Haare an den Seiten kurz rasiert und sah in seinem dunklen Anzug ungewöhnlich nüchtern aus. Plötzlich wurde ich mir meines neureichen Outfits bewusst: blonde Strähnchen, karierter Minirock, schwarzer Trenchcoat und Lederslipper. Wyatt wirkte erst schockiert, dann zornig, und einen Moment lang war ich überzeugt, dass er alles wusste.

»Warte hier«, sagte er, ohne zu lächeln. »Ich hole ihn.« Er verschwand im rauchigen Gewühl. Ich stand draußen und zerfetzte ein Tempo in meiner Tasche.

Als Jesse aus dem Social trat, überkamen mich Schuldgefühle. Er hatte den obersten Hemdknopf schon geöffnet, die schwarze Krawatte hing ihm lose um den Hals. Ich konnte auf fünf Schritte Entfernung das Bier in seinem Atem riechen.

»Konntest den Anblick des Sarges nicht ertragen, was?«

»Mein Zug ist liegengeblieben«, sagte ich, was jämmerlich klang.

Er schüttelte den Kopf und lachte zynisch. »Du hast deiner Mum von einem Stipendium erzählt. Ist dir wirklich nichts Besseres als diese Enid-Blyton-Scheiße eingefallen?«

Seine Beine gaben unter ihm nach, vom Alkohol oder von der Last des Kummers. Ich schoss instinktiv vor, um ihn aufzufangen, aber er hob die Hände und hatte sich wieder unter Kontrolle.

»Ich habe gesagt, ich hätte im Toto gewonnen. Willst du wissen, was ich damit gemacht habe?« Er nickte zu der Party hinüber. »Das ist fast schon der Rest. Ich hatte was dafür beiseitegelegt, weil ich wusste, dass es irgendwann passieren würde. Mir war natürlich klar, dass ich die Rechnung allein bezahlen muss. Ein paar Riesen dürften nach heute Abend noch übrig sein. Die kann ich weiß Gott gebrauchen.« Dann schlug er aus heiterem Himmel mit der Faust gegen das weiche Holz der Außenverkleidung. Die Wand gab nach, brach aber nicht. Splitter steckten in seinen Knöcheln wie bei einem Stachelschwein. Er starrte darauf, empfand aber offensichtlich keinen Schmerz.

»Komm«, sagte ich. Er ließ zu, dass ich seine Hand ergriff und die Splitter nacheinander herauszog. Seine Haut war mir fremd geworden, ich spürte wieder die alte Erregung.

»Ich musste weg. Wie hätten wir nach alldem zusammenbleiben können?«

Fedriges Gras wuchs durch einen Spalt im Regenrohr. Jesse riss einen langen Halm ab und begann, die Spreu abzustreifen.

»Wäre schon gegangen, so ist das eben bei Paaren. Die helfen einander in schlechten Zeiten, die verpissen sich nicht allein in den Sonnenuntergang.«

»Wir reden hier nicht über Langeweile oder einen Mietrückstand.«

»Das weiß ich. Sei nicht so von oben herab. Glaubst du, meine Mum und mein Dad hätten sich getrennt, als sie Butch verloren haben? Glaubst du, sie gehen einander jetzt an die Kehle? Nein. Die halten zusammen.«

Es wäre sinnlos und grausam gewesen, ihm zu sagen, dass ich ihn so oder so verlassen hätte. Er sollte lieber glauben, ich sei wegen Clay gegangen, selbst wenn es ihn in dem Glauben bestärkte, dass nur das Schicksal uns getrennt hatte.

»Ich hatte so viel Scheiße am Hals, und der einzige Mensch, den ich … ich konnte dich nicht mal anrufen. Deine Mum hat gesagt, du willst nicht mit mir reden. Weißt du, wie es sich anfühlt? Abzuwarten, bis du dich herablässt, mich anzurufen?« Er zerknüllte den nackten Grashalm und warf ihn auf den Boden, wo er sich sofort wieder entfaltete. »Ich denke ständig daran, wie es ist zu sterben. Dass man gerade noch existiert hat und dann einfach … nicht mehr. Ob es ein Danach gibt, in dem er jetzt ist. Ob einem, wenn man so viel Scheiße gebaut hat wie Clay und dann so stirbt, vergeben wird. Ich frage mich ständig, ob er wusste …« Wieder gaben die Beine unter ihm nach, und diesmal fing ich ihn auf. Ich wankte unter dem vertrauten Gewicht und schob ihn um die Ecke des Gebäudes, wo uns keiner sah. Wir lehnten uns nebeneinander an die Außenwand, die in unserem Rücken vibrierte, als unter Wyatts »Danny Boy« die Fensterscheiben bebten. »Und das ist nicht das Schlimmste. Am schlimmsten ist, wie sehr ich dich vermisst habe. Als du gegangen bist, war ich fertig. Ich weiß, ich werde nie wieder jemanden wie dich finden, aber …« Er legte die Hand auf meine Wange. »Fahr mit«, sagte er. »Um der alten Zeiten willen.«

Ich wusste, was er von mir wollte. Er hatte getrunken und war voller Zorn, Schuldgefühl und Trauer. Ich hätte nein gesagt, fühlte mich aber seltsam distanziert: Wenn ich das Risiko einging und dabei starb, hätte ich es nicht anders verdient. Ich schwang das rechte Bein über den Sattel. Alles war vertraut, bis hin zur Länge meines Rocks.

Wir fuhren ohne Helm, aber nicht in Richtung Asylum Road und Moor, sondern durch die öden Felder. Ich schlang die Arme um seine Taille, drückte die Nase an seinen Nacken, und als Nusstead und Nazareth außer Sicht waren, suchten wir uns ein trockenes Plätzchen und legten uns hin. Wir hatten einander seit zwei Jahren nicht berührt – niemand außer meiner Friseurin hatte mich in dieser Zeit berührt –, und seine Haut auf meiner war explosiv. Trauer und Schuldbewusstsein wirkten wie ein Aphrodisiakum, und endlich wurde der Sex dem Versprechen unseres ersten Kusses gerecht. Es war das Letzte, was mein altes Selbst je tat, und als ich mich erhob, erwartete ich beinahe, meinen Körper im platt gedrückten Gras zu sehen.

Natürlich gingen wir getrennt in den Social. Die Spannung war verschwunden, das Pulver verschossen.

Ich betrat den Raum als Erste. Jemand hatte versucht, eine Fotomontage zu Clays Leben zu basteln, doch die Brames hatten wenig Geld für Fotos gehabt, und es wurden immer dieselben fünf oder sechs Bilder an die Wand geworfen. Essen gab es allerdings genug: Pyramiden aus Wurstbrötchen, einen Käseigel mit Ananas, und die Getränke – o Jesse – waren alle kostenlos. Er hatte sogar jemanden angeheuert, der ein Tablett mit Gläsern herumtrug; ich nahm zwei Gläser Weißwein und hatte schon eins heruntergekippt, als Colette auf mich zustürmte.

»Marianne!« Sie schlang die Arme fest um meine Taille. Sie war jetzt elf, und Mum hatte endlich nachgegeben und ihr eine Dauerwelle erlaubt. Ihre langen Haare waren in feste Locken gelegt, die aussahen, als würden sie in meiner Faust zerbrechen. Sie bestand nur noch aus Stylingschaum und Impulse-Deo, ihr Kleinmädchengeruch war für immer verschwunden. »Wo ist Mum?«, fragte ich. Colette nickte zur Tanzfläche. Mum kauerte neben Trish Brame, die jetzt im Rollstuhl saß, verhutzelt und gebrochen in schwarzer Spitze.

Ich hob meine Schwester hoch, als wäre sie immer noch ein kleines Mädchen. »Tut mir leid, Colette. Ich bleibe nie mehr so lange weg.«

»Was ist das in deinen Haaren?«, fragte sie. Ich berührte meinen Kopf und zog einen langen Grashalm hervor. Jesse kam herein, gerötet und zerzaust, mit einem Schlammfleck am Knie. Colette schien nicht zu schalten, doch sein Anblick löste etwas bei ihr aus. Sie schaute durch den Raum, als suchte sie nach Spionen, und senkte die Stimme. »Mum hat gesagt, wir dürfen es nicht verraten«, setzte sie an, »aber du solltest wohl … «

»Clay!« Es war, als hätte man einen Schalter umgelegt; im Raum wurde es still. Ich erkannte die barsche Stimme. Michelle hatte die langen roten Haare hochgesteckt, ihr Gesicht war verquollen. Sie war mit Clay zusammen gewesen, als er verschwand, aber ich hatte nicht damit gerechnet, dass sie bei seiner Trauerfeier seinen Namen schreien würde. Das Gemurmel wurde wieder lauter, die Trauergäste wandten sich verlegen ab. »Clay!«, rief Michelle noch einmal, diesmal in Richtung Tanzfläche. »Clay, Herrgott nochmal.«

Jesse schoss durch die Menge und tauchte Sekunden später mit einem Kleinkind in den Armen auf. Ein kleiner Junge in einem blauen Matrosenanzug, mit schwarzen Händen und Knien, übervoller Windel und wackelndem Schnuller. Ich hatte keine Ahnung von Babys und Kleinkindern, für mich konnte er ebenso gut zwölf Monate wie drei Jahre alt sein. Jesse reichte Michelle das Kind, die sich nicht bedankte, sondern ihn anblaffte: »Scheiße, wo bist du gewesen?«

»Tut mir leid, Babe«, sagte Jesse. »Gehen wir ihn wickeln, okay?« Erst als Michelle das Kind auf die Hüfte hob, sah ich, dass sie hochschwanger war. Ich kippte mein Glas, obwohl es leer war, und schaute mich nach Nachschub um. »Tut mir leid, Babe«, sagte er noch einmal und schaute über die Schulter, als er Michelle wegführte. Diesmal galt die Entschuldigung mir. Daten tanzten durch meinen Kopf wie abgerissene Kalenderblätter. Hätte ich mich mehr für Babys interessiert, könnte ich auf einen Blick erkennen, wann ein Kind gezeugt worden war. Ich staunte, dass mir so viel daran lag.

»Ich glaube, auf diesem Wein steht dein Name, Marianne«, sagte Mum, die mit einem neuen Glas neben mir aufgetaucht war. Ich hielt es von mir weg und umarmte sie. »Bleibst du?«, fragte sie flehend.

»Ja«, beschloss ich. »Jesse und Michelle, was?«, fragte ich mit gezwungener Fröhlichkeit. »Damit hatte ich nun wirklich nicht gerechnet.«

»Wir wollten es dir sagen«, Colette drängte sich zwischen uns. »Aber wann immer jemand Jesse erwähnt hat, bist du durchgedreht. Da hat Mum gesagt, lieber nicht.«

»Aber das ist doch wirklich keine große Sache«, sagte ich und vergaß, wie geduldig sie mit mir gewesen waren.

»Du hast gesagt, du kommst sonst nie mehr nach Hause.« Mums Schmerz brach sich Bahn. »Kannst du dir überhaupt vorstellen …« Sie hob die Hände. »Du wolltest ihn doch ohnehin nicht mehr. Also kann es dir egal sein, oder?« Ich starrte in mein Glas. Es war mir nicht egal, aber warum? Weil es untergrub, was uns verband? Weil ich erst jetzt erkannte, wie wichtig mir Jesses Bewunderung war? Wollte ich noch immer, dass er mich begehrte, obwohl er mich nicht haben konnte? Hätte ich auf diesem Feld nicht mit ihm gefickt, wenn ich es gewusst hätte? Beschwören konnte ich es nicht.

»Ich weiß. Es tut mir leid. Erzähl es mir jetzt.«

Mum biss sich auf die Lippe. »Ich bin durstig. Colette, sei so lieb und hol mir ein Glas Wasser.« Als sie außer Hörweite war, flüsterte Mum: »Ich musste Trish schwören, nichts zu sagen.«

»Mum!«

»Ich erzähle es dir nur, weil du es bist. Okay? Baby Clay ist der Sohn von Big Clay«, sagte Mum. Meine Nackenmuskeln lösten sich; meine Schultern sackten deutlich herunter. »Michelle ist bei den Brames aufgetaucht und hat Unterhalt verlangt. Das war, ein paar Monate nachdem du weggegangen warst. Jesse hatte wohl Mitleid mit ihr oder fühlte sich verantwortlich oder, keine Ahnung, vielleicht wollte er sich über die Enttäuschung hinwegtrösten. Jedenfalls kümmern sie sich zusammen um Baby Clay und sagen ihm nicht, wer sein wirklicher Vater ist. Ehrlich, kein Wort darüber, sonst reißt Trish mir den Kopf ab. Und sag es um Gottes willen nicht deiner Schwester, die weiß ohnehin zu viel für ihr Alter.« Ich hatte Mums besondere Stimme vergessen, mit der sie Klatsch im Schnelldurchlauf servierte, um möglichst rasch ein Maximum an Informationen zu liefern und mehr Zeit für Diskussion und Analyse zu gewinnen. Ich brauchte immer ein paar Sekunden, um zu verarbeiten, was sie gesagt hatte.

»Und wann …?« Ein naheliegender Gedanke, weil ich mich selbst gerade fragte, wie ich aus Nusstead wegkommen und mir rechtzeitig die Pille danach besorgen konnte. Meine Hand wanderte unwillkürlich zu meinem Bauch.

»Noch etwa sechs Wochen.«

»Nicht die Kugel. Der Kleine.« Ich brachte es nicht über mich, von Baby Clay zu sprechen, es klang zu lächerlich. »Wie alt ist er? Hat Jesse mich betrogen?«

Mum rechnete im Kopf. »Gut, es mag aussehen, als hätte er sich getröstet, aber mit der Enttäuschung über dich wäre das ja auch verständlich – oh, hallo, Süße.«

Colette war wieder da, mit zwei Gläsern Wasser. Sie warf

einen Blick auf meine Hand, die immer noch auf meinem Bauch ruhte.

»Warst du schwanger?« Colette ignorierte Mums warnenden Blick. »Es ist nicht fair, dass ich nicht Bescheid weiß. Ich konnte ohne dich ewig lange nicht schlafen. Ich habe wach gelegen und mich gefragt, ob du schwanger warst und weggegangen bist, um es adoptieren zu lassen.« Trotz Dauerwelle und Deo war sie noch immer ein kleines Mädchen, das nicht verstand, dass eine ungewollte Schwangerschaft im Jahre 1989 nichts mit einem Roman von Catherine Cookson zu tun hatte, sondern eine Unannehmlichkeit war, die gute Ärzte beseitigen konnten. Der Fels meiner Schuld wuchs um eine weitere Schicht. »Ich hätte dir mit dem Baby geholfen. Du musstest es nicht weggeben.«

Ich beugte mich zu ihr hinunter. »Liebes. Nein, ich war nie schwanger. Ich habe einfach Schluss gemacht, das ist alles. Ich hatte die Chance auf eine gute Schulbildung, und die habe ich ergriffen. Es hatte nichts mit dir zu tun. Es war sehr schlimm, dich zu verlassen. Ich habe dich jeden Tag vermisst.« Mir kamen die Tränen, und ich kämpfte nicht dagegen an. »Ich bekomme noch lange kein Baby, aber wenn, darfst du jederzeit babysitten.«

Colette kniff die Augen zu und krümmte den kleinen Finger. Ich hakte meinen hinein und schüttelte ihn.

Baby Clay war frisch gewickelt. Jesse hatte seinen »Sohn« gefüttert, und Michelle konnte die geschwollenen Füße hochlegen. Er schaute über ihre Schulter und schüttelte kaum merklich den Kopf. Ich nickte und bestätigte damit, dass ich Michelle nicht von der Fahrt auf dem Motorrad und dem Feld erzählen würde, und von seinen Händen, die ich immer noch auf meiner Haut spürte. Die Vergebung floss zwischen uns hin und her, vertraulich und absolut.

Michelle sah mich an, weder triumphierend noch besitzergreifend, sondern einfach nur erschrocken. Ich fragte mich, wie lange sie uns damals im Nazareth durch die Tür beobachtet und ob sie meine Vorstellung durchschaut hatte. Ihr Gesicht sagte nein. Ich signalisierte ihr mit einem Lächeln, dass ich keine Bedrohung mehr darstellte. Sie lächelte nervös zurück, wirkte fast hübsch dabei. Aber Jesse gehörte ihr nicht und würde es auch nie. Michelle mochte durch dieses neue Leben mit ihm verbunden sein, aber er und ich waren durch den Tod verknüpft. Als ich Jesse ansah, las ich die alte Sehnsucht in seinen Augen. Ich musste weg hier.

Jemand hatte eine Flasche Chardonnay unbewacht stehenlassen. Ich nahm sie mit nach draußen und setzte sie an den Mund, ließ die Säure meine Gefühle wegschwemmen. Ich lehnte mich an die Wand und starrte über das schimmernde Moor auf den weiten, nur vom Nazareth-Hospital durchbrochenen Bogen des Landes. Helen Greenlaw musste erfahren haben, dass man Clay gefunden und zur letzten Ruhe gebettet hatte. Wieder war ein Verbrechen an ihr abgeglitten, während andere den Preis dafür bezahlten. Ich fragte mich, ob sie den Anlass auf ihre Weise beging, ob sie Reue oder Erleichterung oder die qualvolle Mischung von beidem verspürte. Doch ich bezweifelte, dass sie zu Gefühlen fähig war.

3. Teil

HEIL- UND PFLEGEANSTALT

NAZARETH

1958

38

Helen Morris war sich bewusst, was ihren »täglichen Spaziergang« betraf, durften ihre Eltern zwei Dinge nie erfahren. Ers-
tens: dass sie nicht ruhig spazieren ging, sondern rannte, so
schnell Füße und Herz es erlaubten, wobei ihr die langen Zöpfe
auf den Rücken peitschten. Mädchen rannten nur beim Gelän-
delauf, Schluss, aus. Helen hingegen verbarg die alte Sporthose
unter einem Dirndlrock, den sie auszog, sorgfältig faltete und in
einer Hecke versteckte, bevor sie in Turnschuhen losrannte. Der
Teil der Welt, in dem man sie diesmal abgeladen hatte, die wilde
kiesige Küste zwischen Aldeburgh und Southwold, wurde von
einem Zickzacknetz breiter entlegener Nebenstraßen und Wege
durchzogen, die ihre hämmernden Füße geradezu einluden.

Zweitens: Ohne ihren »täglichen Spaziergang« würde sie ihr
ohnehin armseliges Leben gar nicht aushalten. Der Spaziergang bedeutete den Unterschied zwischen Zelle und Sarg. Nach
Helens Theorie – die sie ihren Eltern natürlich verschwieg – wären die Menschen seltener krank und ausgeglichener, wenn sie
einmal am Tag rannten, was letztlich dem ganzen Land zugute-
käme. Wenn sie bei schlechtem Wetter drinnen bleiben musste,
juckte ihr Verstand. An Regentagen stritt sie mit ihrer Mutter.
Eugenie hatte Peter Morris spät geheiratet und ihre Enttäuschung
nie verhehlt, weil ihr einziges, wie durch ein Wunder geborenes
Kind – mit fünfundvierzig hatte sie nicht mehr erwartet, Mutter zu werden – so eigensinnig und unangepasst war. Es schien,
dachte Eugenie verzweifelt, als wollte Helen niemals Ruhe.

Und nun war Helen noch etwas bewusstgeworden – eine Folge ihres täglichen »Spaziergangs«. Ihr Körper hatte es längst vor ihr verstanden. Plötzlich war ihr Büstenhalter zu klein, ihre Zunge schmeckte nach Pennymünzen, sie dachte konfus, und ihre Lungen verloren jeden Tag an Kraft. Heute hatte sie die fünf Kilometer bis Greenlaw Hall nicht geschafft. Sie hatte kehrtgemacht, lange bevor die Schornsteine deutlich sichtbar wurden, und sich heim in Richtung Sizewell Cottage geschleppt.

Als sie die Hecke erreichte, schlug ihre Verzweiflung in Panik um. Der Rock war nicht mehr da.

Die Angst weckte vorübergehend ihre alte Energie und Klarheit. Robin war in London, außerdem war das nicht seine Art von Humor. Es war windstill, also war der Rock nicht fortgeweht worden. Hatte jemand ihn gestohlen? Wohl kaum. Helen hatte den Weg ja deshalb ausgewählt, weil ihn kaum jemand kannte. Reiter gab es hier selten, weil alles überwuchert und voller Schlaglöcher war, und die Spaziergänger bevorzugten den neu angelegten Wanderweg entlang der Küste. Es war die Abgeschiedenheit der Strecke, mit der alles angefangen hatte.

Energie und Klarheit zauberten leider aber keinen Rock herbei, und ihr blieb nichts anderes übrig, als in der Laufkleidung heimzukehren. Falls es Helen gelang, sich nach oben zu schleichen, wäre alles gut; der blaue Rock war nicht ihr bester, und bevor Eugenie ihn vermisste, wäre Helen mitsamt ihren Kleidern über alle Berge.

Sie lehnte sich an den Briefkasten am Ende des Gartenwegs, griff aus Gewohnheit hinein und tastete nach einem Brief oder Päckchen von Rochelle, doch da war natürlich nichts. Vom Tor aus konnte sie unmöglich sehen, wo sich ihre Eltern gerade aufhielten. Die tiefliegenden Fenster mit den kleinen diamantförmigen Scheiben glitzerten wie grüne und goldene Harlekins und reflektierten hundert halb bekleidete Helens. Sie öffnete leise das

Tor und spürte die Sonne auf ihren Oberschenkeln. Peter war bei der Arbeit. Er verwaltete das Gelände an der Küste, auf dem ein gewaltiges Kernkraftwerk errichtet werden sollte. Eugenie war vermutlich in der Küche. Der sicherste Weg führte durch die mit Geißblatt umwucherte Haustür mit dem strohgedeckten Vordach. Helen legte die Hand an den Türknauf und drehte ihn. Der Schlag gegen den Kopf war so heftig, als hätte eine Holzlatte sie getroffen. Doch es war nur die Handfläche ihrer Mutter.

»Geh rein.« Eugenie packte Helen am Kragen. »Was in aller Welt stimmt nicht mit dir?«

Als Helens Augen sich ans Dämmerlicht im Flur gewöhnt hatten, bemerkte sie, dass Eugenie den Rock so fest umklammerte, als wollte sie ihn auswringen.

»Ich kann …«, setzte sie an, doch ihre Mutter hörte gar nicht zu.

»Es reicht endgültig, Helen. Ich habe dich verteidigt. Mrs. Johnson hat behauptet, du wärst in aller Öffentlichkeit in Unterwäsche herumgelaufen, und ich habe gesagt, das würde Helen niemals tun.« Selbst die Haare in ihrem Knoten schienen sich anzuspannen. »Diese Menschen sind … diese Gemeinde … Wir leben uns gerade erst in Suffolk ein, und schon machst du mich lächerlich. Schlimmer noch, jetzt stehe ich als Lügnerin da.«

»Das ist keine Unterwäsche. Das sind meine alten Sportsachen.«

»Ich weiß einfach nicht, was ich mit dir machen soll. Das ist ja noch schlimmer als die Geschichte mit den Hieroglyphen.«

»Du weißt genau, dass es Kurzschrift war«, sagte Helen.

Eugenie rang die Hände bei der Erinnerung an das alte Trauma.

»Fang bitte nicht wieder damit an. Einem Mann das Gehalt wegzunehmen, das er für seine Familie braucht! Falls du meinst, es sei keine Lebensaufgabe, dich und deinen Vater zu unterstützen und dafür zu sorgen, dass der Haushalt tadellos geführt wird, was denn dann?«

Helen hatte gelernt, ihre explosiven Ansichten für sich zu behalten. Eugenie steckte so tief in der Falle, dass sie ihr Leben gar nicht objektiv betrachten konnte. Sie diktierte Peters Briefe und entschied, wen er einstellen sollte. Er war kaum mehr als ihr Sprachrohr, und doch stand sein Name auf den Besitzurkunden des Hauses und dem Scheckbuch. Man hatte Eugenie sogar die kleinen Privilegien aus Helens Kindertagen genommen, das Kindergeld und das Bezugsscheinheft. Jetzt musste sie ihren Mann demütig bitten, wenn sie irgendetwas kaufen wollte.

»Schau mich nicht so an, Helen. Du musst diese lächerlichen Ideen aufgeben. Am Ende wirst du nur enttäuscht.« Und eben darum beharrte Eugenie, obwohl sie so frustriert von ihrem Leben war, darauf, dass Helen es ihr nachtat. Nicht etwa aus Eifersucht, wegen der Helen sie hätte bemitleiden können, nein, Eugenie wollte sie beschützen, und sich dagegen zu wehren, war viel schwerer. »Es ist zu deinem Besten.« Helens Verzweiflung löschte ihren Zorn, bis er mit einem traurigen Zischen erlosch. Dass Eugenie sich aus Liebe weigerte, Helen so zu akzeptieren, wie sie war, machte es noch schlimmer.

»Ich gehe nach oben«, sagte Helen. Im Badezimmer machte sie sich die Haare nass und hängte ihren Rock auf, der am Bund zerrissen war, weil Eugenie ihn so heftig gepackt hatte. Es folgte eine rasche Bestandsaufnahme ihres Zimmers, dann prüfte sie den Koffer. Die Pillenflasche lag sicher unter einem Stapel Monatsbinden, und in einem Riss im Innenfutter steckte die Zugfahrkarte für nächsten Donnerstag, 8.40 Uhr von Saxmundham nach Liverpool Street, einfache Fahrt, fünf Shilling und Sixpence. Rochelle und das schwer erarbeitete Abitur waren das Einzige, was Helen aus der Schule mitgenommen hatte. Ihre Mitverschwörerin aus der Abschlussklasse hatte das Blaustrumpfimage abgeschüttelt und war nach London gezogen, wo sie trotzig und herrlich in Hosen herumlief, die für ein viel schlankeres Mädchen geschnitten waren. Ihre Eltern hatten sie geradezu ermutigt, sofort eine Stelle anzunehmen. Seither hatten die Freundinnen Briefe geschrieben und in einer Geheimsprache aus Internatsslang und Kurzschrift Pläne geschmiedet. Rochelle hatte »ein paar Beziehungen spielen lassen, die ich gar nicht haben sollte«, und Helen einen kleinen Job in ihrem Büro besorgt. Außerdem hatte sie die Kaution für ein Zimmer hinterlegt, das groß genug für beide war und von dem aus man zu Fuß zum Regent's Park gehen konnte.

Draußen brandete das Meer an den Strand. Jenseits der weiten Felder lag Greenlaw Hall, dessen Erbe in ihrem Bauch heranwuchs.

Helens größte Sorge war nicht, dass ihre Eltern es missbilligen könnten. Natürlich wären sie entsetzt über den Skandal und dass man bei den Daten tricksen musste, würden sich aber beruhigen, wenn sie erfuhren, dass Robin ein Greenlaw war, Sohn des örtlichen Parlamentsabgeordneten und Erbe eines Adelstitels. Sie befürchtete auch nicht, dass Robin sie im Stich lassen könnte. Ihre eigentliche Angst war, dass die Eltern ihnen ihren Segen geben würden. Und dass Robin zu ihr stehen würde.

39

Ihr erstes Treffen war beinahe ein Zusammenstoß gewesen. Helen bog um eine unübersichtliche Ecke und konnte gerade noch die Fersen in die Erde bohren, um nicht gegen einen blonden Mann mit hochgerollten Hemdsärmeln zu prallen, der eine Schubkarre voller Schösslinge vor sich stehen hatte. Ihr blauer Rock hing wie eine Hängematte lose zwischen seinen Händen.

»Nun, das beantwortet meine Frage«, sagte er und reichte ihr den Rock. Helen stieg mit brennenden Wangen hinein. Wenn er ihre nackten Beine nicht erwähnte, würde sie es auch nicht tun. »Ich habe in den letzten Tagen mehrere weibliche Kleidungsstücke entdeckt. Sie kommen und gehen. Ich dachte schon, ich würde verrückt. Ein seltsamer Spuk. Und nun stehen Sie vor mir, aus Fleisch und Blut. Robin Greenlaw.« Er wischte sich eine staubige Hand an der Flanellhose ab und streckte sie ihr entgegen.

»Greenlaw«, sagte sie und zupfte einen Zweig ab, der sich im Baumwollstoff verfangen hatte. »So wie das Haus.«

Das schien ihn zu belustigen, an seiner Wange tauchte ein Grübchen auf. »So wie das Haus. Wir stehen hier auf Greenlaw-Land.«

»Du meine Güte.« Sie war beeindruckt von den Ausmaßen des Anwesens. Es war fast eine halbe Stunde her, dass sie an dem Haus vorbeigelaufen war.

»Und von wo kommen Sie?«

»Wir wohnen noch nicht lange in Suffolk. Wir sind häufig umgezogen.«

»Soldatenkind?« Es klang nicht beleidigend, sondern neckisch.

»Streng genommen, sind wir seit dem Krieg alle Soldatenkinder«, sagte sie. Sie hätte das Leben in einer Kaserne der endlosen Reihe überdimensionierter abgelegener Häuser vorgezogen, in denen die Morris zu wohnen pflegten. »Aber nein. Mein Vater ist Förster.«

Er deutete auf die Schubkarre. »Zurzeit besteht wenig Bedarf an Förstern, aber kennen Sie sich zufällig mit Hecken aus? Ich soll die Lücken in dieser hier füllen, und mir bricht fast der Rücken durch.« Ein schmaler Muskelstrang zuckte in seinem Unterarm, als er sich auf seine Schaufel stützte.

»Wenn Sie alle Lücken füllen, kann ich meine Sachen nirgendwo verstecken.«

»Das geht natürlich nicht, oder?«

Es war, als führte eine Schnur aus Helens Becken geradewegs zum Grübchen in seiner Wange: Wenn er lächelte, zupfte etwas tief an ihrem Inneren. Es war ebenso erregend wie unerwartet, als entdeckte man in seinem Elternhaus ein unbekanntes Zimmer.

»Sie sprechen aber nicht wie ein Arbeiter.«

»Im Hauptquartier«, er nickte zum Horizont, »ist man der Ansicht, ich solle ein bisschen mit den Händen arbeiten, bevor ich mein Studium an der London School of Economics abschließe und den Rest meines Lebens am Schreibtisch verbringe. Die Leute meines Vaters könnten das hier an einem Tag erledigen. Wenn ich so weitermache, brauche ich bis September.« Er fuhr sich durch die Haare. »Egal, wenn ich diese Männer eines Tages vertreten will, sollte ich ihnen in die Augen sehen können.«

»Sie vertreten?«

»Nun ja, ich werde vermutlich irgendwann den Sitz meines Vaters übernehmen. Dunwich Heath schickt seit dem Ersten Weltkrieg Greenlaws ins Parlament.« Er sagte es beiläufig, als erbte er einen Gebrauchtwagen oder eine Uhr. »Ich beklage mich nicht, es tut dem Körper gut. Es wäre eigentlich ein guter Ersatz für den Wehrdienst, oder?«

Danach kam er jeden Tag. Helen blieb auf der anderen Seite der Hecke stehen, nahm sich fünf Minuten, um sich zu dehnen und abzuwarten, bis die Röte in ihrem Gesicht zu einem schmeichelhaften Rosé abgeklungen war. Robin half ihr in den Rock und hielt ihr, offenbar ohne die elektrischen Impulse wahrzunehmen, die sie durchzuckten, einen Vortrag über Dinge, die er morgens im Radio gehört hatte. Er war selbst wie ein Radio, das sendete, ohne zu empfangen. Helen ließ die Worte über sich hinwegspülen, betrachtete dabei den Hauch von Stoppeln an seinem Kinn und beneidete seinen Rasierer. Sein Geleier erklärte nicht die Wirkung, die er auf sie hatte, doch die Anziehungskraft reichte ihr vollkommen. Helen war es gewohnt, allein zu sein, selbst wenn sie mit anderen zusammen war. Sie war glücklich, wenn sie seinen Anblick in sich aufsaugen, in ihrem Inneren speichern und die Ruhelosigkeit genießen konnte, die nachts in ihr aufflackerte und sie das Bett zerwühlen ließ.

»Heute ist die neue Regel für Peers auf Lebenszeit in Kraft getreten«, verkündete er eines Tages und stützte sich mit düsterer Miene auf die Schaufel. »Schon im August könnte es Frauen im Oberhaus geben.« Diese himmelschreiende Ungerechtigkeit führte gleich zur nächsten, und er zählte eine ganze Litanei von Dingen auf, die Frauen nicht tun sollten, wozu das Tragen von Hosen, Tennis, Kartenspiel sowie der Konsum aller alkoholischen Getränke außer Snowballs gehörte. Endlich etwas, das Helen verstehen konnte und worüber sie mit ihm streiten konnte.

»Sie scheinen mich nicht annähernd so streng zu beurteilen wie den Rest der Welt«, erklärte sie. »Es scheint Sie nicht zu stören, wenn Frauen ihren Rock ausziehen und über Landstraßen rennen.«

Robins Gesicht veränderte sich, als fühlte er sich plötzlich unbehaglich. »Oh, das stört mich durchaus«, sagte er zu der Schaufel unter seinem Stiefel. »Es bringt mich richtig auf die Palme, um ehrlich zu sein.«

Sie machte den ersten Schritt. Das würde später von Bedeutung sein. Die unsichtbare Schnur wickelte sich plötzlich und dringlich auf, und die Reaktion seines Körpers verriet ihr, dass sie mit ihm verbunden war. Wie dumm, dass sie daran gezweifelt hatte.

»Das sollten Sie wirklich nicht tun«, sagte er, doch da war seine Hand schon an ihrer Taille, und er führte sie vom Weg hinunter.

Der Ablauf war instinktiv so wie die Schritte eines Tanzes, den sie von Geburt an beherrschte. Die wilden Gerüchte, die in der letzten Klasse kursierten, waren widersprüchlich und stimmten nur in einem überein: Der Mann wusste, was zu tun war, er würde sich um alles kümmern. Helen hatte innegehalten, die Hand auf Robins Brust. »Und wenn wir ein Baby bekommen?« Er hatte gelacht und gesagt, er sei doch nicht dumm, er würde zählen, er wisse genau, wie er aufhören könne. Im nächsten Atemzug hatte er gesagt: »Mein Gott, wie ein Messer in Butter«, und dann war ihm die Sprache vergangen.

Es war völlig anders als das Geflüster über zusammengebissene Zähne und blutige Laken. Für Helen hatte das große Geheimnis, das angeblich von Liebe und Moral bestimmt wurde, weder mit dem einen noch dem anderen zu tun. Sie schätzte sich glücklich, dass sie einen Mann gefunden hatte, der erfahren genug für sie beide war, der wusste, wie man es folgenlos tun konnte. Entweder war es für alle so, und sie verschwiegen es aus gutem Grund – denn wenn alle wie ungezündete Bomben umherliefen, würde das Land zum Stillstand kommen –, oder sie war anders, abnormal in ihrer Leidenschaft, was Robin jedenfalls zu glauben schien. »Du bist nicht wie die anderen Mädchen.

Weißt du eigentlich, was für eine Entdeckung du bist, immer bereit für mich?« Eine Art Grauen schwang in seiner Stimme mit. »Ich will dich haben, wann immer ich dich will.« Am nächsten Tag sprach er davon, ihre Eltern kennenzulernen, und zum ersten Mal erstarrte sie in seinen Armen. Er erwähnte es nie wieder, und das Gefühl köstlicher Zwanglosigkeit und herrlicher Vergänglichkeit kehrte zurück.

Doch dann war Robin auf einmal nicht mehr da, und Helen zählte nicht die Tage bis zu seiner Rückkehr, sondern bis zu ihrer Regel, die nicht kam. Robin hatte sich geirrt. Oder etwa nicht? *Ich will dich haben, wann immer ich dich will.* Wie konnte er sie besser versklaven als damit? Robin war entweder viel intelligenter oder viel dümmer, als Helen geglaubt hatte, und sie wusste nicht, was von beidem sie wütender machte.

Die Chorgesellschaft sang »Spem in alium« im Versammlungshaus der Quäker in Leiston. Peter und Eugenie waren keine Quäker, aber Eugenie stürzte sich auf die örtliche »Gesellschaft« und besuchte sämtliche Veranstaltungen, weil sie hier ihren Ruhestand verbringen würden. Sie hatten beschlossen, zu Fuß in den Ort zu gehen, hin und zurück jeweils drei Kilometer. Helen schätzte, dass sie mindestens vier Stunden wegbleiben würden.

Sie saß im Schneidersitz auf dem Bett, die kleine braune Pillenflasche in der Rocktasche. Rochelle hatte sich als gefallenes Mädchen ausgegeben, um Helen bei einem Arzt in der Wimpole Street das Rezept zu beschaffen, das für ihre Regel sorgen würde. Den letzten Brief hatte sie mit »Wenn du mich im Stich lässt, rede ich nie wieder mit dir« beendet.

Helen verstand nicht ganz, weshalb sie Rochelle im Stich ließ, falls die Sache nicht funktionierte, aber das spielte keine Rolle: Der Erfolg war garantiert. Sie bewegten sich rechtlich und moralisch in einer Grauzone, was Helen nicht behagte, doch Rochelle hatte ihr wiederholt versichert, dass Pillen nicht zählten und es Monate dauere, bis ein echtes Baby heranwuchs. Sie war Sekretärin bei einem Anwalt und musste wissen, wovon sie redete. Gott sei Dank gab es jemanden, der ihr helfen konnte, ohne gegen das Gesetz zu verstoßen. Erst wenn man schon zu weit war und das brauchte, was Rochelle als »Rasiermesserbrigade« bezeichnete, wurde es illegal. Das hier nannte sich Familienplanung, die inzwischen sogar von der Kirche unterstützt wurde. Rochelles Arzt hatte lediglich erklärt, sie müsse damit rechnen, dass »alle versäumten Perioden gleichzeitig eintreten würden«, und da es bei Helen nur zwei waren und ihre Periode sie noch nie von irgendetwas abgehalten hatte, würde es schon nicht so schlimm werden.

Sie drehte die Flasche zwischen den Handflächen und kippte die Pillen auf die Decke. Zwei Stück, kreideweiß, groß wie Strandkiesel. Helen versteckte die leere Flasche im Kleiderschrank hinter den unbenutzten Monatsbinden, holte eine heraus und hakte sie in ihren Gürtel.

So.

Rochelle hatte noch etwas geschrieben: Wenn man es schon sehen könne, sei es zu spät. Dann sei es ein Verbrechen, dann mache man sich schuldig. Helen wühlte in ihrer Schreibtischschublade nach dem alten hölzernen Lineal, auf dem die Könige und Königinnen von England abgebildet waren, legte sich auf den Rücken und platzierte es quer über ihren Hüftknochen. Wenn es auf ihrem Bauch wackelte, könnte sie nicht weitermachen. Sie schloss die Augen und betete zu Gott: Es war nicht meine Schuld, ich habe es nicht gewusst. Doch die Schwellung war kaum sichtbar, das Lineal lag fest und gerade auf ihr.

Draußen ging der Neumond auf. Das Meer war ein graues Ungeheuer mit einer Million gewölbter, fedriger Rücken. Helen schluckte die Pillen mit einem Glas Milch und spürte, wie ihr die Galle hochstieg. Sie kämpfte, um die Pillen bei sich zu behalten, und ermahnte sich, dass ihre einzige Überlebenschance jenseits der Nacht wartete.

40

Sie brach auf halbem Weg ins Bad zusammen und rutschte in ihrem eigenen Unrat aus. Das Nachthemd war mit Schweiß und Erbrochenem, Urin und Kot und einem gnädigen leuchtend roten Blutstreifen durchtränkt. In ihrem Kopf dröhnte es, als hätte sie tausend Muscheln ans Ohr gepresst. Als Eugenie und Peter nach Hause kamen, waren ihre Schreie zu einem wortlosen Muhen verklungen. Nicht weil der Schmerz vergangen, sondern weil ihre Energie erschöpft war. Eugenie nahm zwei Stufen auf einmal, sie trug noch Schuhe und Mantel.

»Helen!« Ihre Knie klickten, als sie sich hinkniete. »Was ist los?«

Helen erbrach den Rest ihres Essens auf die Schuhe ihrer Mutter: winzige Boote aus Salat in einem Teich aus gelber Galle. Eugenie drückte die Hand an ihre Stirn und schrie: »Peter! Peter! Helen ist plötzlich krank geworden. Ruf Dr. Ransome. Fahr hin. Sofort!«

Die Tür schlug zu. Eugenie schleppte Helen ins Bett und legte sie auf die sauberen Kissen.

»Ich wasche dich jetzt erst mal ab, dann sehen wir, was los ist.« Sie kam mit einem rosafarbenen Schwamm und einer Schüssel Wasser zurück und hob Helens Nachthemd hoch, bevor sie es verhindern konnte. »O mein Gott, du blutest ja. Ich hole deine Binden.«

Helen begriff zu spät, was das bedeutete. Eugenie hatte den Kopf schon in den Kleiderschrank gesteckt.

»Nein!«, sagte sie, doch es klang falsch. Eugenies Schultern zogen sich zusammen, bevor sie sich entsetzlich langsam aufrichtete und den Rücken durchdrückte. Sie schien sich umzudrehen, ohne ihre Füße zu bewegen, wie eine Figur in einer Kuckucksuhr. Sie hielt den Stapel Binden in den Armen, die für zwei Monate gereicht hätten, und obendrauf balancierte die kleine braune Pillenflasche. Der Gesichtsausdruck ihrer Mutter war schlimmer als alles, was Helen sich ausgemalt hatte.

»Du bist …« Eugenie brachte es nicht über sich, es auszusprechen. »Was hast du nur gemacht? Was sollen wir dem Arzt sagen? Wer hat dir das angetan?«

Helen war sich nicht sicher, ob ihre Mutter Robin oder Rochelle meinte. Sie würde beide nicht verraten. Sie wollte Robin loswerden, und Eugenies Gesichtsausdruck ließ erahnen, dass sie Rochelle jetzt mehr denn je brauchte. Das Verhör ging weiter, die Fragen wurden zu einer beruhigend monotonen Predigt, während Helen in die Dunkelheit glitt.

Als es klopfte, kam sie abrupt zu sich. Peter blieb einige Schritte hinter dem Arzt. Helen hatte Dr. Ransome nur einmal gesehen, als sie sich in der Praxis angemeldet hatten. Seine weit auseinanderstehenden Augen und die lange Oberlippe hatten sie an einen Hasen erinnert, und er war ihr schon unsympathisch gewesen, noch bevor er mit dem Stethoskop einige Zentimeter tiefer als nötig gewandert war.

»Was genau hast du ihm gesagt?«, fragte Eugenie ihren Mann, als könnte sie noch irgendwie den Schein wahren.

Stattdessen antwortete Dr. Ransome. »Das Wesentliche.« Er schob sich sanft zwischen Eugenie und das Bett. »Wenn ich ein bisschen Platz haben könnte, um die Patientin zu untersuchen.« Er stellte die schwarze Ledertasche aufs Bett und öffnete die Schließe, worauf der orangefarbene Schlauch einer Blutdruckmanschette sichtbar wurde. Eugenie stürzte sich hinter ihm auf die Bücherregale, klappte Romane auf und schüttelte sie, suchte nach – was? Helen wusste es nicht und war sich nicht sicher, ob Eugenie selbst es wusste. Hier war nichts zu finden. Sie hatte Rochelles Briefe im Kamin verbrannt.

»Eins nach dem anderen.« Dr. Ransome zog ein Thermometer aus der Hülle. Helen öffnete den Mund, spürte das Glas zwischen Zunge und Zähnen und musste würgen. Peter hatte die Hände vor dem Gesicht und schaute durch die Finger zu, wie seine Frau zunehmend hektisch die Bücherregale durchwühlte. Wieder durchzuckte ein Krampf Helens Körper. Sie musste würgen, das Thermometer zerbrach auf dem Boden. Alle hielten inne und sahen zu, wie der Quecksilberwurm über die Dielen glitt.

»Was war hier drin?« Dr. Ransome hielt die Pillenflasche ans Licht, als würde dadurch wie von Zauberhand ein Etikett auftauchen. »Ich brauche deine Hilfe, um das herauszufinden.«

Helen schüttelte den Kopf und spürte, wie ihre Eingeweide sich erneut verflüssigten. Das Laken unter ihr war durchweicht, noch bevor sie sich bewegen konnte.

Dr. Ransome trat ans Fußende und sagte zu Peter: »Ich kann nicht beurteilen, was sie genommen hat. Da sie nicht mithilft, müssen wir sie ins Krankenhaus bringen und ihr ein Abführmittel verabreichen.« Ein Abführmittel! Das hatte sie nun wirklich nicht mehr nötig. Ransome setzte eine ernste professionelle Miene auf. »Natürlich besteht meine erste Pflicht darin, Leben zu bewahren. Ich kann die Tatsache, dass sie gegen das Gesetz verstoßen hat, nicht ignorieren, aber wir können uns darüber unterhalten, ob ich sie nach dem Krankenhausaufenthalt wegen Beschaffung eines Abortivums melde oder nicht.«

Eine neuerliche Übelkeit, die mehr dem Herzen als dem Bauch entsprang, stieg in ihr auf. Sie hatte das Wort noch nicht gehört, wusste aber, was es bedeutete. Rochelle hätte ihr das nicht angetan, oder? Sie hatte doch gesagt, Pillen zählten nicht. Sie hatte

Rochelle vertraut. Andererseits hatte sie auch Robin vertraut. Es war die Schuld ihrer Eltern, die sie unwissend gehalten hatten, die sie gezwungen hatten, sich auf andere zu verlassen. Und es war auch ihre eigene Schuld, weil sie das nicht erkannt und sich nicht selbst schlaugemacht hatte.

Endlich nahm Peter die Hände vom Gesicht. »Sie kann nicht … Sie können doch nicht die Polizei rufen.«

»Nicht sofort, aber wenn sie erst genesen ist …« Ransomes eifriger Blick passte so gar nicht zu seinem bedauernden Tonfall.

Eugenie hockte sich neben das Bett und streichelte Helen über die feuchten verschmutzten Haare. Der Trost war so unerwartet und willkommen, dass Helen die Tränen kamen. Es war ein beruhigendes Lächeln, das Helen lange nicht gesehen hatte. Damit hatte ihre Mutter sie früher getröstet, wenn sie sich das Knie aufgeschürft, oder sie belohnt, wenn sie ein Gedicht auswendig gelernt oder ein Gebet laut vorgelesen hatte.

»Helen«, flüsterte sie mit zitternder Stimme, und ihre Augen weiteten sich hoffnungsvoll. »Hat er dir Gewalt angetan?«

Robin und Gewalt! Helen hatte praktisch das Leben aus ihm herausgewrungen. Als sie den Kopf schüttelte, schienen Eugenies Wangen einzufallen und ihre Augen tiefer einzusinken. Sie war enttäuscht. Es wäre ihr lieber gewesen, wenn Helen Gewalt statt Lust erfahren hätte. In diesem Augenblick wurde sie zur Waise.

»Er muss verheiratet sein.« Eugenie schloss vor Scham die Augen. Helen war noch immer zu betäubt, um sie zu korrigieren. *Es wäre ihr lieber gewesen, wenn ich es gehasst hätte. Es wäre ihr lieber gewesen, wenn er mich gezwungen hätte.*

Dr. Ransome hielt Helens Handgelenk in die Luft und nahm ihren Puls. »Du bist sehr schwach.« Er legte ihre Hand wie ein totes Gewicht zurück auf die Bettdecke.

»Hat es denn gewirkt?« Sie musste es wissen.

»Es ist nicht natürlich«, hauchte Eugenie. Was war nicht natürlich? Dass sie den Mann begehrt hatte oder das Kind loswerden wollte?

»Schwer zu sagen, wenn du mir nicht verrätst, woher du die Pillen hattest«, sagte der Arzt. »Diese Mittel wirken meist, indem sie das Kind töten und die Mutter gleich mit. Weißt du eigentlich, was da drin ist? Quecksilber, Terpentin, Goldregen, Chinin. Ich habe sogar von Schießpulver gehört.«

Bumm, dachte Helen. Ich würde wie ein Feuerwerk explodieren und in Sternen auf den Feldern niederregnen. Eine Wunderkerze im Garten. Sie fing an zu lachen, ein dunkles, krankhaft verzerrtes Lachen, das ihre vom Erbrechen angespannten Muskeln schmerzen ließ.

»Mit ihr stimmt etwas nicht«, sagte Eugenie. »Das ist der Gipfel, aber sie war schon als Kind so kalt. Unnatürlich. Ich habe sie jahrelang in Schutz genommen, aber das hier …«

Helen rechnete damit, dass Dr. Ransome das abgedroschene Gejammer abtun würde, doch er nickte, schien eine Weile gründlich nachzudenken und schaute ihre Eltern an. »Können Sie mir weitere Beispiele für ihr seltsames oder zerstörerisches Verhalten nennen?«

Eugenie und Peter wechselten einen Blick, der ihre Überraschung verriet.

»Vor einigen Tagen wurde sie …« Eugenie senkte Augen und Stimme. »Helen wurde gesehen, wie sie in Unterwäsche durch die Gegend rannte. Sie kam halb nackt nach Hause. Ich hätte sie in ihr Zimmer sperren sollen. Ich hatte ja keine Ahnung, was sie vorhatte. Sie kann richtig hinterlistig sein.« Peter war hinter Eugenie getreten und begann, die Bücher aufzuheben und behutsam ins Regal zu stellen. »Und dann ihr Umgang mit dieser Rochelle. Die sitzt breitbeinig da wie ein Mann. Von allen Mädchen in der Schule musste Helen sich ausgerechnet an sie hängen. Sie reden miteinander in ihrer eigenen Sprache, schreiben seltsame Zeichen auf Papier.«

»Das ist Kurzschrift.« Helen hätte die Zähne zusammengebissen, wenn ihr Kiefer nicht so gebebt hätte. »Du weißt genau, was das ist. Man braucht es für die Arbeit. Und es hat überhaupt nichts mit Rochelle zu tun. Ich hatte mit sechzehn Jahren zum ersten Mal eine Freundin, also mach es bitte nicht kaputt.«

Ransome leckte sich über die Lippen. »Es ist dir als Kind also schwergefallen, Freunde zu finden?«

Es war ebenso richtig wie irrelevant. Zuerst hatten die Mütter gesagt, sie sei *eigen*, und dann, dass sie *kühne Ideen* hätte, und schließlich, dass sie *ein kalter Fisch* sei und sie ihre Kinder nicht mehr mit ihr spielen lassen würden. »Sie hatte nie Interesse an ihren Spielen, hat keine Puppe in die Hand genommen. Sie … weißt du noch, Peter? Sie hat geweint, als der Krieg zu Ende war. Warum sollte irgendjemand … Das ist doch nicht … Es war sehr sonderbar.«

»Das ist nicht fair. Ich war ein Kind, ich habe es nicht verstanden. Ich habe nur geweint, weil die Wrens weggegangen sind.« Dass die örtliche WRENS-Einheit aufgelöst wurde und die Frauen in ihren schicken Uniformen und kleinen Filzmützen nicht mehr in der Stadt zu sehen waren, hatte Helen tief getroffen. Sie hatten immer so elegant gewirkt, so wichtig. »Was hat das überhaupt mit … « Wie sollte sie beschreiben, was sie getan hatte, ohne es auszusprechen? Dann kam ihr der Gedanke, dass Ransome seine Meldepflicht vielleicht vergessen würde, wenn sie die Wörter Polizei und Gesetz nicht erwähnte. »Mit heute Abend zu tun?«

Ransome sprach über ihren Kopf hinweg. »Es gibt einen Weg, um Helen zu helfen und den schlimmsten Skandal zu vermeiden. Und zwar, indem wir sie, jetzt sofort, nach Nazareth bringen.«

Helen fragte sich, ob das ein Euphemismus war, so wie wenn

man jemanden in die Wüste schickte, oder ob es sich dabei um einen religiösen Orden handelte. Nonnen waren so ziemlich das Letzte, was sie jetzt gebrauchen konnte. Doch Eugenie wusste offensichtlich, was Nazareth war, denn sie wich zurück und trat dabei auf den Rücken eines aufgeschlagenen Buches.

»Wäre das denn möglich? Gibt es keine ... Formalitäten, die Sie erledigen müssen? Wir möchten die Behörden nicht hineinziehen.«

Der Arzt lehnte sich zurück. »Nein, nein. Es ist nicht mehr wie früher. Ich habe bei einem der Klinikärzte studiert, Martin Bures. Er hat sich in den vergangenen Jahren einen Namen gemacht. Ich habe schon lange auf die Gelegenheit gewartet, mit ihm zusammenzuarbeiten.« Seine Stimme wurde schrill, bevor er sich fasste und wieder zu seinem üblichen Tonfall zurückkehrte. »Er ist der Beste seines Fachs. Falls jemand Helen helfen kann, dann Martin Bures.« Ein gewisser Stolz hatte sich in Dr. Ransomes Stimme geschlichen, doch da der Name den Laien offenbar nichts sagte, fuhr er verärgert fort: »Egal, ich würde ihm jedenfalls gerne die Patientin überweisen. Die Blutung scheint halbwegs gestillt. Ich würde sie nicht mehr als kritisch bezeichnen. Falls Sie ... aber das sollten wir lieber draußen besprechen.«

Während der gemurmelten Besprechung auf dem Treppenabsatz kämpfte Helen gegen ihre schweren Augenlider und verlor. Als sie aufwachte, faltete ihre Mutter, noch immer im Mantel, gerade die letzten Kleidungsstücke in den Koffer. In Panik schoss Helen vom Kissen hoch, aber Eugenie stopfte ungerührt die aufgerollten Strümpfe in eine Ecke. Und falls sie das verräterische Knistern von Papier vernahm, ging sie dem nicht nach.

Als sie auf der eisigen Fahrt zu diesem Nazareth an Greenlaw Hall vorbeikamen, lag Helens Gesicht gnädigerweise im Dunkeln, so dass es sie nicht verraten konnte. Sie hing kraftlos auf dem Rücksitz, ihr Gepäck rutschte im Kofferraum herum.

Eugenie saß neben ihr und vibrierte förmlich vor Scham und Zorn. Peter fuhr schweigend. Ransome auf dem Beifahrersitz wies ihm den Weg. Dann und wann blitzten Straßenschilder auf. Saxmundham. Rendelsham. Stradbroke. Hoxne. Diss. Sie waren praktisch schon in Norfolk.

»Jetzt langsam und die Nächste rechts«, sagte Ransome. Sie fuhren schon so lange, dass Helen ihre Oberschenkel nicht mehr spürte. Peter steuerte den Wagen durch ein Dorf, das sich um ein Kriegerdenkmal drängte, an dem Baustellenschilder standen und rot-weiße Zelte ein wenig an ein Kasperletheater erinnerten. Die Baustelle verschwand wieder, und sie näherten sich im Schneckentempo dem Nazareth genannten Ziel. Als sie um eine Kurve bogen, brachen die Wolken flüchtig auf und tauchten das Gebäude in Mondlicht. Es war außergewöhnlich, unfassbar in der Ausdehnung, dumpfes orangefarbenes Licht hinter gewaltigen Fenstern. Ein einzelner Turm ragte in der Mitte empor. Helen verschwamm kurz alles vor den Augen. Ihr Puls zuckte rasch und leicht. Sie hatte Blut verloren. Wie behandelte man Anämie? Indem man ein Steak an die Schläfe drückte. Nein – das war bei einem blauen Auge. Oder waren das Orangen? Warum aß man noch gleich Orangen?

Sie mussten ihr aus dem Auto helfen. Ihr Vater nahm einen Arm, der Arzt den anderen, Eugenie bildete die Nachhut. Über einer gewaltigen Flügeltür glühte weißer Stein, Großbuchstaben auf einer gemeißelten Schriftrolle. Doch da stand nicht Nazareth, sondern Irrenanstalt für Bedürftige in East Anglia.

41

»Was ist das hier?« Bloß keine Panik. Alte viktorianische Krankenhäuser wurden seit dem Krieg ständig umgenutzt. In Northamptonshire, wo sie früher gewohnt hatten, war eine Lungenklinik in ein Zentrum für Wirbelsäulenverletzungen umgewandelt worden. Dies hier musste eine Frauenklinik oder ein allgemeines Krankenhaus sein; groß genug war es jedenfalls. Und da ertönte auch schon ein schriller Schrei von irgendwoher. Große Doppeltüren wurden von unsichtbaren Händen geöffnet, und ein Geruch drang auf Helen ein: dick, widerlich, chemisch und faulig zugleich. Instinktiv atmete sie durch den Mund. »Was ist das hier?« Ihre Stimme klang nasal und rau, doch sie bezweifelte, dass man sie überhaupt hören konnte.

Dr. Ransome streckte einem Mann, der hinter einem breiten Mahagonitisch auftauchte – weißer Kittel, rundes Gesicht, halbmondförmige Brille –, die freie Hand entgegen. »Medical Superintendent Kersey, danke, dass Sie mich empfangen. Es freut mich, Sie wiederzusehen. Ist Martin heute hier? Soweit ich weiß, hat er in der zweiten Wochenhälfte hier Dienst?«

»Der Dienstplan hat sich geändert. Er ist an den Wochenenden in Cambridge, tut mir leid.«

»Ich hatte gehofft, ihn hier zu treffen.«

Sein empörter Ton prallte an Kersey ab. »Das ist Pech. Wir haben ihn jetzt nur noch mittwochs bis freitags für uns. Und er wäre ohnehin nicht für die Aufnahme zuständig.« Er nahm die Brille ab. »Sie müssen sich leider mit mir begnügen.«

Ransome hatte sich wieder gefasst. »So habe ich es nicht gemeint, Sir.«

Helen dachte nur daran, was das für sie bedeutete. Ransome hatte es so dargestellt, als würde ihr Wohl einzig und allein von diesem Dr. Bures abhängen. Kersey blieb völlig ungerührt und antwortete mit einem munteren: »Nun, gute Psychiater hat man nie für sich allein.«

Psychiater. Nein. Nein, nein, nein. »Ist das … ihr könnt mich doch nicht in eine verdammte Irrenanstalt stecken! Was ist nur mit euch allen los?« Helen hatte noch nie im Beisein ihrer Eltern geflucht und sah, wie Eugenie zusammenzuckte.

Superintendent Kersey beugte sich vor und sprach betont langsam, als hätte er es mit einem kleinen Kind zu tun: »Wir sagen seit dreißig Jahren nicht mehr Irrenanstalt!« Er hatte lila verfärbte Lippen, sein Atem roch nach der Flasche Rotwein, von der man ihn offenbar weggerufen hatte. Die Falte über seinen Augenbrauen sah aus wie das V, mit dem kleine Kinder Vögel darstellen. »Der moderne Begriff lautet *Heil- und Pflegeanstalt*.«

An diesem Ort war nichts modern. Die schmutzig grünen Wände waren mit Porträts aus dem 19. Jahrhundert geschmückt. Verschlungene viktorianische Muster schmückten den gefliesten Boden, lauter Blätter und Libellen, von denen einem augenblicklich schwindlig wurde. Die stämmige Frau, die mit einem Rollstuhl auf Helen zukam, trug eine gestärkte Flügelhaube wie aus einem Geschichtsbuch. An den Wänden befanden sich noch die Halterungen der alten Gasleuchten, und nur die elektrischen Leitungen verrieten, dass man sich im Jahr 1958 befand.

Die Schwester nickte, worauf Peter und Dr. Ransome Helen losließen. Sie sackte in den Rollstuhl, und ihre Beine erwachten mit tausend Nadelstichen zum Leben.

»Oberin«, sagte Ransome. »Dies ist Helen Morris, sie ist neunzehn.«

»Kann mich irgendjemand hören?«, flehte Helen. »Heil- und Pflege- oder Irrenanstalt, das ist doch dasselbe! Ich habe nicht … was immer heute Abend passiert ist, ich bin nicht verrückt.« Ihre Stimme klang wie die eines kleinen Kindes. Sie hörte sich verrückt an und sah vermutlich auch so aus, mit Kotze in den Zöpfen und getrocknetem Dreck an den Beinen.

»Still jetzt«, sagte die Oberin. »Lass die Ärzte miteinander reden.«

Dr. Ransome ergriff wieder das Wort und wandte sich an Dr. Kersey. »Bezüglich unseres vorherigen Gesprächs: Dies ist Peter Morris aus Sizewell, dessen Tochter Helen hat – nun, sie hat ein Abortivum genommen, es ist die jüngste Episode in einer langen Geschichte unnatürlichen Verhaltens. Sie benötigt umgehend medizinische Hilfe.« Kersey schrieb kratzend etwas mit einem Füllfederhalter auf ein Blatt Papier. »Ich konnte nicht feststellen, was sie genommen hat, und sie weigert sich zu sagen, wie weit die Schwangerschaft fortgeschritten ist, doch falls sie noch besteht, befindet sie sich eindeutig im ersten Trimester.«

Alle Augen richteten sich auf Helens Bauch, auch ihre eigenen. Erst da bemerkte sie die Lederriemen, mit denen man sie an der Taille, den Handgelenken, den Knöcheln und – sie schaute panisch über beide Schultern – dem Hals an den Rollstuhl fesseln konnte. Sie wollte sich hochstemmen und aufstehen, doch die Oberin legte ihr eine kalte Hand auf jede Schulter.

»Wir wollen es uns doch nicht verscherzen?« Jede Gegenwehr wäre jämmerlich ausgefallen, selbst wenn sie nicht so schwach gewesen wäre. Diese Frau hatte dickere Oberarme als Robin. »Du bleibst still sitzen, während die Formalitäten erledigt werden.«

»Kann mir bitte jemand sagen, was hier vorgeht?« Helen brach die Stimme. »Lasst ihr mich einweisen?«

»Das Ehepaar Morris möchte eine unangenehme Szene bei der

Polizei vermeiden«, erklärte Dr. Ransome. »Und wie ich bereits erwähnte, ist dieser Vorfall nur der Gipfelpunkt einer monatelangen …« – er wandte sich an Peter und Eugenie, »jahrelangen?«, beide nickten, Peter erschöpft, Eugenie überaus beflissen – »… einer jahrelangen obsessiven manischen Entwicklung, in Verbindung mit öffentlicher Nacktheit, Zungenreden …« Er rieb sich geradezu die Hände.

»Das ist Unsinn«, sagte Helen. »Daddy, sag ihm, dass man nicht in Kurzschrift reden kann. Und ich hatte meine Unterhose an.« Es klang vollkommen falsch, ungeordnet und lächerlich. Dann versuchte sie es bei ihrer Mutter, zwang sich, ruhig zu sprechen. »Bitte, Mummy, es tut mir leid, ich höre auf mit dem Laufen.« Ihre kribbelnden Beine zuckten, als wehrten sie sich gegen den Verrat. »Ich gehöre nicht hierher.«

Eugenie schien von der Größe und Macht der Institution beeindruckt, sie hatte noch nie so unterwürfig ausgesehen. »Sie können dich zur Vernunft bringen, Helen. Ich habe es weiß Gott versucht, aber das hier … Es ist doch nicht meine Schuld, Dr. Ransome, oder? Sie kann nichts dafür, dass sie so ist, oder?«

Helen erinnerte sich so genau an Robins Worte, dass sie beinahe seinen warmen Atem auf der Wange spürte: *Du bist nicht wie die anderen Mädchen.*

»Mit mir ist alles in Ordnung!«, kreischte sie, und der ungerührte Gesichtsausdruck der Oberin verriet ihr, dass es genau das war, was alle sagten.

»Miss Morris, beruhigen Sie sich«, sagte Kersey, und sein Augenzwinkern wurde zu einem Zucken. »Wir müssen Sie aufnehmen, doch aufgrund des Gesetzes über psychiatrische Behandlung von 1930 können wir das auf freiwilliger Basis tun. Sie scheinen mir kein Fall für eine Zwangseinweisung zu sein. Sie sind zwar von Ihren Eltern abhängig, aber volljährig. Wir werden Sie zur Beobachtung hierbehalten, dafür sorgen, dass Sie zu Kräften kommen, und nach zweiundsiebzig Stunden steht es Ihnen frei, sich selbst zu entlassen.«

»Können die das wirklich machen?« Sie drehte sich zur Oberin um.

Die Antwort kam, noch bevor Helen ganz zu Ende gesprochen hatte. »Dr. Kersey hält sich an die Vorschriften. Sitz gerade.«

Helen überlegte so rasch, wie ihr geschwächtes Hirn es zuließ. Zweiundsiebzig Stunden. Lange genug, um das Schlimmste aus dem Körper zu bekommen und trotzdem noch den Zug zu erwischen. Beim Gedanken an ein sauberes Bett sackte sie sehnsüchtig in sich zusammen. Was immer sich auf der anderen Seite der Tür mit der Aufschrift FRAUEN befand, konnte nicht schlimmer sein als eine Mutter, die sich wünschte, ihre Tochter wäre vergewaltigt worden, und ein Vater, der sich nicht gegen seine Frau behaupten konnte, geschweige denn gegen andere Männer. »Ja«, sagte sie. »So machen wir es.«

Das Formular wurde ausgefüllt, Helen konnte aus den Antworten auf die Fragen schließen. Neunzehn. Sizewell Cottage. Ledig. Methodistin. Peter Morris.

»Wie nennen Sie das? Was ist los mit ihr?«, wollte Eugenie wissen.

»Dazu kann ich nichts sagen«, erwiderte Kersey. »Sie wurde noch nicht untersucht. Ich vermute eine psychopathische Störung oder Schizophrenie. Was man früher als Dementia präcox bezeichnete.«

Wieder verstanden Helens Eltern mehr als sie und wichen einen Schritt zurück. »Aber darüber muss sich Dr. Bures den Kopf zerbrechen.«

Bei der Erwähnung des Namens wurde Ransome geradezu sentimental. »Wie schade, dass ich Martin verpasst habe. Ich habe seine Arbeiten in der Fachzeitschrift *Lancet* verfolgt, aber es ist nicht dasselbe, wie persönlich mit ihm zu sprechen.«

Helen konstatierte, dass er den Namen des Kollegen öfter erwähnt hatte als ihren.

»Nun ja.« Helen wusste nicht, ob Kersey ungeduldig war, weil Ransome herumschleimte oder weil er zu seinem Wein zurückwollte. »Oberin, Sie veranlassen alles Nötige.«

Die Oberin zog Helens Rollstuhl rückwärts vom Schreibtisch weg und schob sie dann in Richtung Frauenflügel. Das Letzte, was sie hörte, war, wie ihre Mutter zu Superintendent Kersey sagte: »Sie werden es aus ihr herauskriegen?«

Helens Herz machte einen Sprung und fiel dann in sich zusammen. Sie meinte nicht das Kind. Sie meinte Robins Namen.

Die Tür wurde geräuschvoll hinter ihr abgeschlossen. Helen fand sich in einem endlosen Flur wieder; die Neonleuchten an der Decke erinnerten an Straßenmarkierungen und ließen die Welt auf dem Kopf stehen, als man sie an zahllosen Türen vorbeischob. Sie hob die Hand, um durch den Ärmel zu atmen. In der Eingangshalle hatte der Geruch wie Gas gewirkt, doch hier schien er sich zu verfestigen, sich wie eine Schmiere auf ihre Haut zu legen und in ihre Poren einzudringen. Verglichen damit war der Geruch von Desinfektionsmittel und Urin mild, geradezu willkommen. Es war nichts zu hören außer dem Rad des Rollstuhls, das bei jeder Drehung quietschte, dem schweren Atem der Oberin und dem fernen Weinen von Frauen in einem Dutzend Tonarten.

Man schob sie in ein schäbiges Badezimmer, Hähne wurden voll aufgedreht, Wasser ergoss sich in eine in den Boden eingelassene Wanne, die wie eine Kreuzung aus Schafbad und Taufbecken aussah. Während sich die Wanne füllte, stäubten Krankenschwestern ihr groben Puder ins Gesicht, auf die Haare, zwischen die Beine. Helens Kniescheiben traten hervor, und die fächerförmigen Mittelfußknochen schienen ausgeprägter als am Morgen. Sie hatte überall Gewicht verloren, nur nicht am Bauch.

42

Schwaches graues Licht kämpfte sich durch schmutzige Fensterscheiben. Helens Bett hatte hohe Seiten wie ein Kinderbettchen,
und jemand hatte sie über Nacht hochgeklappt; das rostige Metall trug den Stempel *Eigentum der Irrenanstalt für Bedürftige in East
Anglia*. Quer darüber spannten sich sechs Lederriemen. In der
Zimmerecke blätterte eine Krankenschwester in der Zeitschrift
Reveille, sie hatte die Füße in einer Schüssel mit dampfendem
Wasser und plauderte mit einer Kollegin, die auf der Schreib-
tischkante hockte.

»Ich habe die Schichten getauscht.« Das Mädchen auf dem
Schreibtisch war hübsch, obwohl sie eine Höckernase hatte, ihre
dunklen Haare saßen straff gezogen unter dem weißen Häub-
chen. »Noch drei *Wochen*, bevor ich wieder mit Dr. Bures Dienst
habe.«

»Als wenn er dich auch nur eines Blickes würdigen würde.«
Die Kollegin wackelte im Wasser mit den Zehen. »Er arbeitet
einmal die Woche in London. Was soll er mit einem Mädchen aus
Nusstead, wenn er dort alle möglichen schicken Frauen haben
kann?«

»Man kann nie wissen. Er ist ein starker Typ, ein bisschen so
wie Richard Burton. Ich würde ihn jedenfalls nicht von der Bettkante schubsen.«

»Marian!«

Das Gegacker der Schwestern hallte als unheimliches Echo
von den nackten Wänden wider.

Die Krankenbetten im Raum waren durch Schienen, aber ohne Vorhang voneinander abgeteilt. In der Hälfte lagen geschlechtslose Greisinnen unter den Decken, mit drahtigen grauen Haaren, zu identischen Topfschnitten gestutzt. Wie Leichen, deren Brüste sich noch hoben und senkten, deren Nasen pfiffen, wenn sie atmeten. Eine kratzte sich im Schlaf am Kopf. Selbst von hier aus konnte Helen ihren ranzigen Atem riechen; Fleisch, das kurz vor dem Umkippen war. Rechts von ihr schlief eine dicke Frau tief und fest unter einem Dutzend Decken, nur ihre krausen blonden Haare lugten hervor.

Helen betastete ihren Bauch. War das Baby noch da? Sie hatte aufgehört zu bluten.

Ihr blieben noch achtundsechzig Stunden, um es nach Saxmundham zum Bahnhof zu schaffen, und wenn sie von der Klinik aus im Nachthemd trampen musste. Was hatten sie mit ihrem Koffer angestellt? Sie würde hart arbeiten und Rochelle alles zurückzahlen. Dann stieg eine heiße Welle des Zorns in ihr auf, als sie daran dachte, wie Rochelle sie in die Irre geführt hatte. War sie einfach nur naiv gewesen? Rochelle war genauso nutzlos wie Robin. Wusste überhaupt irgendjemand, wie diese Dinge funktionierten? Wenn Helen hier herauskäme, würde sie sich gründlich über Familienplanung informieren, und wenn sie erst Bescheid wusste, würde sie junge Mädchen auf der Straße ansprechen und ihnen erklären, dass eine süße Falle noch immer eine Falle war.

Die Frau im Bett nebenan stützte sich auf; sie trug ein wattiertes Nachthemd. Ihre Dauerwelle war herausgewachsen; die fedrigen Augenfältchen und runden Wangen machten es unmöglich, ihr Alter zu schätzen.

»Hallo«, sagte sie ohne jede Verlegenheit, als warteten sie im Postamt in der Schlange. »Ich bin Pauline.«

»Helen.« Die Tür der Station flog scheppernd auf, jemand

schob einen quietschenden Rollwagen herein, auf dem Teller unter stählernen Speiseglocken standen. Helen lief unwillkürlich das Wasser im Mund zusammen. Während die alten Damen in ihren Betten aufgesetzt wurden, wandte Pauline sich an Helen: »Warum bist du hier?«

Sie hatte nicht die Kraft, sich etwas auszudenken. »Ich habe versucht, ein Baby loszuwerden.«

Pauline war mitfühlend. »Wie viele hast du schon daheim?«

»Wie bitte? Keins.«

Pauline nickte weise. »Ist er verheiratet?«

»Nein.«

»Abgebrannt?«

Helen dachte an Greenlaw Hall, die gewaltigen Ausmaße des Anwesens. Dass selbst Robins Stimme ein eigenes Wappen zu besitzen schien. »Nein. Er hat Geld. Er ist sogar reich.«

Jetzt war Pauline verwirrt. »Warum kann er sich dann nicht um dich kümmern?«

»Das würde er vermutlich, wenn er davon wüsste.«

Obwohl sie nicht beurteilen konnte, ob Robin sie absichtlich in die Falle gelockt hatte, konnte sie darauf zählen, dass er sie heiraten würde. Dafür sorgte schon sein hochtrabendes Gefühl für Anstand.

»Du machst Witze!« Pauline machte große Augen. Wie sollte Helen ihr erklären, dass sie sterben würde, wenn sie ein Kind aufziehen und nicht hinaus in die Welt gehen könnte? Dass die Vorstellung, wie ihre Mutter zu enden, ihr Herz zu Asche zerfallen ließ?

»Auf mich wartet ein Job in London.« Das sagte alles und nichts.

Pauline blinzelte in liebenswerter Verständnislosigkeit. »Aber wenn er Geld hat, brauchst du doch nicht zu arbeiten. Mein Gott, kein Wunder, dass du in der Klapse bist. Klarer Fall! Und ich?«, sagte sie, obwohl Helen gar nicht danach gefragt hatte. »Baby-blues. Sie wurde gestern geboren. Wir nennen sie Sandra. Die Milch ist noch nicht eingeschossen. Das schlägt mir derart auf die Stimmung, das glaubst du nicht. Mein Gott, was in meinem Kopf so vorgeht. Jetzt geht es mir gut, aber warte ein paar Tage. Wenn es mich trifft, erkennst du mich nicht wieder. Ich habe sieben zu Hause, und es wird jedes Mal schlimmer. Sie schicken mich jetzt nach jedem Baby her. Früher habe ich mich dagegen gewehrt, aber diesmal habe ich mich selbst eingewiesen. Recht-zeitig, damit ich nicht wieder Unsinn mit mir anstelle.« Die Kran-kenschwester hatte sich Schuhe und Strümpfe wieder angezo-gen, ging an den Betten entlang und rückte die Tabletts zurecht. Leise fragte Pauline: »Wo bist du hingegangen? Irgendwo in der Nähe?«

»Nirgendwohin«, sagte Helen. »Eine Freundin in London hat mir was zum Einnehmen besorgt.«

Pauline schüttelte tadelnd den Kopf. »Das ist doch Irrsinn. Du hättest nach London fahren sollen, wenn du da Leute kennst. Da machen sie es richtig, mit Ärzten, damit es sicher ist. Du armes Ding, hattest du keinen, der es dir erklärt hat? Hat deine Mama dir nicht von den Bienen und den Blumen erzählt?«

Helen lachte. »Da kennst du meine Mutter schlecht.«

»Die sollte sich was schämen.« Paulines Zorn rührte sie. »Ich hab eine Tochter zu Hause, die ist nicht viel jünger als du. Sowie sie anfing zu wachsen, hab ich mich mit ihr hingesetzt und ihr erklärt, was Sache ist.« Der Gedanke, dass Eugenie so etwas tun könnte, war lächerlich, doch als Helen den Mund öffnete, musste sie weinen. »Oh, Liebes. Komm her. Ich wollte dich nicht aufre-gen. Komm her.« Pauline löste den Seitenschutz mit einer ge-schickten Bewegung und schwang die Beine über die Bettkante. Diese Fremde hatte ihr in zwei Minuten mehr Sorge, Interesse und Verständnis entgegengebracht als Eugenie in vielen Jahren, und Helen konnte ihre Zärtlichkeit kaum ertragen. Sie gab dem Druck in ihrer Kehle und der zitternden Unterlippe nach. »Oh, Liebes«, sagte Pauline noch einmal. »Scht. Alles wird gut.«

Schwester Marian, die für Dr. Bures schwärmte, kam mit dem scheppernden Essenswagen näher. Helen sah, dass neben den silbernen Speiseglocken kleine Pappbecher mit bunten Pillen aufgereiht waren.

»Pauline, du ungezogenes Mädchen! Du hast doch Bettruhe!«

Pauline küsste Helen auf den Kopf und salutierte vor der Krankenschwester. »Jawohl, Sergeant Major, jawohl, Sir!« Dann kehrte sie in ihr eigenes Bett zurück.

»Pauline ist mir vielleicht eine«, sagte Schwester Marian. »Über die kann ich mich schlapp lachen.« Sie schaute auf die Notizen, die am Fußende des Bettes angebracht waren. »Kein Paraldehyd für die Mama. Du willst doch wieder zu Kräften kommen und zurück auf die Station.«

Sie nahm die Glocke von dem Teller, der vor Helens Nase stand: etwas Beigefarbenes, etwas Braunes, etwas Grünes und etwas Faseriges. »Oh«, sagte Pauline, als sie an der Reihe war. »Nichts schmeckt besser als eine Mahlzeit, die jemand anders für einen gekocht hat, was?«

Helen lächelte schwach und pflügte mit stumpfem Besteck durch ihr Essen.

Eine der alten Frauen gegenüber beschmutzte sich; die Schwestern dachten sich offensichtlich nichts dabei, sie sauber zu machen, während andere aßen. Wie sollte jemand, der wirklich krank war, hier bloß gesund werden?

43

Sie hatten die Krankenabteilung verlassen und warteten im Flur vor ihrer neuen Station. Zwei Gestalten tauchten am anderen Ende auf, durch die Entfernung winzig klein wie Püppchen: Helen konnte beide mit einem Daumen abdecken.

»Was hast du da eigentlich drin?«, fragte Pauline.

Helens Finger schlossen sich enger um den Koffergriff. »Nichts Besonderes.«

Die Zugkarte war noch drin. Zwei Tage, sie hatte keine Zeit zu verlieren. Von den wachsenden Milchflecken an Paulines Brüsten stieg ein buttriger Geruch auf. Wenn Helen vor zwölf Uhr mittags Essen sah oder roch, kam ihr die Galle hoch. Sie hatte noch immer den Kupfergeschmack auf der Zunge, und ihre Brüste waren schmerzempfindlich. Sie hatten ihr Blut abgenommen, also wussten sie Bescheid. Sie hatte den Gedanken an eine Geburt akzeptiert. Natürlich würde sie das arme Kind weggeben müssen, da Rochelle ebenso wenig ein Baby in der Wohnung wollte wie sie selbst. Eins stand fest: Sie würde nicht noch einmal ihre Gesundheit riskieren.

Auf der einen Seite des Flurs blickte man durch lange Fensterreihen auf den Landschaftsgarten, der zu einer Art Sumpf hinunterführte. Auf der anderen Seite befanden sich die Stationen, jede Station war etwa dreißig Meter lang, die Decken von gewaltigen Eisenstreben gestützt, die Betten dicht an dicht gestellt. Kahle Wände, vergitterte Fenster. Wären die Leiter dieser Anstalt bei Verstand gewesen, hätten sie den Flur für sportliche

Betätigung vorgesehen, statt Rollwagen und Reinigungszubehör dort abzustellen.

»Wie lange dauert das normalerweise?«, fragte sie Pauline. »Ich hoffe, ich kann danach mit einem Arzt sprechen.«

»Das weiß niemand. Die unternehmen nichts, bevor die Oberin hier ist.«

»Verstehe.« Der ständige Geräuschpegel des Anstaltslebens war im Flur noch stärker. Eisen schabte auf Stahl, wenn Schlösser geöffnet wurden, pantoffelbekleidete Füße schlurften, die Räder der Servierwagen, Betten und Rollstühle quietschten und rumpelten. Das Klacken hoher Absätze auf dem Boden klang geradezu fremdartig. Die Patientin, von der Oberin am Arm geführt, war jetzt deutlich zu erkennen: rote Haare, zu einem Bob frisiert, weit schwingender Rock, kurzärmeliger Pullover und weiße Slingbacks. Lippenstift.

»Celeste Wilson«, sagte sie zu der Schwester an der Tür, als käme sie zu einem Vorstellungsgespräch. Es war die erste gebildete Stimme, die Helen im Frauenflügel hörte. »Ich möchte nicht stören, aber ich glaube, es handelt sich um ein Missverständnis. Ich gehöre wirklich nicht hierher. Ich habe nichts falsch gemacht.«

Helens Herz schlug schneller, sie spürte Hoffnung. Sie war nicht so allein, wie sie geglaubt hatte.

»Du stellst dich hinten an, Celeste«, sagte die Oberin.

»Ich würde gern mit Ihrem Vorgesetzten sprechen.«

Celeste versuchte, sich dem Griff der Oberin zu entwinden, wobei Helen bemerkte, dass ihr Pullover an einer Schulter völlig zerrissen war und der Ärmel in Richtung Ellbogen rutschte.

»Ich habe in diesem Flügel keinen Vorgesetzten«, erwiderte die Oberin. »Hinten anstellen, Celeste, außer du möchtest zurück in die Fünf.«

Ohne Vorwarnung schwang Celeste den Kopf herum und

schlug mit einer Kraft, die Helen für unmöglich gehalten hätte, mit der Schläfe gegen die schmutzigen Fliesen. Sie wiederholte die Bewegung; diesmal traf ihr Kiefer mit solcher Gewalt auf den Türrahmen, dass eigentlich das Holz statt der Knochen hätte brechen müssen. Man hörte ein grauenhaftes Knacken, Fleisch platzte auf, dann schoss ein Geysir aus Blut hervor, der Helens Wimpern verklebte und den Boden im Flur rot färbte. Celeste spuckte etwas Weißes aus, einen Zahn oder ein Stück Fliese. Zwei stämmige Schwestern packten ihre Ellbogen. Ihre Unterlippe war gerissen.

»In die Betten!«, rief die Oberin durch die offene Tür. Etwa die Hälfte der Patientinnen gehorchte. Die übrigen fingen an zu schreien, ein Geräusch, das durch Helens Haut zu dringen schien. Der Lärm war zu groß, um ihn zu verkraften. Es war, als steuerte man ein Auto ohne Windschutzscheibe.

Eine Pfeife ertönte, ein Dutzend Krankenpfleger tauchte auf. Helen wurde grob beiseitegestoßen, dann drückten sie Celeste zu Boden.

»Sofort in die Fünf«, befahl die Oberin. Sie brauchten drei Pfleger, um Celeste durch den Flur zu zerren. Ihre weißen High Heels beschrieben Wellenlinien auf dem Boden und fielen ihr schließlich ab. Eine Minute nachdem die Krise ausgebrochen war, zeugten nur zwei einsame weiße Brautschuhe von dem Geschehen.

»Was ist die Fünf?«, flüsterte Helen Pauline zu, die theatralisch erschauerte.

»Station fünf. Die ist für die Gestörten.« Sie deutete den Flur entlang. Türen und Fenster erstreckten sich so weit in die Ferne, dass es irreal wirkte, wie eine optische Täuschung. »Die ist immer abgeschlossen. Selbst ich war noch nie dort. Die meisten kommen nicht zurück.«

Eine Krankenschwester wischte Helen das Gesicht rasch und

geschickt mit einem Waschlappen ab. »Du wirst uns doch hier keine Schwierigkeiten machen, Hannah?«

»Ich heiße Helen«, sagte sie, doch die Schwester säuberte bereits die nächste Patientin.

Sie hatten ihr das Bett neben Pauline gegeben. Auf der anderen Seite des schmalen Gangs bürstete eine Frau immer wieder dieselbe zottelige Strähne ihrer langen gelblich grauen Haare: »Sechsundachtzig, siebenundachtzig, achtundachtzig.« Die Bürste fuhr wieder und wieder über dieselbe Stelle, zerkratzte die rosig glänzende Kopfhaut zu einem stumpfen Dunkelrot. Sie zählte schnell, sprach sogar beim Einatmen. Als Helen etwas zu Pauline sagte, drehte sich die Frau mit der Haarbürste um und knurrte wie ein Hund. »Jetzt hab ich mich verzählt!«

»Susan, Liebes«, beruhigte Pauline sie. »Du warst bei achtundachzig.«

»Und darauf soll ich mich verlassen? Eins, zwei, drei … «

»Wer ist das denn?«, fragte eine verschrumpelte alte Frau, die mit angezogenen Knien auf einem Bett schräg gegenübersaß.

»Das ist Helen, Norma«, sagte Pauline. »Norma ist eine Institution in dieser Institution. Sie ist hier, seit sie so alt war wie du.«

Angenommen, Norma war fünfzig – eine äußerst wohlwollende Schätzung –, dann lebte sie seit dreißig Jahren hier. »Warum?«, fragte Helen entsetzt. »Was muss man tun, um sein ganzes Leben hier zu verbringen?«

»Das mag der liebe Himmel wissen! In den Nebeln der Zeit verlorengegangen!« Norma schwenkte knotige Finger, als wollte sie die Nebel der Zeit heraufbeschwören.

»Sie hat zwei Brüder und ihren Liebsten im Ersten Weltkrieg verloren«, sagte Pauline leise.

»Aber wie ist sie … kommt sie jemals wieder raus?«

»In einem hölzernen Mantel, würde ich sagen«, flüsterte Pauline. Helen schaute sie verständnislos an. »In einem Sarg, Liebes.

Sie geht nirgendwohin. Sie stecken sie irgendwann in die Geriatrie, und das war's.« Helen überlief es eisig kalt. »Mach nicht so ein Gesicht! Sie kennt nichts anderes, das ist schon in Ordnung. Oder kommt sie dir unglücklich vor?«

Norma sah nicht unglücklich aus, aber auch nicht gesund. Helen musste würgen. Was sie für eine Stickerei auf dem Nachthemd gehalten hatte, war eine Reihe winziger Silberfische, die einen Saum entlangliefen. Norma schien es nicht zu kümmern. Dass sie sich noch ekeln konnte, bestärkte Helen in der Gewissheit, dass sie keine von ihnen war. Noch nicht. Wenn man bei der Einweisung nicht verrückt war, wurde man es hier binnen weniger Tage. Falls Helen auch nur eine Sekunde länger als die vereinbarten zweiundsiebzig Stunden hierbleiben musste, würde sie den Verstand verlieren. Gesetz hin oder her, freiwillige Einweisung hin oder her, dann gehörte sie wirklich hierher. Bei dem Gedanken brach ihr der kalte Schweiß aus.

»Hundertvierundzwanzig«, sagte Susan. »Hundertfünfundzwanzig.« Sie zog eine Haarfluse aus der Bürste und ließ sie zu Boden schweben.

»Und was ist mit ihr?«, fragte Helen.

»Susan ist seit mindestens zwei Jahren hier, denn sie war schon da, als ich nach Raymond herkam. Ihre Geschichte kenne ich nicht genau. Sie wurde jedenfalls zwangseingewiesen. Es gibt irgendwo einen Mann, aber der besucht sie nie.«

Pauline sprach beiläufig, als ginge sie davon aus, dass Helen Bescheid wusste. Als diese »Oh« hauchte, erklärte sie in sanftem Ton: »Bei einer Zwangseinweisung haben die Ärzte es nicht mehr in der Hand. Dann entscheidet nur deine Familie. Wer dich reinbringt, kann dich rausholen. Muss ein naher Verwandter sein. Ich bin, wie gesagt, diesmal freiwillig hier, aber alle anderen Male haben sie mich zwangseingewiesen. Wir machen es jetzt so, um uns den Papierkram zu sparen.«

Helen rang nach Luft. »Hattest du keine Angst, dein Mann könnte dich hier drinnen lassen?«

Pauline gackerte. »Wohl kaum. So schlimm es ist, wenn er mich zu Hause hat, gibt es immer einen Moment, ab dem es ohne mich noch schlimmer ist. Dann kommen sie und holen mich. Jedenfalls bin ich in ein paar Monaten wieder daheim.«

Helen dachte an Peter und Eugenie. Wenn sie darauf angewiesen wäre, dass ihre Eltern sie herausholten – würden sie es tun?

Sie wusste die Antwort. Sie hatte sie im versteinerten Gesicht ihrer Mutter gelesen.

Helen klebte den ganzen Morgen an Pauline, als wäre sie das neue Mädchen in der Schule, folgte ihr von der Station in den Tagesraum, zum Hofgang und in die Beschäftigungstherapie, wo es schlecht geflochtene Körbe und naive Malerei gab. Als es zum Mittagessen klingelte, begleitete sie Pauline in den Speisesaal, wo sich die Essenswagen unter grünen Terrinen bogen. Helen lief das Wasser im Mund zusammen: Sobald sich die morgendliche Übelkeit gelegt hatte, hatte sie umso größeren Appetit.

»Ich kann gar nicht abwarten, was der Küchenchef heute Schönes für uns hat«, sagte Pauline, als sie sich setzten. »Kaviar? Teuren Wein? Oh, wunderbar, es gibt graue Suppe.« Helen musste unwillkürlich lachen, auch wenn ihre Kehle nicht genau wusste, was sie mit dem Geräusch anfangen sollte. Sie hatte selten gelacht, selbst bevor sie hierherkam, und hier drinnen klang es geradezu fremdartig.

»Wie schaffst du es nur, bei Laune zu bleiben?«, wollte sie von Pauline wissen. »Ich würde am liebsten weinen.«

»Indem ich dich bei Laune halte. Man braucht jemanden, um den man sich kümmert, oder? Das muntert einen selbst auch auf.« Sie umarmte Helen, und es fühlte sich weder steif noch schüchtern an, war einfach nur Trost, der von einem Körper zum anderen weitergegeben wurde.

Angeblich bestand die Suppe aus Lamm und dicken Bohnen. Das Café, in dem Rochelle mittags in London aß, servierte getoastete italienische Sandwiches und Kaffee mit Milchschaum.

Susan, die Haarbürsterin aus dem Schlafsaal, mühte sich mit dem Essen ab. Sie konnte keine Flüssigkeit auf dem Löffel behalten und kleckerte Suppe auf ihre pfirsichfarbene Strickjacke, die sich in den Wollnoppen verfing. Eine Krankenschwester wischte ihr im Vorbeigehen mit einem schmutzigen Tuch den Mund ab.

»Was ist mit ihr passiert?«

»Ich nehme an, der Grill ist ihr nicht bekommen«, warf Norma ein.

»Der Grill?«

»Elektroplexie.« Norma schwenkte so abrupt zur Standardaussprache, dass es Helen wie ein Schock traf. »Elektrokonvulsionstherapie. EKT.« Sie lächelte stolz.

»Das stimmt«, sagte Pauline zerstreut und schaute wieder zu Helen. »Die sind hier ganz verrückt danach, im wahrsten Sinne des Wortes. Sie schließen dich an eine Maschine an und schocken dich aus dir selbst heraus.«

Norma nickte. »Da fangen deine Augäpfel an zu leuchten.« Sie war wieder in ihren eigenen Dialekt verfallen.

»Teufel nochmal, Norma, das tun sie nicht«, entgegnete Pauline.

»Das machen die, um an deine Geheimnisse zu kommen«, erklärte Norma.

Helen schaute Pauline entsetzt an. Es war, als besäße sie nichts mehr außer Robins Namen. »Ist das wahr?«

»Du bekommst einen kleinen Schlag, das ist alles. Ein, zwei Minuten schüttelt es dich durch und aus deiner schlechten Stimmung raus. Ich mache es, wenn ich wieder eine Flaute habe.« Helen konnte noch immer nicht glauben, dass Pauline zu etwas Schlimmerem als leichter Gereiztheit fähig war. »Sie muss gerade raus sein, wenn sie in diesem Zustand ist. In ein paar Stunden geht es ihr prima, dann erkennst du sie nicht wieder.«

»Und was ist der Nachteil?«

»Es kann Löcher in dein Gedächtnis reißen. Große Stücke deines Lebens, die du nicht zurückbekommst. Bei mir hat es nie so gewirkt; ich muss für ein, zwei Stunden nach Wörtern suchen, das ist es auch schon. Oder du weißt nicht mehr, was du gestern Abend gegessen hast.« Helen musste angesichts der Behandlung, die ihr mittelalterlich und futuristisch zugleich vorkam, entsetzt ausgesehen haben, denn Pauline legte die Hand auf ihre. »Aber wenn du Glück hast, vergisst du das Schlimmste, was dir je passiert ist.« Ihre Worte waren für Helen bestimmt, doch ihre Augen ruhten auf Susan. »Wenn du Glück hast.«

44

Helen und Pauline saßen im Tagesraum. Den Schwarz-Weiß-Film, der dort gezeigt wurde, hatte man ungeschickt gekürzt, um alle Anspielungen auf Sex, Wahnsinn und Gewalt zu entfernen, und er ergab überhaupt keinen Sinn mehr.

»Helen Morris.« Es war Marian, die kichernde Krankenschwester, die für Dr. Bures schwärmte. »Du sollst mitkommen.«

Die zweiundsiebzig Stunden waren fast vorbei. Man würde sie ins Büro bringen, offiziell für geistig gesund erklären und gegen Unterschrift aus der Anstalt freilassen. Sie trottete den langen Flur entlang, durch den man sie bei der Ankunft im Rollstuhl gefahren hatte. Um das Büro des berühmten Dr. Bures zu erreichen, musste Helen mit der Krankenschwester am Empfang vorbei. Bei Tageslicht sah die Eingangshalle anders aus; die Fliesen wirkten hübsch und gar nicht mehr bedrohlich, die schnurrbärtigen viktorianischen Männer auf den Ölgemälden eher onkelhaft als streng. Man sah deutlich, dass die Leute bei der Planung gute Absichten gehegt hatten. Wo aber lag der Fehler? An diesem Morgen hatte sie sich vorgestellt, sie sei Oberin und dirigiere mit klappernden Schlüsseln am Gürtel und einem Klemmbrett voller Listen und Haushaltsplänen in der Hand das Personal. Das einzige Problem an diesem Tagtraum war, dass man als Krankenschwester Dienst tun musste, bevor man zur Oberin aufsteigen konnte. Helen wusste, dass ihr Menschen am Herzen lagen, aber nur von fern. Vermutlich war dies der Grund, weswegen sie hier war.

Verglichen mit den Stationen war die Luft im Verwaltungstrakt frisch wie am Strand von Sizewell. Eine Standuhr tickte ihrem Ultimatum entgegen. Sie würde sich weigern, in die Obhut ihrer Eltern entlassen zu werden. Ob man sie quer durch die Grafschaft bis nach Saxmundham bringen oder von ihr verlangen würde, sich allein zum Bahnhof durchzuschlagen? In welche Richtung lag Saxmundham überhaupt? Wie sollte sie durch London kommen? Konnte man zu Fuß von der Liverpool Street bis zum Regent's Park laufen? Sie hatte keine Ahnung. London war für sie nicht mehr als eine Ansichtskarte, ein A bis Z im Taschenbuchformat. Notfalls wäre sie in der Lage, vom Trafalgar Square aus die Themse zu finden, aber das war es auch schon.

Die Tür zu Dr. Bures' Büro war geschlossen.

»Sieht aus, als sei er beschäftigt.« Schwester Marian schaute auf die Uhr, die sie an die Brust gesteckt hatte. »Setz dich, Liebes.« Helen wollte sich nicht setzen. Vom Fenster aus konnte sie das Gelände überblicken. Zwei Dutzend Männer trotteten ihre Runden beim Hofgang. Sicher könnten sie ihre Zeit sinnvoller verbringen, das sah sie ja von hier aus. Überall wuchs Unkraut, die Wände mussten getüncht werden. Sie zuckte zusammen, als hinter Bures' Tür ein lauter Rums ertönte und eine gequälte Frauenstimme fragte: »Meinen Sie etwa, ich wäre gerne so? Herrgott, wenn ich etwas dagegen machen könnte, würde ich es tun!«

Als sich der Türgriff schließlich drehte, betrachtete Schwester Marian ihr Spiegelbild in der polierten Bronze des Lichtschalters, leckte sich über die Handfläche und strich damit die Haare glatt. Die Patientin, die das Zimmer verließ – besser gesagt, von einer finster blickenden Schwester hinausgestoßen wurde –, war in Wirklichkeit ein Mann, der trotz seiner fadenscheinigen, schlecht sitzenden Kleidung schlank und elegant aussah.

»Vielen Dank, Schwester«, sagte Bures, er winkte Helen durch die Tür und damit in eine andere Welt. Hier drinnen gab es Farne in Töpfen, türkische Teppiche und ledergebundene Bücher. Helen konnte verstehen, was Schwester Marian an Dr. Bures fand. Es war kaum zu glauben, dass dieser Mann Arzt sein sollte, geschweige denn so alt wie Dr. Ransome. Er trug eine lässige Hose, einen Fischerpullover und darunter ein Hemd mit offenem Kragen, und seine braunen Haare waren länger als alles, was sie je bei einem Mann gesehen hatte. Sie kräuselten sich beinahe bis zum Kragen. Er trug keinen weißen Kittel, und es hing auch keiner an der Tür.

»Willkommen, Miss Morris. Setzen Sie sich.« Helen hockte sich auf die Kante eines hochlehnigen Stuhls, während Bures ihre Unterlagen überflog und eine Grimasse schnitt. »Wie ich sehe, hat Andrew Ransome Sie zu mir überwiesen.« Sein Lachen klang verächtlich, doch auf wen sich das bezog, konnte sie nicht beurteilen. Sie konzentrierte sich auf die stoffbespannte Pinnwand voller Schwarz-Weiß-Fotos, Zeitschriftenartikel und Massen handschriftlicher Notizen, auf denen sie nur seltsame überdimensionale Ausrufezeichen erkennen konnte. Sie waren unter verschiedenen Überschriften angeordnet: *Sodomiten. Päderasten. Abartige. Reproduktionskontrolle. Verhaltenskorrektur.*

»Wenn ich entlassen werde, möchte ich nicht, dass meine Eltern mich abholen«, platzte sie heraus. Bures' seltsames Lächeln blieb. »Und während ich hier bin, also bevor ich gehe, hätte ich einige Vorschläge, was man alles verbessern könnte. Haben Sie so etwas wie einen Patientenrat?«

Bures hob die Hand. »Immer langsam mit den jungen Pferden. Zunächst einmal wüsste ich gern, ob Ihnen Gewalt angetan wurde oder ob der Vater des Kindes verheiratet ist.«

Er war also nicht an ihren Ideen interessiert. Helens Bild von sich als Oberin löste sich in Wohlgefallen auf. »Zweimal Nein.« Sie fand, dass sie das Schmollen ganz gut unterdrückte.

Bures tauchte den Füllfederhalter ins Tintenglas. Er war Linkshänder, seine Buchstaben zogen verschmierte Kometenschweife hinter sich her. Helen war als Kind auch Linkshänderin gewesen, doch man hatte sie gezwungen, mit rechts zu schreiben. Eugenie hatte ihr die linke Hand auf den Rücken gebunden und ihr mit einem Pfannenwender auf die Waden geschlagen, wenn sie in alte Gewohnheiten verfiel. Bures drückte beim Schreiben fest auf, um das Kohlepapier unter dem Notizblock zu erreichen, legte dann den Füller beiseite und lächelte. »Sind Sie jetzt bereit, den Namen zu nennen?«

»Nein!« Bures' Lächeln verschwand, und Helen ermahnte sich, ihren Zorn zu beherrschen.

Er zündete sich eine Zigarette an. Schwester Marian zauberte von irgendwoher einen Aschenbecher herbei. »Nun, Miss Morris, es scheint, Andrew Ransome hat recht gehabt – wie eine stehengebliebene Uhr auch zweimal täglich die richtige Zeit anzeigt – und mir einen interessanten Fall überwiesen. Ich sehe, dass ich es mit einer klugen jungen Frau zu tun habe und dass es keinen Sinn hat, Sie von oben herab zu behandeln. Wenn ich Ihnen ein bisschen mehr über meine Arbeit erzähle, werde ich Sie sicher überzeugen.« Wovon überzeugen? Helens Argwohn wuchs; in ihrem Bauch schien ein mit Stacheln besetztes Rad zu rotieren. »Verhaltenskorrektur ist ein unglaublich aufregendes neues Fachgebiet. Der Patient vor Ihnen war beispielsweise Sodomit. Er verstößt beharrlich gegen das Gesetz und bereitet der Justiz immer wieder Ärger, aber ich habe große Fortschritte mit ihm erzielt. Bei manchen Menschen tritt etwas auf, was wir als isolierte Vorfälle bezeichnen, einzelne psychotische Episoden, doch bei anderen ist das Gehirn scheinbar permanent auf Störung geschaltet. Sie können nicht anders. Aus meiner Sicht besteht genau darin der Unterschied zwischen Heilung und bloßer Eindämmung. Verstehen Sie mich?«

Das schmerzhafte Rotieren im Bauch wurde stärker. Wovon redete er? »Nun … « Er neigte den Kopf und studierte wieder ihre Unterlagen. »Wie es aussieht, ist Ihre jüngste Tat nur ein weiteres Glied in einer Kette der Zurückweisung gesunder weiblicher Wesenszüge. Hinzu kommen der öffentliche Exhibitionismus und natürlich das Zungenreden, das seit langem als Warnzeichen gilt. Die gute Nachricht ist, dass wir Krankheiten heutzutage nicht mehr in moralischen Dimensionen sehen, sondern als Ungleichgewicht im Gehirn, das wir mit den neuen Behandlungsmethoden beherrschen können.«

»Moment, Moment – Behandlungsmethoden? Ich bin nicht hier, um behandelt zu werden. Es wurde vereinbart, dass ich drei Tage hierbleibe, bis sich die Aufregung gelegt hat, und ich mich danach selbst entlasse. Meine Zeit ist fast vorbei.«

Bures schaute zu der Krankenschwester, die eine Entschuldigung hervorstieß. Zigarettenasche rieselte auf Helens Unterlagen, als er weitersprach. »Ich bedaure, dass man es Ihnen nicht besser erklärt hat. Leider steht es Ihnen nicht frei, die Behandlung zu verweigern. Unsere Patientinnen begreifen leider oftmals nicht, dass sie sich der Behandlung widersetzen, eben weil sie krank sind. Genau darum geht es. Ihre … Auflehnung ist ein Symptom Ihrer Störung.«

»Aber ich bin nicht krank! Ich bin nur … « *Ich bin nur was?*, dachte sie. Ich bin nur dumm? Ich bin nur eine Schlampe? Ich bin nur naiv, ich bin nur den falschen Leuten auf den Leim gegangen?

Bures drückte seine Zigarette aus und griff wieder zum Füller. »Selbst eine kurze Behandlung mit der Elektrokonvulsionstherapie wird mir zeigen, ob wir Sie nicht doch brechen und in der richtigen Weise wieder zusammensetzen können.« Helen dachte sofort an Susan, wie niedergeschlagen und verwirrt sie nach der Behandlung gewesen war, und ein Schluchzen kämpfte sich aus ihrer Kehle. »Ich sehe, Sie sind beunruhigt. Vielleicht war das mit dem Brechen nicht die beste Analogie. Denken Sie lieber an ein Haus, in dem die Beleuchtung nicht richtig funktioniert und das neu verkabelt werden muss. Würden Sie nicht lieber in einem Haus wohnen, in dem die Glühbirnen nicht flackern, sondern in dem Sie vertrauensvoll den Lichtschalter drücken können?«

»Ich habe gesehen, was der Grill mit einem anrichtet«, sagte Helen. »Er macht einen zur Invalidin, zur Idiotin. Damit können Sie mich umbringen und gleichzeitig am Leben erhalten. Aber das lasse ich nicht zu. Ich bin nicht krank.«

»Miss Morris.« In Bures' Stimme schwang tiefes Bedauern mit. »Es geht Ihnen nicht gut, und das schon länger, vielleicht Ihr ganzes Leben lang. Sie brauchen diese Behandlung. Falls Sie nicht kooperieren, bleibt mir nichts anderes übrig, als Sie zwangsein-weisen zu lassen – tatsächlich ist das von hier drinnen sehr viel leichter.«

Es war ein Trick, ein Hexenprozess.

»Sie lassen mich einweisen?«

»Nein. Sie können freiwillig als Patientin hierbleiben … «

»Wenn ich zustimme, dass ich verrückt bin, müssen Sie mich hierbehalten? Und wenn ich nicht zustimme, müssen Sie mich ebenfalls hierbehalten, weil ich wahnhaft bin?« Sie meinte es sar-kastisch, doch Bures schien erfreut, als hätte sie es endlich be-griffen.

»Miss Morris, Sie müssen verstehen, dass es viel leichter ist, Sie zu behandeln, wenn Sie mit uns kooperieren. Es besteht nach wie vor die Gefahr, dass Sie dem Kind schaden, und die-ses Risiko darf ich nicht eingehen. Meine Liebe, Sie haben Glück gehabt, dass Sie an Andrew Ransome geraten sind. Dank ihm sind Sie hier und nicht in einer Zelle. Der Mann sucht seit Jah-ren einen Vorwand, um mit mir zusammenzuarbeiten.« Bures warf unbewusst den Kopf nach hinten. Helen spürte es wie einen Stromschlag in den Fingerspitzen. Es stimmte also. Man hatte sie hergebracht, weil ein Landarzt hoffte, seine Karriere damit zu fördern. »Wenn Sie jedoch weiter gegen das Gesetz verstoßen und keinen Beschützer mehr haben, der Ihre Behandlung bei uns empfiehlt, statt Sie als Verbrecherin abzustempeln, nun ja …« Seine Worte waren wie Eisenstäbe, die um sie herum aus dem Boden wuchsen. »Ich weiß, dass Sie die Klinik als Gefängnis empfinden, aber mit der richtigen Behandlung können Sie eine Art Befreiung erlangen; Befreiung von dem Verhalten, das Sie zurzeit so unglücklich macht. Miss Morris – ich wünschte, Sie wüssten zu schätzen, wie aufregend diese Fortschritte für uns sind. Es ist unnatürlich, wenn eine Frau keine Kinder haben will. Noch bevor wir die Behandlung abgeschlossen haben, werden Sie sich wünschen, das Kind dieses Mannes zu gebären, und uns seinen Namen sagen. Es wird eine Erlösung für Sie sein. Bitte weinen Sie nicht. Noch vor fünf oder sechs Jahren hätte man Sie mit Largactil ruhiggestellt und vor sich hin vegetieren lassen. Sie können im Grunde von Glück sagen, dass Sie heutzutage krank geworden sind.«

45

Zehn Betten mit zehn zurückgeschlagenen Decken. Helen wartete auf der unbekannten Station zusammen mit neun anderen Patientinnen, darunter Celeste Wilson, die vor wenigen Tagen noch wie aus einem Modemagazin ausgesehen hatte und jetzt kaum wiederzuerkennen war mit dem verschmutzten Nachthemd und den Haaren, die ihr in Büscheln vom Kopf abstanden. Helen hielt Paulines schlaffe Hand, war sich aber nicht sicher, ob ihre Freundin sie überhaupt bemerkte. Die Witze und Ratschläge waren verstummt; Pauline hockte in ihrem Nachthemd da wie ein mürrisches Gespenst. Ihr hübsches rundliches Gesicht war über Nacht fast hager und ihr milchiger Geruch ranzig geworden. Der »Vorhang hatte sich gesenkt«, wie Norma es genannt hatte, und die Langzeitpatientinnen, die Pauline gut kannten, waren sich einig, dass sie so bald wie möglich auf den Grill gehörte. Sie zog sich mit jeder Minute tiefer in die Hölle zurück. Helen verstand inzwischen, dass etwas so Gewalttätiges wie die Elektrokonvulsionstherapie vielleicht der einzige Weg war, um jemanden aus diesen Abgründen zurückzuholen. Die Sorge um Pauline hatte ihre eigene Angst vor der Behandlung völlig verdrängt. In den letzten Tagen hatte man sie zum ersten Mal bemuttert, und Pauline zu verlieren, die sich in eine lebende Tote verwandelte, tat weh.

Die Stationsschwester verschwand durch eine Tür. Magensäure gurgelte in Helens Bauch. Sie hatte sich während des Frühstücks auf der Toilette versteckt – die Morgenübelkeit wurde zunehmend schlimmer –, und die Schwestern waren ihr nicht nachgekommen. Hoffentlich verstanden sie endlich, dass sie ihren Appetit allein regulieren konnte. Norma, die sich Sorgen gemacht hatte, weil Helen nicht am Frühstückstisch erschienen war, hatte ein trockenes Brötchen herausgeschmuggelt und ihr augenzwinkernd in die Tasche gesteckt. Helen brachte Pauline mit viel Mühe dazu, ein paar Krümel davon zu essen.

Die Schwester kehrte mit einem Tablett leerer Gläser zurück. »Zähne!«, befahl sie. Einige ältere Patientinnen nahmen ihre Gebisse heraus. Ihre Münder fielen in sich zusammen, als sie die Prothesen in die Gläser plumpsen ließen.

»Können Sie Pauline als Erste drannehmen?«, fragte Helen, als die Schwester die Gläser mit Namen beschriftete.

»Bist du jetzt etwa eine Krankenschwester?«

Helen hütete sich, eine freche Antwort zu geben. »Ich glaube nur, dass sie es nötiger hat als ich.«

»Ach, du bist sogar Ärztin. Verzeihung.«

»Schauen Sie sie doch an.« Sie deutete auf Pauline, deren Augen offen, aber völlig blicklos waren, als hätte man eine Jalousie heruntergelassen.

Die Schwester sah sie prüfend an. »Das ist wirklich armselig – auch noch vorzutäuschen, du wärst um deine Freundin besorgt.«

»Ich täusche nichts vor. Wenn ich nicht wäre, hätte sie heute Morgen überhaupt nichts gegessen, Herrgott nochmal.«

Die Augen der Schwester traten hervor. »Was soll das heißen?«

Helen würde sich nicht entschuldigen, nur weil sie Verantwortung übernommen hatte. »Sie hat seit zwei Tagen nichts gegessen, und auf der Station interessiert es keinen. Ich habe ihr vorhin etwas von meinem Brötchen gegeben, ich ... was machen Sie da?«

Die Schwester hatte Paulines Arm ergriffen und führte sie

hinaus in den Flur. Eine andere Schwester kam hinter einem geblümten Wandschirm hervor und nahm sofort ihren Platz ein. So war es immer im Nazareth, jede Lücke wurde binnen Sekunden gefüllt.

»Wo bringt sie Pauline hin?«

»Keine Nahrungsaufnahme vor der Behandlung«, erklärte die neue Schwester. »Wenn sie gerade gegessen hat, kann man sie nicht behandeln. Sie muss bis morgen auf die Sitzung warten.«

Darum hatten sie Helen beim Frühstück in Ruhe gelassen. Nicht aus Respekt, sondern weil sie die Aufgabe der Krankenschwestern erledigt hatte. Warum hatte man ihr das nicht gesagt? Warum sagte man den Patientinnen nie etwas? Sie wurde zornig. Nur ein erklärendes Wort am Vorabend, mehr hätte es nicht gebraucht. Das Problem – und die Ironie – bestand darin, dass Helen sich blind auf Pauline verlassen hatte, weil ihr niemand etwas erklärte.

»Du zuerst«, sagte die Schwester und nickte zu der Tür hinter dem Wandschirm. »Er hat heute ein paar Medizinstudenten dabei. Nur damit du Bescheid weißt.«

Im Raum standen eine Liege und etwas, das wie eine neuartige Waschmaschine aussah: elegant, cremefarben lackiert, mit Schaltern, Reglern und Leuchten. Die auszubildenden Ärzte – mehrere Männer und, zu Helens Neid und Erstaunen, auch eine Frau – standen im Halbkreis um Dr. Bures. Seine lässige Kleidung verlieh ihm inmitten der weißen Kittel nicht weniger, sondern mehr Autorität.

»Nehmen Sie Platz, Miss Morris«, sagte er. Helen blieb stehen. Bures' Ärger knisterte förmlich im Raum. »Wie wir besprochen haben und wie Sie aus den Unterlagen ersehen können, handelt es sich bei Miss Morris um einen komplexen Fall: hochintelligent, aber tief in ihrem Verhalten gefangen, antisozial, obsessive Vorstellungen zum Thema Arbeit. Ich hoffe, dass eine kleine Dosis

301

EKT es ihr ermöglicht, bei der Behandlung mit uns zu kooperieren. Wir können sie damit weiblicher machen, wenn ich mich so ausdrücken darf.«

Während sie miteinander sprachen, trug eine andere Schwester – hellbraune Haare, sommersprossige Arme – zwei kleine angeschlagene Emailleschalen herein. Helen nahm einen Hauch von Brennspiritus wahr. »Setzen Sie sich, Liebes«, sagte sie sanft. »Ich reibe Sie nur ein, damit der Schock – oh, ich habe keine Watte mehr. Tut mir leid, Herr Doktor, bin gleich zurück.«

»Ist das auch sicher?«, erkundigte sich die Studentin, die kaum älter war als Helen. Ob ihre Eltern mit dem Studium einverstanden waren? Oder sie sogar dazu ermutigt hatten? Falls ja, wusste sie dieses Privileg hoffentlich zu schätzen. Ihre blonden Haare bildeten einen perfekten Kreis um ihr Gesicht. Die Frisur kündete von Freiheit, Unabhängigkeit, Geld und Zeit. Falls – wenn – ich hier herauskomme, schneide ich mir die Haare ab und frisiere sie genauso, dachte Helen.

»Absolut.« Bures klang jetzt beinahe wie ein Prediger. »Es ist nicht nur sicher, sondern eröffnet auch Behandlungsmöglichkeiten, durch die wir gefährlichere Methoden ersetzen können. Largactil, Insulintherapie und so weiter wären für den Fötus zu riskant.« Die Studentin nickte und machte sich Notizen, und Helen kam sich dumm vor, weil sie eine Verbündete in ihr gesehen hatte. »Ich glaube, wir entdecken gerade erst die vielfältigen Anwendungsmöglichkeiten dieser Therapie. Sie lässt sich nicht nur individuell in der Gesundheitspflege einsetzen. Wir können damit in der gesamten Gesellschaft positive Effekte erzielen.«

Die Schwester kam mit einer Schüssel Wattetupfer zurück. »Hallo, Liebes. Hüpfen Sie doch mal auf die Liege.«

Sie tauchte die Tupfer in eine Lösung, während Dr. Bures zwei Drähte bog, an deren Enden kleine runde Polster befestigt waren. Helen brachte es nicht über sich, in der Nähe der hässlichen Röhren und Kisten, Nadeln und Schalter zu sitzen.

»Schließen Sie die Augen«, sagte Dr. Bures.

Dr. Frankenstein, dachte Helen. Er wird das Ich aus mir herausholen, und wenn ich aufwache, bin ich ein Monster.

»Nein.« Indem sie sich weigerte, gab sie ihnen die Erlaubnis; sie spürte Hände an Schultern, Knien und Handgelenken. Gestalten drängten sich um sie, die Haut an ihren Schläfen wurde abgerieben, und dann explodierte die Dunkelheit in ihr, als man sie in eine sternenlose Nacht katapultierte.

Helen kam in einem Nebenzimmer zu sich, mit schlaffen Lippen, zwischen denen Speichel hervorsickerte. Ihre Gliedmaßen fühlten sich an, als hätte man sie aus den Gelenken gerissen und wieder eingesetzt. Sie versuchte, einen klaren Gedanken zu fassen, aber ihr Verstand war wie blockiert; manche Türen standen weit offen und gaben den Blick auf gut beleuchtete Erinnerungen frei, während andere fest verschlossen waren. Dr. Bures und seine Gefolgschaft standen am Fußende aufgereiht, der schmuddelige Gott und seine persilweißen Engel.

»Wer ist Premierminister?« Bures hielt den Stift über seinen Notizblock.

In Helens Kopf drehte sich alles. Sie wollte Eden sagen, aber Churchill kam wie ein Bumerang immer wieder an die Macht, oder?

»Ich weiß es nicht.« Sie spürte den emotionalen Reflex, in Tränen auszubrechen, aber ohne die dazugehörigen körperlichen Symptome.

»Wie heißen die Kinder der Königin?«

Sie ließ ihre schweren Augenlider herabsinken. Wenn sie sich Dinge vorstellte, kamen die Worte leichter. »Charles und Anne.«

»Versuchen wir etwas Persönlicheres.« Das Wort *persönlich*

bohrte sich wie ein Haken in ihr Herz. »Wie lautet Ihre Adresse?«

Sie sah zuerst das Zimmer – die verschmutzte Bettwäsche, die leer gefegten Bücherregale und den ausgeräumten Kleiderschrank –, bevor sie sich das Haus vorstellen konnte.

»Sizewell Cottage.«

»Und Ihr Freund heißt?«

Da war er, goldene Haare, die ihm in die Augen fielen, die Hemdsärmel bis zum Ellbogen aufgerollt, so dass sie die Bewegung der Muskeln entblößten, und selbst in dieser Lage spürte sie die unsichtbare Schnur. Ihr Mund wollte das R formen, doch dann kam ihr ein anderes Bild in den Sinn: eingesperrt in eine Küche, umgeben von Babys, Ehefrau von jemandem, und sie konnte sich gerade noch beherrschen.

»Nein.«

Bures' Füller zerriss das Papier.

»Also das Ganze noch mal von vorn«, sagte er zu den Studenten. »Manche Persönlichkeitsstörungen sind ungewöhnlich resistent gegenüber der Behandlung. Der Fall geht wohl doch tiefer als gedacht. Da kann die Behandlung Monate dauern. Manchmal sogar Jahre.«

46

Helen stieg die Treppe hoch. Außer ihren Schritten und dem nasalen Pfeifen der Oberin war nichts zu hören.

»Worum geht es?«, fragte sie.

»Das weiß ich nicht.« Das Eingeständnis war der Oberin sichtlich unangenehm. Der Chefarzt hatte bei allem das letzte Wort. Vielleicht würde man sich endlich bei Helen entschuldigen, weil man ihr die Art der Behandlung nicht erklärt hatte. Kersey öffnete ihr sogar selbst die Tür und bat sie herein. »Haben Sie schon gefrühstückt?« Er lächelte freundlich. »Ein leerer Magen ist kein guter Anfang.« Helen bemerkte einen glänzenden Eierfleck auf seiner Krawatte.

»Geht es um Pauline? Sie war nicht beim Mittagessen, da dachte ich, sie muss für die nächste Runde nüchtern bleiben.«

»Lassen wir Pauline mal aus dem Spiel.« Kerseys Stimme klang nicht mehr ganz so freundlich, und das M über seinen Augenbrauen wuchs von einem Klein- zu einem Großbuchstaben. »Ich muss Sie über eine Veränderung Ihrer rechtlichen Position in Kenntnis setzen. Gestern haben Ihre Eltern mich angerufen. Sie haben einen Brief gefunden und entschlüsselt, in dem eine Freundin von Ihnen sich darüber empört, dass Sie eine Stelle in London nicht angetreten haben. Nun, damit wissen wir immerhin den Grund, aus dem Sie das Baby loswerden wollten, und er deckt sich mit den Aussagen, die Ihre Eltern über Ihre Entwicklungsgeschichte gemacht haben.«

Entschlüsselt war das richtige Wort. Helen stellte sich vor,

305

wie Eugenie mit dem Kurzschriftlehrbuch dagesessen hatte, den Bleistift in ihrer Klaue. Sie hätte es nie gewagt, jemanden um Hilfe zu bitten, dafür schämte sie sich zu sehr. Und Rochelle mochte zwar empört gewesen sein, hatte aber immerhin Kurzschrift benutzt. Also stand sie noch auf Helens Seite. Auch hatte sie die Pillen offensichtlich nicht erwähnt, ob nun aus Loyalität oder Selbstschutz.

»Nun, da Ihre Eltern das ganze Ausmaß Ihrer Täuschung erkannt haben, sehen sie unsere Diagnose einer psychopathischen Störung bestätigt. Sie halten es für das Beste, dass wir Sie von nun an behandeln. Falls Sie Unterstützung von außerhalb der Klinik brauchen, muss diese von nun an durch den Mann erfolgen, der Sie in Schwierigkeiten gebracht hat.«

Die einzelnen Wörter waren verständlich, bildeten aber keinerlei Zusammenhang. »Inwiefern betrifft dies meine rechtliche Position? Das begreife ich nicht.«

»Ihre Eltern sind weggezogen«, sagte Kersey, die Stimme voller Zärtlichkeit und Bedauern. »Sie haben sich von Ihnen losgesagt, falls ich es so ausdrücken darf.« Ihr erster Instinkt war Zorn. Sie hatten ihr die Kontrolle entrissen; sie hatte diejenige sein wollen, die ihre Eltern verließ. Auf den Zorn folgte der Schmerz. Sie hatten ihre Liebe immer an Bedingungen geknüpft, und da Helen diese nicht erfüllte, blieb ihr die Liebe gewöhnlich versagt. Aber sie waren noch immer ihre Eltern, und Helen brauchte sie.

»Es tut mir leid, Miss Morris.« Superintendent Kersey schob ihr eine Schachtel mit Papiertaschentüchern hin. Helen grub die Fingernägel in die Handflächen, fest entschlossen, keine übertriebenen Emotionen zu zeigen, die sie labil erscheinen ließen. Doch es gab keine Tränen, die sie hätte zurückhalten können.

»Wohin soll ich jetzt gehen?«

»Nein – es ... Miss Morris, es ändert nichts an der Tatsache, dass wir Sie behandeln müssen. Falls Sie sich der Behandlung widersetzen, kommt es zur Zwangseinweisung.«

»Und wenn ich hier rauswill?«

»Müssen Sie sich an die Aufsichtsbehörde wenden, die Regierungsstelle, an die ich berichte. Ihr Fall wird dann durch zwei voneinander unabhängige Inspektoren geprüft.«

»Und die würden mir statt Ihnen glauben?«

Unbehagen huschte über sein Gesicht. »Sie würden meine Meinung und die von Dr. Bures berücksichtigen.«

Also war die Aufsichtsbehörde ein zahnloser Tiger.

»Meine Freundin in London«, sagte sie. »Sie würde mich herausholen.«

»Es geht nicht darum, Sie herauszuholen.«

»Dann eben für mich bürgen oder wie immer der korrekte Ausdruck lautet. Könnte sie das?«

Rochelle war eine dünne Rettungsleine, aber die einzige, die Helen zu ergreifen bereit war.

»Wir können Sie nur in die Obhut Ihrer nächsten Angehörigen entlassen. Sie haben keine Geschwister, und soweit wir wissen«, er beugte sich vor, um seine Worte zu betonen, »auch keinen Ehemann.«

»Wer sind dann meine nächsten Angehörigen?«, fragte Helen verwundert.

Kersey nahm die Brille ab. Was immer er zu sagen hatte, schien ihm nicht zu gefallen. »Solange Sie uns nicht sagen, wer Sie geschwängert hat, Miss Morris, und wir nicht an seine Nächstenliebe appellieren können, bin faktisch ich Ihr nächster Angehöriger.«

Sie weinte nicht, war blind vor Zorn. Sie war auf den Trick mit der freiwilligen Einweisung hereingefallen, hatte Elektroschocks über sich ergehen lassen und konnte dennoch nicht gewinnen. Sie sehnte sich nach Pauline, wollte sich an sie drücken, selbst wenn sie sich den bleischweren Arm selbst um die Schultern legen musste. Doch Pauline war nicht auf der Station, dem Hof oder der Bibliothek, sie war nicht bei der Beschäftigungstherapie oder im Bad oder im Tagesraum. Norma saß auf Paulines Platz und ließ sich von Susan ihre störrischen Haare zu einer Pusteblume aus Drahtwolle bürsten.

»Hat jemand Pauline gesehen? Norma? Ist sie bei der EKT?«

»Nein, heute sind die Männer dran«, antwortete Susan.

»Pauline!« Obwohl ihre Stimme schrill klang, drehte sich nur jeder zweite Kopf zu ihr um.

»Sie ist unten in der Wäscherei, oder?«, fragte eine unscheinbare Patientin, die Helen noch nicht kannte. »Hab vorhin gesehen, wie sie mit ihrem Bettlaken runtergegangen ist.«

Pauline arbeitete nicht in der Wäscherei, soweit sie wusste. Und selbst die strengsten Schwestern hätten eine Patientin nicht zur Arbeit geschickt, wenn sie kaum den Kopf gerade halten konnte.

Ein überwältigender Instinkt ließ Helen kehrtmachen und losrennen. Sie wusste, dass sich die Wäscherei im Erdgeschoss befand, in dem unheimlichen Personalflur, der einmal durch die ganze Klinik führte. Sie lief steinerne Stufen hinunter und stürmte durch Doppeltüren in den Tunnel, der nur sporadisch von flackernden Neonlichtern beleuchtet wurde. Es gab keine Hinweisschilder, aber sie musste nur dem Dampf und dem Geruch von Borax folgen. Die Wäscherei bestand aus drei Räumen, in zweien davon bebten gewaltige Waschmaschinen. Aufseher und Patientinnen beachteten sie kaum, als sie nach Pauline rief. Nur eine Patientin, die in einem gewaltigen Kupferkessel rührte, blickte auf und deutete mit dem Finger, wobei ihr Mund ein vollkommenes O beschrieb.

Die letzte Tür war angelehnt, aus der Dunkelheit wehte der Geruch von verschmutzter Bettwäsche. Helen stieß sie mit der

Schulter auf und hörte, wie es in dem hallenden Raum aus einem undichten Rohr tropfte. Sie machte einen Schritt hinein. Der Geruch wurde stärker. Keine alte Bettwäsche, sondern frischer Urin. Und hier tropfte auch kein undichtes Rohr. Helen tastete nach dem Lichtschalter, schlug mit dem Handballen dagegen und sah im blendend weißen Licht das Bettlaken, das um ein dickes Rohr an der Decke geknotet war. Auf Augenhöhe schwangen zwei nackte schmutzige Füße, und an jedem Zeh formte sich ein klarer Tropfen.

Sie brauchte nicht zu rufen. Schon drängten Männer in weißen Overalls in den Raum, stellten den Stuhl wieder auf, den Pauline umgetreten hatte, lösten den Knoten und nahmen sie herunter, pumpten grob mit ihren Armen und drückten auf ihre Brust. Helen presste sich an die Fliesen in der Wand. Sie dachte an Paulines Kinder, zu denen sie sich zählte. Sie würde Nazareth ohne ihre Freundin nicht überleben. Sie würde wie sie enden, wenn sie es nicht nach draußen schaffte. Das war eine Tatsache, so wie die Leiche auf dem Boden.

Kersey stürmte herein, seine weißen Kittelschöße flatterten, als er auf die Knie sank und die Finger an Paulines Handgelenk legte, was vermutlich reine Schau war. »Gut gemacht, Jungs«, sagte er zu den Pflegern. »Ihr habt euer Bestes getan. Bitte geht jetzt zu euren Patientinnen zurück.« Einer der Pfleger bekreuzigte sich. Kersey strich mit der Hand über Paulines Gesicht und schloss die Augen, ohne sie richtig zu berühren.

»Todeszeitpunkt drei Uhr fünfzehn«, sagte er zu der Oberin, die mit rot glänzendem Gesicht in der Tür stand.

»Oh, du liebe Güte, nein«, sagte sie mit einer Stimme, die ganz fremd klang. »Oh, Pauline.«

Da wuchs in Helen ein Entschluss, eine kleine Motte, die in ihrer Brust flatterte. Sie wusste, wie sie Pauline Ehre erweisen und sich selbst retten konnte. Sie hatte es immer gewusst, begriff aber erst jetzt, wie dringlich es war, da sich ihr eigenes Schicksal in der elenden Gestalt der Freundin spiegelte. Und in Susans wunder Kopfhaut. Und in der Isolationszelle, in die sich Normas Verstand verwandelt hatte. Nichts war schlimmer als Nazareth, und es konnte jeden töten.

Sie öffnete den Mund, und die Motte flatterte hinaus.

»Robin!« Das Wort prallte als Echo von den Fliesen ab, als wollte es der überraschten Oberin und Kersey bestätigen, dass sie sich nicht verhört hatten. »Robin Greenlaw. Wie das Haus.«

47

Zum zweiten Mal in zwei Tagen stieg Helen die Treppe zur Musikantengalerie hinauf. Ihre Füße in den Pantoffeln wussten schon, welche Stufen knarren würden. Sie spürte ein Jucken im Nacken und hinter den Ohren.

Sie hatten Robin, zwei Minuten nachdem sie seinen Namen erfahren hatten, angerufen, und er hatte von London aus den nächsten Zug genommen. Ob er sie retten wollte oder wütend auf sie war, würde sie erst erfahren, wenn sie ihm gegenüberstand. Entweder glaubte er, dass ihre Taten für sich sprachen, dass sie ihn nicht liebte, dass die Vorstellung, mit ihm verheiratet zu sein, so schrecklich für sie war, dass sie lieber ihr Leben riskiert und versucht hatte, sein Kind abzutreiben. Oder er glaubte, dass sie krank war, dass es nicht persönlich gemeint war, dass sie nichts dafürkonnte. Er würde nicht den weiten Weg nach Suffolk fahren, nur um sie zu beschimpfen oder dramatisch zu verlassen. Robin besaß zu wenig Phantasie, um grausam zu sein. Aber nein, sie machte sich doch etwas vor. Sie kannte Robin ja kaum und wusste gar nichts von ihm, das wirklich von Bedeutung war.

Helen wagte es nicht, sich den besten Ausgang auszumalen: dass Robin erkennen würde, dass sie nicht krank war und man ihr ein schreckliches Unrecht zugefügt hatte.

Die Männer – Kersey, Bures und Robin – thronten wie Richter hinter dem Schreibtisch. Nur Robin erhob sich, als sie hereinkam.

»Helen!« Er konnte sein Entsetzen nicht verbergen. Sie hatte seit Tagen keinen Spiegel gesehen, wusste aber, dass ihr Haar verfilzt, ihre Kleidung grau von der Wäsche, der Paraldehydgeruch der Anstalt tief in sie eingedrungen war. Sie kannte jeden Zentimeter seines Körpers, doch der zweireihige Anzug und die goldene Krawattennadel machten Robin zu einem Fremden, und der alte Zorn loderte in ihr auf, denn letztlich war alles einzig seine Schuld. Helen presste die Lippen aufeinander, behielt die Vorwürfe für sich. Sie wären jetzt nicht hilfreich. Sie konzentrierte sich ganz auf das kitzelnde Gefühl auf ihrer Kopfhaut und darauf, sich nicht zu kratzen.

Robin schaute fragend zu den Ärzten hin. Als Kersey nickte, trat er um den Tisch herum und ergriff ihre Hände. Helen spürte die elektrische Verbindung, bevor sie sich dagegen wappnen konnte. »Du hättest es mir sagen sollen«, sagte er. »Ich hätte das Richtige getan. Ich meine, ich werde das Richtige tun. Helen, ich hätte doch verhindert, dass sie dich hierherschicken.«

Sollte das heißen, er durchschaute alles? Wusste er, dass sie nicht krank war, dass es sich um ein Missverständnis handelte, das außer Kontrolle geraten war? Sie versuchte, ihm telepathisch die Wahrheit zu übermitteln, doch ihre Verbindung war nie geistiger Natur gewesen. Robin wandte sich an die Ärzte, ohne ihre Hände loszulassen.

»Wie krank ist sie? Ich meine, wie ist die Prognose, dass sie sich erholt?«

Helens Hoffnung fiel in sich zusammen, noch bevor sie sich entfaltet hatte.

Bures kam Kersey zuvor. »Das meiste, was es über Helens Krankheit zu wissen gibt, haben Sie bereits den Unterlagen entnommen. Mit der richtigen Pflege kann sie ein normales Leben führen. Sie müssen sich jedoch darüber im Klaren sein, dass es sich um einen lebenslangen Zustand handelt und ein Rückfall jederzeit möglich ist.«

Man hatte Robin mehr über Helens »Zustand« gesagt, als sie selbst in zwei Wochen Aufenthalt erfahren hatte.

»Natürlich möchte ich einen Skandal vermeiden. Es steht außer Frage, dass mein Kind – mein Erbe! – illegitim zur Welt kommt.« Er ließ ihre Hände los und strich sich in klassischer Denkerpose übers Kinn. »Dann wäre da noch der zweite Skandal …« Er machte eine Geste, die die ganze Anstalt umfasste. »Wir sollten so schnell wie möglich heiraten und meine Eltern vor vollendete Tatsachen stellen.«

Kersey rutschte auf dem Stuhl nach vorn. »Mr. Greenlaw. Wir sind der Ansicht, dass eine Heirat für Miss Morris zurzeit nicht in Frage kommt. Allerdings könnten einige Wochen in unserem Programm zur Verhaltenskorrektur sie weiter stabilisieren.«

Helens Fluchtweg verengte sich zu einem winzigen Loch. Noch einige Wochen? Der Superintendent schaute zu seinem Starpsychiater, der eifrig nickte. »Wir hatten keinen guten Start mit Helen, aber die Tatsache, dass Sie hier sind, lässt uns hoffen.«

Robin verschränkte die Hände auf dem Rücken – hatte er schon immer über dieses Repertoire lächerlich patrizischer Gesten verfügt? – und trat ans Fenster, von dem man auf den Hof blickte.

»Wenn wir heiraten, übernehme ich die juristische Verantwortung für Helen. Sollte sie einen Rückfall erleiden …«

Bures lächelte. »Angesichts der Natur ihres Verbrechens erscheint es geradezu ironisch, dass Helen sich in einer häuslichen Atmosphäre, in der sie keinerlei Belastung erfährt, durchaus wohlfühlen dürfte. Sollte es jedoch zu einer weiteren Krise kommen, werden wir sie jederzeit gern behandeln.«

Dies war also ihre Wahl: einen Mann zu heiraten, der sie für geisteskrank hielt, oder in Nazareth zu bleiben und dauerhaft geisteskrank zu werden, vielleicht daran zu sterben.

»Was meinen Sie, Helen?« Kerseys Frage war zweifellos rhetorisch.

»Ja.« Sie erwarteten offensichtlich mehr von ihr, und so presste sie das Gewünschte heraus. »Vielen Dank.«

Robin lächelte und umfasste ihr Handgelenk. *Ich will dich haben, wann immer ich dich will.* Helen fühlte, wie etwas in ihr revoltierte, der Zylinder eines Schlosses drehte sich, und ihr Urteil wurde in lebenslange Ehe umgewandelt.

48

1960

Mrs. Helen Greenlaw stand im Badezimmer ihres Londoner Hauses, den linken Fuß auf dem Linoleum, den rechten gegen das Waschbecken gedrückt, das Diaphragma zwischen Daumen und Zeigefinger der linken Hand.

Draußen auf dem hufeisenförmigen St. George's Square mit den stuckverzierten weißen Stadthäusern bogen sich die Birken im Wind, der den Glockenklang von Big Ben ins Schlafzimmer trug. Zweihundert Meter weiter südlich gurgelte die braune Themse bei Niedrigwasser unter den Brücken hindurch. Unten begann Robin, das Haus für die Nacht abzuschließen. Helen setzte das Diaphragma ein, wusch sich die Hände und war im Bett, als Robin noch die Hintertür überprüfte.

Helen versuchte, sich auf die Vorteile der Ehe zu konzentrieren, und dies war vielleicht der größte von allen: dass man ganz selbstverständlich den Frauen die Familienplanung überließ. Sie konnte nicht riskieren, eine Tochter zu bekommen. Sie war erleichtert gewesen, als sie einen Sohn geboren hatte. Er würde mühelos in der Welt zurechtkommen, und sie würde es wohl schaffen, ihn nicht darum zu beneiden. Aber ein Mädchen? Zu kompliziert, nur ein weiteres rostiges Glied in einer Kette der Weiblichkeit, die, wenn es nach ihr ging, ruhig zerfallen durfte.

Die Ärzte verordneten meist erst dann Verhütungsmittel,

wenn eine Frau mindestens zwei Kinder geboren hatte. Ihr eigener Hausarzt hatte zunächst protestiert, dann aber ihre Unterlagen durchgeblättert und den Brief aus dem Nazareth-Hospital gefunden. Darauf hatte er erklärt, in ihrem Fall solle es besser bei einem Kind bleiben. Der Brief von Dr. Kersey und die Durchschläge ihres Entlassungsberichtes würden für allezeit hier in der Praxis bleiben und ihre falsche Vergangenheit zur Wahrheit erklären. Sie musste gegen den Drang ankämpfen, über den Tisch zu greifen, sie aus der Mappe zu reißen und zu zerfetzen, doch dann würde man sie unweigerlich wieder in die Klinik bringen.

»Danke, dass du das Bett angewärmt hast«, sagte Robin und streifte die Hosenträger von den Schultern. Helen verdrehte unwillkürlich die Augen, doch sowie er im Bett lag und die Hände unter ihr Nachthemd schob, regte sich etwas in ihr. Zu Beginn ihrer Ehe hatte sie beschlossen, ihn nicht wegzustoßen. Sie würde sich das hier nicht nehmen lassen, und wenn ihr Zorn sich zwischen den Bettlaken entlud, konnte Robin sich, wie er selbst sagte, »in dieser Hinsicht nicht beschweren, ganz und gar nicht«.

Als er schnarchend neben ihr lag, schlich Helen auf Zehenspitzen ins Bad, entfernte behutsam das Diaphragma – mittlerweile so geschickt, dass es nicht mehr quer durch den Raum flutschte – und steckte es in die Hülle, die sie in einer alten Schachtel von Max Factor verbarg, in die Robin niemals hineinsehen würde. Sie hatten eine Art Frieden geschlossen, damit musste sie sich begnügen. Ihr Mann würde sie nie richtig kennen oder verstehen. Er hielt sie für krank und begehrte sie dennoch. Was war das, wenn nicht Liebe?

Im Wohnzimmer roch es leicht nach Talkumpuder, auf dem Wäscheständer trocknete ein blaues Jäckchen. Dies war ihre gestohlene Zeit, die Nachtstunden, die den Tag erträglich machten. Sie holte das juristische Fachbuch aus dem Regal, das sie im

Umschlag eines Erziehungsratgebers von Truby King verbarg. Die Mütter, die sich morgens mit ihren Kindern zum Kaffee trafen, dachten fortschrittlich und waren gegen Kings strenge Verhaltensregeln, doch Helen brauchte die Disziplin ebenso sehr wie Damian. Das Buch brachte ihr bei, wie sie ihm eine Mutter sein konnte, indem sie das Milchpulver aufs Gramm und die Schlafenszeiten auf die Minute genau bemaß.

Damian begann zu schreien, und der Frust ballte sich wie eine Faust in ihrem Inneren. King sagte sehr deutlich, dass eine Hand zwischen den Schulterblättern ausreiche, um ein Baby zu beruhigen, und nach einigen schlaflosen Wochen hatte Damian sich unwillig gefügt. Inzwischen konnte Helen ihn in weniger als einer Minute beruhigen. Im sanften Schein der Nachttischlampe bemerkte sie, dass er mit seinem Doppelkinn und den Haaren, die über den Ohren büschelig abstanden, genau wie Sir Ralph aussah. Damian hatte nur ein Großelternpaar – weder ihre Eltern noch sie hatten versucht, Verbindung miteinander aufzunehmen –, aber was für Großeltern! Sie liebten ihren kleinen Erben hingebungsvoll, hatten Robins altes Kinderzimmer in Greenlaw Hall mit einer Peter-Rabbit-Bordüre dekoriert und den Jungen zum Genie erklärt, als er zum ersten Mal auf seiner silbernen Rassel herumkaute.

Helen sorgte dafür, dass Damian es warm hatte und satt wurde, dass er versorgt war und etwas lernte. Sie konnte ihm alles geben, nur wollen konnte sie ihn nicht. Sie dachte oft, was für eine Mutter er hätte haben können, wenn man ihr erlaubt hätte, ihn wegzugeben. Jemanden wie Pauline vielleicht, arm aber mit einem angeborenen liebevollen Instinkt. Andererseits – wohin hatte Paulines Liebe zum Muttersein sie geführt?

Sie würde um Damians willen bei Robin bleiben. Er sollte Stabilität erfahren, selbst wenn es ihm an allem anderen mangelte. War dieses Opfer nicht auch eine Art Liebe?

Helen zog an der Schnur der Tischlampe und breitete die Lehrbücher vor sich aus. Sie hatte die Fernkurse in Sekretariatswesen, Buchhaltung und Büroverwaltung mühelos bestanden. Jetzt war sie beim Arbeitsrecht angelangt, und da es ihr schmerzlich an Erfahrung mangelte, stopfte sie sich mit Theorie voll.

Sie trank selten, doch heute Abend goss sie sich zwei Fingerbreit Whisky in ein Kristallgas. Um eine Minute vor Mitternacht öffnete sie das Fenster, das auf den Platz hinausging, um Big Ben besser zu hören. Ein Fuchs schnüffelte in der Gosse und verschwand im Dickicht des Gartens. Heute Abend hatten die Glockenschläge eine größere Bedeutung für sie als sonst, obwohl kaum jemand wusste, was sich in dieser Nacht veränderte.

Während Damian seine Schläfchen hielt oder im Park spielte oder seine Arme um ihre Knöchel schlang, hatte Helen sich in die Geschichte der englischen Psychiatriegesetze eingearbeitet. Der verfluchte *Mental Treatment Act* von 1930, den alle so gerne anführten, symbolisierte für sie die eigene ungerechte Behandlung. Als sie in die Fänge dieses Gesetzes geraten war, hatte sie nicht gewusst, dass es praktisch in den letzten Zügen lag. Während sie im Nazareth-Hospital gewesen war, hatte das Parlament darüber debattiert. Während sie in der Hospitalkapelle ihr Ehegelöbnis hervorstieß und Kersey und Bures als Zeugen unterschrieben, brachte man eine neue Gesetzesvorlage ein, die verhindern sollte, dass Familien ihre Angehörigen in Anstalten abschoben wie in einem viktorianischen Roman. Das Gesetz zielte darauf ab, die psychiatrische Behandlung mit den modernen medizinischen Standards abzustimmen: patientenorientiert und frei von veralteten Gesetzen. Die Aufsichtsbehörde würde abgeschafft. Hätte man sie gemäß den Bestimmungen dieses neuen Gesetzes ins Nazareth-Hospital eingeliefert, hätte sie sich nicht durch eine Heirat von dort befreien müssen.

Big Ben begann zu läuten. Helen lehnte sich aus dem Fenster und hob ihr Glas auf die jungen Helens, Normas, Paulines und Susans, deren Leben ihnen selbst gehören würde. Der zwölfte Schlag hallte den Fluss entlang, und das Gesetz trat in Kraft.

49

1965

Robin stand mit verquollenem Gesicht in der Tür des Kinderzimmers. Auf dem Teppich waren noch die Abdrücke von Damians Koffer und Spielzeugeisenbahn zu sehen; auf dem Kopfkissen hatte Bobble, der Teddybär, eine Kuhle hinterlassen, weil Robin ihn ein Dutzend Mal ein- und wieder ausgepackt hatte, bis Damian klargeworden war, dass das Trauma einer Nacht ohne den Bären schlimmer wäre als die Hänseleien, die er sich deswegen anhören musste.

»Es geht nicht anders«, schniefte Robin. Wenn es möglich gewesen wäre, auch Helen solch intensive Gefühle für Damian einzupflanzen, hätte sie sich darauf eingelassen? »Aber er kommt mir noch so klein vor. Ich kann mich nicht erinnern, dass ich so jung war. Ich habe mich damals wie ein Mann gefühlt – mit einem Sinn für … Herrgott, ich weiß es auch nicht.« Er steckte die Hände in die Taschen, marschierte ans Fenster und starrte auf den Platz hinaus, wo die Birken mit ihrem noch üppig grünen Laub die gegenüberliegenden Häuser verdeckten. »Wenn er nach Hause kommt, ist er nicht mehr derselbe.« Helen war beschämt und erregt zugleich, weil etwas in ihr kribbelte. Sie trat neben Robin ans Fenster. »Was fängst du jetzt mit deiner Zeit an?«, wollte er wissen. Die Frage war rhetorisch, doch Helens Herz machte einen Sprung. Er lieferte ihr die Chance auf dem Silbertablett. Sie hatte es sich mühsamer vorgestellt.

»Warte hier, dann zeige ich es dir.«

Eine Minute später war sie wieder da. Robin wartete mit dem Rücken zum Fenster, die Arme verschränkt, und seine Belustigung verwandelte sich in Erstaunen, als er die Papiere in ihrer Hand sah. Er hatte wohl mit einem neuen Kleid oder einer Halskette gerechnet.

»Hier.« Sie reichte ihm den Brief, der drei Tage zuvor datiert war und in dem man ihr die Position der Verwaltungschefin in der Hals-, Nasen- und Ohrenklinik des University College Hospital anbot. »Das werde ich mit meiner Zeit anfangen.« Robin las ihn einmal mit und einmal ohne Brille und sah aus, als müsste er Hieroglyphen oder Kurzschrift entziffern. Dann blickte er auf, das Blatt in der einen und die Brille in der anderen Hand.

»Sie haben gesagt, sie würden die Stelle gewöhnlich nur einer unverheirateten Frau anbieten, für mich aber eine Ausnahme machen. Sie haben gesagt« – Helen konnte den Stolz in ihrer Stimme nicht verbergen – »Sie haben gesagt, ich sei eine herausragende Bewerberin.«

»Helen, Liebes.« Robins Schnurrbart zuckte, während er vergeblich ein Lächeln unterdrückte. »Wie hast du dich da reingeschmuggelt? Du bist doch gar nicht qualifiziert.«

Sie räusperte sich und hielt die übrigen Papiere hoch. »Doch, das bin ich.«

Dann breitete sie die Zeugnisse auf Damians Bett aus, ein Flickenteppich ihrer Qualifikationen. Robin war nicht mehr belustigt. Mit jedem Blatt wurde er blasser.

»Wann hast du das gemacht?« Seine Stimme klang ungewöhnlich scharf. »Was war mit Damian während der ganzen Zeit? Warum hast du dich als Mutter nicht um ihn gekümmert?«

Im Internat würde er kaum bemuttert werden, doch Helen hütete sich, das zu erwähnen. »Er ist fünf Tage die Woche in die Vorschule gegangen. Und ich habe nachts gelernt.«

»Gib mir einen Moment.« Robin trat wieder ans Fenster, er presste die Handknöchel auf die Fensterbank und zog die Schultern bis zu den Ohren hoch. Helen setzte sich aufs Bett und räumte die Zeugnisse zusammen.

»Was brauchst du?«, fragte er die Fensterscheibe. »Möchtest du ein eigenes Auto? Ich verdiene doch genug für zwei.«

Sich von ihrem eigenen Geld ein paar billige Ohrringe bei Woolworth zu kaufen, wäre mehr wert als alles, was Robin ihr je schenken könnte, aber sie wusste, dass sie sich auf dünnem Eis bewegte.

»Du bist ein wunderbarer Familienvater. Aber ich brauche mehr, Robin. Ich wollte immer arbeiten.« Das wusste niemand besser als er.

Er wandte sich wieder zu ihr um. »Man hatte mich gewarnt, du könntest einen Rückfall erleiden, aber ich dachte, nach sieben Jahren wären wir auf der sicheren Seite.«

Jetzt könnte ich es ihm sagen, dachte sie. *Er kennt mich seit sieben Jahren, und ich habe ihm niemals den geringsten Anlass gegeben, mich für geisteskrank zu halten.* Sie holte tief Luft. »Es ist kein Rückfall, Robin. Ich bin niemals krank gewesen. Es war ein Fehler, mich dort einzuweisen. Du kennst mich. Das musst du doch begreifen.«

Nun war es endlich heraus. Helen suchte nach Verständnis, entdeckte aber nur Sorge. Sein Mund bog sich nach unten wie sein Schnurrbart, und sie wusste, dass sie gescheitert war. Es war zu schmerzlich für ihn. Ihm fiel es leichter zu glauben, sie habe so gehandelt, weil sie krank war, als die Wahrheit zu akzeptieren: dass sie sein Kind nicht gewollt hatte, dass sie ihn nicht liebte, dass ihr Leben immer nur ihr selbst gehören sollte. Er setzte sich neben sie auf Damians Bett, hielt aber Abstand wie ein Arzt bei der Visite.

»Aber, Helen, es ist doch klar, dass du das sagst. Es ist ein Symptom deiner Krankheit.« Es war, als wäre Dr. Bures wieder da. Ein Schrei, der sich seit sieben Jahren in ihr angestaut hatte, blähte Helens Lungen. »Die Ärzte haben strikt davon abgeraten, dass du arbeiten gehst, und das waren die besten medizinischen Fachleute im ganzen Land. Sie haben gesagt, zu große Aufregung könne einen weiteren Zusammenbruch auslösen.« Er drehte ihre Zeugnisse um, so dass sie mit der Vorderseite nach unten lagen. Nachdem er die weißen Seiten zurechtgerückt hatte, schaute er ihr endlich in die Augen. »Sie würden dich niemals einstellen, wenn sie von deiner Vergangenheit wüssten.«

War das eine Drohung, die sich als Sorge tarnte, oder aufrichtige Sorge, die nur bedrohlich klang? Helen suchte in seinem Gesicht nach böser Absicht, fand aber nur dümmliches Vertrauen ins Establishment. Sie sprach sehr langsam, als könnte sie dadurch falsche Formulierungen vermeiden.

»Meine Vergangenheit ist ein Geheimnis, Robin. Ich war weniger als einen Monat im Nazareth-Hospital. Die Schwestern kannten meinen Namen kaum und werden sich nicht mehr an mich erinnern. Und sie werden sicher nicht die Personallisten eines Londoner Krankenhauses durchkämmen.« Dann fiel ihr ein, dass die Sprechstundenhilfe ihres Hausarztes etwas verraten könnte. Andererseits bezahlten sie viel Geld für den diskreten Service, den eine Praxis in der Harley Street bot. »Der einzige Mensch, der sich vermutlich an mich erinnert, ist Martin Bures. Er mag viele Fehler haben, wird aber kaum seinen Ruf riskieren, indem er gegen die Schweigepflicht verstößt. Dafür würde man ihm die Approbation entziehen. Und außerhalb des medizinischen Betriebes wissen nur du und ich Bescheid.«

Helen drehte den Spieß um und drohte ihm nackt und unverhohlen. Falls Robin die Herausforderung annehmen wollte, dann besser sofort und mit offenen Worten. Sie hatte als Kind erlebt, wie andere darin wetteiferten, nicht zu blinzeln. Jetzt begriff sie, wie sich das Spiel anfühlte, und als Robin die Augen senkte, wusste sie, dass sie gewonnen hatte.

»Und wenn ich dich anflehe, es nicht zu tun?«

»Robin, meine Entscheidung steht fest.«

»Und wenn ich es dir verbiete?« Seinen Worten fehlte die Kraft, von der Überzeugung ganz zu schweigen.

»Du hast die Wahl: Entweder du findest dich mit dem winzigen Risiko ab, dass meine Zeit im Irrenhaus bekanntwerden könnte, oder du hinderst mich daran, arbeiten zu gehen, und ich muss dorthin zurück.«

»Mir bleibt eigentlich keine Wahl, oder?« Er strich die Kuhlen und Falten in der Bettdecke glatt, wieder und wieder, wie Susan es damals mit ihrer Haarbürste getan hatte. Schließlich konnte Helen es nicht länger ertragen und hielt seine Hände fest.

»Es wird kein ›Ich habe es dir gleich gesagt‹ geben. Falls du dir deswegen Sorgen machst.«

»O Gott, Helen, das hoffe ich wirklich sehr, denn wenn das hier nach hinten losgeht …« Er löste sich aus ihrem Griff und schüttelte das Kopfkissen auf. »Als ich die Eisenbahn weggeräumt habe, ist mir etwas klargeworden«, sagte er. »Ich habe dich in all den Jahren niemals weinen sehen – nicht mal, als deine Eltern gestorben sind.« Das stimmte. Das Nazareth hatte ihre Tränengänge weggeätzt. Robins Tonfall verriet nicht, ob er es als Stärke oder Schwäche betrachtete.

50

1983

Helens Jogginganzug – blassrosa und hellgrau mit passendem Stirnband und Legwarmern – hing in der Garderobe ihres Eckbüros. Die Verwaltungszentrale der neu gegründeten East Anglian Regional Health Authority sah aus wie ein Geometrieset, die Giebel waren Geodreiecke, die Fenster Winkelmesser aus Glas und Chrom. Das gesamte Hafengebiet von Ipswich wurde neu gestaltet. Demnächst würde die Brachfläche, auf der Helen morgens joggen ging, mit Yuppie-Wohnungen bebaut, wie es die Zeitungen verkündeten. Schön, dann war es eben nicht mehr malerisch. Der sentimentale Hang zu viktorianischer Architektur war einer der Gründe, weshalb Dreckslöcher wie Nazareth noch immer existierten.

Das Telefon summte. »Paul Lummis ist hier«, sagte Coralie. »Damit wären wir vollständig.«

Helen beugte sich zum Lautsprecher. »Danke, Coralie. Schicken Sie alle herein.«

Der Konferenztisch war ein Atavismus, ein langes Oval aus Mahagoni, dessen gerundete Ecken wohl für Gleichheit sorgen sollten, doch Helen würde ihren Platz am Steuer nicht aufgeben. Michael Stein, der Gesundheitsminister, war der ranghöchste Besucher, doch Helen war die Leiterin der Behörde, und sie hatte ihr ganzes Berufsleben lang auf diese Besprechung gewartet. Niemand sollte daran zweifeln, wer hier das Sagen hatte.

Die Mitglieder kamen herein: zuerst Michael Stein, gefolgt von einer Parade gesichtsloser Beamter, dann Davina Deben, die Pressesprecherin der Behörde. Sie hatte Helen in den vergangenen zwei Jahren beigebracht, wie sie sprechen, von innen heraus atmen und damit das flache weibliche, von Panik und Emotionen gesteuerte Atmen vermeiden konnte. Neben Davina saß Paul Lummis, der örtliche Parlamentsabgeordnete, ein linker Kraftmeier und stolzer Bewohner von Nusstead, der die Beine auf zwanzig nach acht gespreizt hielt.

Doch der heutige Tag war immer als Zweipersonenstück geplant gewesen.

Rechts von Helen saß Jenny Bishop. Sie trug ein glänzendes blaues Kostüm und eine Fergie-Schleife in der blonden Zottelmähne. Als neue Geschäftsführerin vom Nazareth hatte sie die unmögliche Aufgabe, den Niedergang des Hospitals zu verwalten. Jenny war eine qualifizierte Psychiaterin, eine sentimentale Liberale, ein Gutmensch und für die Aufgabe gänzlich ungeeignet. Die Presse mochte sich empören, weil heutzutage Leute wie Helen, die eher einen wirtschaftlichen als medizinischen Hintergrund hatten, Krankenhäuser verwalteten, doch Jenny Bishop war zu nah am Geschehen, um effizient zu arbeiten. Was half es, wenn man die Namen seiner Patienten kannte, sie aber nicht ernähren konnte?

»Danke, dass Sie heute alle gekommen sind«, verkündete Helen mit fester Stimme. »Wie Sie wissen, wollen wir über die Zukunft des Nazareth-Hospitals sprechen. Wie bei allen Heil- und Pflegeanstalten ist die Schließung seit Jahrzehnten vorgesehen, doch nun planen wir, den Prozess zu beschleunigen. Wir sind jetzt bei unter neunhundert Patienten, aber die Überbelegung ist immer noch dramatisch, vor allem seit der Männerflügel geschlossen wurde.«

Jenny räusperte sich. »Ich weiß, wir leben von geborgter Zeit, aber Sie versuchen, einen Prozess zu beschleunigen, der einen viel längeren Zeitraum benötigt.«

»Jenny, ich fühle durchaus mit Ihnen. Aber ich möchte noch einmal betonen – auch für jene, die kürzlich noch vor Ort gewesen sind –, wie rasch der Verfall fortschreitet. Das Nazareth-Hospital hat uns im vergangenen Jahr vier Millionen Pfund gekostet. Das sind zehn Prozent des Gesamtbudgets unserer Behörde. Die Unterhaltskosten für die Gebäude allein sind astronomisch. Es erscheint mir absolut ungerecht, dass wir öffentliche Gelder ausgeben, um ein veraltetes viktorianisches Gebäude zu erhalten. Und zwar nur, damit das Dach nicht einstürzt und die elektrischen Leitungen erneuert werden. Von Modernisierung kann dabei noch keine Rede sein.« Helen schaute zu Davina; hielt sie sich richtig, war ihre Stimme beherrscht genug? Davina lächelte strahlend, ein Wink, in leichterem Ton zu sprechen.

»Sie wollen also Patienten, die seit Jahrzehnten institutionalisiert sind, in Einzimmerwohnungen stecken?«

Helens Herz schlug schneller beim Gedanken, auch den ältesten Patientinnen noch einige Jahre Freiheit zu ermöglichen. Moderne Wohnungen, eine eigene kleine Küche; wer würde das nicht den kalten gefliesten Räumen der Klinik vorziehen? Wie konnte jemand angesichts moderner psychiatrischer Dienstleistungen und neuer Wundermedikamente guten Gewissens dieses veraltete Pflegemodell erhalten wollen?

»Ich führe die Einrichtung mit Zeitpersonal, das doppelt so teuer ist, und einer Handvoll Einheimischer, die seit Urzeiten dort arbeiten«, fuhr Jenny fort, womit sie Helen eine Steilvorlage lieferte.

»Ich weiß, Sie tun Ihr Bestes«, sagte Helen, die ihre Stimme wieder unter Kontrolle hatte. »Aber die Korruption ist einfach zu tief verwurzelt. Würden Sie bitte noch einmal erklären, was bei Ihrer letzten Inventur festgestellt wurde?«

Jenny wurde rot. »Leider stellte sich heraus, dass es seit mehr als fünfzehn Jahren keine Inventur im Nazareth-Hospital gegeben hat, aber wir haben es geschafft, das Problem zu beheben, und …«

»Tut mir leid, aber Sie haben es keineswegs behoben«, sagte Helen über Jennys Kopf hinweg zu den Männern. »Allein das Defizit der Apotheke betrug eine halbe Million Pfund. Erst letzte Woche wurde ein Pflegehelfer verhaftet, weil er verschreibungspflichtige Medikamente verkauft hatte.« Davina hatte die Story in der örtlichen Presse lanciert, und Helen reichte Kopien des Artikels herum. Der junge Mann war mehrfach vorbestraft und hätte niemals mit verletzlichen Menschen arbeiten dürfen; sein Vater hatte ihm den Job unter der Hand besorgt.

»An den Druck, den das Gesundheitsministerium auf uns ausübt, brauche ich Sie nicht zu erinnern. Wir können gemeinsam daran arbeiten, die Schließung des Hospitals vorbildlich zu gestalten. Wir könnten die erste Regionalbehörde sein, die Community Care zum Erfolgsmodell macht.«

»Und wo soll das bitte stattfinden?«, schnaubte Jenny. »Wo soll diese wunderbare, tolerante, aufgeklärte Gemeinde voller mitfühlender Bewohner sein, die es begrüßt, wenn man in ihrem Ort eine Gruppenunterkunft für eine große Anzahl psychisch Kranker errichtet? Kranke, von denen viele den Ort gar nicht verlassen wollen, an dem sie Jahre, in manchen Fällen Jahrzehnte verbracht haben und wo sie sich gut aufgehoben fühlen? Wo bitte ist diese Gemeinde? Das wüsste ich wirklich gern.«

Paul Lummis rührte sich auf seinem Platz. »Wir müssen auch über Arbeitsplätze reden.« Er sprach mit einem breiten Suffolk-Akzent und hatte das wettergegerbte gerötete Gesicht des Bauern, der er früher einmal war. »Jenny, Sie sagen zwar, dass Sie das Hospital mit einer Notbesetzung führen, aber Nazareth beschäftigt noch immer allein vierhundert Personen aus Nusstead.

Das ist ein gewaltiger Prozentsatz in einer Stadt mit fünftausend Einwohnern. In vielen Familien arbeiten beide Eltern dort.« Er breitete die Hände aus. »Es gibt keine anderen Jobs in der Gegend. Das wird die örtliche Wirtschaft zerstören.«

»Na ja, der Schwarzmarkt für Valium dürfte wohl über Nacht austrocknen«, sagte Michael Stein. Helen beschloss, nicht darauf einzugehen.

»Kurzfristig werden Jobs verlorengehen, aber bedenken Sie auch die Abfindungen, die vielen Langzeitbeschäftigten zustehen.« Helens Stimme zitterte einen Moment. Dies war der einzige Punkt, an dem ihr Selbstvertrauen ins Wanken geriet. Arbeitsplatzverluste mochten nötig sein, waren aber immer schrecklich. Robin hatte ihr wiederholt versichert, dass der Markt übernehmen würde, was der Staat nicht länger bieten konnte, und hatte durch seine Kontakte in die City den perfekten Investor gefunden. »Uns liegt zurzeit ein Angebot des Hoteliers Larry Lawrence vor, der weit über Marktpreis bezahlen würde. Ein Zeichen, wie ernst es ihm damit ist.« Jetzt hatte sie wieder festen Boden unter den Füßen. Auf dem Bau würde es besser bezahlte Jobs für die ungelernten Männer geben, sie müssten nicht mehr den Dreck aufsässiger Insassen beseitigen oder Schlägen ausweichen. Krankenschwestern, die seit zwanzig Jahren auf den Füßen waren, konnten sich im Gästeservice entspannen. »Nach seiner Einschätzung wird es genügend Jobs auf dem Bau geben und später in der Hotelanlage. Das gleicht die Verluste aus. Aber wir müssen schnell reagieren. Das Angebot bleibt nicht ewig auf dem Tisch. Die brutale Wahrheit ist, dass wir uns die neue Einrichtung nicht leisten können, wenn wir gutes Geld verschwenden und beim Verkauf keinen Gewinn erzielen.«

»Die neue Einrichtung wird aber erst in einem Jahr fertig. Wo sollen meine Patientinnen bis dahin bleiben?«

»In Rehabilitationszentren.«

»Wir sprechen hier von einigen der verletzlichsten Mitglieder unserer Gesellschaft!«, brüllte Jenny, dass die Teetassen klirrten. »Mrs. Greenlaw. Meine chronischen Patientinnen betrachten Nazareth als ihr Zuhause. Sie wurden nicht nur institutionalisiert; sie leiden tagtäglich unter grauenhaften akustischen Halluzinationen. Sie können nur mit aufwendiger Pflege existieren. Ich glaube einfach nicht, dass diese zur Verfügung steht. Bei allem Respekt, Sie haben keinen medizinischen Hintergrund, und man kann nicht einfach eine betriebswirtschaftliche Denkweise auf psychische Krankheiten anwenden. Das ist skrupellos.«

Zorn überkam Helen, eine Wut, die ihren ganzen Körper durchdrang. Sie umklammerte die Armlehnen des Sessels, um nicht aufzuspringen. Die Worte *Sie waren nicht dort* drohten aus ihr hervorzubrechen. Falls Jenny – falls irgendjemand an diesem Tisch – gewusst hätte, wie es sich anfühlte, an diesem monströsen Ort gefangen zu sein, würden sie ihn noch heute Abend räumen. Das Gebäude selbst war krank, die Einrichtung verrückter und unmenschlicher als ihre Insassen. Falls es nach Helen ging, würde sie mit eigener Hand die Abrissbirne lenken, würde sie …

»Helen?« Davina Debens Stimme hörte sich an, als hätte sie ihren Namen schon zweimal, dreimal, viermal gesagt. Zehn Gesichter schauten sie mit nervöser Neugier an. Hatte sie laut gesprochen? Hatte sie sich verraten? Davina neigte den Kopf, eine vertrauliche Warnung, die Helen nicht entschlüsseln konnte. Erwartete man eine Antwort von ihr? Hatte sie eine Frage verpasst? Der Sekundenzeiger auf der Uhr klatschte ihr langsam Beifall, bis Michael in die Bresche sprang.

»Könnten wir bitte für einen Moment wieder zur Politik zurückkehren?«

Paul Lummis murrte. »Falls Sie mit Politik eine ideologische Kriegsführung gegen den Wohlfahrtsstaat meinen …«, setzte er an. Während der folgenden zwanzigminütigen gegenseitigen

Beschimpfung gelang es Helen, sich wieder zu fassen, in die Besprechung einzugreifen und sie schließlich zu beenden. Jenny und Paul Lummis verließen gemeinsam mit gesenkten Köpfen das Besprechungszimmer. Am Ende blieben nur Helen, Davina und Michael übrig.

»Was war das vorhin?«, wollte Davina wissen. »Geht es Ihnen gut?«

»Bestens«, sagte Helen, doch Davina notierte: *weiteres Medientraining*. Immerhin schirmte sie das Blatt vor Michael ab.

»Sie haben sich behauptet«, sagte Michael. »Es gibt ein Patt, aber wir haben keine Zugeständnisse gemacht.« Offenbar hatte nur Davina ihre Panik bemerkt, Michael respektierte sie noch. Sie holte tief Luft und kam wieder zur Sache.

»Uns bleiben zwei Optionen. Wir können zahllose weitere Besprechungen abhalten, mit denen wir Zeit und Geld verschwenden, und Gutachten zu Best Practice und Verwaltung in Auftrag geben.«

»Das können Sie mir nicht verkaufen«, sagte Michael. »Wie sieht Plan B aus?«

»Wir konzentrieren uns auf das Gebäude. Irgendwo in dieser Klinik muss es einen so schweren Verstoß gegen die Sicherheitsvorschriften geben, dass wir Nazareth praktisch über Nacht schließen können.« Helen rieb über einen Kratzer im Mahagoni. »Ich rufe noch heute die Bauaufsicht an. Bis zum Ende der Woche können die Gutachter vor Ort sein.«

51

Helen schaute zu, wie die Gutachter nacheinander im Nazareth-Hospital eintrafen. Mit ihren Schutzhelmen sahen sie aus wie ein Aufmarsch glänzender Käfer. Sie würden selbständig arbeiten. Eigentlich brauchte sie nicht hier zu sein, aber sie hatte eine Rechnung mit dem alten Kasten zu begleichen. Als Mädchen hatte man sie mit einem Trick hier hereingelockt. Heute betrat sie die Klinik freiwillig und zu ihren eigenen Bedingungen. Das war wichtig. Zugegeben, als sie das Schild mit der Aufschrift Asylum Road gesehen hatte, wäre sie beinahe von der Fahrbahn abgekommen. Nachdem sie geparkt hatte, brauchte sie einige Minuten, bis sie die Augen öffnen konnte. Danach war es nicht mehr so schlimm gewesen. Es hatte geholfen, dass das Gebäude heruntergekommen aussah, dem Verfall preisgegeben. Das Dach über dem alten Männerflügel war eingesunken. Die perlmutt-schimmernde Verkleidung des Uhrturms war stellenweise herausgebrochen und ließ das Zifferblatt wie eine Kürbislaterne grinsen.

Helen putzte sich die Nase, strich sich die Haare glatt, zog im Rückspiegel den Lippenstift nach und stellte sich vor, sie erblickte diesen Ort zum ersten Mal. Selbst wenn das Gebäude zum Hotel geworden war, mit Vorhängen an den blank geputzten Fenstern, mit sandgestrahltem Mauerwerk und kleinen Bäumchen beiderseits der Eingangstür, würde es noch immer wie ein Gefängnis aussehen. Was reizte Larry Lawrence an dem alten Gemäuer? Vielleicht die unverbaubare Aussicht, nach hinten raus reichte das Gelände drei Kilometer weit ins Moor.

Vor der Eingangstür stand Jenny Bishop, eine Hand auf dem Arm eines Mannes, der einen Cowboyhut trug. Er hielt ein handgemaltes Plakat hoch, auf dem das Logo von COHSE, der Krankenhausgewerkschaft, und die Aufschrift »125 JAHRE PFLEGE DEM PROFIT GEOPFERT« zu sehen waren.

»Soll das ein PR-Gag sein?«, fragte Helen und wünschte sich plötzlich, sie hätte Davina mitgebracht.

»Ich brauche Ihnen wohl nicht zu sagen, wie schnell die Buschtrommeln in den Gewerkschaften arbeiten«, erwiderte Jenny. »Das Personal hat Angst um seine Arbeitsplätze. Sie haben das Recht zu protestieren – Mark, bitte friedlich. Mrs. Greenlaw, kommen Sie doch herein.«

Die Doppeltür öffnete sich knarrend. Irgendwann im letzten Vierteljahrhundert hatte man die Eingangshalle hellblau gestrichen und die Fassungen der Gaslampen entfernt. Aber noch etwas Wesentlicheres als bloße Farbschichten hatte sich verändert. Helen betrachtete die Porträts, die Geländer, die Türen und fragte sich, welches wirkungsvolle architektonische Detail ihr wohl entgangen war. Dann begriff sie, es war der Geruch. Der widerliche Gestank nach Paraldehyd war verschwunden und dem synthetischen Alpenduft eines Lufterfrischers gewichen. Sie fragte sich, ob die gegenwärtigen Patienten zu schätzen wussten, dass sich der Gestank dank der Wunder moderner Chemie verflüchtigt hatte. Ein Blick in den Aufenthaltsraum verriet, dass sich die Patienten wohl nicht sonderlich dafür interessierten. Sie saßen in formlosen Jogginganzügen zusammengesunken vor dem Fernseher. Die meisten waren weiblich, das Durchschnittsalter lag bei etwa sechzig. Helen nahm sich vor, dafür zu sorgen, dass die neuen Unterkünfte Zentralheizung hatten. Alte Ziegel und alte Knochen waren eine schlechte Verbindung.

333

»Sie können jederzeit mit ihnen sprechen«, bot Jenny an.

»Ich interessiere mich für Ihre Buchhaltung, nicht für die Patientenunterlagen«, erwiderte Helen und drückte ungefragt gegen die Tür mit der Aufschrift PHYSIOTHERAPIE. Der Raum war leer, Schaumgummi quoll aus den aufgeplatzten Polstern der abgenutzten Geräte. Die Hälfte der Fenster war zugenagelt. Selbst das hatte man falsch gemacht. Wer wollte in diesem Verlies schon Trimmrad fahren? Helen würde dafür sorgen, dass die neue Einrichtung eine lichtdurchflutete Sporthalle bekam.

»Wenn ich den Verwaltungstrakt sehen könnte?« Sie war schon auf der Treppe, bevor sie bemerkte, dass Jenny ihr noch nicht den Weg erklärt hatte. Eine Stimme drang aus dem Uhrturm zu ihnen herüber. »Gott im Himmel. Steve, sieh dir das an.«

Jenny zuckte zusammen.

Die vertrauten Stufen knarrten unter ihren Schritten. Man hatte Dr. Bures' altes Büro provisorisch abgeteilt, um für Jenny Platz zu machen. Wo Bures' Schurkengalerie gehangen hatte, gab es jetzt Plakate mit Arbeitsschutzvorschriften und einen zwei Jahre alten Kalender. Der hoch angesehene, kürzlich verstorbene Psychiater war in Verruf geraten oder hatte sich, besser gesagt, selbst in Verruf gebracht. Anfang der Siebziger hatte er sich als schwul geoutet, und in seinen Memoiren, die kürzlich, vor seinem Tod, erschienen waren, hatte er seine barbarischen medizinischen Praktiken beschrieben. Helen stellte ihre Aktentasche ab und hängte den Mantel an die Garderobe.

Dann folgte sie Jenny durch eine Tür in der Wandtäfelung, die ihr als Mädchen gar nicht aufgefallen war. Jennys Schlüssel klapperten an ihrem Gürtel. Helen überlegte, ob sie sich oberhalb des Ballsaals befanden.

»Und hier wäre nun das Allerheiligste.« Jenny öffnete eine

weitere Tür, die in eine gewaltige Bibliothek führte. Nein, das war keine Bibliothek. Die endlosen Regale enthielten keine Bücher, sondern Kartons und Aktenordner. Ein Fenster war zerbrochen und vernagelt, durch einen Spalt drangen Licht und die Gesänge des draußen demonstrierenden Mobs herein. Jenny deutete auf einen Tisch mit perforierten Computerausdrucken, daneben lag ein Turm brauner Umschläge.

»Sind das Ihre Bücher?«

»Nein.« Jenny lief rot an. »Das sind Patientenakten. Helen, ich flehe Sie an. Werfen Sie einen Blick auf die menschliche Seite, bevor Sie anfangen zu rechnen.« Helen schaute an den Regalen entlang und spürte einen warnenden Stich im Bauch, der ihrem Verstand vorauseilte.

»Das ist aber ungewöhnlich viel Papier für einige hundert Patienten.«

»Sagen wir lieber zehntausend. Sie sehen hier die Krankengeschichten aller Menschen, die je im Nazareth-Hospital behandelt wurden. Einige stammen aus der Anfangszeit des Nationalen Gesundheitsdienstes. Sie sind chronologisch nach Entlassungsdatum geordnet. Leider sind die Akten, die in den dunkelsten Tagen unter Kersey angelegt wurden, ein bisschen schludrig geführt, aber ich kann Ihnen versichern, dass seit meiner Übernahme alles korrekt läuft. Und ich gehe davon aus, dass die jetzigen Patienten am wichtigsten sind.«

Helen wurde übel, als sie sich vorstellte, dass hier Informationen lagerten, die in den falschen Händen alles zerstören konnten, wofür sie je gearbeitet hatte. »Ich bin davon ausgegangen, dass die Akten zentral gesammelt werden.«

»So ist es auch. Wir sind die Zentralstelle. Schon seit den Sechzigern.« Jenny schien nicht zu hören, wie Helens Herz hämmerte. »Zurück zu den Langzeitpatienten.« Sie nahm die obersten Blätter von ihrem Papierstapel. »Ich habe einige Fallstudien ausgewählt, die Sie hoffentlich dazu bewegen, Ihre Meinung zu ändern. Ich glaube wirklich, es könnte Ihre Entscheidung beeinflussen, wenn Sie sehen, dass …«

Ihre Stimme erstarb zu einem Murmeln, sie klang wie eine Lehrerin, die eintönig etwas auf Latein herunterleierte. Helen war sich plötzlich sicher, dass ihr die eigenen Unterlagen von dem Stapel entgegenspringen, durchs offene Fenster flattern und der kleinen Menge auf dem Vorplatz in die Hände fallen würden. Wenn das Hospital geschlossen wurde, musste das Archiv umziehen. Was dabei alles passieren konnte! Ihre Welt schrumpfte auf das Bedürfnis, ihre Akten zu vernichten, bevor ihre Geschichte in die Gegenwart platzte. Die Logik ließ sie im Stich, schwebte davon wie ein Ballon, den sie all die Jahre in der Hand gehalten hatte.

»Warum sind die Unterlagen nicht weggeschlossen?«, unterbrach sie Jenny. »Die liegen lose in den Regalen. Sie sind vertraulich; das ist ein gewaltiger Verstoß gegen den Datenschutz.«

Jenny hielt die Schlüssel hoch. »Ohne meine Erlaubnis kommt niemand herein.«

Beide zuckten zusammen, als draußen Glas zerbrach und lautes Johlen ertönte. »Verdammt nochmal«, sagte Jenny. Helen sah die Chance, allein im Archiv zu bleiben; ihre List war zurück, wenn auch nicht ihre Vernunft.

»Ach«, sagte sie. »Ihr Stellvertreter hat das sicher im Griff.« Jenny ging nicht darauf ein, doch ihr linkes Augenlid zuckte. Im Grunde hatte sie nur ihren Stolz zu verlieren. Ob das Nazareth-Hospital geschlossen wurde, hing nicht von ihrer beruflichen Autorität ab. Doch Helen setzte darauf, dass Jennys Ehrgeiz so groß war wie ihr eigener. Das Johlen ging in einen Gesang über.

»Du liebe Güte, das ist ja wie bei einem Fußballspiel. Ihr Personal ist mit sich selbst beschäftigt. Ich nehme an, das ist ein Relikt

aus Kerseys Zeit; selbst wenn Wahnsinnige die Anstalt übernehmen, das Personal hat immer das Sagen. Ich hätte erwartet, dass
Sie …«

Jennys Stuhl schabte über den Boden. »Ich bin in fünf Minuten wieder da.« Sie schob Helen den obersten Ausdruck zu.
»Zeit genug für Sie, um das zu lesen.« Sie hielt entschuldigend
die Schlüssel hoch. »Ich werde Sie aus Sicherheitsgründen ein-
schließen.«

Es war unklar, ob es um Helens Sicherheit oder die der Akten
ging. Dann war sie weg, und der Schlüssel drehte sich im Schloss,
als wäre es gestern gewesen. Helen sprang auf, noch bevor
Jennys Schritte verklungen waren. Die Stapel in den Regalen waren mit Jahreszahlen beschriftet. 1985, 1979, 1970, 1965, 1960.
Das Jahrhundert spulte rückwärts, parallel zu Helens Leben.
Suffolk und Robin und London und Robin und die frühe Mutterschaft und alles, was danach gekommen war.

Wenn Jenny sie erwischte, wäre ihre Karriere zerstört.
Schlimmer noch, die Schließung dieser Anstalt wäre gefährdet. Wie ironisch, dass sie nach Akten suchte, in denen man sie
als geisteskrank bezeichnet hatte, wo sie dem Wahnsinn jetzt
so nahe war. Alle Symptome waren vorhanden: schweißnasse
Handflächen, hämmerndes Herz, das Gefühl, vom Adrenalin zu
schweben. Sie begriff, wie wahnsinnig es war, alles zu riskieren,
kam aber nicht dagegen an. Es lag an diesem Ort: Das Gebäude
war das genaue Gegenteil einer Heilanstalt. Irgendetwas lauerte
in seinen Steinen, ein Giftgas, das die Gesunden verrückt und
die Verrückten noch verrückter machte. Wie sonst war es zu
erklären, dass sie an einem zwei Meter hohen Regal hinaufklet-
terte und nach Haltepunkten für die Finger suchte wie ein Kind,
das einen Baum erklimmt?

1958 stand weit hinten im Regal, braune Archivkartons mit
einer beruhigenden grauen Staubschicht. Die Etiketten waren

verblichen, aber lesbar. Nur drei Frauen hatten Nazareth im September 1958 verlassen. Hier also verbarg sich der falsche und der echte Wahn von Helen Morris, Pauline Preston und Celeste Wilson.

52

Helen brachte es nicht über sich, Paulines Unterlagen zu lesen. Celestes Schicksal registrierte sie flüchtig: in die geschlossene Anstalt von Rampton mit der Empfehlung überstellt, eine präfrontale Lobotomie vorzunehmen, falls sich ihre Gewalttätigkeit nicht legte. Es gab keinen Hinweis darauf, ob der Eingriff durchgeführt worden war. Ihre eigenen Unterlagen waren säuberlich abgeheftet, beginnend mit ihrer Einweisung. Beim Lesen schienen die körperlichen Symptome aus jener Nacht zurückzukehren: ein Gefühl der Leichtigkeit, beißende Kälte, die Beine mit ihrem eigenen Dreck verschmiert.

Einweisung: Die Patientin wurde von ihrem Hausarzt und den Eltern an uns überwiesen, nachdem sie versucht hatte, eine Abtreibung an sich vorzunehmen. Sie weigert sich, die Quelle des Abortivums und den Namen des fraglichen jungen Mannes zu nennen, und muss um der Sicherheit ihres ungeborenen Kindes willen wie auch zum Zweck ihrer Behandlung hier verbleiben.

Helen fuhr mit dem Fingernagel über die Worte *eine Abtreibung an sich vorzunehmen*, so dass sich das weiche Papier in eine kleine Ziehharmonika verwandelte. Es ging ganz leicht, als würde man das Etikett von einer nassen Flasche ziehen. Die nächsten Seiten waren von Dr. Bures verfasst, und seine verschmierte Linkshänderschrift versetzte sie ins Sprechzimmer; sie kratzte sich tatsächlich am Hinterkopf. Es war schlimmer als erwartet, man hatten ihren angeblichen Zustand als unheilbar bezeichnet: *eher eine psychopathische Störung als eine einzelne manische Episode.* Sie hatten behauptet, sie würde sich nie erholen. *Es wäre ein schwerwiegender Fehler, dieser jungen Frau eine verantwortliche Stellung zu übertragen.*

Sie atmete tief durch, um ein wenig Abstand zu gewinnen. Man musste kein Mediziner sein, um zu erkennen, dass die Unterlagen veraltet, die Diagnosen überholt, die Behandlungsmethoden völlig unangemessen waren. Doch Helen wusste, dass die öffentliche Meinung dem medizinischen Fortschritt hinterherhinkte und dies ein Geschenk für die Hetzer da draußen wäre, die nicht nur die Schließung, sondern den gesamten Prozess der Deinstitutionalisierung verhindern wollten. Sie konnte nicht mehr klar unterscheiden zwischen dem, was hier geschrieben stand und was die Öffentlichkeit wusste. In diesem Augenblick war es ein und dasselbe.

Ein Geräusch von draußen ließ sie zusammenzucken: Jennys flehende Stimme, verzerrt durchs Megaphon. »Los, Leute, zeigen wir uns heute von unserer besten Seite.« Der Lärm der Menge legte sich ein bisschen. Das einheimische Personal hatte sich ja keineswegs mit Leib und Seele der Krankenpflege verschrieben. In zwei Jahren würden sie in einem wunderschönen Hotel arbeiten und mehr Trinkgeld bekommen, als sie in einer Woche im Nazareth verdienten. Helen breitete ihre Unterlagen auf zwei Aktenschränken aus, die von Celeste und Pauline lagen darunter.

Psychiatrischer Bericht nach EKT

Zunächst schien die Patientin eine ausgezeichnete Kandidatin für die EKT darzustellen. Die Verhaltenskonditionierung schlägt bei ihr jedoch nicht an. Ihre Reaktion auf die Konvulsionstherapie fiel enttäuschend aus. Ihr Verhalten bleibt nach wie vor feindselig und

*unweiblich, und sie zeigt keinerlei Schuldbewusstsein wegen des
versuchten Abbruchs. Das vorrangige Problem ist nun die Frage,
was nach der Entbindung mit dem Kind geschehen soll. Die Patientin weigert sich noch immer, den Vater preiszugeben. Eine Adoption
ist wahrscheinlich, da die Mutter zwangsweise im Hospital bleiben
wird. Da ihr Vater sie aufgegeben hat, gibt es niemanden, der um
ihre Entlassung ersuchen könnte, und sie verfügt über keine eigenen
Mittel.*

Dies musste Bures geschrieben haben, gleich nachdem sie ihn
vor seinen Studenten blamiert hatte. Seine Wut stieg ihr aus
dem Papier entgegen. Sie blätterte weiter, wobei sie auf Jennys
Schritte horchte.

Bericht des Medical Superintendent bei Entlassung

*Anfangs reagierte sie nur langsam auf die Konvulsionstherapie,
doch seit dem Durchbruch wurden bedeutsame Fortschritte erzielt.
Es wurden keine Schäden an Gedächtnis oder kognitiven Funk-
tionen infolge der EKT beobachtet; im vorliegenden Fall wäre dies
jedoch auch kein Problem, da der Lebensunterhalt einer Hausfrau
nicht von ihrem Intellekt oder Erinnerungsvermögen abhängt.
Die Patientin ist sich der Art des Gelübdes bewusst, das sie ablegen
wird. Sie wird in die Obhut ihres Ehemannes entlassen, und zwar
unter der Maßgabe, dass es sich um einen Versuch handelt und
jeder weitere Verstoß zur erneuten Einweisung führt. Ich bin davon überzeugt, dass die Verhaltenskonditionierung in diesem Fall
erfolgreich war. Sie will dem Kind nicht länger schaden und hat sich
mit der bevorstehenden Mutterschaft abgefunden. Sie wird in der
gefestigten Situation einer Ehe gedeihen.*

Im Flur erklangen schwere Schritte, und Helens Herz begann erneut zu rasen. Sie sammelte hektisch ihre Unterlagen ein, wobei

Paulines und mindestens eine Seite von Celestes Akte wie in
Zeitlupe in einen winzigen Spalt zwischen Aktenschränken und
Wand rutschten. Helen blätterte in ihrer Akte: Vorn war die Einweisung, dahinter Kerseys Entlassungsbericht mit den wesent-
lichen Informationen über ihre Diagnose und Behandlung.

Ein Schlüssel drehte sich im Schloss. *Jenny?* Helen stand zwischen den Regalen, die zwanzig vergilbten Blätter in Händen, ein
ungeheuerlicher Verstoß gegen die Regeln. Natürlich hätte sie
die Akte einfach zurücklegen können, denn die Gefahr, dass jemand sie zufällig entdecken, geschweige denn eine Verbindung
zu ihr herstellen würde, war gleich null. Doch die Vernunft meldete sich zu spät. Was jetzt? Ihre Aktentasche stand in Jennys
Büro, und ihr eng geschnittenes Kleid hatte keine Taschen.

»Sind Sie da drin, Helen?« Helen wagte sich aus ihrem Ver-
steck, die Unterlagen hinter dem Rücken. Steve Price, einer der
Gutachter, stand in der Tür. Die Stiefel mit den Stahlkappen und
sein Helm passten nicht zu Anzug und Krawatte.

»Jenny sagte, ich könnte Sie hier oben finden.«

»Wie sind Sie denn daran gekommen?« Sie deutete auf Jennys
Schlüssel, die er in der Hand hielt.

»Sie hätte mich am liebsten den Official Secrets Act unter-
zeichnen lassen, bevor sie mir die Schlüssel ausgehändigt hat.
Aber sie redet da unten mit irgendeinem Bauernlümmel, darum
spiele ich den Ritter in der glänzenden Rüstung.«

Helen senkte bedächtig die Hand, die Aktenmappe berührte
ihren Oberschenkel. Steve schien nicht zu merken, dass sie flam-
mend rot geworden war.

»Ich soll Sie hier rausholen. Es gibt ernsthafte bauliche Bedenken wegen der Haupttreppe. Daher evakuiere ich den gesamten
Verwaltungstrakt, bis wir Entwarnung geben können. Es dauert
höchstens eine Stunde. Die meisten Patienten sind auf den Stationen, um sie müssen wir uns keine Sorgen machen.«

Helen überlegte fieberhaft. Wenn sie vor Jenny an ihre Tasche gelangte, könnte sie die Unterlagen darin verstecken und zu Hause vernichten. Sie wollte in den Flur biegen, doch Steve legte ihr die Hand auf den Rücken.

»Tut mir leid, aber dieser Bereich darf nicht betreten werden. Einer meiner Mitarbeiter holt gerade Ihre Sachen. Sie müssen die Angestelltentreppe und den Hinterausgang nehmen.« Er verstand ihren entsetzten Blick wohl falsch. »Sie können mir vertrauen, die Treppe ist das geringste Problem. Na los, bringen wir Sie nach draußen.«

An Paulines Todestag war sie die steinernen Stufen hinuntergegangen. Die Aktenmappe pochte förmlich in ihrer Hand. Vielleicht konnte sie die Unterlagen zerreißen und in der Toilette herunterspülen. Alles war besser, als damit durch die Menge zu marschieren.

»Dürfte ich kurz auf die Toilette?«, fragte sie, doch die Tür zum ersten Stock war mit einem Vorhängeschloss gesichert.

»Das ist ein eigentlich ein Notausgang!«, protestierte Steve im Weitergehen. »Sie müssen wohl ums Haus und vorn wieder reingehen. Da wären wir.« Er hielt ihr die Tür zum endlos langen Personalflur auf. Helens Hände waren nass vom Schweiß, er durchtränkte das weiche Papier.

»Keine einzige Brandschutztür geschlossen«, tadelte Steve. »Und wer hat das hiergelassen?«

In einer Tür lag ein gelber Müllsack, zusammengesunken wie ein Betrunkener. Er trug die Aufschrift *Medizinische Abfälle zur Verbrennung*. Während Steve schon vorausging und dabei etwas auf seinem Klemmbrett notierte, zupfte Helen an der Öffnung des Müllbeutels und musste würgen, als ihr der Geruch in die Nase stieg. Sie warf ihre Unterlagen auf die verschmutzten Erwachsenenwindeln. Wörter blitzten flüchtig auf: Kind, Vaterschaft, Hausfrauen, entlassen. Sie schloss den Sack und schüttelte ihn, damit die Blätter sich zwischen den schmutzigen Windeln verteilten.

Ihre aufsteigende Euphorie zerplatzte, als sie merkte, dass Steve sie zur alten Wäscherei führte. Ihr Rücken war schweißnass. Sie versuchte, sich auf das zu konzentrieren, was er sagte.

»Ich habe schon einige Bruchbuden gesehen, aber die hier könnte echt von Dickens sein.« Er schob den Helm ein Stück nach hinten. »Es gibt gute Gründe, das Gebäude sofort zu evakuieren. Zahllose Verstöße gegen die Bauvorschriften. Ich habe allein drei uneinsehbare Stellen gefunden, an denen man sich erhängen kann. Die Leitungen hier unten sind so gut wie ein Schafott.« Helen blieb abrupt stehen. Nur mit einer Hand an der gefliesten Wand gestützt, hielt sie sich aufrecht. Man hätte die Leitungen gleich nach Paulines Tod verkleiden müssen, und doch hatten labile Patienten noch Jahre später Zugang zu dem privaten Galgen. »Die Dielen sind vom Hausschwamm befallen, Schimmelsporen in allen Bädern … Das ist schlimmer als jeder Slum, hier sollte niemand leben, geschweige denn verletzliche Patienten. Ich werde das gesamte Gebäude zum Abriss freigeben – alles in Ordnung mit Ihnen?«

»Mir geht's gut«, sagte Helen. »Ich finde es nur ein bisschen klaustrophobisch hier unten.«

»Klar, tut mir leid. Wissen Sie, was, wir können auch hier rausgehen.« Er drückte gegen eine Brandschutztür und wich zurück, als ihnen der Lärm der Menge entgegenbrandete. »Zuerst aber müssen wir an diesem Haufen vorbei.«

53

Auf dem Rasen herrschte Gedränge; Autos parkten kreuz und quer, an den Zedern lehnten Fahrräder. Woher waren die alle so schnell gekommen? Jemand hatte RETTET UNSER HOSPITAL auf ein Bettlaken geschrieben. Einige Insassen, erkennbar an den Jogginganzügen und Pantoffeln, jubelten, und das Pflegepersonal hatte die Geriatriepatienten in Rollstühlen nach draußen geschoben.

»Das sind sie!«, ertönte eine körperlose Stimme. »Das sind diejenigen, die uns an den Meistbietenden verkaufen wollen!«

Die Menge schwenkte zu Helen und Steve wie ein Vogelschwarm, der die Richtung ändert. Wo zum Teufel steckte Jenny? Dann meldete sie sich hinter Helen durchs Megaphon.

»Personal und Patienten, alle nach drinnen«, kommandierte sie, stieß aber auf eine Wand aus Buhrufen und Gejohle.

Die meisten schlurften hinein, doch die Demonstranten drängten sich enger zusammen und begannen zu singen: »Rettet unsere Jobs! Rettet Nazareth! Rettet die Patienten!«

Der Mann mit dem Cowboyhut, der vorhin schon mit Jenny da gewesen war, drängte sich nach vorn. »Meine Familie arbeitet seit hundert Jahren hier!«

Du hättest das Problem nicht besser zusammenfassen können, dachte Helen, sagte aber nur: »Dies ist eine Routine-Inspektion. Es wurde noch keine Entscheidung getroffen.« Ihre Stimme klang selbst in ihren Ohren tonlos und mechanisch. Dann stand sie plötzlich einem runden Gesicht mit Halbmondbrille gegenüber und erstarrte. Der seit fünf Jahren pensionierte ehemalige Medical Superintendent Kersey war offenbar entschlossen, sich für jene Einrichtung einzusetzen, die zwei Jahrzehnte lang in seiner Verantwortung und wohl auch sein Zuhause gewesen war. Helen wartete, dass er sich erinnerte und sie der Heuchelei bezichtigte.

»Sie scheinen nicht zu begreifen, dass dies nicht irgendein Hospital ist«, erklärte er. Helen fragte sich einen Moment lang, ob er noch bei sich war; in seinem Alter war Demenz nicht selten. »Dies ist eine Gemeinschaft aus Personal, Patienten und der Stadt. Ich würde mir sehr gut überlegen, ob ich sie auseinanderreiße.«

Kersey sprach mit Leidenschaft, aber ohne ein Zeichen des Erkennens. Helen war erleichtert, doch dann überkam sie Zorn. *Er hat keine Ahnung, wer ich bin. Er hat mein Leben zerstört und erinnert sich nicht mal an mich.*

Jenny Bishop hob mit neuem Elan ihr Megaphon. »Alle Angestellten und Patienten zurück auf die Stationen. Sonst drohen Disziplinarmaßnahmen und der Verlust von Privilegien.«

»Was denn für Disziplinarmaßnahmen?«, rief der Cowboy. »Wir verlieren unsere Jobs doch sowieso, wenn sie es an den Meistbietenden verscherbelt.«

Jenny nahm das Megaphon herunter. »Mark, mit diesem Verhalten schaden Sie unserer Sache mehr, als dass Sie ihr nützen.«

Er senkte sein Plakat. Die anderen Demonstranten taten es ihm nach, und die Menge zerstreute sich.

»Wo haben Sie geparkt?«, fragte Steve. Helen nickte zum Vorplatz, wo ihr Jaguar im Schatten des Uhrturms stand. »Dann bringe ich Sie zu Ihrem Wagen. Die wollen Blut sehen.« Er schirmte sie mit dem Arm ab.

Der Mob blockierte die zederngesäumte Auffahrt, und Jenny

winkte Helen über den Rasen. Der Wagen holperte durchs Gras, die Federung wurde auf eine harte Probe gestellt. Leider erwies sich Jennys Abkürzung als wenig hilfreich, da sich ein junger Typ in Jeansweste ihr einfach in den Weg setzte.

Seitlich von ihrem Wagen hatte man eine ältere Frau im Rollstuhl abgestellt und offenbar vergessen. Etwas an dem kleinen Körper, der in ein pastellfarbenes Twinset gekleidet war und dessen dünne Knöchel in bunten, heruntergerutschten Socken steckten, kam Helen bekannt vor. Die grauen Haare waren jetzt weiß und spärlich. *Norma.* Helen hauchte den Namen, bevor sie sich bremsen konnte, und auch Norma erkannte sie wieder, wurde plötzlich lebhaft und deutete auf den Wagen. »Helen! Sie ist meine Freundin! Sie ist meine Freundin, sie ist zurückgekommen!«

Eine Krankenschwester tauchte hektisch hinter Norma auf und machte sich an der Bremse des Rollstuhls zu schaffen. »Sie ist von niemandem die Freundin«, sagte sie.

»Von wegen. Ich kenne sie von früher!«

»Das ist ja nett«, sagte die Schwester. »Die verdammte Fußbremse ist total blockiert.«

»Warum hören Sie mir nicht zu?«, fragte Norma.

»Festhalten!« Die Schwester riss den Rollstuhl heftig nach hinten, bis sich die klemmenden Räder lösten. Norma begann zu schreien; da verlor die Schwester die Geduld.

»Scheiße nochmal, Norma! Gib jetzt endlich Ruhe.« Helen hörte Norma noch schreien, nachdem sie im Gebäude verschwunden war.

Jenny hatte den Jugendlichen endlich überredet, Helen durchzulassen. Sie war um Haaresbreite entkommen und musste jetzt die Nerven behalten. Hände, Füße, Augen. Sie fuhr konzentriert und meditativ. Spiegel–Blinker–Abbiegen, erster Gang–zweiter Gang–dritter Gang, während die Klinik im Rückspiegel immer kleiner wurde. Eine dünne Rauchsäule stieg parallel zum Uhrturm auf. Ihr war jetzt klar, dass man ihre Vergangenheit nie entdeckt hätte, und doch war es befriedigend zu sehen, wie Helen Morris nun in Rauch aufging.

54

1986

Auf Helens Schreibtisch standen zwei Telefone. Sie hatte Coralie angewiesen, keine Anrufe durchzustellen. Coralie hatte die fraglichen Seiten aus den Zeitungen geschnitten. Für Adam Solomon und seinen Sohn würde es nie wieder ein anderes Thema geben, denn das Leben von Julia Solomon war vorbei. Alle Zeitungen hatten ihr Foto in verschiedenen Größen veröffentlicht, der die hübsche dunkelhaarige Frau und den Hinterkopf des Kleinkindes zeigte. Schlagzeilen und Textfragmente sprangen Helen wie Fische von den Zeitungsseiten an.

Vor den Augen ihres dreijährigen Sohnes
Cunniffe kämpfte um ein eigenständiges Leben
Verfrühte Schließung von Nazareth ist schuld
So starker Blutverlust, dass sie
Versäumte die letzten drei Ambulanztermine
Lawrence sparte an Sicherung des baufälligen Geländes
Julias einstündige Qualen
Schickt Darius Cunniffe nach Broadmoor
Hotelpläne gestorben, weiterer Schlag für örtlichen Arbeitsmarkt
Kind wurde einen knappen Kilometer entfernt im Unterholz gefunden, es umklammerte die Leiche des Hundes. Der Junge ist körperlich unversehrt, hat aber das Schlimmste mit angesehen
Klinikangestellte: »Wir haben es euch doch gesagt!«

Coralie kam mit Kaffee und Tee herein. Helen betrachtete das Tablett, als spielte sie das Kim-Spiel und prägte sich das Teeservice mit dem gewellten Rand ein, den Teller mit Keksen, die niemand essen würde.

»Bitten Sie sie herein«, sagte Helen.

»Werft uns nicht mit Darius Cunniffe in einen Topf«, flehen Patientengruppen

Jenny Bishops und Davina Debens wässrige Augen machten es umso deutlicher, dass Helens Augen trocken blieben. Sogar Michael Stein blickte gequält drein.

»Die Pressekonferenz findet in einer Stunde statt«, sagte Davina. »Wir kündigen die Untersuchung an und sollten uns um Schadensbegrenzung bemühen ...« Sie fächelte sich Luft zu, als könnte sie damit die Tränen auf ihren Wangen trocknen. Zum ersten Mal zeigte sich ein Riss in ihrer professionellen Fassade. »Mein Gott, was für eine Tragödie. Was für ein sinnloser Tod.«

Nazareth hatte sich an Helen gerächt, sie für ihre Herausforderung bestraft. Sie hatte Gott gespielt, und im Gegenzug hatte die Einrichtung ein weiteres Leben geraubt, eine letzte Seele für ihre Sammlung, und eine unschuldige zudem. Nazareth war clever, es hatte sich etwas viel Vernichtenderes überlegt als den bloßen Verlust einer Karriere oder eines guten Rufs.

Darius Cunniffe wog über hundert Kilo, mehr als doppelt so viel wie Julia Solomon. Sie hatte keine Chance

Jenny räusperte sich. »Wenn ich kurz meine Gedanken äußern dürfte. Dies wäre vermeidbar gewesen, wenn man die Klinik in einem anderen zeitlichen Rahmen abgewickelt hätte.«

Larry Lawrence lässt Einheimische im Regen stehen

Michael Stein schüttelte den Kopf. »Das Gebäude war unbewohnbar. Es tut mir leid, Jenny, aber ich bin überrascht, dass es nicht mehr Todesfälle gegeben hat. Und wer hat letztlich entschieden, die Patienten offen in der Gemeinde leben zu lassen?«

Jenny schüttelte den Kopf. »Darius war ein Musterpatient. Sein Rückfall war nicht vorhersehbar. Helen, Sie haben seine Akte gelesen, Sie waren eine Ewigkeit dort drinnen.« Helen traute ihrer eigenen Stimme nicht. »Fünfzehn Jahre ohne Zwischenfall«, fuhr Jenny fort. »Aber weil Sie nicht warten konnten, bis die neue Einrichtung fertig war, musste ich ihn in einer offenen Wohnung unterbringen. Ich habe Sie gewarnt, dass die abrupte Schließung selbst einen Musterpatienten unberechenbar machen kann. Allerdings freut es mich ganz und gar nicht, dass ich recht behalten habe.«

Fesselte sie an den

Helen räusperte sich. »Ich bin entsetzt, es tut mir unendlich leid.« Dumme, unzulängliche Worte, aber was sonst sollte sie sagen? Ich kann nicht essen, ich kann nicht schlafen, ich würde gern mein Leben gegen ihres tauschen? »Es ist ganz offensichtlich eine furchtbare Tragödie, und ich bekomme die Qualen der Frau – und ihres Sohnes – einfach nicht aus dem Kopf.« Ihre Stimme drohte zu brechen, sie holte tief Luft. »Dennoch habe ich das Hospital in gutem Glauben und auf Anraten von Fachleuten geschlossen. Jenny, ich weiß, dass Sie Ihr Bestes getan haben, aber auch Sie konnten die langjährige Vernachlässigung und Trägheit nicht ungeschehen machen. Es ist eine unangenehme Wahrheit. Ich glaube nicht, dass wir etwas erreichen, wenn wir mit dem Finger aufeinander zeigen.«

Witwer: Sie war eine wunderbare Frau, eine wunderbare Mutter

Michael Stein wandte sich an Helen. Sie wusste, was er sagen würde. »Diese Tragödie ist ein Einzelfall und kann nicht als Argument gegen die Deinstitutionalisierung als solche angeführt werden. Sie haben sich sehr dafür eingesetzt, und das Ministerium weiß Ihre Arbeit mehr zu schätzen, als Worte sagen können. Aber ...« Michael rutschte auf seinem Stuhl herum. Davina starrte aus dem Fenster. »Wie Sie wissen, gehört es zu Ihrer Aufgabe, die Auswirkungen einer solchen Tragödie abzufangen.« Sie hatte gewusst, dass die Axt niedergehen würde, doch das machte den Schmerz nicht geringer. »Letzten Endes war es Ihre Entscheidung und Ihre Verantwortung. Die Ausgleichszahlung wird bescheiden genug ausfallen, um den Schein zu wahren, aber ausreichen, um der Tatsache Rechnung zu tragen, dass Sie einige Monate lang keine neue Stelle in diesem Sektor finden werden.«

Davina coachte sie auf dem Weg nach draußen. »Bleiben Sie gelassen, Helen. Sie geben die Erklärung ab und lassen sich nicht auf Fangfragen ein. Sie schaffen das. Sie haben nichts falsch gemacht.«

Gesundheitsbehörde verantwortet überstürzte Schließung der »Heil- und Pflegeanstalt«

Sie folgte Davina und Michael durch die Drehtür, und die beiden stellten sich neben sie auf die Stufen. Die wütende Menge tobte hinter der Polizeiabsperrung, doch die Pressemeute war näher dran. Helen spiegelte sich in den Linsen der Kameras, ein winziges Püppchen vor einem Gittermuster aus Stahl und Glas. Die Fragen überrollten sie wie eine Welle.

»Wie fühlen Sie sich dabei, einem Dreijährigen die Mutter geraubt zu haben?«

»Ist es an der Zeit, die Anstalten wieder zu öffnen?«

»Sollten nicht Sie aus dem Verkehr gezogen werden, Helen?«

»Aktionsgruppen warnen, dies könnte nur der Anfang sein.«

Nein. Sie stellte sich vor, wie die Schlagzeilen zusammenschrumpften, die Wörter davonwirbelten. Sie durfte sich nicht ablenken lassen. Beim Einatmen stellte sie sich vor, ihre Wirbelsäule wäre aus Stahl. »Ich war absolut niedergeschmettert, als ich von dem Mord auf dem Gelände des alten Nazareth-Hospitals erfuhr. Unser tiefes Mitgefühl gilt Adam und Jacob Solomon. Ihr Verlust ist unermesslich. Mein Herz ist bei ihnen. Ich habe in gutem Glauben die Entscheidung getroffen, das Hospital zu schließen, und bin persönlich tief betroffen, dass das System nicht nur diesen Patienten, sondern auch eine unschuldige Familie im Stich gelassen hat. Meine Behörde steht in engem Kontakt mit dem Leiter der Ermittlungen, und es wird allen Fragen nachgegangen. Eine gerichtliche Untersuchung wurde bereits eingeleitet.« Sie hörte ihre Stimme, und sie klang wie die eines Kindes, das zögernd vor der Klasse vorliest. Ich erreiche sie nicht, dachte sie, als sie ihre Ansprache mit den Worten beendete: »... dass mein Rücktritt mit sofortiger Wirkung akzeptiert wurde.«

»Das scheint Sie gar nicht so zu kratzen«, sagte eine Journalistin in der ersten Reihe.

Wenn sie doch nur einmal Tränen heraufbeschwören könnte. Helen hatte hart daran gearbeitet, ihre Gefühle zu beherrschen, und den Prozess vollkommen verinnerlicht. Die Journalisten brauchten Fakten, Verfahren, Fairness, keine Schlagworte oder Platituden. Helen antwortete, obwohl Davina ihr davon abgeraten hatte. »Ich habe die Einrichtung in gutem Glauben geschlossen«, wiederholte sie. »Als Leiterin einer öffentlichen Behörde bin ich der Staatskasse verpflichtet.«

Noch vor dem allgemeinen Aufstöhnen erkannte sie ihren Fehler. Die Reporter, die nicht schockiert waren, kritzelten lächelnd auf ihre Notizblöcke, wohl wissend, dass sie ihr Zitat bekommen hatten. Davina schaute um sich wie die personifizierte Schadensbegrenzung.

»Meinen Sie, Adam Solomon interessiert sich für die Staatskasse?«, fragte eine Stimme weiter hinten in der Meute.

»Wir beantworten heute keine weiteren Fragen«, verkündete Davina. Helen erstarrte. Wieder spürte sie, wie die Manie ihren Körper durchflutete. Ich könnte jetzt gestehen, dachte sie wild. Ich könnte ihnen genau sagen, was für ein Ort ihre geliebte Einrichtung war, wie verkommen sie war, könnte es ihnen aus erster Hand schildern, ich wäre wochenlang auf allen Titelseiten im ganzen Land, wenn ich das öffentlich machte. Sie setzte zum Sprechen an.

»Helen?« Davinas warnender Blick brachte sie zur Räson. Mit ihrer Geschichte herauszuplatzen, würde Julia Solomon nicht wieder lebendig machen und ihren Witwer auch nicht trösten. Im Gegenteil, ihre eigene Geschichte würde Julias Leiden aus den Schlagzeilen verdrängen und die Vergangenheit heraufbeschwören.

Robin, ihr Ehemann, von dem sie nun wieder finanziell abhängig war, wartete im Jaguar auf sie. Helen schaltete das Radio aus, damit sie ihre Stimme nicht in den Nachrichten hören musste. Sie schwiegen, als sie die Stadt hinter sich ließen und aufs Land hinausfuhren. Es war Ende August, und die Felder sahen aus wie in jenem Sommer, in dem sie einander begegnet waren, der Weizen ein wogendes goldenes Meer beiderseits der Straße.

»Das hätte besser laufen können«, sagte Robin schließlich.

Helen drückte den Kopf ans Fenster, dass ihr Schädel vibrierte. »Mir gibt nie wieder jemand eine Stelle.« Ihre Worte hinterließen auf der Scheibe kleine feuchte Blumen.

Robin nahm kurz die Hand vom Schalthebel und tätschelte ihr Knie.

»Wäre das so schlimm? Ein bisschen Zwangsurlaub, damit du dich erholen kannst?« Sie wusste, was als Nächstes kam. »Es tut mir so leid, dass eine Tragödie nötig war, um es dir zu zeigen, aber die Ärzte hatten von Anfang an recht. Du hättest dich niemals so unter Druck setzen dürfen. Ich bin dein Ehemann. Ich möchte mich um dich kümmern, bevor noch jemand leiden muss.«

55

1987

»Mitten im Leben sind wir vom Tod umfangen.«

Es wehte kein Wind, der die Worte des Pfarrers davongetragen hätte.

Der Hurrikan hatte sich kaum gelegt, als man ihn schon den »Großen Sturm« nannte. In anderen Ländern wäre es kaum mehr als eine steife Brise gewesen, doch England hatte so etwas seit Menschengedenken nicht erlebt. Zerstörungen in der gesamten Grafschaft, der Horizont straff gespannt, die weite Ebene so nackt und bloß, als verhinderte nur die Erdkrümmung, dass man geradewegs bis London schauen konnte. Der Wind hatte jahrhundertealte Bäume umgekegelt; die größte Eiche von Greenlaw Hall lag quer über der Einfahrt und versperrte dem Krankenwagen den Weg, als Robins Arterien sich bedrohlich verengt hatten.

Sir Ralph Greenlaw stand schief vor dem Familiengrab, das eigentlich mit ihm gerechnet hatte. Damian hatte sich Mühe gegeben; Haarschnitt, Rasur, Anzug. Zu Helens Überraschung trug er Robins Siegelring am kleinen Finger, eine bourgeoise Lappalie, die er angeblich verachtet hatte. Zum ersten Mal seit der Schulzeit sah sie ihn nicht in Jeans. Der Anzug stand ihm gut, kaschierte seine nebulöse »Karriere« in den »Medien«. Mit achtundzwanzig hatte Damian Robins Körperbau und seine goldenen Haare, doch sein Gesicht erinnerte an Eugenie, die, wie

Helen jetzt erkannte, immer männlich gewirkt hatte: das ausgeprägte Kinn, die starke gerade Stirn. Die Gene von Peter Morris waren offenbar zu schwächlich gewesen, um sich zu vererben.

Michiko, Damians neue Freundin, stieß nervös mit den Zehen in das Kunstgras, das um das Grab herum ausgelegt war. Sie machte irgendwas im Verlagswesen, hatte lange glänzende Haare. Damian hatte sie noch nicht offiziell vorgestellt. Sie würden wunderschöne Kinder haben. Helen war überrascht – sowohl von dem Gedanken selbst als auch von dem Schmerz, der ihn begleitete, ein tiefer Stich in ihrem Inneren, vielleicht von einem Ei, dessen Haltbarkeitsdatum abgelaufen war.

Der Pfarrer, der erst seit letztem Jahr in Sizewell war, hatte sich auf der Kanzel darüber ausgelassen, wie beliebt Robin in seinem Wahlkreis gewesen sei, wie hingebungsvoll er sich für die Region eingesetzt und wie leidenschaftlich er seinen Parlamentssitz im Juni verteidigt habe. Nun, als man den Sarg hinabsenkte, sann Helen seinen Worten nach und dachte: *Das war ich. Er wird mit einem Ruf beerdigt, den er mir verdankt. Ich habe ihm die Mehrheiten verschafft, habe das, was Robin wollte, in Worte übersetzt, die die Wähler hören wollten, und zwar so subtil, dass er selbst es nicht einmal bemerkt hat.* Aus Angst, vor Langeweile wirklich geisteskrank zu werden, hatte sie ihn im Wahlkampf unterstützt. Zuerst nur zögerlich, bis sie erkannte, dass Nusstead und Sizewell an entgegengesetzten Polen hätten liegen können, so unterschiedlich waren ihre Wähler. In Sizewell wusste man von Julia Solomon, nahm es aber nicht persönlich. Als sie Robin bei seiner Dankesrede beobachtet hatte, die sie für ihn geschrieben hatte, verspürte sie die gleiche Bitterkeit, die ihre Mutter empfunden haben musste, und begriff, dass sie sich noch in diesem Jahr von ihm scheiden lassen und endlich für sich selbst kämpfen musste.

Dann war Robin gestorben. Er konnte sie nicht länger bremsen und hatte das Wissen um ihre Vergangenheit mit ins Grab genommen.

Kellnerinnen mit weißen Schürzen trugen silberne Tabletts zwischen grauen Männern umher. Ein Haus wie Greenlaw Hall erwachte an einem solchen Nachmittag zum Leben; es war für Feste gemacht, für den umhereilenden Partyservice und die Grüppchen von Trauernden. Es gab viel zu viel zu essen. Die einheimischen Frauen hatten es sich nicht nehmen lassen, Platten mit Sandwiches, Wurstbrötchen und Kuchen zu bringen. Sie sahen alle gleich aus, wie sie auf der Schwelle standen, mit Tränen in den Augen und straff gespannter Frischhaltefolie über Tellern in den Händen: eifrige untersetzte angelsächsische Kirchenälteste und Sonntagsschullehrerinnen, Mitglieder des Women's Institute, Pfadfinderinnen. Seit Robins Tod hatte Helen eine Erkenntnis schätzen gelernt, der sie sich zuvor verweigert hatte: Ganz England ruhte auf den Schultern konservativer Frauen. Wer die Partei für grausam hielt und mitfühlenden Konservatismus für ein Oxymoron, übersah die geschäftigen Hausfrauen, die seine regionalen Wurzeln bildeten.

Natürlich würde sie lieber sterben, als wie sie zu werden. Beinahe wäre es so gekommen.

Ihr Blick blieb an Damian und Michiko hängen. Michiko bemerkte es und stieß ihn an, worauf er zögernd herüberkam.

»Ich hatte vorhin keine Gelegenheit, Michiko richtig vorzustellen. Also. Mum. Michiko. Michi, das ist meine Mum.«

Die junge Frau lächelte, nur kurz huschte ein Schatten über ihr Gesicht, der alles spiegelte, was man ihr über Helen erzählt hatte. Dann fasste sie sich wieder.

»Es tut mir sehr leid, dass wir uns an einem so traurigen Tag kennenlernen«, sagte sie und ergriff Helens Hand.

»Es ist sehr nett, dass Sie gekommen sind.«

»O Gott. Ich konnte ihn doch nicht alleinlassen«, sagte Mi-

chiko. Der Unterton war offensichtlich: Sie konnte ihn nicht mit
Helen alleinlassen. »Damian, ich hole dir noch was zu trinken.
Ich kann nachher fahren. Und dein Teller, also ehrlich – du musst
anständig essen.«

Noch nie hatte Damian seine Mutter – oder überhaupt irgendjemanden – so zärtlich angesehen wie jetzt Michiko.

»Was macht die Arbeit?«, fragte sie.

Seine Schultern sackten leicht herunter. »Es läuft ganz gut. Ich
habe einen Job als Produktionsassistent bei einer Dokumentar-
serie bekommen.«

Helen war verblüfft, dass die endlosen Praktika und verzöger-
ten »Projekte« nun doch etwas gebracht hatten. »Aber, Damian,
das ist ja wunderbar!«

»Na ja, es fühlt sich komisch an. Ich meine, der Anruf kam,
gleich nachdem ich das mit Dad erfahren hatte, daher … ist mir
nicht nach Feiern zumute. Aber es ist der nächste Schritt hin zu
dem Film, den ich wirklich machen möchte.«

»Ach ja? Und worum geht es dabei?«

Er schob kämpferisch das Kinn vor. »Um eine Geschichte der
englischen Institutionen. Ich werde mich vor allem mit Interna-
ten beschäftigen und dem Schaden, den sie kleinen Kindern zu-
fügen.« Der Nadelstich drang durch Helens Haut bis ins Herz.
Zwar hatte Robin darauf bestanden, Damian ins Internat zu schicken, doch sie hatte sich nicht widersetzt. »Aber auch mit Ge-
fängnissen. Mit dem ganzen Justizsystem. Ich frage, wodurch
wir diese Institutionen ersetzen können, ob unsere Gesellschaft
dafür bereit ist, welche Alternativen es gibt.« Damian wirkte
plötzlich nervös und hob das Glas an die Lippen. »Es geht auch
um psychiatrische Anstalten.«

»Du weißt, für wie barbarisch ich sie halte«, erwiderte Helen.

»Ich glaube, das ganze Land kennt deine Ansichten über die
Behandlung psychisch Kranker«, konterte er. Noch nie hatte er

so deutlich auf den Fall Cunniffe und den Tod von Julia Solomon im Jahr zuvor angespielt. »Aber du hast recht. Diese Einrichtungen sind barbarisch.« Es war klar, dass er damit nicht nur die psychiatrischen Einrichtungen meinte. Die Luft zwischen ihnen schien zum Schneiden gespannt.

Michiko kam mit einem Glas Rotwein für Damian und einem Mineralwasser für sich selbst zurück. »Nehmen Sie sich doch auch einen Drink«, sagte Helen. »Ich habe ein Zimmer für euch vorbereitet. Und es gibt mehr Essen, als ich bewältigen kann.«

»Nein danke«, versetzte Damian. »Ohne Dad fühlt es sich nicht wie zu Hause an.«

Plötzlich glänzten seine Augen, die Robins so ähnlich waren. Er drehte sich abrupt um, und Michiko hauchte eine Entschuldigung, als wäre sie seine Mutter. Der Kummer, der Helen überwältigte, war weitaus größer als ihre Trauer um Robin. Er weiß es, dachte sie. Sie hatte sich so bemüht, war so viele Risiken eingegangen, damit er nicht herausfand, dass er ungewollt war, und dennoch wusste er es. Vielleicht nicht jede Einzelheit, aber er wusste es.

Michael Stein, der jetzt Parteivorsitzender war, tauchte aus einer Gruppe schwärmerischer Matronen auf, in der Hand einen Porzellanteller, auf dem sich Königinpastetchen türmten.

»Es tut mir so leid, Helen«, sagte er und küsste sie auf beide Wangen. »Er war ein großer Mann.«

Beide wussten, dass dies eine leere Schmeichelei war; wäre Robin groß gewesen, hätte er eine ähnliche Karriere wie Michael hingelegt. Man hatte ihm die Größe aufgedrängt, und er hatte sie wie eine alte Strickjacke getragen.

»Nett, dass Sie gekommen sind. Sie haben sicher schrecklich viel zu tun.«

»Besser zu viel als zu wenig.« Sie sprachen über die Probleme am Golf und kamen schließlich auf die Frage, wer Robin nachfolgen solle und welche Senkrechtstarter die Partei im Sinn hatte. Einen Managementberater. Einen ehemaligen Kolumnisten des *Daily Telegraph*. »Im Grunde ist es egal«, sagte Michael. »Das hier ist ein sicherer Sitz; die Leute von Dunwich Heath sind durch und durch konservativ. Nur wird es für sie ein Trauma, dass sie keinen Greenlaw wählen können.«

Er hätte ihr keine bessere Steilvorlage liefern können. »Das ließe sich vermeiden.«

Natürlich schaute Michael sofort zu Damian, ein wenig verwundert, bevor er begriff, worauf sie hinauswollte. Er hustete in seine Serviette, um sein Erschrecken zu tarnen.

»Ich bin bestens mit Robins Arbeit vertraut. Ich könnte sie besser machen als er.« Michael runzelte die Stirn, bevor sein routiniertes Lächeln zurückkehrte. »Sie denken an die Nachwehen der Nazareth-Geschichte.«

Er zögerte nur kurz. »Ich kenne Ihre Fähigkeiten. Es geht nur um die Wirkung in der Öffentlichkeit.«

»Es geht nicht um die breite Öffentlichkeit, sondern um eine winzige Nische des Widerstands in einer einzigen Region. Selbst Adam Solomon beschuldigt mich nicht mehr. Schauen Sie sich um. Die Parteimitglieder respektieren mich. Die Menschen hier lieben mich. Ich werde Julia Solomons Tod bis ans Ende meines Lebens bedauern, aber ich verspreche Ihnen, dass ich daraus mehr gelernt habe als aus jeder anderen Erfahrung.« Das mit dem Bedauern stimmte. Sie senkte die Augen und schaute langsam durch die Wimpern wieder hoch. Davina nannte es den Prinzessin-Diana-Blick, und Helen hatte ihn nie angewandt. Bis jetzt. »Ein MP mit skandalöser Vorgeschichte ist nicht ungewöhnlich.«

Michael legte ihr die Hand auf die Schulter. »Meine liebe Helen. Es ist praktisch die Grundvoraussetzung.«

56

1989

Wie nasse Bettlaken klatschte der Regen gegen die Fenster. Tagsüber hatte der Himmel sich zunehmend verfinstert und in der Abenddämmerung seine Schleusen geöffnet. Im Radio wurde vor Überschwemmungen gewarnt. Der River Alde war bei Snape über die Ufer getreten, für die kommenden zwei Stunden erwartete man die Regenmenge eines ganzen Monats.

Helen saß am Esstisch in Greenlaw Hall, vor sich Bündel von Geldscheinen. Im Haus war es dunkel geworden, während sie dort gesessen und den Brief entfaltet, gelesen und wieder gefaltet hatte. Er hatte unauffällig ausgesehen. Zuerst hatte sie ihn für irgendein Schreiben gehalten, das sie versehentlich im Auto vergessen hatte. Doch nach der Lektüre schrumpfte die alte Angst, ihre Diagnose könne bekanntwerden, vor dieser neuen Drohung: dass man enthüllen könnte, wie eklatant sie ihre Position missbraucht hatte. Diese Leute wussten von ihrer Vergangenheit und, schlimmer noch, was sie getan hatte, um sie zu vertuschen.

Seitdem waren ihre Gedanken auf Hochtouren gelaufen und hatten Fragen wie Maden in altem Fleisch ausgebrütet. J und M. Wer waren die? Einwohner von Nusstead, ehemalige Angestellte. Blieben noch immer mehrere hundert übrig. Und welche Unterlagen besaßen sie?

Kürzlich gelangten wir in den Besitz von Dokumenten … Sie beziehen sich auf Ihre Zeit als Patientin in Nazareth.

Wie sollten sie daran gelangt sein? Helen wusste ganz genau, dass sie ihre Unterlagen in den Müllsack gesteckt hatte, der zur Verbrennung vorgesehen war. Eine Schwester oder ein Pfleger mussten sie beobachtet, sich die Unterlagen besorgt, sie gelesen und Helen Greenlaw mit Helen Morris in Verbindung gebracht haben. Es war die einzig denkbare Erklärung, selbst wenn sie keinen rechten Sinn ergab. Warum hatten sie so lange gewartet, statt sie unmittelbar nach Julia Solomons Tod und dem Cunniffe-Skandal bloßzustellen? Vielleicht waren es langjährige Angestellte, die jetzt ihre Abfindung durchgebracht oder, noch cleverer, abgewartet hatten, bis Helen Karriere machte und mehr zu verlieren hatte. Der Brief war eloquent, überzeugend, raffiniert. Sie durfte die Leute nicht unterschätzen. Hatten Adam Solomons Ermittlungen oder, Gott behüte, Damians Dokumentation eine parallele Papierspur aufgetan, von der Helen nichts wusste? Damian. Falls er es nach all der Zeit auf diese Weise herausfand …

Gab es weitere Möglichkeiten, auf die Akten zuzugreifen? Ein guter Boulevardjournalist konnte einiges bewerkstelligen, aber dennoch, wo war die Quelle? Die ganze Situation roch nach einem perfekten Coup der Boulevardpresse: ihre Vergangenheit in der Klapsmühle plus Amtsmissbrauch, verbunden mit der Bereitschaft, sich erpressen zu lassen – was ihre Schuld in beiden Fällen bewies.

Sie wollten sich in dem alten Nazareth-Hospital mit ihr treffen. Die berechnende Grausamkeit war erschreckender als die Erpressung selbst.

Die Pieptöne im Radio kündigten an, dass es neun Uhr war. Selbst an einem klaren trockenen Tag brauchte man über eine

Stunde von Sizewell nach Nusstead. Wenn sie rechtzeitig dort sein wollte, musste sie bald aufbrechen.

Helen schaute an sich hinunter und stellte fest, dass sie die Geldbündel in ihrer Handtasche und die Autoschlüssel in der Hand hatte. Sowie sie den Brief zum ersten Mal gelesen hatte, war ihr klar gewesen, dass sie zahlen würde. Und auch ihren Erpressern, die ihre eigene Freiheit aufs Spiel setzten, indem sie die Grenze zum Verbrechen überschritten, musste es klar gewesen sein.

Trotz des Sturms war Autofahren immer noch das beste Mittel gegen Panik und Grübelei. Helen musste sich konzentrieren, um durch die hektischen Scheibenwischer die Straße zu erkennen. Das Radio lieferte knisternde Updates. Der Blyth war bei Walberswick über die Ufer getreten, aber der Waveney wurde nicht erwähnt, das Moorgebiet nicht für unpassierbar erklärt. Sie war praktisch allein auf der Straße, unter diesen Bedingungen fuhr nur, wer musste. Der Regen ließ die Straßenschilder verschwimmen. Beim ersten Mal verpasste Helen die Abzweigung nach Nusstead und merkte es erst, als sie an einem ihr unbekannten Bahnübergang landete. Später übersah sie beinahe die Abzweigung zur Asylum Road.

Als sie angekommen war, stellte sie den Motor ab, ließ die Scheinwerfer aber an und suchte nach dem Licht der Taschenlampe. Das weiße Leuchten kam nicht vom Eingangsportal, wie sie erwartet hatte, sondern vom anderen Ende des Gebäudes, der alten Frauenstation. Der Regen stürzte in Bächen vom Rand des Regenschirms; ihre Schuhe waren binnen Sekunden durchweicht. Das Licht wurde immer heller und verdeckte fast die Gestalten in der Tür.

J und M. M und J. Sie brauchte eine Sekunde, um zu erkennen, wie dünn sie waren. Und noch eine, bis sie begriff, dass sie es mit Kindern zu tun hatte.

57

J und M. Die Summe, die sie verlangten, die Formulierung des Briefes und die Tatsache, dass sie ihre Patientenakte besaßen, hatten Helen glauben lassen, es handle sich um Erwachsene, womöglich gar in ihrem Alter. Hatte jemand sie beauftragt? Sie wirkten völlig überfordert. Helen mochte Verhandlungsgeschick besitzen, doch konnte man mit diesen armen nervösen Kindern überhaupt vernünftig reden? Ihr Gesicht war schweißnass, sie hoffte, dass es als Regenwasser durchgehen würde. Hätte sie gewusst, wie jung sie waren, hätte sie niemals die volle Summe mitgebracht. Wie wollten sie erklären, dass sie plötzlich so viel Geld besaßen? Hatten sie überhaupt ein eigenes Bankkonto? Als die Klinik geschlossen wurde, hatte Jenny einige Angestellte noch in bar bezahlt.

Der Gedanke an Jenny ermutigte Helen. Wenn sie dieses demütigende Rendezvous als berufliches Problem betrachtete, konnte sie es bewältigen. Sie wünschte nur, sie hätten sich an einem anderen Ort getroffen, doch das war natürlich Teil des Plans. Helen beschwor die Erinnerung an Davina herauf und setzte ihr »Besprechungsgesicht« auf, als sie den verhassten Flur betrat. Zum Glück lag er weitgehend im Dunkeln. Die Taschenlampe zuckte über verschimmelte Wände, von denen die Farbe blätterte. Das Gebäude verfiel noch schneller als erwartet.

»Zuerst will ich die Unterlagen sehen«, sagte sie. Gut: Ihre Stimme klang knapp und gebieterisch und ließ nicht ahnen, wie es in ihr aussah. Aufrecht stehen war plötzlich kompliziert, und ihr Kopf fühlte sich doppelt so schwer an wie sonst.

»Erst wenn ich das Geld gesehen habe.« Er sah aus wie ein schlechter Schauspieler aus einer Krimiserie, der sie verdächtigte, ihm Falschgeld unterzuschieben.

»Ich würde gern die Unterlagen sehen, bevor die Übergabe stattfindet.«

Sie wusste, dass sie echt waren, sowie sie sie in Händen hielt; sie ertappte sich dabei, wie sie über ein vertrautes Eselsohr in der oberen rechten Ecke der ersten Seite strich. Es war zu dunkel, um zu erkennen, ob die Flecken dem Alter oder etwas Schlimmerem geschuldet waren. Ihre Erinnerung spulte im Schnelldurchlauf rückwärts. Die Worte waren noch zu lesen: *Sie ist sehr verrückt.* Helen klammerte sich an eine Tatsache: Dies war nur die halbe Wahrheit. Die illegale Abtreibung wurde nicht erwähnt. Sie hatte sich also nicht eingebildet, dass sie die betreffenden Seiten entsorgt hatte.

»Wer hat Ihnen die gegeben?« Stimmen besaßen ein Gedächtnis, genau wie Muskeln, und Helens Gedächtnis war gut trainiert. Was eigentlich ein Schrei war, wurde durch das jahrelange Medientraining in Worte gekleidet und mit einem Gleichmut ausgesprochen, der einer Parlamentsabgeordneten angemessen war.

Der Junge hob stolz das Kinn. »Niemand. Wir haben sie mit unseren … investigativen Kräften gefunden. Man hat sie hier zurückgelassen, im Archiv. Das passiert, wenn man Sachen halbherzig macht. Na ja, ist ja offensichtlich nicht das Schlechteste.«

Helen dachte sechs Jahre zurück. Das laute Klopfen an der Tür – bei der Erinnerung gefror ihr Blut – und wie sie nervös mit den Unterlagen hantiert hatte. In ihrer Panik musste sie die Papiere verwechselt haben. Wie dumm das war. Was hatte sie stattdessen verbrannt? Sie hatte Pauline begnadigt, deren Ruf nichts wert war. Und auch Celeste.

366

»Alles da, schwarz auf weiß. Beweise für das, was Sie sind. Was Sie getan haben.«

Er hatte noch immer nicht die verpfuschte Abtreibung erwähnt. Aber würden die jungen Leute sie überhaupt dafür verurteilen? Diese Unterlagen waren mehr als genug, um ihre »Krankheit« zu beweisen. Jedenfalls genug für die Boulevardpresse. Und die Existenz dieser Unterlagen bewies auch, dass sie ihr Amt missbraucht hatte. Ein Journalist würde darauf bestehen, die Quelle zu erfahren. Und Jenny Bishop würde sich daran erinnern, dass sie Helen allein im Archiv gelassen hatte. Die Papiere waren noch viel belastender, als der Junge ahnte.

»Ja«, sagte sie. »Da kann ich Ihnen nicht widersprechen.« Es stimmte. Sobald etwas auf dem Papier stand, wurde es zur Tatsache, ob es stimmte oder nicht.

»Woher soll ich wissen, dass es keine Kopien gibt?« Sie wollte nur testen, wie gut sich die beiden verstellen konnten; natürlich hatten sie Kopien gemacht.

»Sie müssen uns schon vertrauen.« Die Stimme des Mädchens zitterte und verriet Helen, dass sie die Wahrheit sagen wollte. Nachdem Helen ihr das Geld ausgehändigt hatte, teilte sie es in zwei Bündel. Es war eine unbewusste Geste, doch Helen verstand die Botschaft: Wir sind uns nicht so einig, wie der Junge glaubt.

»Sie werden nicht wieder von uns hören«, sagte das Mädchen. Wieder klang sie aufrichtig, doch Helen wusste, dass sie sich natürlich wieder bei ihr melden würden. So funktionierte Erpressung. Wer bezahlte, hatte verloren. Hätte sie doch nur ein Druckmittel gegen die beiden besessen. Finanziell konnte sie es sich leisten, aber darum ging es nicht. Fürs Erste würde sie sich darauf konzentrieren, die Unterlagen zu …

Ein plötzlicher Windstoß riss sie fast von den Füßen. Metall schlug ohrenbetäubend gegen alten Stein. Dann ging donnernd eine Lawine aus herabstürzendem Putz und Ziegelsteinen nieder

und trieb sie tiefer in den Flur, weg von der aufsteigenden Staub-
wolke.

»Jesse!«, schrie das Mädchen.

J wie Jesse. Der Blick, den er ihr zuwarf, ließ Helens Blut ge-
rinnen. Ihre Peiniger flüsterten hektisch miteinander, diskutierten über versperrte Fluchtwege. Der Schutt reichte ihnen bis zur
Hüfte, die Decke bog sich durch.

»Wir müssen vorne raus«, sagte Jesse.

Er hatte recht; der einzige Ausweg lag am anderen Ende des
langen Flurs.

Helen musste nur diese drei Minuten überleben. Wie schwer
konnte das sein? Ein Fuß vor den anderen. Nicht an die Kata-
komben des Gedächtnisses denken, sondern sich aufs Vorwärts-
gehen konzentrieren, auf ihre kleine Taschenlampe und deren
schwachen Strahl. Nicht an pendelnde nackte Füße denken, sondern an das kalte schmutzige Wasser in ihren Schuhen.

Sie konnte es nicht.

Sie konnte nicht an dem Raum vorbeigehen, in dem Pauline
gestorben war. Mit jedem Schritt wurde es schwerer, als zögen
ihre Schuhe sie nach unten. Zwei Meter vor der Tür zur Wäscherei blieb sie stehen. Sie würde die beiden um Hilfe anflehen, ihr
blieb nichts anderes übrig. Sie würde sie anflehen und ihnen alles
erzählen, und wenn sie Schwäche zeigte, würden sie sich womöglich darauf stürzen und beschließen, sie hierzulassen, aus
Spaß oder um ihr eine Lektion zu erteilen. Helens Puls pochte
in ihrem Hals. Die Zeit faltete sich zusammen, sie war wieder
neunzehn und rannte an der Tür der Wäscherei vorbei. Ich muss
verrückt gewesen sein hierherzukommen, dachte sie. Nazareth
hat mich letztlich doch verrückt gemacht.

Die jungen Leute waren ebenfalls stehen geblieben, aber nicht,
weil sie ihre Angst spürten. Vor ihnen, an der Schwelle zur Wäscherei, befand sich eine breite, tiefe Pfütze. Nun, dann mussten

sie eben umkehren und den Schutt Stein für Stein beiseiteräumen. Und dann, als spürte das alte Gebäude ihre aufkeimende Hoffnung, stürzte ein weiteres Stück Mauerwerk zu Boden. Also die Wäscherei oder gar nichts.

Eine blasse Hand streckte sich ihr entgegen. Jesse konnte ihr nicht in die Augen sehen, aber das immerhin konnte er für sie tun. Seine unbeholfene instinktive Ritterlichkeit traf Helen ins Herz. Wenn sie seine Hand ergriff, könnte sie die Augen schließen, damit sie nicht die Wäscherei sah, und sich darauf verlassen, dass er sie durch die flachste Stelle der Pfütze führte. Sie kniff die Augen fest zu, gequält von der verrückten Vision, dass in dem alten Gebäude plötzlich der Strom eingeschaltet und das Neonlicht summend und flackernd angehen würde und Paulines alte Knochen grotesk vom Leitungsrohr baumelten. Helen hatte ihr Gesicht unter Kontrolle, doch ihre Hände waren nass von Schweiß. Sie schämte sich, weil ihr Körper ihre Angst verriet, zog die Hand so schnell wie möglich weg und wischte sie an der Hose ab. Jesse bemerkte es und verstand die Geste falsch, er glaubte wohl, sie wolle jede Spur seiner Berührung tilgen.

Danach gingen die beiden ein Stück vor ihr her, und Helen war geradezu jämmerlich dankbar, weil sie ihr Entsetzen nicht verbergen musste. Die Dunkelheit lastete wie atmosphärischer Druck auf ihr. Die Taschenlampen zuckten, als sie zu dritt in Richtung Eingangshalle platschten, wo sich der einzige Ausgang befand. Die Bewegung erzeugte optische Täuschungen, es schien, als gäbe es am Ende des Flurs eine weitere Lichtquelle.

58

Sie waren Brüder, das war nicht zu übersehen. Jesses Gesicht war eine feinere Version der Schlägervisage seines älteren Bruders.

»Hab eine Schatzsuche gestartet«, sagte der und fächerte einige verschwommene Fotokopien auf. Die entsetzten Gesichter des Paares verrieten, dass sie von den Kopien gewusst, sie vermutlich selbst angefertigt, aber nicht geahnt hatten, dass sie diesem Mann in die Hände gefallen waren. »Eine Audienz mit der ehrenwerten Abgeordneten Helen Greenlaw. Unser alter Herr hätte alles dafür geben, Ihnen von Angesicht zu Angesicht gegenüberzustehen, aber das wollten Sie ja nicht, was?« Helen ging nicht darauf ein, weil sie die eigentliche Gefahr erkannte. Dieser Mann kam ihrer Vorstellung von einem Erpresser schon näher.

»Das gehört uns. Mir und – ihr«, sagte Jesse, der immer noch die Anonymität des Mädchens schützte. Als er nach der Tasche griff, tat Helen es ihm nach und verriet damit dem älteren Bruder alles, was er wissen musste.

»O nein, das tun Sie nicht«, sagte er und schnappte ihr die Tasche weg. »Die hebe ich mir auf.«

Helen ließ die Arme sinken. Sie versuchte, gleichmütig zu wirken, während sie fieberhaft überlegte. Die gute Nachricht: Alle Beweise, die es gegen sie gab, befanden sich in diesem Raum. Die schlechte Nachricht: Wie sollte sie drei wütende junge Menschen überwältigen und die Beweise zerstören?

Der Mann nahm ihr die Entscheidung ab, indem er durch die Tür zum Uhrturm verschwand. Jesse und M liefen ihm nach.

Zum zweiten Mal in ihrem Leben gab es für Helen Green-law nichts Wichtigeres, als ihre Patientenakte an sich zu bringen. Sie ergab sich dem Wahnsinn, den sie immer abgestritten hatte, und rannte den anderen nach. Im ersterbenden Licht der kleinen Taschenlampe überholte sie sie auf den trügerischen Stufen. Regenwasser strömte durch das löchrige Dach. Ihr Fuß lockerte lose Steine, und ein Klatschen tief unter ihr verriet, wie stark der Keller überflutet war. Jesse und M waren ihr dicht auf den Fersen, die Stirnlampen erzeugten erschreckende Effekte, als sie die Dunkelheit für Sekundenbruchteile bizarr erhellten.

Während Helen nach oben lief, plante sie die Zukunft in Zehnsekundenintervallen, lauter kleine Einheiten, die überstanden werden mussten. Zehn, um wieder zu Atem zu kommen. Zehn, um sich durch verschlungene Gliedmaßen zu kämpfen und nach der Tasche zu greifen. Sie zählte so präzise im Kopf, dass ihr Herzschlag zum Metronom wurde. Zehn, um die Tasche an sich zu reißen, und weitere zehn, um sich aus seinem Griff zu lösen. Zehn Sekunden für jeden Treppenabsatz. Und was dann? Steinmauern, eine verschlossene Tür, ein unpassierbarer Flur.

Auf dem Treppenabsatz holten sie sie ein: Der ältere Mann verschwand kurz auf den Balkon und kam zurück, wütender denn je, die Tasche über der Schulter und nah genug, dass Helen danach greifen konnte. Ihre Finger zuckten, dann bewegten sich alle wie auf einen Startschuss hin. Im Gedränge und dem flackernden Lampenlicht konnte Helen kaum erkennen, wo oben und unten war. Ellbogen, Knie, Leder und Haut. Hände stießen sie gegen die Wand, ihre Wirbelsäule brannte vor Schmerz. Licht fiel auf den Boden und beleuchtete die Unterlagen in der Werkzeugtasche. Helen stürzte sich wieder auf die kämpfenden Körper, streckte die Hand nach der Tasche aus, bereit, den Inhalt zu vernichten. Ihre Muskeln rechneten mit Gegendruck, doch die Spannung verschwand urplötzlich, als hätte jemand eine Schnur durchtrennt.

Es dauerte keine zehn Sekunden, eher drei. Vom Brechen des Geländers bis der Körper in der Tiefe aufschlug.

59

2018

»Ah, Helen!« Als Helen Greenlaw, Baroness Greenlaw of Size-
well, aus der Bibliothek des Oberhauses trat, bemerkte sie
Andrew Boswell, den Fraktionschef der Labour Party, der im
Flur auf sie gewartet hatte. Beigefarbene Zähne, beigefarbene
Haare: Sie konnte den Mann selbst bei bester Laune nicht ertra-
gen und hatte ihn noch nie so wenig sehen wollen wie in diesem
Augenblick. »Sie werden sich doch nicht vor der Abstimmung
drücken, oder?«

Es fiel ihr schwer, zur Beruhigung tief durchzuatmen. Seit dem
Abend, an dem Clay Brame gestorben war, war das Schuldgefühl
in ihr angewachsen und hatte sich wie eine Schnur aus Knorpel
um ihre Lunge gelegt. Die spannte sich jetzt an und ließ sie nicht
tief atmen.

»Ich erwarte jemanden zum Tee«, sagte sie. »Zur Abstimmung
bin ich wieder in der Kammer.« Sie konnte sich kaum daran erinnern, worüber abgestimmt wurde, es hatte mit Breitband in ländlichen Gebieten zu tun. Sie konnte nur an ihren Gast denken. M.
M wie Marianne, nicht Michelle.

Jesse Brame – mit diesem Namen war er in einer Kleinstadt
leicht zu finden gewesen – hatte kurz nach dem Begräbnis seines
Bruders eine Michelle geheiratet. Michelle war wenige Monate
vor ihrem achtundzwanzigsten Geburtstag an Sepsis gestorben.
Von da an wusste nur noch J von dem Geheimnis, und er hatte

Schweigen bewahrt. Den Würgegriff ihres schlechten Gewissens war Helen nie losgeworden, doch die Angst, der blutige Faden, der sie mit jener Nacht verband, hatte sich nahezu aufgelöst. Bis die Mail von Marianne Thackeray das törichte Gefühl der Sicherheit zunichtegemacht hatte.

»Auf Sie ist stets Verlass.« Boswells Stimme war pure Säure. Helen stand im Ruf, bei Abstimmungen eher ihrem Gewissen als der Parteilinie zu folgen; ihr Gewissen hatte sie auch dazu getrieben, von den Konservativen zu Labour zu wechseln. Seither misstrauten ihr beide Seiten. »Wir sind heute nicht sehr zahlreich. Kein sonderlich bewegendes Thema. Nicht dass Sie das je interessiert hätte. Wir können uns ja immer darauf verlassen, dass Sie frei von jeder Sentimentalität abstimmen.«

Da war es wieder. Der Stahl, den eine Frau brauchte, um ganz nach oben zu kommen, wurde immer noch als Waffe gegen sie verwendet. Daran hatte sich in sechzig Jahren nichts geändert.

»Danke, Andrew.« Sie nickte den Flur entlang. »Ich hole besser meinen Gast ab.«

Helens ruhige Schritte, mit denen sie sich dem Eingang näherte, passten nicht zu ihren hektischen Gedanken. Sie hatte das Mädchen, das ihren Ruf zerstören konnte, an jenen Ort eingeladen, an dem sie diesen Ruf geschmiedet hatte, weil sie ihr hier keine Szene machen konnte. Natürlich war sie heute kein Mädchen mehr, kein untergewichtiger Teenager in Lederkleidung, sondern eine renommierte Dozentin für Kunstgeschichte. Helen trat in die Garderobe, und da war sie, Marianne Thackeray geborene Smy, die ihr Kleid glatt strich und im staubigen Sonnenlicht nervös blinzelte. Das mittlere Alter stand ihr gut, besser als den meisten Leuten ihrer Klasse. Sie hatte ihre Figur halbwegs bewahrt und trug eine elegante Föhnfrisur wie die dritte Frau eines alten Lords. Helen bezweifelte, dass Jesse einen ähnlichen sozialen Aufstieg geschafft hatte. Ob die beiden noch in Verbindung standen? Was immer Mariannes wichtige Neuigkeiten sein mochten, sie betrafen ihn, und es ging zweifellos um Geld.

Zorn stieg in ihr auf, eine plötzliche Wut auf diese Kinder, deren schäbiges dummes Komplott einen Mann das Leben gekostet hatte. Sie hatte oft in gutem Glauben falsch entschieden, aber nur einmal ihre eigenen Prinzipien verraten – an jenem regnerischen Abend, an dem sie zu dem alten Nazareth-Hospital gefahren war. Und daran waren die beiden schuld gewesen. Wie konnten sie es wagen, das alles jetzt wieder hervorzuzerren, so spät in Helens Karriere, in ihrem Leben?

»Dr. Thackeray.« Sie konnte sich nicht überwinden, Marianne die Hand zu geben. »Wie nett, dass Sie so kurzfristig kommen konnten.« Mit Smalltalk steuerte sie ihren Gast eilig durch die gold tapezierten Flure.

»Ich hätte Sie nicht erkannt«, sagte Helen, als sie sich gesetzt hatten. Marianne sah ihr in die Augen, und der sichere Boden unter Helen brach weg. Schwarze Pünktchen an Mariannes Tränengängen zeugten von Wimperntusche, die weggeweint und neu aufgetragen worden war, und offenbarten, dass sie sich beide in einer verzweifelten Lage befanden. Helens Zorn verschwand erstaunlich schnell, die Erlösung war greifbar nah, sie war erleichtert: Wenn sie das, was geschehen war, miteinander teilten, würde es der Tat vielleicht die Macht nehmen. Marianne, wollte sie sagen, als der silberne Gewürzständer exakt mittig auf dem weißen Tischtuch platziert wurde, Marianne, Sie waren dort, Sie wissen Bescheid, Sie verstehen, wie es sich angefühlt hat und wie es gewesen ist. Sie wollte Marianne fragen, wo sie ihre Scham verbarg, ob sie sie auch wie ein Cingulum um Herz und Lungen trug. Vielleicht saß die Schuld bei ihr im Magen, der Säure heraufpumpte, oder in einem Kopfschmerz, der bei Regen auftrat. Auch sie musste unter der Last des vertuschten Todesfalles wanken. Helens Gefühl der Erleichterung, sich nicht mehr verstellen zu müssen, war so groß, dass es ihr beinahe egal gewesen wäre, wenn Marianne ihr Wissen nun gegen sie verwendet hätte.

Der Gedanke ernüchterte sie; natürlich war es nicht egal. Sie atmete tief ein und war beim Ausatmen wieder nüchtern und geschäftsmäßig. »Ich nehme an, Sie kommen wegen Geld.«

Marianne wich zurück. Als sie widersprach, bemerkte Helen die Cartier-Uhr an ihrem Handgelenk. Sie trug ihr Gold wie eine Rüstung.

Mariannes Abwehrverhalten verriet, dass sie Helen immer noch verachtete. Sie hatte zwar ein Risiko auf sich genommen, indem sie sie kontaktierte, wollte sich aber keinesfalls verletzlich zeigen. Sie hielt Helen offenbar noch immer für eine Soziopathin. Kein Wunder, schließlich hatte sie in den vergangenen Jahren nichts unternommen, um diesen Eindruck zu korrigieren. Die Karikaturen in der Presse – die *Times* hatte sie als Roboter im Wickelkleid abgebildet – trugen nicht gerade dazu bei, sie in einem weicheren Licht zu zeigen.

Was konnte sie sagen, um das Mädchen zu beruhigen? Noch redeten sie um den heißen Brei herum. Doch wenn Helen offen sagte, dass sie Komplizinnen und gleichermaßen verletzlich waren, würde Marianne vielleicht begreifen, dass Helen zwar nicht auf ihrer Seite stand – sie konnte nie vergessen, in welche Lage die beiden sie gebracht hatten –, aber daran interessiert war, den Ball flachzuhalten, bevor er sie alle in den Abgrund mitriss. Sie würde das Mädchen daran erinnern, wie dürftig die Beweislage gegen sie war, wie sicher sie wären, wenn sie nur stillhielten. Sie beugte sich vor und sagte: »Die Kriminaltechnik hat sich natürlich weiterentwickelt. Sollte der unwahrscheinliche Fall eintreten, dass jemand redet, können wir von Glück sagen, dass die Leiche eingeäschert wurde.«

Die Angst in Mariannes Augen wich vorübergehend einem

Ausdruck, der Helen mehr verletzte: Widerwille. Was immer sie sagte, würde für Marianne nur das Urteil der Ärzte bestätigen. Die Enttäuschung tat weher als erwartet. Marianne taute erst auf, als Helen auf die Frage, was sie jetzt tun werde, versicherte, sie werde Jesse bezahlen. Vor Erleichterung sackte Marianne in sich zusammen. Natürlich, dachte Helen, nur deshalb ist sie hergekommen. Sie will keine Unterstützung. Dafür ist es zu spät. Aber was war das? Marianne rutschte auf ihrem Stuhl herum und beugte sich vor, als hätte sie etwas Wichtiges zu sagen. Ihr Gesicht wirkte jetzt offener und weicher. Helen wagte nicht, sich auszumalen, was für eine Allianz sie eingehen könnten, umklammerte aber mit weißen Knöcheln ihre Stuhlkante.

Marianne erwähnte ein Kind.

»Honor – meine Tochter – sie hat … Nun, ich mag den Begriff psychische Störung nicht und all die Vorurteile, die damit einhergehen, aber sie ist krank und unglaublich verletzlich.« Dann holte sie vollkommen unerwartet ihr Handy heraus und zeigte Helen das Foto einer jungen Frau mit blassrosafarbenen Haaren und riesigen Augen, die nicht richtig in die Kamera schauen wollte oder konnte. Helen erkannte sofort, wie zerbrechlich sie war. Dies war der Ausdruck, den sie bei Susan gesehen hatte und bei Celeste. Es war ein Schmerz, den man gesehen haben musste, um an seine Existenz zu glauben. Es war das bisher lauteste Echo von Pauline. »Sie ist genau der Mensch, der Ihnen, wie Sie sagen, am Herzen liegt. Sie ist ein außergewöhnlicher Mensch, sie empfindet so tief, aber alles tut ihr weh, es ist, als hätte sie Holzsplitter in allen Fingerspitzen und Scherben in den Füßen. Wenn alles herauskommt, und sei es nur durch Zufall, wenn die Polizei mich abholt und sie davon erfährt – sie war in einer Klinik, sie hat versucht, sich …« Mehr musste Helen nicht hören, denn sie dachte an das Tropfen auf dem Boden einer Wäscherei. Etwas wuchs in ihr, ein Druck, so unvermeidlich und ungewollt wie das

Erbrechen, doch er konzentrierte sich in ihrem Kopf, in ihren Augenhöhlen. Sie prüfte mehrfach ihr Spiegelbild im Messer und war erleichtert, dass man ihr nichts ansah.

»Es hat mich große Überwindung gekostet, heute herzukommen. Aber ich würde alles tun, um Honor davor zu beschützen. Als Mutter wissen Sie doch, wie das ist.«

Der Druck verbreitete sich in Helens Nebenhöhlen. Sie wusste es nicht. Sie wusste, wie man für sein Kind stark war, begriff nun aber, dass sie nie erlebt hatte, wie es war, aus Liebe schwach zu sein, und dass sie dazu nicht fähig war. Marianne Thackeray hingegen hatte einen schlechten Start im Leben überwunden und konnte einer labilen jungen Frau ein stabiles Leben bieten. Sie hatte die enge Verbindung zu ihrer Tochter nie gelöst, um sie immer zu beschützen, während Helen ihren Sohn von sich gestoßen hatte. Wie musste es sein, ein Kind so zu lieben? Das Gefühl wurde stärker, stark genug, um es auch nach sechzig Jahren noch zu erkennen. Ihre Kehle schnürte sich zu, ihre Nase wurde von innen heiß, winzige Muskeln in ihren Augen erwachten prickelnd zum Leben.

Es konnte jeden Augenblick zur Abstimmung läuten. Warum läutete es denn nicht, warum lieferte ihr die verdammte Glocke keine Entschuldigung, um die Begegnung abzukürzen? Marianne wollte sich entschuldigen, appellierte an Helen, verwies auf ihre eigene Kindheit. Sie sei hungrig gewesen, sagte sie, sie habe gefroren. Helen spürte, wie ihre Schutzmauern bröckelten.

Dann endlich läutete die Glocke. Helen stand auf, und Marianne tat es ihr nach. Sag etwas, schrie es in ihrem Inneren, sag irgendetwas, damit die Frau weiß, dass du auf ihrer Seite stehst und das Geheimnis mit ihr bewahren wirst. Wenn du dich vor irgendjemandem gehenlassen kannst, dann vor ihr.

»Wird denn alles gut?«, fragte Marianne. Ihr Mund war verzerrt, sie flehte verzweifelt um Bestätigung, doch Helen konnte unmöglich antworten; sie wusste, dass sie nichts als Gemeinplätze zu bieten hatte.

»Danke, dass Sie sich die Zeit genommen haben, Dr. Thackeray.« Sie spannte jeden einzelnen Muskel ihres Körpers an, um die Tränendrüsen zu beherrschen.

Als es zum zweiten Mal läutete, beachtete Helen die Glocke nicht. Sie konnte ebenso wenig in die Kammer gehen wie sich an Big Ben abseilen. Sie taumelte in die mit Holz und Chintz verkleidete Toilette und schob den Riegel vor. In der Kabine kamen ihr die Tränen, große hässliche Schluchzer, übertönt vom Scheppern und Zischen der alten Leitungen und dem Rumpeln der Bauarbeiten draußen. Sie brach auf dem Sitz zusammen, das Rückgrat ans Wasserrohr gedrückt. Sie weinte um Marianne, die dieses Chaos ebenso wenig wollte wie sie. Sie weinte um Julia Solomon, um Adam und deren Sohn. Sie weinte um Pauline, um Norma, Susan, Celeste. In die Parade der Gesichter mischte sich auch Eugenie, die Helen mit schräg gelegtem Kopf über die Haare strich und fragte, ob der Mann sie dazu gezwungen habe. Helen würgte über der Toilettenschüssel, als könnte sie die Erinnerung erbrechen, doch es kamen nur noch mehr Tränen, die ihren Kragen durchweichten.

Sie beneidete Marianne nicht nur um die Fähigkeit, ihr Kind zu lieben. Sie beneidete auch Honor, trotz ihrer Krankheit, die Tochter, die schwierig und enttäuschend war und doch von ihrer Mutter bedingungslos geliebt wurde.

60

Gewöhnlich genoss Helen die Samstage. Sie schrieb Briefe und las, und nachmittags oder abends ging sie meistens aus. Heute jedoch hatte sie das Konzert am Abend abgesagt. Nicht nur die Vergangenheit holte sie ein, auch das Alter. Die Ereignisse der vergangenen zehn Tage schienen den Verrat, den ihr Körper an ihr beging, zu beschleunigen. Es hatte mit Mariannes Mail begonnen. Die Begegnung mit Jesse am Parliament Square hatte sie förmlich ins neunte Lebensjahrzehnt katapultiert. Sie war eine kleine alte Dame geworden, die sich davor fürchtete, allein auszugehen, und eine Augenkrankheit erfand, damit Marianne ihr Gesellschaft leistete. Tatsächlich konnte sie sich an kaum einen einsameren Augenblick erinnern als jenen, in dem die Verkäuferin Helen für Mariannes Mutter gehalten und Marianne einen Moment lang gelächelt hatte. Nicht gezwungen, sondern weich, ein Lächeln, das Kommata um ihre Augen und Lippen malte und aus einer attraktiven Frau auf einmal eine schöne Frau machte. Es hatte weniger als eine Sekunde gedauert, bevor sich Mariannes Kiefer wieder verhärtete, was nach dem Lächeln umso schlimmer war.

Helens Gelenke fühlten sich heiß und trocken an. Sie ging langsamer als zuvor. Der Spiegel zeigte einen beginnenden Witwenbuckel. Sie lief in ihrer kleinen Wohnung umher, rückte tadellos hängende Bilder zurecht und staubte saubere Regale ab. Wie verbrachten die beiden wohl ihre Wochenenden? Jesse würde das Geld in Nusstead verprassen, während Marianne vielleicht einkaufen oder mit Freundinnen essen ging. Helen versuchte vergeblich, an etwas anderes zu denken, und knurrte frustriert vor sich hin. War das jetzt ihr Leben? Sich den Kopf darüber zu zerbrechen, wo die beiden sein mochten und was sie gerade taten, woher die nächste Drohung kommen würde, nachdem ihre dreißigjährige Amnestie vorbei war? Mariannes SMS konnte sie entnehmen, dass sie versuchte, Jesse die nächste kolossale Dummheit auszureden.

Helen konnte sich nicht auf den Artikel konzentrieren, den sie schreiben sollte, achthundert Wörter für das *Saga Magazine* über die Freuden der Computer-Alphabetisierung bei über Siebzigjährigen. Dass sie mit dem Internet umgehen konnte, hatte ihr in den letzten Tagen wenig Freude gemacht. Aus Neugier und weil sie Mariannes leidenschaftliches Plädoyer für ihre Tochter nicht vergessen konnte, hatte sie Honor Thackeray gegoogelt und sich stundenlang auf Instagram verloren, bis ihr vom Scrollen schwindlig wurde. Sie schaute nun jeden Tag vorbei, um zu sehen, wie es dem Mädchen ging. Sie fand Honors künstlerische Arbeiten nicht sonderlich gelungen, fühlte sich aber angezogen von ihrer psychischen Zerbrechlichkeit, die in den Hashtags offen benannt und in den Bildern angedeutet wurde. Sie spiegelte sich in Gewichtsverlust und -zunahme, in den langen Ärmeln und den Mustern, denen die Posts folgten: monatelange Stille, dann plötzlich Dutzende an einem Tag. Honor antwortete verbindlich auf gelegentliche Kritik und verfügte über ein ganzes Netzwerk von Mitleidenden. Mein Gott, wenn es das zu meiner Zeit gegeben hätte, dachte Helen, begriff dann aber, dass es klang, als wäre sie tatsächlich krank gewesen.

Frische Luft; die würde sie von den rotierenden Gedanken befreien.

Sie band sich ein Tuch um die Haare. Als sie sich bückte, um die verhassten Schuhe mit den Klettverschlüssen zu schließen, knirschten ihre Knie. Sie trat auf das stille Kopfsteinpflaster hinaus. Die ehrgeizlosen Nachmittagsspaziergänge ersetzten längst die täglichen Märsche, waren aber ebenso notwendig. Mit jedem Schritt, den sie über den St. George's Square machte, vorbei an ihrem früheren Haus und über die Straße zu den kahlen Büschen und der steinernen Einfassung von Pimlico Gardens, wurde ihr Kopf klarer. Es herrschte Ebbe, der Fluss war nur brauner Schlamm unter einem farblosen Himmel. Am Südufer der Themse sprossen Luxuswohnungen aus der Ödnis von Nine Elms. Links von ihr spannte sich die Vauxhall Bridge in fünf weiten Bögen über den Fluss; ein Lastkahn schleppte Container darunter hindurch. Irgendwo jenseits der Brücke schuf Honor Thackeray ihre Kunstwerke, machte ihre Selfies und versuchte, am Leben zu bleiben.

* * *

Helen erwachte um fünf am Sonntagmorgen, beendete den Artikel um halb acht und legte sich nach dem Zehn-Uhr-Gottesdienst in St. John's Smith Square aufs Sofa, um ihre Augen zehn Minuten auszuruhen. Zwei Stunden später riss das Handy sie aus dem Schlaf. Sie meldete sich, noch bevor sie die Augen ganz geöffnet hatte, doch Mariannes Stimme war wie ein Koffeinstoß. Ruckartig setzte sie sich auf.

»Tut mir leid, dass ich einfach so anrufe, aber ich kenne sonst niemanden, der rechtzeitig bei ihr sein kann. Sie wohnt bei Ihnen um die Ecke, mit dem Auto sind es fünf Minuten.«

Honor. Sie hatte sich etwas angetan. Helens Blut raste. Sie konnte Mariannes nächste Worte nicht verstehen, weil die Leitung sie verzerrte.

»Sie müssen sich schon klarer ausdrücken«, sagte sie. Im Hintergrund heulte ein Motor auf. Marianne war offenbar im Auto und telefonierte über Lautsprecher. Helen hatte keine Chance, ihr zu sagen, sie solle anhalten; ihre Worte überstürzten sich förmlich.

»Jesse hat gerade angerufen, er ist unterwegs mit dem Zug zu ihr, er will ihr alles erzählen. Sie wohnt über dem Zeitschriftenladen in der Kennington Lane, nahe der Royal Vauxhall Tavern.« Honors Handy sei ausgeschaltet, Jesse praktisch vor der Tür, und es gebe niemanden in London, der näher dran sei als Helen. Helen merkte, dass sie die Luft angehalten hatte, während sie versuchte, Mariannes Worte zu begreifen. Sie seufzte nervös.

»Ist er eine körperliche Bedrohung für sie?«

Falls Honor Gewalt drohte, würde sie sofort die Polizei rufen, doch Marianne sagte nein, seine Worte seien die Bedrohung.

Helen musste sie unbedingt beruhigen und herausfinden, was genau von ihr verlangt wurde. »Marianne, ich bin sicher, Ihre Tochter würde nicht mit der Polizei oder der Presse reden.«

Der Schuss ging nach hinten los. Marianne berichtete erneut, dass Honor versucht hatte, sich das Leben zu nehmen. Selbst wenn Marianne das Thema bei ihrem Treffen nicht so unbeholfen angedeutet hätte, wäre Helen alles klar gewesen, nachdem sie das erste Foto von dem Mädchen gesehen hatte. Sie wusste nicht, was sie antworten sollte. Krisen ging man praktisch an. Sie musste Marianne ihre »Fakten« vor Augen führen, damit sie erkannte, wie absurd die Bitte war. Dann würden sie gemeinsam eine Lösung finden.

»Warum sollte Ihre Tochter mir vertrauen? Und was, wenn er schon da ist? Ich bin achtzig Jahre alt. Wie soll ich einen wütenden Mann überwältigen, der dreißig Jahre jünger ist als ich?«

»Machen Sie einfach irgendetwas. Wenn nicht für Honor, dann für sich selbst. Wenn er es erst mal einem Menschen erzählt hat, was hält ihn dann noch davor zurück, es der ganzen Welt zu erzählen?«

Helen vergaß ihr Mitgefühl. »Marianne. Es ist nicht meine Schuld, dass diese unerfreuliche Geschichte wieder aufgewühlt wurde. Das haben Sie sich selbst zuzuschreiben. Also sorgen Sie dafür, dass es in Ihrer eigenen komplizierten Welt bleibt. Ich habe das nicht verdient.« Aber das hatte Honor auch nicht und letztlich auch nicht Marianne. Sie wollte die Vergangenheit begraben, genau wie Helen. »Tut mir leid, tut mir leid. Sie kennt mich nicht, und meine Mittel sind begrenzt, aber ich helfe natürlich. Im Rahmen meiner Möglichkeiten.«

Erst als sie zu Ende gesprochen hatte, merkte Helen, wie still es in der Leitung war. Sie hielt ihr Handy ein Stück weg; der Empfang war einwandfrei. Marianne musste in eines der Funklöcher geraten sein, von denen es in Suffolk viele gab. Sie würde jeden Augenblick zurückrufen.

61

Helen stand im Wohnzimmer, eine Hand auf dem Klavier, die andere umklammerte das Handy. Sie hatte zweimal versucht, Marianne anzurufen. Es hatte geklingelt, aber manche Handys machten das, selbst wenn die Person telefonierte. Vielleicht hatte sie ein dringendes Gespräch von Honor oder Jesse annehmen müssen. Vielleicht hatte sich die ganze Sache schon erledigt. Oder eine andere Freundin von Marianne hatte sich gemeldet und war jetzt auf dem Weg, um an Honors Tür zu klopfen und mit ihr essen zu gehen. Eine Patentante oder Kollegin. Jemand, den Honor kannte und dem sie vertraute. Zwei, drei, vier Minuten vergingen. Sie starrte wie blind auf die nachempfundene Constable-Landschaft über dem Kamin. Marianne würde doch auf jeden Fall zurückrufen, oder?

Sie machte sich einen Tee, um die Sorge in ihrer Kehle hinunterzuspülen. Fünf Minuten vergingen. Dann sechs, sieben. Sie zeichnete im Kopf eine Karte von London, eine interaktive, wie man sie im Internet fand. Darauf war Jesse Brame ein blauer Punkt, der nach Westen durch die Stadt glitt. Marianne hatte nicht gesagt, wo genau er sich befand, nur dass die Zeit drängte. Helen öffnete Instagram, um einen kurzen Blick auf Honors Account zu werfen.

Er war deaktiviert: User nicht gefunden. Es war, als hätte Honor sich selbst gelöscht. Ein Vorgeschmack auf das Worst-Case-Szenario, den Verlust für die Welt, falls Marianne recht hatte. Selbstzerstörung mochte Helen fremd sein, doch sie hatte sie mitangesehen und konnte sie nicht ignorieren. Sie rief erneut bei Marianne an und nahm sich vor, zu Honor zu fahren, falls ihre Mutter sich auch diesmal nicht meldete. Aber um was zu tun? Was genau hatte Marianne von ihr verlangt, außer dorthin zu fahren, dort zu sein, ihn zu stoppen? Sollte sie Jesse zu Boden ringen? Und sie wäre vermutlich der letzte Mensch, der ihn mit Worten beschwichtigen konnte. Sie würde tun, was möglich war, was immer ihr Alter und die Tatsache, dass sie und Honor sich nicht kannten, erlaubten.

Nachdem sie sich entschieden hatte, bewegte Helen sich mit absoluter Ruhe. Sie spülte die Teetasse und stellte sie aufs Abtropfbrett. Sie nahm den Autoschlüssel, ging in die Garage und setzte ihren kleinen Wagen rückwärts auf das Kopfsteinpflaster. Sie bog nach links in die Grosvenor Road, fuhr parallel zur Themse, blinkte rechts und wartete, bis sie in die Vauxhall Bridge Road abbiegen konnte, schoss über die Brücke, unter sich die raue Seide des Flusses. Sie sah sich selbst als kleinen Punkt, der mit dem von Jesse verschmelzen oder, falls sie diese Ampel schaffte – ja! –, ihn sogar überholen würde.

Sie umkreiste Vauxhall Cross, die große Betonkrabbe des Busbahnhofs, fuhr vorbei an Starbucks und dem kleinen Sainsbury's, bevor sie unter der Eisenbahnbrücke in die Kennington Lane fuhr. Sie würde den Wagen am Straßenrand oder der Bushaltestelle abstellen, sie, die noch nie im Leben falsch geparkt hatte. Sie bremste vor dem Haus mit dem Zeitungsladen, über dem Honor wohnte. Zuerst war sie erleichtert: Honor war da, heute mit violetten Haaren, sie beugte sich gerade aus dem Fenster im zweiten Stock, irgendeine Tüte in Händen, und lächelte über die Straße. Helen folgte dem Blick des Mädchens. Jesse Brame näherte sich, von der U-Bahn-Station, diesmal wieder in Leder. Honors Gesicht war offen, glücklich, vertrauensvoll; wenn er es bis oben schaffte, würde er das Lächeln töten, vielleicht für immer. Marianne hatte nicht erwähnt, dass die beiden einander kannten. Umso grausamer von Jesse, ihre Beziehung auszunutzen, um Marianne weh zu tun. Sein rechter Fuß trat auf den Zebrastreifen. Helen klappte die Sonnenblende herunter, doch er schaute nicht zum Auto, sondern hoch zu Honors Fenster. War es die Sonne, die ihn die Stirn runzeln ließ, oder etwas anderes?

Sie drückte das Pedal durch.

Jesse Brame prallte so heftig gegen Helen Greenlaws Windschutzscheibe, als hätte er sich vor den Wagen geworfen, als wäre er das bewegliche Objekt gewesen und sie der Aufschlagpunkt.

Und nicht umgekehrt.

4. Teil

THE LARCHES
2018

62

Sie hätten die Klinik nach allen möglichen schönen Bäumen benennen können. Vor einem Fenster – dem üblichen Fenster, meinem alten Fenster – steht eine prachtvolle jahrhundertealte Eiche. Ihre ausladenden Äste sind kahl, um ihren Stamm herum liegen zuhauf Eicheln. Aber nein. Sie haben sich für Lärchen entschieden, die hässlichsten Bäume, die man sich denken kann. Lärchen sind die einzigen laubabwerfenden Kiefern und die, die links von der Eiche wächst, hat ihre Nadeln verloren. Sie sieht billig und struppig aus, als hätte man einen riesigen Zweig in den Boden gesteckt. Mein Hass auf sie wird jeden Tag größer. Vermutlich projiziere ich irgendwelche Gefühle auf sie.

Dad ist in die Cafeteria gegangen, um mir einen richtigen Kaffee zu holen, natürlich ohne Koffein, obwohl ich geradezu unheimlich ruhig bin seit dem, was Dad *die Unfälle* nennt und die Ärzte *die Vorfälle* und die Brames *die Verschwörung* und die Polizei, wenngleich mit bedrohlicher Ironie, *die Zufälle*.

Alle machen sich Sorgen, weil ich so ruhig bin (außer wenn ich über den verdammten Baum rede). Angesichts meines Zustands hätte man erwarten können, dass ich das volle Programm abspule, komplett mit Zähneknirschen und Kleiderzerreißen. Doch ich fühle mich taub – das trifft es besser als ruhig. Es ist, als wären alle Gefühle aus mir herausgeflossen. Ich weiß nicht, ob es vom Bedürfnis rührt, Dad etwas vorzumachen, oder der schieren Menge dessen, was ich erlebt habe, oder den Selektiven Serotonin-Wiederaufnahmehemmern, die man mir verabreicht.

Es war meine erste nahe Begegnung mit dem Tod, und ich habe es noch gar nicht richtig an mich herangelassen. Mein Kopf kümmert sich auf ganz eigene sonderbare Weise um sich selbst. Ich habe mir mein Gehirn immer als 3-D-Labyrinth vorgestellt, in dem Ideen gefährlich schnell durch spiralförmige Nervenbahnen rasen. Es ist, als würden sich Brandschutztüren schließen und die Wahrheit aufhalten, bis es mir gut genug geht, um sie zu verarbeiten. Folglich schwebe ich in einer Art schützendem Gel. Aber ich bin nicht psychotisch, es fühlt sich eher wie ein Wachtraum an. Ich weiß, was mich erwartet, wenn die Brandschutztüren nachgeben, was unweigerlich geschehen wird. Dagegen nimmt sich mein bisheriges Leben wie ein Ferienlager aus.

Dad drängt sich in den Raum, einen Becher in jeder Hand. »Vollmilch, wir müssen dich aufpäppeln.« Seine Stimme klingt heiser. Er hat in meiner Gegenwart nicht geweint, wofür ich dankbar bin. Ich bin so ziemlich der letzte Mensch auf Erden, der ihn dafür verurteilen würde, ich habe hier weit größere Männer weinen sehen. Aber er weiß, dass es nicht dasselbe ist, wenn er zusammenbricht, und dass es mir vielleicht den Rest geben würde. Er war immer für mich da, doch die echten Krisen standen Mum und ich allein durch, und er meint jetzt offenbar, er müsse sie ersetzen.

»Danke, Dad.« Er hat sich neuerdings angewöhnt, gleichzeitig zu nicken und den Kopf zu schütteln.

Über der Rücklehne des Sofas hängt eine Fleecedecke. Dad breitet sie über meine Knie, obwohl die Heizung so hoch aufgedreht ist, dass die warme Luft vor dem Fenster flimmert. So flirren auch meine Tage ineinander. Wenn man diesen Ort betritt, verliert man die Kontrolle über den Kalender. Diesmal ist das Trauma aber äußerlich und kein Produkt meines Gehirns und fühlt sich darum anders an: Es steht für sich, ist in sich abgeschlossen wie die Woche zwischen Weihnachten und Neujahr.

»Wann kommt die Polizei doch gleich?«, frage ich Dad. Die Ermittlerinnen Costello und Greene (klingt wie ein luxuriöses Farbengeschäft auf der Upper Street) stellen mir wieder und wieder dieselben Fragen. Die Kriminalbeamtinnen konzentrieren sich auf die letzten Sekunden. Hat Jesse wirklich in beide Richtungen geschaut, bevor er die Straße betrat? Schien er die Person zu kennen, die den Wagen steuerte? Wie war der Verkehr? Es ist, als müssten sie mich nur oft genug fragen, bis ich mit einem Diagramm oder einem Foto herausrücke, das ihnen verrät, was sie erfahren wollen.

Dad fragt nie, worüber wir sprechen. Ich soll auch nicht darüber reden, aber dies geht weit über seine angeborene Neigung, sich an die Vorschriften zu halten, hinaus. Er lässt mir danach einfach meine Ruhe. Ich vermute, er kann schlicht und einfach nicht ertragen, davon zu hören. Ich bin ihm dankbar für die Rücksicht, was immer seine Beweggründe sein mögen.

»Gleich nach der Morgentherapie«, sagt er. Noch mehr Warterei. Das gefällt mir. Wenn man wartet, muss man nichts anderes tun. Dad hasst es. Als sein Handy klingelt, verbirgt er die Erleichterung hinter einer entschuldigenden Grimasse. »Das ist Neil, von Braxton's.«

Er hat einen furchtbaren Immobilienhai aufgetrieben – rosafarbene Krawatte, schnieft ständig, kaut Kaugummi am Telefon, offensichtlich Kokser – und dürfte daher keinen allzu großen Verlust mit der Scheißwohnung im Park Royal Manor machen. Es geht nicht ums Geld: Er will die Wohnung so dringend loswerden, dass er sie vermutlich verschenken würde. Unter der Eiche führt eine Therapeutin eine Tai-Chi-Sitzung mit zwei Patientinnen durch, alle drei wenig anmutig in Daunenjacken und Stiefeln. Im Flur höre ich, wie Dad mit seiner »Berufsstimme« spricht. Bis ich durch den Schaum auf meinen Latte gedrungen bin, ist das Gespräch vorbei.

»Ich habe einen Käufer«, sagt er. »Er zahlt bar. In einem Monat kann alles erledigt sein. Mein Gott, ich wünschte, ich hätte das verdammte Ding nie gekauft. Der Fluch von Nazareth, aber wirklich.«

»O Dad. Das konntest du doch nicht wissen.« Er kann nicht antworten, weil er damit ein Gespräch beginnen würde, für das wir beide nicht bereit sind. Mir war gar nicht bewusst, dass ihre langweilige, solide Ehe so kompliziert war, so interessant. Ihm offenbar auch nicht. Was immer zwischen Mum und Jesse gelaufen ist, was immer ihre Verbindung zu Helen Greenlaw war, es gibt einen riesigen dunklen Kern in ihrem Inneren, von dem wir nichts geahnt haben. Man hat Dad auf so viele Weisen das Herz gebrochen, dass er weit mehr als gewöhnlichen Kummer leidet. Er hätte Mums Partner und Vertrauter sein müssen, doch wie es aussieht, war das immer Jesses Rolle gewesen. Die beiden verbindet ein Knoten, den wir, die nur ihre Familie sind, niemals lösen können.

63

Heutzutage kommen Kinder nicht mehr klingeln, wenn sie spielen wollen. Das sagte Nanna immer, wenn sie uns in der Noel Road besuchte, und schüttelte dabei mitleidig den Kopf. Als ob wir jemals inmitten von Kohlenmonoxid, zwischen Autos, die in zweiter Reihe parkten, und Motorradkurieren, die doppelt so schnell wie erlaubt die Abkürzung zur Upper Street nahmen, Ball gespielt hätten. Sie hatte natürlich recht. Wir schreiben einander und verabreden uns und ändern die Verabredung und sagen sie oft auch ab, doch die Aufregung, wenn es klingelte und unerwartet jemand fragte, ob man draußen spielen wolle, ist mit der Erfindung des Mobiltelefons verlorengegangen. Als ich mein Handy ausschaltete, wollte ich einerseits diese Spontaneität zurückholen und mir andererseits den nötigen Freiraum im Kopf verschaffen, um ungestört zu arbeiten. Wenn es klingelte, war es meistens Amazon für einen Nachbarn, doch allmählich sprach sich herum, dass meine Freunde persönlich vorbeikommen mussten, wenn sie mich sehen wollten, und das gefiel mir. Niemand kommt auf die Idee, nach Vauxhall zu ziehen, doch nachdem alle sahen, wie zentral es liegt und wie oft sie schon hindurch- oder, wahrscheinlicher, drunter durchgefahren waren, fanden sie es toll. In den zehn Tagen, nachdem ich mein Handy ausgeschaltet hatte, bekam ich mehr Besuch als in den sechs Monaten davor. So viel zum Thema mehr Ruhe ohne Handy. Doch meine Stimmung wurde besser. Löst gute Arbeit Euphorie aus oder umgekehrt? Ich weiß es noch immer nicht, aber in jener Woche strotzte ich vor Energie und Kreativität und verspürte kein Bedürfnis nach Essen oder Schlaf. Daran änderte nicht einmal der Besuch bei Nanna im Krankenhaus etwas. Ich fühlte mich freier als in den ganzen letzten Jahren.

Ich war nicht dumm. Meine Politik der offenen Tür unterlag gewissen Bedingungen. Regel Nummer eins war offensichtlich. Immer nachschauen, wer da ist. Der Türdrücker funktioniert, aber die kleine Kamera ist kaputt, und wenn man sehen möchte, wer auf dem Gehweg steht, muss man sich aus dem Fenster lehnen. Regel Nummer zwei, ebenso selbstverständlich. Keine fremden Männer ins Haus lassen. Aber dies war Jesse Brame. Er war ein Fremder und auch wieder nicht. Scheiße, ich hatte ihn fast ein Jahr für meinen Dad gehalten. Mum und Colette kannten ihn ihr ganzes Leben lang. Als ich ihn zwei Stockwerke unter mir entdeckte, erkannte ich ihn sofort.

»Jesse?« Ich weiß noch, dass ich dachte, wie interessant, das ist ja mal eine Abwechslung am Sonntagnachmittag.

»Du erinnerst dich an mich?«, fragte er überrascht.

»Natürlich.« Ich ließ ihn herein, war froh über die Ablenkung. Ich hatte vier Stunden lang versucht, ein Stück veganes Leder zu tätowieren, das Material die Tinte absorbieren zu lassen wie bei echtem Leder, aber nichts funktioniert so gut wie echte Haut. Ich hatte die vibrierende Nadel so lange in der Hand gehalten, dass mein ganzer Arm kribbelte. Vielleicht hätte ich Mum anrufen sollen, aber es ist typisch für eine Manie, dass sie einen blind macht für viele kleine Signale, die man in einem stabileren Zustand erkennen würde, und dass man sich genüsslich in Situationen stürzt, denen man eigentlich entfliehen sollte. Außerdem stellte sie sich furchtbar an, weil ich offline gegangen war, und es nervte sehr, dass sie nun auch noch ihre Freunde vorbeischickte, um nach mir zu sehen. Vermutlich hatte sie mir schon ein halbes Dutzend Nachrichten geschickt, damit ich die Wohnung aufräumte und Tee kochte. Ich sauste zwischen Schuldgefühl und Trotz hin und her wie eine Flipperkugel. Sie will mich nicht bedrängen, und ich habe ihr weiß Gott genügend Grund zur Sorge gegeben, aber irgendwann war ich an einen Punkt gekommen, an dem mir Privatsphäre und geistige Gesundheit wichtiger waren als ihre Seelenruhe. Ich sah es vor mir: Jesse hatte beiläufig erwähnt, dass er einen Freund in der Stadt besuchen oder eine Show ansehen wolle, und Mum hatte sich sofort auf ihn gestürzt. »Jesse, wenn du schon dort bist, könntest du netterweise mal für mich nach Honor sehen … «

Es sind nur vierzig Stufen bis zu meiner Wohnung, und mir blieb wenig Zeit, um aufzuräumen. Ich machte Platz auf dem Sofa, warf rasch das Geschirr in die Spülmaschine und wischte die Arbeitsplatten ab. Das Wasser kochte fast, als Jesse oben an der Treppe ankam.

»Lange nicht gesehen!«, sagte ich, als er durch den Perlenvorhang trat. Er war meinem Dad so gar nicht ähnlich, kaum zu glauben, dass er nur sechs Jahre jünger ist. Jesse ist nämlich ziemlich gut in Form für einen alten Mann. Aber da war eine gewisse Nervosität in seinen Zügen, die ich auch von anderen Gesichtern kannte, wenn ich einfach herausplatzte und die Leute das nicht okay fanden. Ich hatte ihn immer für einen traurigen Altrocker gehalten, im Grunde aber für einen anständigen Kerl. Ich deutete auf den Stapel Häute und die nach Größe geordneten Nadeln. »Ich bin keine Serienmörderin! Das ist für ein Projekt. Tee?«

»Ja, wäre nett.« Er stieg über einen Haufen Stoffreste. Aus der Nähe konnte ich seinen Atem riechen, den frischen süßen Beerenduft, der etwas Abgestandenes überdeckte. Er bewegte seine Lippen, als stieße er Rauchringe hervor. Bei manchen Leuten reichen vierzig Stufen dafür aus. Hoffentlich bekam er keinen Herzinfarkt.

»Setz dich.« Ich deutete auf den Platz, den ich auf dem Sofa freigeräumt hatte. »Was machst du eigentlich in London?«

Jesse konnte mich über das Getöse des Wasserkochers nicht verstehen. »Nette kleine Wohnung hast du hier. Praktisch für die U-Bahn, nehme ich an.« Jetzt wusste ich, dass er getrunken hatte, das Nuscheln verriet es mir. Während ich darauf wartete, dass die Teebeutel zogen, betrachtete ich sein Spiegelbild im Wasserkocher. Er murmelte etwas vor sich hin, als probte er eine Rolle. Das hatte ich erlebt, als ich das erste Mal in The Larches war: ein Typ, der sich sechs- oder siebenmal pro Minute räusperte, als wollte er eine große Rede halten, aber kein Wort hervorbrachte. Es hatte mich wahnsinnig gemacht. Na ja, noch wahnsinniger. Kalte Angst sickerte durch meine Adern. Es war erst kurz nach zwei, doch ich würde Mum eine SMS schreiben und fragen, warum sie ihn hergeschickt hatte. Leider war mein Akku völlig leer. Selbst nachdem ich das Ladegerät angeschlossen hatte, sagte mir das kleine rote Icon, dass es fünf Minuten dauern würde, bevor ich das Handy benutzen konnte.

»Geht es dir gut, Jesse?« Ich stellte ihm die Tasse hin, und sein Gesicht fiel in sich zusammen.

»Hast du was anderes zu trinken da?«

»Tut mir leid. Ich habe keinen Alkohol im Haus. Unten ist ein Laden.«

Er nickte. »Du bist ein nettes Mädchen. Du bist deiner Mum sehr ähnlich, als sie so alt war wie du. Von deinem Dad hast du gar nichts. Ich meine, du weißt doch, dass dein Dad dein Dad ist, oder? Bist hoffentlich über die Sache mit der DNA hinweg.«

Ich lächelte zur Wand und tobte innerlich, weil Mum private Dinge preisgegeben hatte. Gleichzeitig war ich froh, weil ich es ihm nicht erklären musste. »Ja, das bin ich. Wir haben uns alle testen lassen.« Ich verschwieg, dass ich den Test heimlich wiederholt hatte, bis ich endlich überzeugt war. Wie oft, weiß nicht

nicht mehr. Ich habe fast einen Tausender dafür hingelegt, das weiß ich noch. Was ich nicht weiß, ist, wie Mum Dad die Kreditkartenabrechnung erklärt hat.

»Deine Mum hat deinen Dad nie betrogen. Sie mag Fehler haben, aber sie war eine gute Ehefrau. Marianne Smy.« Sein Gesicht verzerrte sich, als er ihren Namen aussprach. Bei der dritten Silbe verlor er die Beherrschung, und als er zu Smy kam, brach seine Stimme. »Ich habe sie immer so geliebt. Ich weiß, sie ist weggegangen und hat sich ein neues Leben aufgebaut, aber alle anderen … es war wie … ich habe im Lauf der Jahre viele Frauen gehabt, aber die führten immer nur zu ihr und wieder von ihr weg, und irgendwie hatte ich immer diese dumme, blöde Hoffnung, dass ich sie irgendwann zurückbekomme.«

Auch Taktgefühl fällt der Manie zum Opfer. »Jesse, das ist total daneben.«

»Nein, ist es nicht. Gar nicht. Du musst es hören. Darum bin ich hergekommen, um es dir zu sagen, es hängt alles zusammen.« Er redete Unsinn, aber ich hatte nichts anderes erwartet. Er holte tief Luft. »Ich und deine Mum. Als wir in deinem Alter waren. Nein. Als wir jünger waren als du, aber eigentlich alt genug, da haben wir was wirklich Dummes getan, und ich bin hergekommen, weil … es Zeit ist, dass du es erfährst.«

Offiziell heißt es, dass meine Krankheit nicht rapide fortschreitet, aber mein Zustand kann sich von einer Sekunde zur anderen verändern. Ich kauerte auf dem höchsten Punkt der Achterbahn, oben auf der Todesrutsche, und mein Herz schlug wild, aber aus den falschen Gründen. Ich habe die Gewohnheit, vor Dingen zu flüchten, die ich nicht hören will. Ich drückte den Rücken in den Sessel und schob ihn rückwärts über den Boden.

»Wie meinst du das, etwas Dummes?« Die Möglichkeiten segelten an mir vorbei: Teenagerschwangerschaft, Drogen, Ladendiebstahl. Mum war so fleißig, so geradeaus, sie hatte sich als Jugendliche nur für Stipendien und Bücher interessiert. Ich konnte mir nicht vorstellen, dass sie auch nur ansatzweise solche Scheiße bauen würde wie ich. Und doch glaubte ich Jesse. Warum sollte er sich das ausdenken? Man musste ihn nur ansehen.

Ich hatte ein Gefühl der Vorahnung, ein leiser Ton, der in meinem Schädel anschlug. Meine Mutter, die immer so großen Wert auf Offenheit gelegt hatte, hatte mich belogen. Sie hatte etwas getan, von dem ich nicht erfahren sollte, und das Fundament meines Lebens drohte zu bröckeln. Wir hatten in der Familientherapie versucht herauszufinden, was zuerst da gewesen war: meine Krankheit oder der ebenso pathologische Wunsch meiner Mutter, mir eine Welt zu bieten, die perfekt und sicher war. Die meisten Kinder wachsen aus diesen Verstrickungen heraus, wenn sie in die Pubertät kommen, aber man kann diese Dynamik, diese Prägung, dieses Schema nicht ganz hinter sich lassen. Meine Stabilität ist an meine Mutter geknüpft; wenn sie wankt, breche ich zusammen. Ich tastete nach meinem Arm, um Trost zu suchen, und fuhr das Gittermuster in meiner Armbeuge nach, das erhabene weiße Fadenspiel aus jahrealten Narben und das blasslilafarbene Kreuz, das nur langsam verbleicht. Es war keine Taktik, funktionierte aber trotzdem. Jesse wirkte augenblicklich nüchtern. Damit er nicht auf meine Arme starrte, zog ich die Ärmel über die Handgelenke. Seine Augen zuckten umher, als läse er unsichtbare Wörter auf dem Stoff, der sich über meine Handballen spannte und unter meinen Fingerspitzen klemmte.

»Es spielt keine Rolle. Du hast das nicht verdient, du hast nichts getan. Das betrifft nur mich und Marianne. Keine Ahnung, was ich mir dabei gedacht habe herzukommen.« Er stand auf und schaute sich in meiner kleinen Wohnung um, als hätte man ihn unerwartet herbeigebeamt. »Nicht mal das kann ich richtig machen. O Gott, was ist aus mir geworden?« Als er zu weinen begann, war ich nicht überrascht. Ich erkenne einen Zusammenbruch, wenn ich ihn sehe. Mein Handy erwachte in der Küchenzeile blinkend zum Leben, aber ich wusste, wie wichtig es war, mit dem ganzen Körper zuzuhören, wenn sich jemand etwas von der Seele redete. Das hatte ich von Dr. Adil gelernt. Wenn man im falschen Moment unachtsam wurde und einmal falsch blinzelte, war das Vertrauen dahin. Ich durfte nicht riskieren, dass er aufhörte. Meine Mutter hatte etwas so Schlimmes getan, dass Jesse Brame sich hatte volllaufen lassen, bevor er vor meiner Tür auftauchte. Es gab nur eins, das schlimmer war, als es zu erfahren: es nicht zu erfahren. Jesse wischte sich mit dem Ärmel die Nase ab und hinterließ eine Schneckenspur aus Rotz und Tränen auf dem Leder. »Bist du mal auf die große Brücke dahinten an der Straße geklettert? Die kommt mir gerade verdammt einladend vor, aber ehrlich.« Ich wusste nicht, ob es die willkürliche Bemerkung eines Betrunkenen oder ein Symptom seines Zusammenbruchs war. Die Strategie war ohnehin gleich. Ich musste Jesse entgegenkommen, besser gesagt, ihm den Respekt erweisen, den man mir so oft erwiesen hatte, wenn meine Gedanken wild durcheinanderliefen.

»Was meinst du?«

»Sie sind hinter mir her, ach – Honor. Verdammte Haie.«

»Haie?« Ich glaubte schon, er halluziniere, doch als er weitersprach, begriff ich, dass die Haie absolut real waren. »Ich wollte Madison einen richtigen Kinderwagen kaufen, weißt du? Einen von denen mit den großen Rädern, die man auch als Autositz benutzen kann.«

Vor meinem inneren Auge erschien ein Bild, schicke Mütter, die mit ihren Kinderwagen und Coffee to go in Dreierreihe über den Gehweg stolzierten. »Aber was hat das mit mir zu tun?«

»Sie sollte im selben Monat geboren werden, in dem mein Sohn Nicholas, der in Spanien wohnt, Geburtstag hat. Also wollte ich mir besondere Mühe geben. Mir fehlten nur ein paar hundert Mäuse. Also habe ich einen Überbrückungskredit aufgenommen, sollte auch nur bis zum Zahltag sein, aber dann war da noch ein Schulausflug, und alles ist … Man nimmt noch einen auf, um alles zurückzuzahlen, und ehe man sich versieht, werden aus drei Riesen dreißig, und ich weiß verdammt nochmal nicht mehr, was ich machen soll. Ich habe mein Auto verkauft, meine Maschine verpfändet.« Er krümmte sich vor Scham.

Ich war entsetzt. Das war wie aus einem Film von Ken Loach. Plötzlich fühlte ich mich geradezu widerwärtig verwöhnt. Hätte ich das Geld gehabt, hätte ich es ihm auf der Stelle überwiesen. So konnte ich wenigstens das Nächstbeste tun. »Du solltest meine Eltern darum bitten!« Meine Stimme beschwor die Blase, in der ich lebte, so überzeugend herauf, dass sie geradezu ölig bunt vor meinen Augen schimmerte. »Sie leihen es dir – Mum will sicher nicht, dass du in Schwierigkeiten gerätst.«

Jesse schaute mich an, als hätte ich auf ihn eingestochen, und sackte weiter in sich zusammen. »Weißt du, was? Das hätte sie vielleicht sogar getan, wenn ich nett darum gebeten hätte.«

»Du meinst, du hast sie gefragt, und sie hat nein gesagt?«

Ich konnte meine Gefühle noch nie gut verbergen; das Entsetzen stand mir wohl ins Gesicht geschrieben. »Nein, Babe«, sagte er. »Ich hab sie nicht gefragt. Mach dir keine Sorgen um mich.«

Ich kauerte mich zu seinen Füßen nieder. »Du kannst nicht herkommen und mir erzählen, was dich belastet, und mir dein Herz ausschütten und dann sagen, ich soll mir keine Sorgen machen! Jetzt muss ich dir helfen. Ich könnte ein paar Kunstwerke verkaufen. Es ist doch nicht deine Schuld, das System ist beschissen und kaputt. Wir könnten ein GoFundMe für dich einrichten.«

Jesse lachte leise und traurig. »Ich bin nicht hergekommen, weil ich Geld von dir will.« Er wischte sich die Wangen ab. »Wir kennen uns doch kaum. Ich hätte dich nicht reinziehen sollen, tut mir leid. Ich lass dich jetzt in Ruhe. Ich wollte deine Mum nur provozieren. War aber nicht fair dir gegenüber. Ich weiß nicht mehr, was ich tue.«

Er stand auf und ich auch. »Jesse. Du hast gesagt, ihr hättet was Dummes gemacht, als ihr jung wart.«

Er stand so nah vor mir, dass ich eine Sekunde lang glaubte, er wolle mich küssen. Bevor ich zurückweichen konnte, tippte er mir mit dem Finger unters Kinn, eine väterliche Geste, die ein kleines bisschen unheimlich war. »Frag deine Mum, Babe«, sagte er, und dann war er verschwunden. Zurück blieb nur der klappernde Perlenvorhang.

Sofort verspürte ich den Ruf der Klinge, als könnte ich den Riss, der sich unter meinen Füßen aufzutun drohte, durch einen Riss in meinem eigenen Fleisch wieder schließen. Ich erinnerte mich an Dr. Adils Stimme: *Du bist für diesen Bereich deines Verhaltens nur teilweise verantwortlich.* So weit sind wir noch nicht, dachte ich, als ich die Tätowiernadeln beäugte. Karl Marx hatte gesagt, das einzige Gegengift zu geistigem Leiden sei körperlicher Schmerz, und ich habe nie eine bessere Erklärung meiner Persönlichkeit gehört.

Natürlich gab es noch eine andere Möglichkeit. Ich konnte Mum anrufen und sie fragen, was hier los war. Klinge. Handy. Klinge. Handy. Das Telefon leuchtete in meiner Hand, noch bevor ich mich bewusst entschieden hatte, und ich gratulierte der Stimme in mir, die es gut mit mir meint; sie ist nicht immer rechtzeitig zur Stelle.

Ich entsperrte den Bildschirm. Ich wusste nicht so recht, was ich Mum fragen wollte, würde aber mit Jesses Besuch anfangen und abwarten, wie sie darauf reagierte. Ich hatte recht; zehn verpasste Anrufe von Mum und zahlreiche verzweifelte SMS, in denen sie mich drängte, sie anzurufen. Bei der letzten ließ ich das Handy fast ins Waschbecken fallen.

Ich kann es nicht erklären, aber mach niemandem die Tür auf.

Ich rief an, es klingelte ewig. Ich konnte mich nicht erinnern, dass Mum jemals einen Anruf von mir nicht angenommen hatte. Selbst wenn sie bei Nanna am Krankenbett saß, stellte sie es auf Vibration. Die Euphorie des Morgens kippte und verwandelte sich in Paranoia. Ich verriegelte die Wohnungstür und stürzte ans Fenster. Jesse war auf dem Weg nach Vauxhall Cross, blieb dann vor den Pleasure Gardens stehen und klopfte sich ab, als suchte er etwas. Ein unbekannter Signalton ließ mich zum Sofa schauen. Jesse war sein ramponiertes altes Nokia aus der Tasche gefallen, und es ragte wie ein Grabstein zwischen den Kissen hervor. Auf dem Display leuchtete eine SMS von Madison.

Jemand hat die Schlösser am Haus ausgewechselt, Dad. Gerichts-vollzieher vor der Tür. Scheiße, was ist los? Ruf mich an.

Ich fummelte an dem altmodischen Handy herum und stellte fest, dass er in den vergangenen Stunden mit meiner Mutter tele-foniert hatte. Ich konnte Madison nur zustimmen. Scheiße, was war hier los?

Jesse würde zurückkommen, das war klar, doch das zwang-lose Vertrauen von vorhin war verschwunden. Also wickelte ich das Handy in zwei Stoffbeutel, um es abzupolstern, wenn es auf dem Gehweg landete, und drückte es zum Trost kurz an mich. Ich schaltete mein Gesicht auf »glücklich« und winkte ihm vom Fenster aus zu. Jesse schaute in beide Richtungen, bevor er auf den Zebrastreifen trat. Als er auf dem ersten Streifen war, schoss ein kleines weißes Auto aus dem Nichts herbei, erfasste Jesse und schleuderte ihn gegen die Windschutzscheibe. Das Glas zerbrach wie Zucker und regnete auf ihn nieder. Noch lange nachdem sie ihn weggebracht hatten, markierte Glasstaub seine Umrisse auf dem Asphalt.

64

Ich begegnete Helen Greenlaw, zwölf Tage nachdem die ganze Scheiße passiert war, und zwar ausgerechnet in der Eingangshalle von The Larches. Ich war halb blind, nachdem ich eine Stunde lang Dr. Adils Blicken ausgewichen war, aber ich erkannte sie sofort; mit ihrer weißblonden Astronautenhelmfrisur und ihrer mageren Gestalt war sie der Traum eines jeden Karikaturisten.

Am Empfang war niemand, der sich hätte wundern können, wie zum Teufel sie hereingekommen oder warum sie überhaupt auf freiem Fuß war. »Warum hat man Sie rausgelassen?«, fragte ich herausfordernd. »Sie haben wirklich Nerven, sich hier blickenzulassen, nach allem, was Sie getan haben.« Ihre Dreistigkeit weckte mich vorübergehend aus meiner benommenen Abwehrhaltung. »Wegen Ihnen ist ein Leben vorbei.«

»Was ich zutiefst bedauere.« Sie klang förmlich, aber aufrichtig und gar nicht so kalt und roboterhaft, wie sie immer dargestellt wird. »Es ist Ihr gutes Recht, wütend zu sein. Und das mit Ihrer Mutter tut mir furchtbar leid.« Sie ließ den Satz nicht lange in der Luft hängen, wofür ich dankbar war. »Um Ihre Frage zu beantworten: Man hat mir, wie man so schön sagt, Haftverschonung gewährt.«

Wenn jemand einem höflich begegnet, obwohl man selbst eine Attacke geritten hat, wirkt das ziemlich entwaffnend. Sie schien immer Ruhe zu bewahren, egal, wie emotional man ihr begegnete. Plötzlich wusste ich nicht mehr, was ich mit meinen Armen anfangen sollte, und verschränkte sie vor der Brust. »Ist es nicht riskant, wenn Sie herkommen und mit einer Zeugin sprechen?«, fragte ich provozierend.

»Doch.« Helen Greenlaw war direkt, was mir Respekt abnötigte. Auch war ich unfreiwillig beeindruckt, weil sie mich nicht offen fragte, ob ich mit ihr reden wollte, sondern wartete, bis ich es ihr anbot.

»Wir können hier reingehen.« Ich öffnete die Tür zum Besucherraum. Es ist einer der traurigsten Orte hier, und das will etwas heißen. Geschmackvolle pfirsichfarbene Sofas stehen einander gegenüber, dazwischen auf dem Couchtisch eine Schachtel Taschentücher, in der Ecke eine Kiste mit Kinderspielzeug. Die arme magersüchtige Schauspielerin aus dem Marigold-Flügel lässt sich jeden Tag ihr Baby hierherbringen. Hierher bestellen die Patienten alle Leute, die sie nicht in ihrem Zimmer haben wollen. Hier rede ich mit der Polizei.

Ich setzte mich auf eins der Sofas, das von einem fremden Hintern noch unangenehm warm war. Jemand hatte ein Taschentuch zu winzigen Fetzen zerknüllt; ein paar davon klemmten noch zwischen den Kissen. Ich nahm einen, um ihn wegzuschnippen, doch er war feucht von Rotz oder Tränen, und ich musste würgen. Ich stellte mir vor, wie jemand das Taschentuch durchweicht und dann zerrissen hatte, vermutlich ohne es zu merken. »Sind Sie hergekommen, um meine Fragen zu beantworten? Mir sagt man nämlich gar nichts, und das ist schwer erträglich.«

Helen legte ihre zierlichen Hände auf die dünnen Oberschenkel. »Was wissen Sie denn?« Ihre Stimme war außergewöhnlich, wie die einer überaus fortgeschrittenen künstlichen Intelligenz oder eines Telefon-Bots, dem man antwortet, bevor man merkt, dass es nur eine Aufzeichnung ist.

»Nicht viel«, sagte ich. »Sie haben aus irgendeinem Grund

Jesse überfahren. Vermutlich hatte es mit dem alten Nazareth-Hospital zu tun, weil es die einzige Verbindung zwischen Ihnen ist.« Ich wollte, dass sie mir etwas erzählte, was meine Erinnerung an Mum bestätigte, wie sie gewesen war, aber das Gespräch schien eine andere Richtung zu nehmen.

»Jesse Brames Familie glaubt, ich hätte absichtlich beschleunigt, und sie verlangt, dass die Polizei wegen Mord gegen mich ermittelt. Aber das ist ein Irrtum.«

»Was war es dann? Die Schuld des Autos? Oder Ihr Fehler?«

»Es war mein Fehler. Allerdings war ich nicht zufällig zu dieser Zeit an diesem Ort, und es hat tatsächlich mit der Schließung des Hospitals zu tun.«

Ich zuckte zusammen, als wäre irgendwo eine Tür zugeschlagen.

»Honor, die Polizei weiß, dass Ihre Mutter und ich wegen Jesse korrespondiert haben und dass sie mich zu Recht vor ihm gewarnt hat.«

In meinem Kopf begann etwas zu summen. Womöglich fuchtelte ich mit der Hand an meinem linken Ohr herum, bevor ich sagte: »Was hat das mit mir zu tun? Warum war er in meiner Wohnung?«

Helen neigte mitfühlend den Kopf, was gar nicht zu ihr passte. »Weil er Ihnen etwas sagen wollte, das Sie womöglich sehr verstört hätte, das zu erfahren Sie aber das Recht haben.«

Das Summen wurde lauter, eine Heuschreckenplage in meinem Kopf, sie krabbelten unter meine Haut, rissen von innen das Fleisch herunter.

»Sie müssen wissen, Ihre Mutter war eine außergewöhnliche junge Frau. Sie hatte weit mehr Verstand und Neugier, als es bei ihrer Herkunft und Erziehung zu erwarten war. Sie stieß auf etwas, von dem sie glaubte, es könne mich …« Sie schaute nach oben, als hoffte sie auf eine göttliche Eingebung. »Sie glaubte, es habe in meiner Vergangenheit ein kriminelles Element gegeben. Statt mich direkt darauf anzusprechen, erzählte sie es Jesse Brame, und er verleitete sie zu einem erpresserischen Plan, dem ich mich gefügt habe.«

»Erpressung? Meine Mum? Was hatten Sie so Schlimmes getan, dass sie …« Ich hatte oft an jenen Abend gedacht, an dem ich auf dem beigefarbenen Sofa in Park Royal Manor gesessen hatte und durch mein iPad in die Vergangenheit gestürzt war. »Es hat mit dieser armen Frau zu tun, die damals gestorben ist, oder?«

»Jesse und Ihre Mutter glaubten das.«

Erleichterung klopfte an die Tür, aber noch konnte ich sie nicht hereinlassen, nicht bevor ich mehr wusste. »Sie waren doch noch Kinder, als sie gestorben ist. Sie hatten nichts mit …«

»Du meine Güte, nein. Ihre Mutter hatte nichts mit dem Tod von Julia Solomon zu tun. Wie Sie schon sagten, sie war noch ein Kind. Aber sie dachte, ich hätte damit zu tun.«

Wie bei einem restaurierten Gemälde fügten sich nun die guten Erinnerungen wieder zusammen.

»Mein Gott, wie viel Pech haben Sie eigentlich? Folgt Ihnen der Sensenmann auf Schritt und Tritt, oder was?«

Helen wankte leicht.

»War nur ein Witz. Was haben Sie denn Schlimmes getan? Ich meine, Sie müssen etwas getan haben, sonst hätten Sie nicht bezahlt.«

»Zeitgenössische Beweisunterlagen gelten leider stets als glaubwürdig und zwingend. Fehler, die einmal schriftlich aufgezeichnet wurden, werden als unumstößliche Wahrheit betrachtet.«

Jesus Christus. »Könnten Sie mal eine Sekunde lang nicht wie im Oberhaus daherreden?«

Helen seufzte. »Manchmal sind die Dinge nicht, wie sie sich

auf dem Papier darstellen, aber das Papier gewinnt immer. Ihre Mutter und Jesse Brame dachten, sie hätten etwas gefunden, das die Schließung der Klinik illegal machte.«

»Also waren die beiden im Grunde nur Kämpfer für die soziale Gerechtigkeit.« Damit konnte ich leben.

Doch Helen schüttelte den Kopf. »Sie hatten unrecht.« Ihre Hände begannen zu zittern, und ich ergriff sie instinktiv, strich mit dem Daumen über die Handfläche, wie ich es bei Nanna nach ihrem Schlaganfall getan hatte. Zu meinem Erstaunen begannen ihre Augen zu glänzen. »Danke, Honor, danke dafür«, flüsterte sie, obwohl ich gar nichts getan hatte. Dann riss sie sich zusammen, um ihre Geschichte zu beenden, während ich mich für das wappnete, was ich nun erfahren würde. »Die Schließung war nicht illegal, aber es gab ein furchtbares Missverständnis. Ihre Mutter hat das wohl begriffen, wie ich glaube, aber Jesse hat es nie akzeptiert. Als Ihre Mutter ihn zur Vernunft bringen wollte, griff er sie an. Und er wollte Sie bedrohen.«

»Aber was war der Grund? Und woher hatten sie ihr Wissen?«

»Eine juristische Formalität. Die Recherchefähigkeiten Ihrer Mutter sind beträchtlich.« Das klang nach der Marianne Thackeray, die ich kenne, die durch Suffolk gewieselt und von einer Bibliothek zur nächsten gefahren ist, bis sie das richtige Buch gefunden hatte. Das war nicht weiter schlimm. »Sie fürchtete nicht nur, dass Sie es herausfinden könnten, sondern auch, dass ihre Handlungen von damals bekanntwerden und die Polizei gegen sie vorgehen würde.«

Ich hätte am liebsten gelacht, weil eine schwindelerregende Leichtigkeit in mir emporsprudelte: Mum, die sich fürchtete, weil sie ein bisschen illegal recherchiert hatte! Vielleicht war sie wirklich verrückt geworden und hatte einen fremden Bibliotheksausweis benutzt. Doch Helen Greenlaw lächelte nicht.

»Ironischerweise hätte ich persönlich gegen sie vorgehen

müssen, damit man sie der Erpressung hätte bezichtigen können, was ich natürlich nie getan hätte.«

»Aber Jesse. Er kam mir gar nicht bedrohlich vor. Er war eine traurige Gestalt. Im Grunde harmlos.«

»Wie Sie wissen, stand er unter enormem finanziellem Druck. Ich bin keine Psychiaterin, wie man nur allzu genau dokumentiert hat, glaube aber, dass er kurz vor einer psychotischen Episode stand.«

»Sie meinen, er wollte mir etwas antun?«

Sie beantwortete meine eigentliche Frage. »Der Unfall geschah, weil ich zu schnell gefahren bin, um Sie zu warnen. Nicht dass ich gewusst hätte, was ich tun sollte. Die Brames drängen auf eine Mordanklage, was die Polizei sehr ernst nimmt. Sie haben ein Team von Unfallspezialisten beauftragt, den Vorfall heute nachzustellen. Sie haben den Wagen auf technische Mängel überprüft und keine gefunden.«

»Verstehe. Was werden Sie jetzt tun?«

»Ich warte.«

»Wird man Sie aus dem Oberhaus schmeißen?«

»Man wird nicht direkt rausgeschmissen, aber wenn man mich des Mordes für schuldig befinden sollte, könnte ich nicht länger Mitglied bleiben.«

»Es ist sowieso voller Gauner.«

Helen lächelte. »In jeder Institution gibt es Gauner«, sagte sie. »Aber viele im Oberhaus widmen ihr Leben der Verbesserung der Gesellschaft und dem Schutz der Bedürftigen.« Sie stand auf, strich ihren Rock glatt und schaute aus dem Fenster, um mir zu zeigen, dass unsere Zeit vorbei war. »Wissen Sie, Honor, ich habe mehr Erfahrung mit jungen Frauen wie Ihnen, als Sie glauben.«

Ich stellte mir vor, wie sie einen neuen Krankenhausflügel eröffnete oder was immer Politikerinnen so taten. »Klar doch.

Ein paar Hände für die Lokalzeitung schütteln ist aber nicht das Gleiche, wie hier drinnen zu leben.«

Ich hielt ihr die Tür auf; sie schaute mich gleichmütig an, bevor sie sich abwandte. »Das würde ich auch keine Sekunde lang behaupten.«

Auf dem Weg durch den Flur zu meinem Zimmer fragte ich mich, ob dies mein Leben endgültig zum Einsturz bringen würde. Meine superehrliche Mutter hatte jemanden erpresst: Es gefiel mir nicht, war aber weit weniger skandalös als das, was ich mir ausgemalt hatte. Ich hatte Helen nicht gefragt, wie alt Mum damals gewesen war, wusste aber, dass sie noch vor dem Abitur zu Hause ausgezogen war. Also musste sie ein Kind gewesen sein.

Und Jesse. Helen Greenlaw schien nicht leidenschaftlich genug, um einen Mord zu begehen. Sie war aber auch kein Mensch, der jemals die Kontrolle verlor, schon gar nicht über einen Wagen. Andererseits, alte Leute. Das Urteilsvermögen schwindet. Colette hatte Nanna irgendwann verbieten müssen, Auto zu fahren.

Ich wusste nicht, was ich denken sollte.

Dann traf es mich wie ein Schlag, und ich blieb abrupt stehen. Woher wusste Helen Greenlaw, wo ich zu finden war? In The Larches bezahlte man nicht nur Unsummen für die Behandlung, sondern auch für Diskretion und Privatsphäre. Ich wollte ihr schon nachlaufen, doch Dad kam auf mich zu und schaute verzweifelt auf sein Handy. Ich dachte, es hätte mit der Wohnung zu tun, dass der Käufer abgesprungen sei.

»Was denn jetzt?«

»Oh, Honor, Liebes. Tut mir leid, es kommt alles auf einmal. Es geht um Nanna.«

65

Ich war die einzige Thackeray, die es zu Nannas Begräbnis schaffte. Dad drückte sich, gab mir aber »einen Tag Freigang«, wie er es nannte, vorausgesetzt, Colette und Bryan ließen mich nicht aus den Augen. Jack fuhr mit der unvergleichlichen Begeisterung eines Menschen, der soeben die Führerscheinprüfung bestanden hatte, den ganzen Weg bis London, um mich abzuholen. Mein Baby-Cousin, der jetzt über eins achtzig war, brach unterwegs zweimal in Tränen aus, aber die Unfälle/Vorfälle/Zufälle erwähnte er mit keinem Wort, sondern sagte nur: »Nanna hat es nicht erfahren, weißt du. Was mit Tante Marianne passiert ist. Das immerhin ist ihr erspart geblieben.«

Wir sind eine kleine Familie, doch in der Kirche gab es nur noch Stehplätze. Ganz Nusstead drängte sich in den Bänken, dazu Nannas ehemalige Kolleginnen und eine Handvoll Patienten, die bis aus Wales angereist waren. Es war naiv von mir gewesen, nicht mit den Brames zu rechnen, und sowie ich sie entdeckte, wusste ich, warum Dad sich nicht hergetraut hatte. In Nusstead gibt es eine Art Gemeinsinn, von dem die Noel Road Heritage Society nur träumen kann. Hier zeigte man sein Gesicht, das finde ich wunderbar. Mum ist Nusstead entflohen, so schnell sie konnte, aber ich fühle mich nirgendwo mehr zu Hause als hier.

Nach den schrecklichen letzten Jahren war es wunderbar, daran erinnert zu werden, dass Nanna einmal eine angesehene und beliebte Krankenschwester gewesen war. Beim Begräbnis im engsten Familienkreis hatten wir ein bisschen Privatsphäre, nur ich, Colette, Bryan, Jack und Maisie standen am Grab, und wir alle weinten aus unterschiedlichen Gründen. Und wir waren wohl alle gleichermaßen froh, als wir bei der Party wieder unsere öffentlichen Gesichter aufsetzen konnten.

»Willkommen zurück im Anti-Social«, sagte Jack und schob mich über die Schwelle. Ich war zum ersten Mal seit meiner Kindheit hier. Nanna hatte mich früher an den Wochenenden mitgebracht, und ich war überrascht, dass das Gebäude noch stand.

Niemand war präsenter als die beiden Abwesenden, Jesse und meine Mutter, sie verdrängten sogar die Erinnerung an Nanna. Jesses Mum saß im Rollstuhl. Ihr Schmerz zeigte sich in ihrem verwüsteten Gesicht und den gigantischen Händen und Füßen, den rot geschwollenen Knöcheln. »Drei von vier Söhnen«, hörte ich jemanden sagen. »Wie eine Mutter aus dem Ersten Weltkrieg.«

Ich fragte mich, ob irgendeins der anwesenden Kinder von Jesse war. Keines von ihnen weinte, aber das hatte nichts zu bedeuten. Ich wusste nicht, wie vielen Kindern Greenlaw den Vater genommen hatte. Fünf? Sechs? Ich fühlte mich schuldig, mir war ganz übel. Unser Gespräch kam mir wie eine schmierige Absprache vor. Es war beinahe egal, ob sie absichtlich gehandelt hatte. Tatsache war, dass sie ein Leben zerstört und ich ihr meine Zeit geschenkt hatte.

»Geht's dir gut, Schätzchen?« Colette drückte meinen Arm. »Du weißt, warum sie dich komisch ansehen?«

Natürlich wusste ich das. Nanna hatte meine grünen Haare gehasst, also hatte ich sie aus Respekt braun getönt. Zum ersten Mal seit Jahren trug ich meine natürliche Haarfarbe und war selbst schockiert gewesen, als mir meine Mutter aus dem Spiegel entgegenblickte. Die Reaktion der Leute verriet mir, wer aus

Nusstead kam und wer eine Kollegin von Nanna war, die meine Mutter nicht gekannt hatte. Die Einheimischen wichen zurück, weil sie nicht wussten, was sie sagen sollten. Also häufte ich mir Saté-Spieße auf den Teller und machte Smalltalk mit den Kolleginnen. Obwohl ich meine Schule gehasst hatte, hatte sie mich hervorragend auf solche Situationen vorbereitet, indem sie mir soziale Umgangsformen vermittelte, mit denen man andere beruhigte, während man sich fragte, wie man die nächsten fünf Minuten überstehen sollte, ohne mit den Fäusten auf den Boden zu hämmern.

Keine Ahnung, welcher irre Impuls mich zu Clay Brame trieb. Begräbnisse sind so, und ich bin so, und es war wohl unvermeidlich. Denn ich war nicht die einzige Doppelgängerin. Jesse war ebenfalls zugegen, und zwar in Gestalt seines ältesten Sohnes: durchtrainierter Körper und lange zerzauste Haare, die mir verrieten, dass er trotz des Anzugs keinen Bürojob hatte. Im Verlauf einer Stunde führte uns der Raum sanft zueinander, die Körper der anderen trugen uns in die Mitte wie bei einem dieser komplizierten Volkstänze, bei denen die Maikönigin schließlich ihrem König gegenübersteht. Wir kannten einander; wir mussten uns nicht vorstellen. Ich war bereit, ihm als Ersatzzielscheibe für seinen Zorn zu dienen und ihm im Gegenzug alles vor die Füße zu kippen, was ich jetzt über Jesse wusste.

»Du hast als Letzte mit ihm gesprochen«, sagte Clay. »Es tut mir leid, dass du es mit angesehen hast, dass er dich da reingezogen hat. Geht es dir so weit gut?« Mein Zorn schmolz dahin, und mein Herz flog diesem Mann entgegen; warum entschuldigte er sich bei mir?

Ich wusste nicht, was ich sagen sollte, außer: »Es tut mir so leid.«

»Mir auch, für dich.«

»Danke. Ich warte noch, dass es mich richtig trifft. Es ist, als lauerte ein Tsunami aus Scheiße am Horizont, und ich mache mir nicht mal die Mühe, aus dem Weg zu gehen. Falls das einen Sinn ergibt.«

»Klar, ich verstehe genau, was du meinst«, sagte Clay. »Soll ich dir ein Glas Wein oder so holen?«

»Danke, aber ich kann nicht trinken. Ich bin bis zu den Titten voller Antipsychotika.« Inzwischen rede ich ganz offen darüber. Dann denken die Leute erst gar nicht an Alkohol, und ihre Reaktion verrät mir, ob sie die Mühe wert sind.

»Ach ja? Was nimmst du denn?« Es war das erste Mal, dass jemand außerhalb von The Larches so reagierte.

»20 mg Citalopram, Diazepam nach Bedarf.«

»Ich bin mit Citalopram nicht klargekommen«, sagte er. Wir waren wie Weinkenner, die über die Vorzüge zweier verschiedener Chablis von benachbarten Weingütern diskutierten. »Ich bin jetzt runter auf 10 mg Prozac.«

»Wie neunzigermäßig.«

Er lachte. »Irgendwie schon, oder? Zehn ist eigentlich nichts, aber ich habe Schiss, ganz aufzuhören. Verstehst du? Das Training macht wohl den Unterschied. Du hättest sehen sollen, was ich alles genommen habe, bevor ich angefangen habe, gesünder zu leben. Du solltest mal mit ins Studio kommen, dann stelle ich dir einen Plan zusammen, mit dem halbierst du deine Dosis innerhalb eines Monats.«

»Ich gehe schon laufen.«

»Dann weißt du ja, was ich meine. Gewichte sind aber noch mal was anderes. Es klingt verrückt, aber es ist wie … es verschafft mir das richtige Level an Schwerkraft. An dem einen schlechten Tag kann ich nicht mal den Arm heben, es ist, als würde mein Gehirn meinen Körper auf den Boden drücken. Und an einem anderen schlechten Tag kommt es mir vor, als müsste ich Metallstiefel tragen, um mich auf dem Planeten zu halten.«

Ich starrte ihn an, konnte es kaum glauben. »Mein Gott. Du bist ja wie ich, nur mit Muskeln.«

»Na ja, ich hoffe, es gibt noch ein paar andere anatomische Unterschiede.« Mein Körper schien in einer Sekunde drei Liter Blut zu produzieren; es überflutete förmlich meine Haut. Auch Clay wurde rot. »Tut mir leid, unglaublich, dass ich beim Begräbnis deiner Nanna mit dir flirte. Das geht gar nicht. Ich und meine große Klappe.«

»Nein, alles gut. Ich verstehe das.« Der Elefant im Raum stieß mich mit dem Rüssel an. »Also – darf ich fragen – was ihr als Nächstes vorhabt?«

Clay zuckte zusammen, wich der Frage aber nicht aus. »Wir stellen morgen die Geräte ab. Ich bin der nächste Angehörige, aber Madison war nicht bereit, ihn gehenzulassen, das musste ich respektieren. Sie haben sich im Streit getrennt, also hat sie einiges zu verarbeiten. Ich meine, das haben wir alle.« Er zupfte mit dem Daumen am Etikett seiner Bierflasche. »Glaubst du, sie hat es absichtlich getan?«

Er fragte mich als Zeugin, doch meine Antwort war geprägt von dem Gespräch mit Helen Greenlaw, von dem ich niemandem erzählt hatte.

»Nein«, sagte ich, denn weshalb sollte ich ihm weh tun, wenn ich mir nicht sicher war? Er war so direkt, dass ich die nächste Frage stellen konnte, obwohl man mich dazu erzogen hatte, ebendiese Fragen zu vermeiden. »Hast du seine Schulden geerbt?«

»Die hat sie bezahlt. Das mindeste, was sie tun konnte, oder?«

Und da war es wieder, Greenlaws verwirrendes Mitgefühl, der Riss im Felsen. Ich fragte mich, ob sie Clay irgendwann besuchen und die Trümmer besichtigen würde. Ich hütete mich, ihn zu warnen.

»Stimmt.« Ich beleidigte ihn nicht mit einem Klischee, dass es

416

dem Tod den Stachel nähme oder so. Ein Mann mittleren Alters mit kurzen grauen Haaren und dem gepflegtesten Bart, den ich je gesehen hatte, kam zu uns herüber. Sein Gesichtsausdruck verriet mir, dass er meine Mutter gekannt hatte. Clay stellte uns vor.

»Also, Wyatt. Das hier ist … «

»Verdammte Scheiße, Clay, ich wusste, wer sie ist, sowie sie hereingekommen ist. Mein Beileid, Liebes. Wegen allem. Keiner von uns hatte irgendeine Ahnung.« Er wandte sich an Clay. »Ich weiß, du kannst nichts dafür, aber ihr beide zusammen seht aus … ihr seht aus wie … na ja, du weißt schon. Als hätte man die Zeit dreißig Jahre zurückgedreht, das ist nicht gut. Tut mir einen Gefallen, Mum sollte euch nicht zusammen sehen. Das würde ihr den Rest geben.«

»Lass uns an die frische Luft gehen«, schlug ich vor. Draußen war es beinahe schon zu frisch. Die Spitzen der Grashalme im Schatten waren mit Reif überzogen. Mein Atem mischte sich mit dem von Clay. Wir gingen an der Seite des Gebäudes entlang, wo zwischen den zerbrochenen Gehwegplatten hohes Gras wuchs. Ein Stück Sperrholz, das an die Außenwand genagelt war, hatte sich an einer Seite gelöst und enthüllte die kaputte Verkleidung darunter. Ihn anzuschauen, war plötzlich zu intensiv, zu intim, und ich spürte, dass es ihm genauso ging, denn wir wandten uns beide langsam dem Horizont zu, wo sich Park Royal Manor in den Himmel bohrte.

»Ich hasse das verdammte Ding«, sagte ich.

»Als ich ein Kind war, haben sie über den Fluch von Nazareth geredet. Dad war besessen davon. Ich hatte einen Onkel, der dort gestorben ist, vor meiner Geburt.«

»Als Patient?«

Clay lächelte reumütig. »Nein, als Dieb. Er wollte wohl Blei von einem Dach klauen.« Wir blieben draußen und redeten,

417

bis unsere Finger blau wurden. Wir waren sehr unterschiedlich aufgewachsen, der Kontrast hätte nicht größer sein können: nicht nur materiell, sondern auch, was die Unterstützung und das Verständnis unserer Eltern anging. Obwohl er im Schatten einer Irrenanstalt gelebt hatte, war Jesse nicht klug geworden und hatte offenbar fünfzehn Jahre lang darauf gewartet, dass Clay sich gefälligst zusammenriss. In mir setzte sich das Bild eines Mannes zusammen, dessen Grundeinstellung im Leben Verleugnung gewesen war. Wir rückten näher aneinander, als das Licht verblasste, und ich wog das Bedürfnis, die Kluft zwischen uns zu schließen, und die Tatsache, dass wir auf der Beerdigung meiner Großmutter waren, gegeneinander ab. Da tauchte Jack auf, der mit Bryans Autoschlüsseln spielte, und ich begriff, dass nichts es wert war, meine Sperrstunde zu überschreiten.

»Ich fahre besser«, sagte ich zu Clay. »Sonst werde ich noch zum Kürbis.«

Er griff nach meinem Handgelenk. »Kommst du zu seiner Beerdigung zurück? Ich weiß, das zwischen ihm und deiner Mum war seltsam, aber du hast ihn nun mal als Letzte lebend gesehen. Und die Totenwache findet in diesem illustren Etablissement statt.« Er deutete auf den Social. »Allein das dürfte dich doch herlocken.«

»Ich glaube, das wäre deiner Großmutter gegenüber nicht fair, oder?«

Er wusste, dass ich recht hatte, hielt meinem Blick aber lange und eindringlich stand.

»Kann ich dich denn trotzdem wiedersehen? Nach – du weißt schon.«

Es war das Letzte, was meine Eltern gewollt hätten. Ich fragte mich, was ich hier eigentlich tat, ob ich die Jugend meiner Mutter nachstellen und diesmal alles richtig machen wollte. Es war eine

komplizierte Geschichte. Doch Clay war offen und unvoreinge-
nommen, und ich hatte mich seit meiner Kindheit nicht mehr so
ungezwungen gefühlt. Und wer sagt schon nein zu einem Personal Trainer?

»Das ist keine gute Idee.« Ich reichte ihm mein Handy, damit
er seine Nummer speichern konnte. »Aber ja.«

66

Die Tai-Chi-Sitzung unter der Eiche geht zu Ende, und die Teilnehmerinnen zerstreuen sich, mit deutlich geraderem Rücken als noch zehn Minuten zuvor. Dad starrt durch sie hindurch. Ich frage mich, ob er sie überhaupt bemerkt hat. Er merkt jedoch, wie sich der Türgriff hinter uns dreht, und zuckt auf seinem Platz zusammen. Wir wenden uns beide vom Fenster ab und sehen, wie die Tür aufgeht, die Krankenschwester sie mit der Hüfte aufhält und den Rollstuhl rückwärtszieht, bevor sie ihn geschmeidig zu uns herumdreht.

»Hallo, Liebling«, sagt Dad. »Wie ist es gelaufen?«

Den Blick erkenne ich überall: das Post-Therapie-Gesicht. Mums Augen sind trocken, ihre Wangen dafür fleckig. Jeden Augenblick wird sie sich selbst mit einem gewaltigen zitternden Einatmen überraschen. Heute Abend wird sogar das Blinzeln weh tun. Sie bedeutet der Schwester, sie zu uns herüberzuschieben. Ihr verbliebenes Bein ist nackt. Ich will meinen Widerwillen verbergen, kann es aber nicht ertragen, das Folterinstrument zu sehen, das an die spanische Inquisition erinnert, ein Metallkäfig und Spitzen, die sich direkt in ihr geschwollenes violettes Fleisch bohren.

»Komm, wir machen es dir warm«, sage ich, nehme die Decke ab und breite sie über ihr Bein. Wenn ich weiterrede, können wir an diesem Augenblick vorübergaloppieren.

»Wie kommst du mit Dr. Adil zurecht?«

»Ich hatte nicht geahnt, wie körperlich anstrengend es ist«, sagt sie mit dieser neuen zittrigen Stimme, die klingt, als hätten nicht ihre Beine, sondern ihre Lungen am meisten abbekommen. »Ich wusste, dass du zu kämpfen hattest, aber nicht, wie ermüdend es gewesen sein muss.« Der Satz hat ihr scheinbar alle Kraft geraubt.

»Bitte«, sage ich. »Ich spiele in einer anderen Liga, das weißt du doch.« In der Hierarchie von The Larches ist ihr Nervenzusammenbruch gerade mal Grundschulniveau. »Du wurdest nicht zwangseingewiesen, Herrgott nochmal. Du bist die Jungfrau bei der Orgie. Du …«

Dad explodiert, springt vom Stuhl. »Honor, Herrgott nochmal! Kannst du mal fünf Minuten lang nicht selbstgefällig sein?«

»'tschuldigung«, sage ich, doch auf Mums Gesicht erscheint ein geisterhaftes Lächeln. Sie weiß: Erst wenn ich aufhöre zu witzeln, besteht wirklich Grund zur Sorge. Sie erkennt den Schutzmechanismus und weiß, dass ich, sowie ich mir eingestehe, was passiert ist, überhaupt keine Ruhe mehr finden werde. Ich kann mir ihren Unfall nicht vorstellen. Nicht weil es mir an Phantasie fehlt – schön wär's –, sondern weil ich ihren Unfall nicht von Jesses trennen kann. Sie hat in letzter Sekunde zurückgesetzt; der Zug hat ihren Wagen nur gestreift, doch das reichte aus, um die Motorhaube sauber abzutrennen und das Wrack über zwei Felder zu schleudern. Man fand ihren linken Unterschenkel fast einen Kilometer entfernt. Ich kenne den Bahnübergang, ich kenne den Wagen, ich kenne meine Mutter, doch wenn der Film in meinem Kopf abläuft, verwandelt sich die Landschaft von Suffolk in eine Londoner Bushaltestelle, Ampeln, kaputte Gehwege, und es ist Jesse, den sie in einem Leichensack davontragen.

Dad steht auf, die Hände in den Taschen, er geht fünf Schritte durchs Zimmer und wieder zurück. »Ich dachte, ich führe euch heute zum Mittagessen aus.« Auch er hat eine neue Stimme, erzwungen fröhlich, die herzzerreißender ist als jeder offene Kummer. »Damit du mal was anderes als Krankenhausessen bekommst. Weiter oben an der Straße gibt es ein Pub mit Restaurant, das vier Sterne für Barrierefreiheit hat.« Er hält sein Handy hoch, damit ich die Rezension bei TripAdvisor sehen kann.

»Ich habe schon für uns alle Essen aufs Zimmer bestellt«, sagt Mum. »Vielleicht morgen?«

»Klar doch!«, sagt Dad strahlend.

Wir heben Mum aus dem Rollstuhl aufs Sofa, sind schon Experten bei diesem Manöver.

Als es erneut klopft, steht kein Servierwagen vor der Tür, es sind Costello und Greene in Uniform. Die Polizei kommt immer überraschend, selbst wenn man sie erwartet.

»Guten Tag, Marianne, Sam, Honor«, sagt Costello, die Ältere, weniger Förmliche von beiden. »Es gibt eine wichtige Entwicklung.«

Mum erstarrt. »Können wir das allein besprechen?« Dad und ich sehen uns beunruhigt an. Was hat sie jetzt noch zu verbergen? In meinem Kopf startet wieder die Endlosschleife mit Jesses Stimme. *Deine Mum und ich haben was wirklich Dummes getan.* Ich hatte geahnt, dass mehr dahintersteckt, als sie zugibt. Etwas so Großes und Gewaltiges, dass Helen Greenlaw Jesse ins Grab katapultiert hat, um es zu vertuschen. O Gott. O Gott. Mein Puls hämmert wieder. Das ist doch nur Schwarzmalerei. Oder eine Vorahnung? Dad und ich gehen nach draußen. Ich drücke die Handflächen an die Wand, als könnte ich das, was kommt, damit wegschieben.

»Was glaubst du, worüber sie reden?«, frage ich Dad.

»Das weiß ich nicht, Liebes.« Ich erforsche sein Gesicht, die dunklen Augenringe, die Falten um den Mund, die vor einem Monat noch nicht da waren, die wild abstehenden Haare. Was immer Mum auch tun könnte, er würde es hinnehmen. Doch dass Jesse noch immer solchen Einfluss auf sie hat und mit ihr verbunden ist, das bringt ihn um. Natürlich ist es reine Spekulation meinerseits. Er würde es nie aussprechen, und obwohl ich ihn angefleht habe, offen mit mir zu reden, bin ich in diesem Augenblick dankbar, dass Männer ihre Gefühle unterdrücken. Mehr als meine und die von Mum kann ich momentan nicht bewältigen.

Schon geht die Tür wieder auf. Es ist Greene. »Würden Sie bitte hereinkommen?«

Ich schwöre bei Gott, Mum hat sich in der vergangenen Minute liften lassen. Nicht dass sie wirklich glücklich aussehen würde, doch ihr Gesicht hat den verkniffenen, gequälten Ausdruck verloren, den es seit Jesses Unfall hatte. »Können Sie das machen?«, fragte sie Costello wie ein Kind seine Mutter.

»Kurz gefasst, wir werden wegen des Todes von Jesse Brame gegen niemanden Anklage erheben. Die Beweise gegen Helen Greenlaw reichen nur für eine Anklage wegen fahrlässiger Tötung, die sie bereits gestanden hat. Darauf steht keine Freiheitsstrafe. Wir müssen Sie nicht mehr befragen, Honor. Sie sind aus der Sache heraus.«

Deswegen ist Mum erleichtert. Helens Worte tauchen von irgendwoher wieder auf: *Ich hätte persönlich gegen sie vorgehen müssen, damit man sie der Erpressung hätte bezichtigen können.* Jesse hatte das Geheimnis mitgenommen, als man die lebenserhaltenden Geräte abschaltete.

Ich beobachte Mum, deren Augen auf Costello ruhen: Nein, sie ist nicht erleichtert, sie ist gebrochen.

»Weiß seine Familie es schon?«, frage ich, und Dad zuckt zusammen, doch ich muss es erfahren.

»Ich bin gestern persönlich nach Nusstead gefahren und habe Madison Brame mitgeteilt, dass die Staatsanwaltschaft den Fall niemals vor Gericht bringen wird. Es gibt noch einen gewissen

Widerstand. Bitte melden Sie sich bei uns, falls die Familie Sie belästigt.«

Mein Handy, meine Verbindung zu Clay, glüht heiß in meiner Tasche.

Die Polizistinnen verlassen das Zimmer und scheinen die ganze Luft mitzunehmen. Wir wissen nicht, was wir zueinander sagen sollen; es ist, als wäre Jesse mit uns hier drinnen, die Füße auf dem Couchtisch. Dad spürt es wohl auch. Während wir essen, hört man nur das Besteck auf den Tellern und wie sein Kiefer gelegentlich klickt. Wir schauen zum Fenster, als wäre es ein Fernseher, als führten die grauen Eichhörnchen, die von Ast zu Ast springen, ein packendes Drama für uns auf.

»Hat jemand was dagegen, wenn ich mir ein bisschen die Füße vertrete?«, fragt Dad. »Es ist vermutlich nur noch eine halbe Stunde hell, und ich komme mir allmählich vor wie ein Maulwurf.« Er hat die Hand am Türknauf, noch bevor er zu Ende gesprochen hat.

»Nur zu. Ich kümmere mich um Mum.« Wir sitzen vor dem Fenster und schauen zu, wie Dad an der hässlichen Lärche und der Eiche vorbeigeht. Eine volle Runde über das Gelände dauert zwanzig Minuten, wenn man zügig geht, und Dad schlurft nur vor sich hin. Ich lege meinen Kopf auf Mums Schulter. Ich bin dankbar, dass ich sie noch habe, und mir kommen die Tränen.

»Triffst du dich jetzt, wo alles vorbei ist, mit Helen Greenlaw?« Ich spüre, wie sich ihr Körper versteift, und löse mich von ihr. Vielleicht habe ich ihr einen Nerv eingeklemmt. »Ich meine, vorher ging es ja nicht, weil noch gegen sie ermittelt wurde, aber jetzt könntest du es doch, oder? Möchtest du mit ihr reden?« Ihre Antwort klingt wie ein Gurgeln, aber ich weiß, wie es sich anfühlt, so ausgebrannt zu sein, dass man keine Worte findet. Daher dränge ich sie nicht. »Wo wir schon bei unangenehmen

Gesprächen sind«, ich rutsche auf meinem Stuhl herum, »ich muss mit dir über Clay Brame reden.«

Es ist, als hätten meine Worte den Faden gelöst, der ihr Gesicht zusammenhielt. Ihre Pupillen werden groß, und sie beugt sich vor. »Was weißt du über ihn?«

Ich kann nicht gut beurteilen, ob jemand überreagiert, aber damit hatte ich nicht gerechnet.

»Genug«, sage ich nur. Als sie den Kopf in die Hände sinken lässt, fallen ihr die Haare ins Gesicht. Über den Ohren wirken sie doppelt so grau wie gestern. Sie murmelt etwas, das wie »Helen hat es versprochen« klingt. Ich höre momentan sehr oft Wortfetzen, die keinen Sinn ergeben.

»Was hat Helen denn damit zu tun? Sie war doch gar nicht da.«

Mum schaut mich durch ihre wirren Haare an. Nur ein Auge ist zu sehen, doch das durchbohrt mich förmlich. »Wo war sie nicht?«

Sie soll nicht merken, dass sie mich nervt. »Bei Nannas Beerdigung.« Ich nehme ihre krallenartigen Hände in meine und versuche, die Umrisse ihrer käfigartigen Beinapparatur unter der Decke nicht zu beachten. »Wo sonst hätte ich ihn treffen sollen? Er ist ein netter Typ, Mum. Klar, er ist ein bisschen älter als ich, und du möchtest vermutlich nicht an Jesse erinnert werden, und ich meine, es ist auch noch ganz am Anfang, aber ich habe bei ihm ein richtig gutes Gefühl.«

Ihre Hände entspannen sich, und ihr Gesicht verändert sich schon wieder; sie versucht jetzt, ein Kichern zu unterdrücken. War es früher auch so, wenn sie versucht hat, mit mir vernünftig zu reden? »Baby Clay!«, ruft sie. Das ist eine seltsame Beschreibung für einen muskulösen Mann von schätzungsweise fünfundneunzig Kilo, aber für sie ist er wohl mal ein Baby gewesen.

»Er versteht mich, Mum. Darf ich ihm eine Chance geben?«

Ihre glänzenden Augen verraten mir, dass es viel verlangt ist, wahrscheinlich zu viel, und ich will schon sagen, sie soll sich keine Sorgen machen, dass ich es sein lasse, dass ich ihn aufgebe, als sie auf die altvertraute Weise lächelt. Ich erkenne, wie viel Mühe es sie kostet. »Wie könnte ich dir im Weg stehen?«

»Danke. Dein Segen bedeutet mir viel. Jetzt muss ich es nur noch Dad beibringen.« Sie beißt sich auf die Lippe, die dennoch zittert, und Tränen laufen über ihre Wangen. »Keine Sorge, ich werde es Dad sanft beibringen.«

Wieder klopft es. Die Physiotherapie ist dran, eine Stunde lang Übungen, bei denen Mum vor Schmerzen schreit. Wenn sie zurückkommt, wird sie vor Erschöpfung und um ihr verlorenes Bein weinen. Hier zu sein, ist das mindeste, was ich für sie tun kann. Die Krankenschwester nimmt die Decke weg und reicht sie mir. Ich beuge mich vor, um Mum zu küssen, und verschließe die Augen vor dem Käfig.

Als sie weg ist, falte ich die Decke und breite sie über die Sofalehne. Gleich rufe ich Clay an, er kann den Brames jetzt von uns erzählen. Sie werden sich über eine Mini-Marianne ebenso wenig freuen wie meine Eltern über eine Kopie von Jesse. Ist es das wert? Ich habe keine Ahnung.

Dann bemerke ich etwas: weiße Punkte auf den dunkelgrünen Polstern, winzige Kügelchen aus zusammengeknüllten Taschentüchern, harte Kiesel, die zwischen die Sofakissen gefallen sind. Ich bin wieder im Besucherraum, zusammen mit Helen Greenlaw, auf dem noch warmen Sofa, umgeben von winzigen verstreuten Papierkieseln.

Mum war vor mir dort.

Natürlich war Helen nicht so weit gefahren, um mich zu beruhigen, sondern weil sie sich mit Mum auf eine Geschichte verständigen wollte. Beide waren ein gewaltiges Risiko eingegangen, als sie sich trafen. Helen hatte Jesse absichtlich getötet, und Mum wusste den Grund. Und warum wollte sie es vertuschen?

Meinetwegen.

Helen hat es versprochen.

Beide haben ihre Freiheit aufs Spiel gesetzt, damit ich nichts erfahre.

Sie haben es für mich getan.

Also habe ich die Wahl. Ich kann Mum aufregen, indem ich nach einer Wahrheit grabe, die uns beide zerstören könnte, oder erwachsen werden und mir eingestehen, dass wir stärker sind, wenn die Kluft zwischen uns groß genug für einige Geheimnisse ist. Geheimnisse sind der Schlüssel zum Überleben.

Ich schlage die Beine übereinander und starre aus dem Fenster auf die erleuchteten Bäume. Drei große Scheinwerfer tauchen die wogenden Äste in silbernes Licht. Ich sehe Dad, wie er über den Rasen läuft, gefolgt von drei Schatten. Ich schalte das Licht aus, damit ich ihn besser beobachten kann. Er verschwindet und taucht dann in dem überdachten Durchgang auf, der das Wohngebäude mit der Physiopraxis verbindet. Er wartet, bis Mum hineingeschoben wird, beugt sich zu ihr hinunter, küsst sie auf die Wange und übernimmt den Rollstuhl. Er hat seinen Spaziergang abgekürzt, nur um sie die zwanzig Meter zu ihrer Therapie zu schieben. Er küsst sie auf den Kopf und verharrt so, atmet ihre Haare ein, und sie hebt den Arm und umschlingt ihn ungeschickt von hinten, eine Haltung, die sie nur wenige Sekunden beibehalten kann. Sie sieht nicht, wie er das Gesicht verzerrt, um nicht zu weinen. Beide werden sich verstellen, und so werden sie – werden wir – überleben.

Da wird mir klar, dass ich keinem Mann je anvertrauen werde, was ich zu wissen glaube. Nicht Dad, und ganz gewiss nicht Clay.

Ich habe gesagt, mein Gehirn sei ein Labyrinth. Gedanken jagen wie schreiende Patienten hindurch, und ich begreife, dass die

Türen, die mich davon abhalten, das Schlimmste zu denken, aus gutem Grund vorhanden sind. Sie sollen mich beschützen. Ich habe die Wahl zwischen wissen und gut leben. Ich kann die Gedanken einsperren. Den Schlüssel wegwerfen.

Mum tat nur, was sie immer schon getan hat: mich beschützen. Ich weiß, das glauben alle, aber ich habe wirklich die beste Mutter der Welt.

Mein Dank gilt

Ruth Tross, Louise Swannell, Hannah Bond, Cicely Aspinall, Rachel Khoo, Sarah Clay, Catherine Worsley, Ellie Wood und allen bei Hodder & Stoughton.

Sarah Ballard, Eli Keren, Zoe Ross, Jane Willia, Amy Mitchell, Georgina Le Grice, Alex Stephens, Hannah Beer, Yasmin McDonald und allen bei United Agents.

Helen Treacy und Amber Burlinson.

Professor Phillip Fennel, Dr. Geoffrey Rivett, Dr. Frank Holloway, Dr. Claire Hilton, Dr. Joanna Cannon, James Law, Bernadette Strachen und Baroness Gloria Hooper für alle Informationen – von Psychatriegeschichte über das Leben im Oberhaus bis hin zu Detailfragen über Motorräder. Für alle Fehler und Freiheiten bin ich allein verantwortlich.

Dem Personal der Londoner Wellcome Library, wo ein Großteil dieses Buches recherchiert und geschrieben wurde, und allen im Bethlem Museum of the Mind.

Die folgenden Bücher haben mir geholfen, das Nazareth-Hospital zu erschaffen:

Altschul, Annie: *Psychiatric Nursing. A Concise Nursing Text*, London 1985

Appignanesi, Lisa: *Mad, Bad and Sad. A History of Women and the Mind Doctors*, London 2008

Barham, Peter: *Closing the Asylum. The Mental Patient in Modern Society*, London 1992

Berguer, David: *The Friern Hospital Story. The Story of a Victorian Lunatic Asylum*, London 2012

Clark, David: *The Story of a Mental Hospital. Fulbourn 1858–1983*, London 1996

Davis, Mark: *Asylum. Inside the Pauper Lunatic Asylums*, Stroud 2014

Fennell, Phil: *Treatment Without Consent. Law, Psychiatry and the Treatment of Mentally Disordered People Since 1845*, London 1991

Gittins, Diana: *Madness in its Place. Narratives of Severalls Hospital 1913–1997*, London 1998

Showalter, Elaine: *The Female Malady*, New York 1985; London 1987

Taylor, Barbara: *The Last Asylum. A Memoir of Madness in Our Times*, London 2014